## SCIENCE FICTION

Herausgegeben
von Wolfgang Jeschke

Von Karel Čapek erschienen in der Reihe
HEYNE SCIENCE FICTION & FANTASY:

*Krakatit* · 06/3624
*Der Krieg mit den Molchen* · 06/4396

In der BIBLIOTHEK DER SCIENCE FICTION LITERATUR:

*Der Krieg mit den Molchen* · 06/46

KAREL ČAPEK

# DER KRIEG
# MIT DEN MOLCHEN

*Roman*

Sonderausgabe
in der Serie
TOP HITS DER SCIENCE FICTION

WILHELM HEYNE VERLAG
MÜNCHEN

HEYNE SCIENCE FICTION & FANTASY
Band 06/4396

Titel der tschechischen Originalausgabe
VÁLKA MLOKY
Deutsche Übersetzung ursprünglich
von E. Glaser (Eliška Glaserová);
nach dem tschechischen Original gründlich überarbeitet
und zum Teil neu übersetzt von Mirek Ort
Das Umschlagbild ist eine Collage
von Jan Heinecke

Redaktion: Wolfgang Jeschke
Copyright © 1964 by Artia Verlag, Prag
Copyright © der deutschen Übersetzung
by Gebr. Weiß Verlag, Berlin
Taschenbuchausgabe mit freundlicher Genehmigung
des Gebr. Weiß Verlags, Berlin
Copyright © 1985 der überarbeiteten deutschen Übersetzung
by Wilhelm Heyne Verlag GmbH & Co. KG, München
Printed in Germany 1993
Umschlaggestaltung: Atelier Ingrid Schütz, München
Technische Betreuung: Manfred Spinola
Satz: Schaber Satz- und Datentechnik, Wels
Druck und Bindung: Presse-Druck, Augsburg

ISBN 3-453-06622-7

# Inhalt

Vorwort .............................. 7

Erstes Buch:
## ANDRIAS SCHEUCHZERI ................. 11

1. Das wunderliche Wesen des Kapitän van Toch .. 12
2. Herr Golombek und Herr Valenta ........... 26
3. G.H. Bondy und sein Landsmann ........... 34
4. Das Handelsunternehmen des Kapitän van Toch ... 46
5. Kapitän J. van Toch und seine dressierten Echsen . 53
6. Die Jacht in der Lagune .................. 59
7. Fortsetzung der Jacht in der Lagune ......... 72
8. Andrias Scheuchzeri .................... 83
9. Andrew Scheuchzer .................... 89
10. Kirmes in Nové Strašecí ................. 97
11. Von Menschenechsen ................... 103
12. Salamander Syndicate .................. 110
Nachtrag: Über das Sexualleben der Molche ....... 123

Zweites Buch:
## AUF DEN STUFEN DER ZIVILISATION ........... 131

1. Herr Povondra liest Zeitung ............... 132
2. Auf den Stufen der Zivilisation:
   Die Geschichte der Molche .............. 137
3. Herr Povondra liest wieder Zeitung .......... 202

Drittes Buch:
## DER KRIEG MIT DEN MOLCHEN .............. 207

1. Das Massaker auf den Kokos-Inseln .......... 208
2. Der Zusammenstoß in der Normandie ........ 215

## INHALT

3. Der Zwischenfall im Ärmelkanal ............. 220
4. Der Nordmolch .......................... 224
5. Wolf Meynert schreibt sein Werk ............ 229
6. X warnt ................................ 235
7. Das Erdbeben in Louisiana ................. 243
8. Der Chief Salamander stellt Forderungen ....... 249
9. Die Konferenz in Vaduz .................... 254
10. Herr Povondra nimmt alles auf sich .......... 264
11. Der Autor spricht mit sich selbst ............ 273

Nachwort von Antonín Brousek ................. 281
Karel Čapek und die tschechische wissenschaftliche
Phantastik

## *Vorwort*

Man hat mich gefragt, wie ich dazu gekommen sei, den ›Krieg mit den Molchen‹ zu schreiben; und warum ich ausgerechnet die Molche zu Trägern meiner sogenannten Romanutopie vom Untergang der menschlichen Zivilisation gewählt habe. Also, wenn ich aufrichtig sagen soll, wie ich dazu kam, muß ich ehrlich zugeben, daß ich ursprünglich gar keine Utopie schreiben wollte. Ich habe keine besondere Vorliebe für Utopien; bevor ich meine Molche zu schreiben begann, hatte ich einen ganz anderen Roman im Sinn; ich dachte an die Gestalt eines braven Menschen, ein bißchen meinem verstorbenen Vater ähnlich, an die Figur eines Landarztes unter seinen Patienten; es sollte eine Arztidylle und gleichzeitig ein Stück gesellschaftlicher Pathologie werden. Ich hatte mich auf den Stoff recht gefreut, als ich ihn mir über Wochen und Monate im Kopf zurechtlegte, aber ich konnte und konnte in den Stoff nicht so recht eindringen. Ich hatte das unsichere Gefühl, daß dieser gute Doktor in dieser so verdrehten Welt, wie sie es damals war und heute noch ist, vielleicht gar nichts zu suchen hat. Gewiß, er konnte die Menschen und ihre Schmerzen heilen; aber er stand den Krankheiten und Schmerzen, unter denen unsere Welt leidet, zu beziehungslos gegenüber. Ich dachte an einen guten Doktor, während die ganze Welt von Wirtschaftskrise, nationaler Expansion und einem kommenden Krieg sprach. Ich konnte mich mit meinem Doktor nicht voll identifizieren, weil auch ich — obzwar man es wohl von den Schriftstellern nicht verlangt — voller Sorge darüber war und immer noch bin, was da die Menschenwelt bedroht. Gewiß, ich kann wohl in keiner Weise abwenden, was die menschliche Zivilisation bedroht; aber ich kann auch nicht ständig die Augen davor verschließen und es aus meinem Denken verdrängen.

Zu jener Zeit — das war voriges Frühjahr, als es in der Welt wirtschaftlich sehr schlecht aussah und politisch noch ein wenig schlechter — schrieb ich bei einer bestimmten Gelegenheit den Satz: »Man darf nicht glauben, daß die Entwicklung, die unser Leben entstehen ließ, die einzige Entwicklungsmöglichkeit auf diesem Planeten gewesen ist.« — Und schon war es da. Dieser Satz war schuld daran, daß ich den ›Krieg mit den Molchen‹ schrieb.

Es ist doch so: Wir können nicht ausschließen, daß unter günstigen Umständen ein anderer Typ des Lebens, nehmen wir an, eine andere Art von Lebewesen als der Mensch, zum Vehikel der kulturellen Entwicklung werden könnte. Der Mensch hat sich mit seiner Zivilisation und Kultur, seiner ganzen Geschichte, aus der Klasse der Säuger, Familie der Primaten, entwickelt; es ist doch denkbar, daß eine ähnliche Evolutionskraft die Entwicklung einer anderen Gattung Lebewesen beflügeln könnte. Es ist nicht ausgeschlossen, daß sich unter bestimmten Lebensbedingungen Bienen oder Ameisen zu höchst intelligenten Wesen entwickeln könnten, deren Zivilisationsfähigkeiten nicht geringer wären als unsere. Es ist auch bei anderen Geschöpfen nicht ausgeschlossen. Unter günstigen biologischen Bedingungen könnte eine Zivilisation, nicht tiefer stehend als die unsere, auch in den Tiefen des Meeres entstehen.

Das war mein erster Gedanke; und der zweite: Wenn eine andere Art von Lebewesen jene Stufe erreichte, die wir Zivilisation nennen, was glauben Sie: Würde sie den gleichen Unsinn anstellen wie die Menschheit? Würde sie die gleichen Kriege führen? Würde sie die gleichen geschichtlichen Katastrophen durchmachen? Und was würden wir vom Imperialismus der Echsen, vom Nationalismus der Termiten, von der Wirtschaftsexpansion der Möwen oder Heringe halten? Was würden wir dazu sagen, wenn eine andere Art Lebewesen als der Mensch verkündete, in Anbetracht ihrer Bildung und Zahl habe nur sie allein das Recht, die ganze Welt in Besitz zu nehmen und das gesamte Leben zu beherrschen?

Diese Konfrontation mit der Menschheitsgeschichte also, und mit der aktuellsten Geschichte, das war es, was mich mit Macht zum Schreibtisch drängte, um den Krieg mit den Molchen zu schreiben. Die Kritik bezeichnete ihn als einen utopistischen Roman. Ich wehre mich gegen diesen Begriff. Es ist keine Utopie, sondern das Heute. Es ist kein Spekulieren über etwas Zukünftiges, sondern ein Spiegel dessen, was ist und worin wir leben. Es ging nicht um Phantasie; davon bin ich jederzeit bereit, kostenlos und als Draufgabe zu liefern, wieviel man nur will; mir ging es um die Wirklichkeit. Ich kann mir nicht helfen, aber eine Literatur, die sich nicht um die Wirklichkeit kümmert und darum, was wirklich mit der Welt geschieht, ein Schrifttum, das nicht so stark darauf reagieren will, wie es dem Wort und dem Gedanken nur gegeben ist, eine solche Literatur ist nicht mein Fall.

Das war es also. Ich habe meine ›Molche‹ geschrieben, weil ich an die Menschen dachte, ich wählte gerade die Molche als Gleichnis, nicht weil ich sie lieber oder weniger gern hätte als andere Geschöpfe Gottes, sondern deshalb, weil einst in der Tat der Abdruck eines tertiären Riesenmolches irrtümlich für die Versteinerung unseres Urahnen gehalten wurde; so haben denn die Molche unter allen Tieren ein besonderes historisches Recht, als unser Abbild die Szene zu betreten. Aber auch wenn sie nur als Vorwand dienten, damit die Dinge der Menschen geschildert werden konnten, war der Autor gezwungen, sich auch in die Molche hineinzuversetzen; es war eine etwas feuchtkalte Erfahrung, aber letzten Endes ebenso zauberhaft und ebenso schrecklich, wie sie es beim menschlichen Wesen ist.

[1936]   KAREL ČAPEK

Erstes Buch

# Andrias
# Scheuchzeri

# 1

## *Das wunderliche Wesen des Kapitän van Toch*

Sucht man die kleine Insel Tana Masa auf der Landkarte, findet man sie gerade am Äquator, ein Stück westlich von Sumatra; fragt man jedoch den Kapitän J. van Toch an Bord des Schiffes *Kandong Bandoeng*, was denn dieses Tana Masa sei, vor dem er gerade vor Anker gegangen ist, so würde er eine Weile fluchen und dann sagen, daß dies das dreckigste Loch der gesamten Sunda-Inseln sei, noch miserabler als Tana Bala und zumindest ebenso verdammt wie Pini oder Banjak; daß der einzige, mit Verlaub, Mensch, der dort lebt — wenn man natürlich die lausigen Bataks nicht mitrechnet —, ein besoffener Handelsagent sei, eine Kreuzung zwischen einem Kubu und einem Portugiesen und ein noch größerer Dieb, Heide und Schwein, als der ganze Kubu und der ganze Weiße zusammengenommen; und daß, wenn es etwas Verdammtes auf dieser Welt gibt, dann dieses verdammte Leben auf diesem verdammten Tana Masa, mein Herr. Worauf man ihn wahrscheinlich fragen würde, weshalb er denn hier seine verdammten Anker geworfen habe, als ob er drei ganze verdammte Tage bleiben möchte; und er würde gereizt aufschnauben und etwas davon brummen, daß die *Kandong Bandoeng* nicht nur wegen dieser verdammten Kopra oder wegen Palmöl herfahren würde, das verstehe sich von selbst, und außerdem geht Sie das gar nichts an, mein Herr, und Sie kümmern sich gefälligst um Ihre eigenen Angelegenheiten! Und er würde so umfangreich und nachhaltig fluchen, wie es sich für einen älteren, aber für sein Alter noch rüstigen Schiffskapitän gehört.

Wenn man jedoch, statt unverschämte Fragen zu stellen, den Kapitän J. van Toch vor sich hinbrummen und fluchen läßt, kann man mehr erfahren. Sieht man ihm denn nicht an, daß er sich etwas von der Seele reden muß? Man lasse ihn also nur, seine Erbitterung wird sich schon von selbst einen

Weg bahnen. »Also sehen Sie, mein Herr«, wird der Kapitän dann hervorstoßen, »den Kerlen bei uns in Amsterdam, diesen verdammten Juden da oben, fällt da was ein, Perlen, Mensch, sehen Sie sich nach Perlen um. Die Leute sind jetzt angeblich verrückt nach Perlen und so.« Hier wird der Kapitän entrüstet ausspucken. »Natürlich, den Zaster in Perlen anlegen! Das kommt daher, weil ihr Menschen ewig irgendwelche Kriege oder was haben wollt. Angst ums liebe Geld, das ist es. Und das nennt man Krise, mein Herr.« Der Kapitän J. van Toch wird kurz zögern, ob er sich mit Ihnen nicht in ein Gespräch über volkswirtschaftliche Fragen einlassen soll; heute spricht man nämlich von nichts anderem. Nur ist es dafür vor Tana Masa zu heiß, man ist hier zu faul dazu; und so wird Kapitän van Toch abwinken und knurren: »Das sagt sich so leicht, Perlen! Mein Herr, auf Ceylon sind sie schon für fünf Jahre im voraus geplündert, auf Formosa hat man die Perlenfischerei überhaupt verboten. — Na, dann sehen Sie doch zu, Kapitän van Toch, daß Sie neue Fanggründe entdecken. Klappern Sie doch die verdammten kleinen Inseln ab, vielleicht finden Sie dort ganze Muschelbänke ...« Der Kapitän wird geringschätzig in ein himmelblaues Sacktuch trompeten. »Die Landratten in Europa stellen sich vor, daß man hier noch etwas finden kann, wovon niemand weiß! Mein Gott, sind das Trottel! Ein Wunder, daß sie von mir nicht verlangen, daß ich in den Rüsseln der Bataks hier nach Perlen bohre. Neue Fanggründe! In Padang gibt es ein neues Bordell, das schon, aber neue Fanggründe? Mein Herr, ich kenne hier alle Inseln wie meine Westentasche — von Ceylon bis zu diesem verdammten Clipperton-Island ... Wenn jemand glaubt, daß er hier noch etwas finden kann, woran man verdienen könnte, dann glückliche Reise, mein Herr! Dreißig Jahre befahre ich das hier schon, und jetzt wollen die Trottel von mir, daß ich hier etwas entdecke!« Der Kapitän J. van Toch erstickt fast an dieser beleidigenden Zumutung. »Sollen sie doch irgendein Greenhorn herunterschicken, das wird ihnen Dinge entdecken, daß sie Augen machen werden; aber sowas von jemandem verlangen, der sich hier auskennt wie Kapitän J. van Toch? — Nein, mein Herr, das müssen Sie einsehen! In Europa, da kann man noch so manches entdecken; aber hier — hier kommen die Leute doch nur her, um da herumzuschnüffeln, was es da zum Fressen gibt, und nicht einmal zum Fressen; was man kaufen und verkaufen kann. Mein Herr, wenn es in den ganzen verdammten Tropen noch etwas gäbe, was ein Dubbeltje wert ist, würden drei Agenten dabei stehen und mit ihren Rotzfahnen den Schiffen von sieben Ländern zuwinken, damit sie anhalten. So ist das, mein Herr. Ich kenne das hier besser als das Kolonialamt Ihrer Majestät der Königin, mit Verlaub.« Kapitän van Toch bemüht sich mit aller Macht, seinen gerechten Zorn zu unterdrücken, was ihm nach längerem Wettern auch gelingt. »Sehen Sie dort diese zwei elenden Faulpelze? Das sind Perlenfischer von Ceylon, Gott steh mir bei, Singhalesen, wie sie der Herr geschaffen hat; aber warum er das tat, weiß ich nicht. Das schleppe ich jetzt mit, mein Herr, und wenn ich irgendwo ein Stück Küste finde, wo nicht Agency oder Bata oder Zollamt dransteht, schicke ich das ins Wasser, damit es nach Muscheln sucht. Der kleinere Spitzbube taucht bis zu achtzig Metern tief; neulich brachte er vor den Prinzeninseln aus neunzig Metern die Kurbel einer Filmkamera herauf, mein Herr, aber Perlen? Keine Spur! Ein nichtsnutziges Gesindel, diese Singhalesen! Also so eine verdammte Arbeit habe ich, mein Herr: Ich soll tun, als ob ich Palmöl aufkaufen würde, und dabei soll ich Muschelbänke suchen. Vielleicht wird man von mir noch verlangen, daß ich irgendein jungfräuliches Eiland entdecke, nicht? Das ist doch keine Arbeit für einen ehrlichen Handelskapitän, mein Herr. Nein, mein Herr.« Und so weiter; das Meer ist groß und der Ozean der Zeit hat keine Grenzen; spucke ins Meer, Mensch, es wird keine Wellen schlagen, verwünsche dein Geschick, du rührst es nicht. Und so kommen wir nach langen Vorbereitungen und Umständen schließlich dazu, daß der Kapitän des holländischen Schiffes *Kandong Bandoeng*, J. van Toch, ächzend und mit seinem Schicksal hadernd, ins Boot steigt, um im Kampong auf Tana Masa an Land zu gehen und mit der versoffenen Kreuzung zwischen einem Kubu und einem Portugiesen über gewisse geschäftliche Dinge zu verhandeln.

»Sorry, Captain«, sagte die Kreuzung zwischen einem Kubu und einem Portugiesen schließlich, »aber hier, auf Tana Masa, wachsen keine Muscheln. Die dreckigen Bataks«, sagte er mit grenzenlosem Ekel, »fressen auch Medusen; sie sind mehr im Wasser als an Land, die Weiber stinken nach Fisch, das können Sie sich gar nicht vorstellen — was wollte ich sagen? Aha, Sie haben nach Weibern gefragt.«

»Und gibt es hier nicht ein Stück Küste«, fragte der Kapitän, »wo diese Bataks nicht ins Wasser gehen?«

Die Kreuzung zwischen einem Kubu und einem Portugiesen schüttelte den Kopf. »Nein, Herr. Höchstens die Devil Bay, aber das ist nichts für Sie.«

»Warum?«

»Weil ... da niemand hin darf, Herr. Soll ich Ihnen einschenken, Kapitän?«

»Thanks. Gibt es da Haie?«

»Haie und überhaupt«, murmelte die Kreuzung. »Ein schlechter Ort, Herr. Die Bataks sehen es nicht gern, wenn da jemand hingeht.«

»Warum?«

»Es gibt dort Teufel, Herr. Seeteufel.«

»Seeteufel? Diese Fische?«

»Keine Fische«, erwiderte die Kreuzung ausweichend. »Einfach Teufel, Herr. Untersee-Teufel. Die Bataks sagen ›tapa‹ dazu. *Tapa*. Sie haben angeblich eine Stadt dort, die Teufel. Soll ich Ihnen einschenken?«

»Und wie sieht dieser ... Untersee-Teufel aus?«

Die Kreuzung zwischen einem Kubu und einem Portugiesen zuckte die Achseln. »Wie ein Teufel, Herr. Ich habe ihn einmal gesehen — das heißt, nur seinen Kopf. Ich kam mit dem Boot von Cape Haarlem zurück ... und auf einmal steckte es gerade vor mir seine Rübe aus dem Wasser.«

»Na und? Wie sieht es aus?«

»Einen Kürbis hat es ... wie ein Batak, Herr, aber ganz kahl.«

»War es nicht doch ein Batak?«

»Nein, Herr. An der Stelle geht doch kein Batak ins Wasser. Und dann ... es blinzelte mich mit den *unteren* Augenlidern an, Herr.« Die Kreuzung erschauerte. »Mit den *unteren* Augenlidern, die übers ganze Auge reichen. Das ist ein tapa.«

Kapitän J. van Toch drehte das Glas mit dem Palmwein in seinen dicken Fingern. »Und Sie waren nicht betrunken, wie? Besoffen waren Sie nicht?«

»Doch, Herr. Sonst wäre ich dort nicht vorbeigerudert. Die Bataks haben es nicht gern, wenn man die ... Teufel stört.«

Kapitän van Toch schüttelte den Kopf. »Mensch, es gibt keine Teufel. Und wenn, dann müßten sie wie Europäer aussehen. Das war wohl irgendein Fisch oder so etwas.«

»Ein Fisch«, stotterte die Kreuzung zwischen einem Kubu und einem Portugiesen, »ein Fisch hat keine Hände, Herr. Ich bin kein Batak nicht, Herr, ich bin in Badjoeng in die Schule gegangen ... vielleicht kann ich noch die Zehn Gebote und andere wissenschaftlich bewiesene Lehrsätze; ein gebildeter Mensch kann doch einen Teufel und ein Tier auseinanderhalten. Fragen Sie die Bataks, Herr!«

»Das sind Negermärchen«, erklärte der Kapitän mit der Überzeugung des gebildeten Mannes. »Wissenschaftlich ist das Unsinn. Ein Teufel kann doch nicht im Wasser leben. Was sollte er dort? Du sollst nicht auf das Geschwätz der Eingeborenen hören, mein Junge. Jemand hat die Bucht Teufelsbucht genannt, und seit der Zeit haben die Bataks Angst davor. So ist das«, sagte der Kapitän und schlug mit der feisten Hand auf den Tisch. »Nichts ist dort, mein Junge, das ist doch wissenschaftlich klar.«

»Ja, Herr«, pflichtete ihm die Kreuzung, die in Badjoeng zur Schule gegangen war, bei. »Aber kein vernünftiger Mensch hat in der Devil Bay was zu suchen.«

Der Kapitän J. van Toch wurde puterrot. »Was?« schrie er. »Du dreckiger Kubu, du glaubst, daß ich mich vor deinen Teufeln fürchten werde? Das wollen wir sehen«, sagte er und erhob sich mit der ganzen Wucht seiner gut zweihundert Pfund. »Ich will mit dir nicht meine Zeit vertrödeln, weil ich mich um mein business kümmern muß. Aber eins merke dir: In den holländischen Kolonien gibt es keine Teufel; wenn es welche gibt, dann in den französischen. Dort könnten sie sein. Und jetzt rufe mir den Bürgermeister dieses verdammten Kampong herbei!«

Besagten Würdenträger brauchte man nicht lange zu suchen; er hockte neben dem Laden des Mischlings und kaute Zuckerrohr. Es war ein älterer nackter Herr, aber weit magerer, als die Bürgermeister in Europa zu sein pflegen. Ein Stück hinter ihm, unter Einhaltung der gebührenden Distanz, kauerte das ganze

Dorf samt Frauen und Kindern, offensichtlich in der Erwartung, daß es gefilmt werden würde.

»Also höre, Junge«, sprach ihn der Kapitän van Toch malaiisch an (er hätte auch holländisch oder englisch zu ihm sprechen können, denn der ehrwürdige alte Batak verstand kein Wort Malaiisch, und die Kreuzung zwischen einem Kubu und einem Portugiesen mußte die ganze Rede des Kapitäns ins Batakische übersetzen; aber aus irgendeinem Grund hielt der Kapitän das Malaiische für angebrachter). »Also höre, Junge, ich brauche ein paar große, starke, mutige Kerle, damit sie mit mir fischen gehen. Fischen, verstehst du?«

Der Mischling übersetzte es, und der Bürgermeister nickte, daß er verstünde; worauf er sich an das breitere Auditorium wandte und eine Rede hielt, der offensichtlich Erfolg beschieden war.

»Der Häuptling sagt«, dolmetschte der Mischling, »daß das ganze Dorf mit dem Tuan Kapitän fischen gehen wird, wohin er will.«

»Na also, da siehst du es. Sage ihnen also, daß wir in die Devil Bay fischen gehen.«

Es folgte eine etwa viertelstündige erregte Aussprache, an der sich sämtliche Dorfbewohner, vornehmlich die alten Weiber, beteiligten. Schließlich wandte sich der Mischling an den Kapitän. »Sie sagen, Herr, daß man nicht in die Devil Bay gehen kann.«

Der Kapitän begann rot zu werden. »Und warum nicht?«

Der Mischling zuckte die Achseln. »Weil es dort tapa-tapas gibt. Teufel, Herr.«

Das Gesicht des Kapitäns begann ins Violette zu spielen. »Dann sage ihnen, wenn sie nicht gehen ... daß ich ihnen alle Zähne ausschlage ... daß ich ihnen die Ohren abreiße ... daß ich sie aufhänge ... und daß ich ihnen dieses verlauste Kampong anzünde, verstanden?«

Der Mischling übersetzte wortgetreu, worauf erneut eine längere lebhafte Beratung folgte. Schließlich drehte sich der Mischling zum Kapitän um. »Sie sagen, Herr, daß sie sich in Padang bei der Polizei beschweren werden, weil ihnen der Tuan gedroht hat. Dafür gebe es Paragraphen. Der Bürgermeister sagt, er wird das nicht so auf sich beruhen lassen.«

Kapitän J. van Toch begann blau anzulaufen. »Dann sag ihm«, brüllte er, »er sei ...« Und sprach gut elf Minuten ohne Unterbrechung.

Der Mischling übersetzte, soweit es sein Wortschatz erlaubte; und nach einer neuerlichen, zwar langen, aber doch sachlich geführten Beratung der Bataks dolmetschte er dem Kapitän: »Sie sagen, Herr, daß sie also bereit wären, von einer gerichtlichen Verfolgung abzusehen, wenn der Tuan Kapitän eine Geldbuße zu Händen der örtlichen Behörden entrichtet. Sie sagen ...«, er zögerte, »zweihundert Rupien, aber das ist ein bißchen viel, Herr. Bieten Sie ihnen fünf an.«

Die Farbe des Kapitäns van Toch begann in purpurrote Flekken zu zerfließen. Zunächst bot er die Ausrottung aller Bataks in der Welt an, dann ging er auf dreihundert Fußtritte herunter und schließlich begnügte er sich damit, den Bürgermeister für das Kolonialmuseum in Amsterdam ausstopfen zu wollen; demgegenüber schraubten die Bataks von zweihundert Rupien auf eine eiserne Pumpe mit Handrad zurück und blieben zum Schluß dabei, daß der Kapitän dem Bürgermeister als Buße ein Benzinfeuerzeug geben müsse. (»Geben Sie es ihnen, Herr«, redete ihm die Kreuzung zwischen einem Kubu und einem Portugiesen zu, »ich habe drei Feuerzeuge auf Lager, aber ohne Docht.«) So wurde der Frieden auf Tana Masa wiederhergestellt; aber der Kapitän J. van Toch wußte, daß jetzt das Prestige der weißen Rasse auf dem Spiel stand.

Nachmittags stieß vom holländischen Schiff *Kandong Bandoeng* ein Boot ab, in dem insbesondere anwesend waren: Kapitän J. van Toch, der Schwede Jensen, der Isländer Gudmundson, der Finne Gillemainen und zwei singhalesische Perlentaucher. Das Boot steuerte direkt auf die Bucht Devil Bay zu.

Um drei Uhr, als die Ebbe ihren tiefsten Punkt erreichte, stand der Kapitän am Ufer, das Boot kreuzte etwa hundert Meter vor der Küste, um vor Haien warnen zu können, und die beiden singhalesischen Taucher warteten mit dem Messer in der Hand auf das Zeichen, ins Wasser zu springen.

»Also, du jetzt!« gebot der Kapitän dem längeren der beiden Nackten. Der Singhalese sprang ins Wasser, watete ein paar Schritte und verschwand. Der Kapitän blickte auf seine Uhr.

Vier Minuten und zwanzig Sekunden später tauchte etwa sechzig Meter weiter links ein brauner Kopf auf; mit einer seltsamen, verzweifelten und gleichzeitig beängstigend verkrampften Hast kletterte der Singhalese auf die Felsen, in einer Hand das Messer, in der anderen eine Perlmuschel.

Das Gesicht des Kapitäns verfinsterte sich. »Nun, was ist?« fragte er scharf.

Der Singhalese rutschte immer noch über die Felsen und stöhnte laut vor Grauen.

»Was ist passiert?« schrie der Kapitän.

»Sahib, Sahib«, stieß der Singhalese hervor und sank mit pfeifendem Atem zu Boden. »Sahib ... Sahib ...«

»Haie?«

»Dschins«, stöhnte der Singhalese. »Teufel, Herr. Tausende, Tausende von Teufeln!« Er bedeckte die Augen mit den Fäusten. »Lauter Teufel, Herr!«

»Zeig' die Muschel her!« befahl der Kapitän und öffnete sie mit dem Messer. Eine kleine, reine Perle war drin. »Und mehr hast du nicht gefunden?«

Der Singhalese holte noch drei Muscheln aus dem Säckchen hervor, das ihm um den Hals hing. »Es gibt dort Muscheln, Herr, aber die Teufel bewachen sie ... Sie blickten mich an, als ich sie abschnitt.« Seine zottigen Haare sträubten sich. »Sahib, hier nicht!«

Der Kapitän öffnete die Muscheln; zwei waren leer, in der dritten eine Perle wie eine Erbse, rund wie ein Quecksilbertropfen. Kapitän van Toch blickte abwechselnd auf die Perle und auf den Singhalesen, der auf dem Boden zusammengesunken war.

»Du«, sagte er zögernd, »möchtest du nicht noch einmal hineinspringen?«

Der Singhalese schüttelte wortlos den Kopf.

Der Kapitän J. van Toch fühlte großes Verlangen auf der Zunge, loszulegen; aber zur eigenen Überraschung stellte er fest, daß er leise und fast weich sagte:

»Brauchst keine Angst zu haben, Junge. Und wie sehen die ... Teufel aus?«

»Wie kleine Kinder«, wimmerte der Singhalese. »Sie haben einen Schwanz, Herr, und sind so groß.« Er zeigte etwa einen Meter zwanzig an. »Sie standen um mich herum und schauten zu, was ich da machte ... sie bildeten einen Kreis um mich ...« Der Singhalese fing an zu zittern. »Sahib, Sahib, hier nicht!«

Kapitän van Toch überlegte. »Und wie ist das, zwinkerten sie mit den unteren Augenlidern, oder wie?«

»Ich weiß nicht, Herr«, flüsterte der Singhalese heiser. »Es sind ... zehntausend dort!«

Der Kapitän blickte sich nach dem anderen Singhalesen um. Er stand etwa hundertfünfzig Meter weiter weg und wartete gleichmütig, die Arme verschränkt, die Hände auf den Schultern; nun ja, wenn einer nackt ist, kann er die Hände kaum woanders hinlegen als auf die eigenen Schultern. Der Kapitän gab ihm stumm einen Wink, und der kleine Singhalese sprang ins Wasser. Drei Minuten und fünfzig Sekunden später tauchte er wieder auf und klammerte sich mit immer wieder abrutschenden Händen an die Felsen.

»So komm schon«, rief der Kapitän, aber dann blickte er genauer hin und schon sprang er von Fels zu Fels jenen verzweifelt Halt suchenden Händen entgegen; man möchte nicht glauben, wie so eine Masse springen kann. Im letzten Augenblick ergriff er eine der Hände und zog den Singhalesen keuchend aus dem Wasser. Dann ließ er ihn auf die Steine nieder und trocknete sich den Schweiß ab. Der Singhalese blieb regungslos liegen. Ein Schienbein war bis auf den Knochen zerschunden, offensichtlich von einem Stein, aber sonst war er ganz. Der Kapitän hob eines seiner Lider; nur das Weiße des verdrehten Auges war zu sehen. Er hatte weder Muscheln, noch Messer.

In diesem Augenblick steuerte das Boot mit der Besatzung näher ans Ufer heran. »Herr«, rief der Schwede Jensen, »Haie kommen. Wollen Sie weiterfischen?«

»Nein«, sagte der Kapitän. »Kommt her und hebt die beiden auf!«

»Sehen Sie sich das an, Herr«, bemerkte Jensen auf dem Rückweg zum Schiff, »wie seicht es hier auf einmal ist. Das geht von hier direkt bis zum Ufer«, zeigte er und stieß den Riemen ins Wasser. »Als ob es hier einen Damm unter dem Wasser gäbe.«

Erst auf dem Schiff kam der kleine Singhalese wieder zu sich; er saß mit den Knien unter dem Kinn da und zitterte am ganzen

Körper. Der Kapitän schickte die Leute weg und setzte sich breitbeinig hin.

»Also, heraus damit!« sagte er. »Was hast du dort gesehen?«

»Dschins, Sahib«, flüsterte der kleine Singhalese; jetzt begannen auch seine Augenlider zu zittern, und über den ganzen Körper breitete sich eine Gänsehaut aus.

Kapitän van Toch räusperte sich. »Und ... wie sahen sie aus?«

»Wie ... wie ...« In den Augen des Singhalesen begann sich wieder das Weiße zu zeigen. Kapitän J. van Toch ohrfeigte ihn mit unerwartetem Geschick auf beide Wangen, um ihn wieder zu sich zu bringen.

»Thanks, Sahib«, stieß der kleine Singhalese hervor, und die Pupillen wurden wieder sichtbar.

»Geht es wieder?«

»Ja, Sahib.«

»Gab es dort Muscheln?«

»Ja, Sahib.«

Kapitän J. van Toch setzte das Kreuzverhör mit nicht geringer Geduld und Gründlichkeit fort. Ja, es gebe dort Teufel. Wieviele? »Tausende und Tausende. Sie sind ungefähr so groß wie ein zehnjähriges Kind, Herr, und fast schwarz. Im Wasser schwimmen sie, und auf dem Grund gehen sie auf zwei Beinen. Auf zwei Beinen, Sahib, wie Sie oder ich, aber dabei wackeln sie mit dem Körper so und so, immer nur so und so ... Ja, Herr, sie haben auch Hände, wie Menschen; nein, keine Krallen, eher sind es Kinderhände. Nein, Sahib, sie haben keine Hörner und keine Haare. Ja, einen Schwanz haben sie, ungefähr so wie ein Fisch, aber ohne Schwanzflosse. Und einen großen Kopf, rund wie der Kopf eines Batak. Nein, sie sagten nichts, Herr, es war nur so, als ob sie schmatzen würden. Als der Singhalese in etwa sechzehn Meter Tiefe Muscheln abschnitt, fühlte er eine Berührung am Rücken, wie von kleinen, kalten Fingern. Er drehte sich um, und es waren ihrer Hunderte und Aberhunderte. Hunderte und Aberhunderte, Herr, schwimmend und auf den Felsen stehend, und alle sahen zu, was der Singhalese da machte. Da ließ er Messer und Muscheln fallen und sah zu, daß er nach oben kam. Dabei stieß er gegen einige Teufel, die über ihm schwammen, und was dann kam, weiß er nicht mehr, Herr.«

Kapitän J. van Toch blickte den zitternden kleinen Taucher

nachdenklich an. Der Junge wird nie wieder was, dachte er, in Padang schicke ich ihn heim nach Ceylon. Brummend und schnaubend ging er in seine Kabine. Dort schüttelte er zwei Perlen aus dem Papiersäckchen auf den Tisch. Eine war klein wie ein Sandkorn, die andere wie eine Erbse, silbern und rosa glänzend. Und der Kapitän des holländischen Schiffes schnaubte und holte aus einem Schränkchen seinen irischen Whiskey hervor.

Gegen sechs Uhr ließ er sich mit dem Boot wieder ins Kampong bringen und geradewegs zu der Kreuzung zwischen einem Kubu und einem Portugiesen. »Toddy«, sagte er, und das war das einzige Wort, das er sprach; er saß auf der Wellblechveranda, hielt das dickwandige Glas mit Palmwein zwischen seinen feisten Fingern und trank und spuckte und glotzte unter seinen buschigen Augenbrauen hervor auf die mageren gelben Hühner, die auf dem dreckigen und festgestampften Hof unter den Palmen nach weiß Gott was pickten. Der Mischling hütete sich, etwas zu sagen, und schenkte nur ein. Langsam begann der Kapitän blutunterlaufene Augen zu bekommen und konnte seine Finger nur noch mühsam krümmen. Es dämmerte schon, als er aufstand und die Hose hochzog.

»Sie gehen schon schlafen, Kapitän?« fragte die Kreuzung zwischen Teufel und Beelzebub höflich.

Der Kapitän bohrte einen Finger in die Luft. »Das will ich sehen«, sagte er, »ob es irgendwo auf der Welt irgendeinen Teufel gibt, den ich noch nicht kenne. Du, wo ist hier dieser verdammte Nordwesten?«

»Da«, zeigte der Mischling. »Wohin gehen Sie, Herr?«

»In die Hölle«, grunzte der Kapitän J. van Toch. »Die Devil Bay anschauen.«

An diesem Abend begann das mit dem wunderlichen Wesen des Kapitän J. van Toch. Ins Kampong kam er erst wieder mit dem Morgengrauen; er sprach kein Wort und ließ sich zum Schiff bringen, wo er sich bis zum Abend in seiner Kajüte einschloß. Das fiel noch niemandem auf, denn die *Kandong Bandoeng* hatte noch einiges vom Segen der Insel Tana Masa

(Kopra, Pfeffer, Kampfer, Guttapercha, Palmöl, Tabak und Arbeitskräfte) zu laden; aber als er abends die Meldung bekam, daß die gesamte Ladung verstaut sei, schnaubte er nur und sagte: »Das Boot. Ins Kampong.« Und er kam erst wieder mit dem Morgengrauen. Der Schwede Jensen, der ihm an Bord half, fragte ihn aus purer Höflichkeit: »Also heute geht es weiter, Kapitän?« Der Kapitän drehte sich um, als ob ihn jemand in den Hintern gestochen hätte. »Was geht dich das an?« fuhr er ihn an. »Kümmere dich um deine verdammten Angelegenheiten!« Den ganzen Tag lag die *Kandong Bandoeng* untätig vor Anker, eine Meile vor Tana Masa. Als der Abend kam, wälzte sich der Kapitän aus seiner Kajüte und befahl: »Das Boot! Ins Kampong!« Der kleine Grieche Zapatis blickte ihm mit einem schielenden und einem blinden Auge nach. »Jungs«, krähte er, »entweder hat dort unser Alter ein Mädel, oder er ist total verrückt geworden.« Der Schwede Jensen machte ein finsteres Gesicht. »Was geht dich das an?« fuhr er Zapatis an. »Kümmere dich um deine verdammten Angelegenheiten!« Dann nahm er mit dem Isländer Gudmundson das kleine Boot und ruderte in Richtung Devil Bay. Sie blieben mit dem Boot hinter den Felsen versteckt und warteten, was nun geschehen sollte. In der Bucht ging der Kapitän auf und ab, und es schien, als ob er auf jemanden warten würde; ab und zu blieb er stehen und rief etwas, ungefähr wie: »Ts, ts, ts.«

»Sieh«, sagte Gudmundson und zeigte aufs Meer, das jetzt vom Sonnenuntergang in strahlendes Rot und Gold getaucht war. Jensen zählte zwei, drei, vier, sechs Flossen, scharf und dreieckig, die auf die Devil Bay zuhielten.

»Herrgott«, brummte Jensen, »jede Menge Haie!«

Immer wieder tauchte eine der Flossen unter, ein Schwanz peitschte das Meer, und unter Wasser brodelte es dann. Da begann der Kapitän J. van Toch wütend auf dem Ufer herumzuspringen, Flüche hervorzustoßen und den Haien mit der Faust zu drohen. Dann brach die kurze tropische Dämmerung herein und der Mond ging über der Insel auf; Jensen zog die Riemen durch und kam mit dem Boot bis auf einen Furlong ans Ufer. Der Kapitän saß auf einem Felsen und machte: »ts, ts, ts«. Etwas um ihn herum bewegte sich, aber man konnte nicht so recht sehen, was es war. Sieht nach Robben aus, dachte Jensen, aber Robben kriechen anders. Es tauchte zwischen den Felsen aus dem Wasser und watschelte wie ein Pinguin über den Strand. Jensen ruderte geräuschlos weiter und hielt das Boot einen halben Furlong vom Kapitän entfernt an. Ja, der Kapitän sagte etwas, aber was, das sollte der Teufel verstehen; am ehesten klingt es noch malaiisch oder tamilisch. Er wedelt mit den Armen, als ob er den Robben (aber es sind keine Robben, versicherte Jensen sich selbst) etwas zuwerfen würde, und dabei brabbelte er chinesisch oder malaiisch. In diesem Augenblick rutschte Jensen das erhobene Ruder aus der Hand und platschte ins Wasser. Der Kapitän hob den Kopf, richtete sich auf und ging etwa dreißig Schritte bis zum Wasser; auf einmal begann es zu blitzen und zu knallen; der Kapitän feuerte aus seinem Browning in Richtung Boot. Fast gleichzeitig rauschte, wirbelte, platschte es in der Bucht, als ob tausend Robben ins Wasser springen würden; aber da stemmten sich Jensen und Gudmundson schon in die Riemen und jagten ihr Boot um die nächste Ecke, daß es nur so rauschte. Als sie aufs Schiff zurückkamen, sagten sie keinem ein Wort. Diese Nordländer können eben schweigen. Gegen Morgen kam der Kapitän zurück; er machte ein düsteres und grimmiges Gesicht, sagte aber kein Wort. Nur als ihm Jensen an Bord half, trafen sich zwei blaue Augenpaare mit einem kühlen und prüfenden Blick.

»Jensen«, sagte der Kapitän.

»Ja, Herr.«

»Heute stechen wir in See.«

»Ja, Herr.«

»In Surabaja bekommen Sie Ihr Buch.«

»Ja, Herr.«

Nichts weiter. Am selben Tag fuhr die *Kadong Bandoeng* nach Padang. Von Padang aus schickte Kapitän J. van Toch seiner Gesellschaft in Amsterdam ein Päckchen, das über eintausendzweihundert Pfund Sterling versichert war. Und gleichzeitig das telegraphische Gesuch um einen einjährigen Urlaub. Dringende gesundheitliche Gründe und so weiter. Danach trieb er sich in Padang herum, bis er die Person fand, die er suchte. Es war ein Wilder von Borneo, ein Dajak, den englische Reisende manchmal als Haifischjäger heuerten, wegen des Schauspiels, denn der Dajak arbeitete noch auf die alte Art und Weise, nur mit einem langen Messer bewaffnet. Er war wahrscheinlich Menschenfresser, hatte aber seinen festen Tarif: fünf Pfund je Hai, dazu Verköstigung. Übrigens bot er ein fürchterliches Bild, denn seine Haut war an Armen, Brust und Schenkeln von der Haifischhaut abgeschunden, und Nase und Ohren schmückten Haifischzähne. Man nannte ihn ›Shark‹.

Mit diesem Dajak übersiedelte der Kapitän J. van Toch auf die Insel Tana Masa.

## 2

## *Herr Golombek und Herr Valenta*

Es herrschte ein heißer Redaktionssommer, wo nichts, aber auch rein gar nichts geschieht, wo keine Politik gemacht wird und wo es auch keine europäische Situation gibt. Und doch erwarten auch in dieser Zeit die Zeitungsleser, in der Agonie ihrer Langeweile an den Stränden oder im schütteren Schatten der Bäume, durch Hitze, Natur, ländliche Stille und überhaupt das gesunde und einfache Leben im Urlaub demoralisiert, daß wenigstens in der Zeitung etwas Neues und Erfrischendes stünde, ein Mord oder ein Krieg oder ein Erdbeben, kurz Etwas; und wenn es nicht drinsteht, werfen sie die Zeitung hin und sagen empört, daß doch in der Zeitung nichts, aber auch Gar Nichts drinsteht und daß es sich gar nicht lohnt, reinzuschauen, und daß sie sie abbestellen werden.

Und unterdessen sitzen in der Redaktion fünf oder sechs vereinsamte Leute, denn die übrigen Kollegen sind auch in Urlaub, wo sie empört die Zeitung hinwerfen und sich beschweren, daß jetzt in dieser Zeitung nichts, aber auch Gar Nichts drinsteht. Und aus der Setzerei kommt der Herr Metteur und sagt vorwurfsvoll: »Meine Herren, meine Herren, wir haben den Leitartikel für morgen noch nicht.«

»Dann nehmen Sie doch vielleicht ... den Beitrag ... über die Wirtschaftslage in Bulgarien«, meint einer der vereinsamten Herren.

Der Herr Metteur seufzt tief auf: »Aber wer soll das lesen, Herr Redakteur? Wieder wird im ganzen Blatt Nichts Zum Lesen drinstehen.«

Die sechs einsamen Herren richten die Augen zur Decke, als ob man dort Etwas Zum Lesen entdecken könnte.

»Wenn vielleicht Etwas passieren würde«, schlägt einer unbestimmt vor.

»Oder wenn man ... irgendeine ... interessante Reportage hätte«, wirft ein anderer ein.

»Worüber?«

»Das weiß ich nicht.«

»Oder... ein neues Vitamin erfinden?« murmelt der dritte.

»Jetzt im Sommer«, wehrt der vierte ab. »Mensch, Vitamine, das sind gebildete Dinge, die passen eher in den Herbst...«

»Himmel, ist das eine Hitze«, gähnt der fünfte. »Man müßte etwas aus den Polargebieten haben.«

»Aber was?«

»Irgendwas. Sowas wie jener Eskimo Welzl war. Erfrorene Finger, ewiges Eis und solche Dinge.«

»Das sagt sich leicht«, meint der sechste. »Aber woher nehmen?«

In der Redaktion breitet sich hoffnungsloses Schweigen aus.

»Ich war am Sonntag in Jevíčko...«, ließ sich der Metteur zögernd vernehmen.

»Na und?«

»Da soll angeblich irgendein Kapitän Vantoch Urlaub machen. Er soll dort, in Jevíčko, auch geboren sein.«

»Was für ein Vantoch?«

»So ein dicker. Er soll Kapitän zur See sein, dieser Vantoch. Es heißt, daß er da irgendwo Perlen gefischt haben soll.«

Herr Golombek blickt Herrn Valenta an.

»Und wo hat er sie gefischt?«

»Auf Sumatra... und auf Celebes... und überhaupt da unten irgendwo. Dreißig Jahre lang soll er dort gelebt haben.«

»Mensch, das wäre was«, sagt Herr Valenta. »Das könnte eine prima Reportage abgeben. Golombek, fahren wir?«

»Nun, wir können es zumindest versuchen«, meint Herr Golombek und rutscht vom Tisch herunter, auf dem er saß.

»Der Herr dort ist es«, sagt der Wirt in Jevíčko.

Im Garten saß breitbeinig ein dicker Herr mit weißer Mütze an seinem Tisch, trank Bier und fuhr mit dem dicken Zeigefinger gedankenverloren über die Tischplatte. Die beiden Herren gingen auf ihn zu.

»Redakteur Valenta.«

»Redakteur Golombek.«

Der dicke Herr hob den Blick. »What? Wie?«

»Ich bin Redakteur Valenta.«

»Und ich Redakteur Golombek.«

Der dicke Herr erhob sich würdevoll. »Captain van Toch. Very glad. Setzt euch, Jungs!«

Die beiden Herren nahmen bereitwillig Platz und legten ihre Schreibblöcke vor sich auf den Tisch.

»Und was wollt ihr trinken, Jungs?«

»Himbeersaft«, sagte Herr Valenta.

»Himbeersaft?« wiederholte der Kapitän ungläubig. »Und warum? Wirt, bringen Sie ihnen Bier... Also, was wollt ihr eigentlich«, sagte er und stemmte die Ellbogen auf den Tisch.

»Stimmt es, Herr Vantoch, daß Sie hier geboren sind?«

»Geboren. Yes.«

»Und wie sind Sie aufs Meer gekommen?«

»Tja, via Hamburg.«

»Und wie lange sind Sie schon Kapitän?«

»Zwanzig Jahre, Junge, Papiere habe ich hier«, sagte er und klopfte nachdrücklich auf seine Brusttasche. »Kann ich vorzeigen.«

Herr Golombek hatte große Lust nachzusehen, wie Kapitänspapiere aussehen, aber er unterdrückte sie. »Aber da haben Sie, Herr Kapitän, in diesen zwanzig Jahren ein schönes Stück Welt gesehen, nicht wahr?«

»Yes. Ein Stück schon. Yes.«

»Und wo waren Sie so überall?«

»Java, Borneo, Philippines. Fidji Islands. Solomon Islands. Carolines, Samoa. Damned Clipperton Island. A lot of damned islands, Junge, warum?«

»Nur so, weil es interessant ist. Wir möchten darüber gern mehr von Ihnen hören, wissen Sie?«

»Yes. Also nur so, nicht?« Der Kapitän blickte sie mit seinen blaßblauen Augen an. »Ihr seid von der P'lis, Polizei, nicht?«

»Nein, Herr Kapitän. Wir sind von der Zeitung.«

»Ach so, von der Zeitung. Reporters, wie? Also schreibt: Captain J. van Toch, Kapitän der *Kandong Bandoeng*...«

»Wie?«

»*Kandong Bandoeng*, Hafen Surabaja. Zweck der Reise: Vacances — wie sagt man das?«

»Urlaub.«

»Yes, zum Teufel, Urlaub. Setzt das also so in die Zeitung, wer angekommen ist. Und jetzt räumt das Notizbuch weg, Jungs. Your health.«

»Herr Vantoch, wir sind zu Ihnen gekommen, damit Sie uns etwas aus Ihrem Leben erzählen.«

»Und warum?«

»Wir bringen das in der Zeitung. Das interessiert die Leute sehr, wenn sie von fernen Inseln lesen und was da ihr Landsmann alles gesehen und erlebt hat, ein Tscheche, einer aus Jevíčko.«

Der Kapitän nickte. »Das stimmt, Junge, ich bin der einzige Captain von ganz Jevíčko. Also, das stimmt. Von hier soll es auch noch einen Kapitän von ... von ... von den Schiffsschaukeln geben, aber ich glaube«, fügte er vertraulich hinzu, »daß das gar kein echter Captain ist. Das mißt man an der Tonnage, weißt du?«

»Und welche Tonnage hatte Ihr Schiff?«

»Zwölftausend tons, Junge.«

»Da waren Sie ein großer Kapitän, nicht wahr?«

»Yes, groß«, sagte der Kapitän würdevoll. »Jungs, habt ihr Geld?«

Die beiden Herren sahen sich etwas unsicher an. »Haben wir, aber wenig. Brauchen Sie vielleicht welches, Kapitän?«

»Yes. Also, das könnte ich brauchen.«

»Sehen Sie. Wenn Sie uns viel erzählen, dann schreiben wir das in die Zeitung, und Sie bekommen Geld dafür.«

»Wieviel?«

»Vielleicht sogar ... ein paar Tausender«, sagte Herr Golombek freigebig.

»In Pounds of Sterling?«

»Nein, nur in Kronen.«

Kapitän van Toch schüttelte den Kopf. »Dann nicht. Das habe ich selber, Junge.« Er fischte ein dickes Bündel Banknoten aus der Hosentasche. »You see?« Dann stemmte er die Ellbogen auf den Tisch und beugte sich zu den beiden Herren hinüber. »Meine Herren, ich hätte ein big business für euch. Wie sagt man das?«

»Ein großes Geschäft.«

»Yes. Großes Geschäft. Aber da müßtet ihr mir fünfzehn ... warte mal, fünfzehn Millionen Kronen geben. Also?«

Die beiden Herren sahen sich wieder unsicher an. Redakteure haben nämlich ihre Erfahrungen mit den merkwürdigsten Typen von Verrückten, Betrügern und Erfindern.

»Moment«, sagte der Kapitän, »ich kann euch etwas zeigen.« Er fuhr mit seinen dicken Fingern in der Westentasche herum, fischte etwas hervor und legte es auf den Tisch. Es waren fünf kirschkerngroße rosa Perlen. »Versteht ihr was von Perlen?«

»Was kann das kosten?« hauchte Herr Valenta.

»Tja, lots of money, Junge. Aber ich habe das nur ... zum Vorzeigen, als Muster. Also wie, macht ihr mit?« fragte er und reichte ihnen über den Tisch die breite Hand.

»Herr Vantoch, soviel Geld ...«

»Stop«, unterbrach ihn der Kapitän. »Ich weiß, du kennst mich nicht; aber frage nach Captain van Toch in Surabaja, in Batavia, in Padang oder wo du willst. Geh und frag! — und jeder wird dir sagen, yes, Capitän van Toch, he is as good as his word.«

»Herr Vantoch, wir glauben Ihnen«, protestierte Herr Golombek. »Aber ...«

»Warte«, gebot der Kapitän. »Ich weiß, du willst dein schönes Geld nicht nur so hergeben; das lobe ich dir, Junge. Aber du gibst es für ein Schiff, you see? Du kaufst das Schiff, du bist der ship-owner und kannst mitfahren; yes, das kannst du, damit du siehst, was ich mit deinem Geld mache. Aber das Geld, was wir dort machen, das geht fifty-fifty. Das ist ein ehrliches business, nicht?«

»Aber Herr Vantoch«, brachte Herr Golombek schließlich etwas beklommen hervor, »wir haben doch gar nicht soviel Geld!«

»Tja, das ist dann etwas anderes«, sagte der Kapitän. »Sorry. Tja, aber dann weiß ich nicht, meine Herren, warum ihr zu mir gekommen seid?«

»Damit Sie uns etwas erzählen, Kapitän. Sie müssen doch eine Menge Erfahrungen gemacht haben ...«

»Tja, also das habe ich, Junge. Erfahrungen habe ich.«

»Haben Sie mal Schiffbruch erlitten?«

»Was? Ship-wrecking? Also das nicht. Was glaubst du denn! Wenn du mir ein gutes Schiff gibst, dann kann ihr nichts passieren. Kannst ja in Amsterdam nach meinen references fragen. Geh und frag!«

»Und wie ist es mit den Eingeborenen? Haben Sie dort Eingeborene kennengelernt?«

Kapitän van Toch schüttelte den Kopf. »Das ist nichts für gebildete Menschen. Das werde ich nicht erzählen.«

»Dann erzählen Sie uns etwas anderes.«

»Tja, erzählen«, brummte der Kapitän mißtrauisch. »Und ihr verkauft das dann irgendeiner Company, und die schickt dann ihre Schiffe hin. Ich sage dir, my lad, die Menschen sind große Gauner. Und die größten Gauner sind die bankers in Colombo.«

»Waren Sie oft in Colombo?«

»Yes, oft. Und in Bangkok auch, und in Manila. — Jungs«, sagte er plötzlich, »ich wüßte ein Schiff. Ein feines Schiff, und billig für das Geld. Sie liegt in Rotterdam. Kommt, schaut sie euch an! Rotterdam, das ist gleich da«, zeigte er mit dem Daumen über die Schulter. »Jetzt sind Schiffe schrecklich billig. Wie altes Eisen. Sie ist nur sechs Jahre alt und läuft mit Dieselmotor. Wollt ihr sie sehen?«

»Wir können nicht, Herr Vantoch.«

»Tja, ihr seid komische Menschen«, seufzte der Kapitän und schneuzte geräuschvoll in sein himmelblaues Sacktuch. »Und ihr wißt auch nicht, wer hier ein Schiff kaufen möchte?«

»Hier in Jevíčko?«

»Yes, hier, oder hier herum. Ich möchte, daß das große Geschäft da hereinkommt, in my country.«

»Das ist sehr schön von Ihnen, Kapitän...«

»Yes. Die andern sind zu große Gauner. Und sie haben kein Geld. Ihr von den newspapers müßt doch die großen Leute kennen, die bankers und ship-owners, wie sagt man — Schiffsherren, oder?«

»Schiffseigner, Reeder. Also, die kennen wir nicht, Herr Vantoch.«

»Also, das ist schade«, sagte der Kapitän betrübt.

Herr Golombek erinnerte sich an etwas. »Kennen Sie vielleicht Herrn Bondy?«

»Bondy? Bondy?« überlegte Kapitän van Toch. »Warte, den Namen sollte ich kennen. Bondy. Yes, in London gibt es eine Bond-Street, und dort leben viele sehr reiche Leute. Hat er nicht ein Geschäft auf dieser Bond-Street, der Herr Bondy?«

»Nein, er lebt in Prag, aber er ist, glaube ich, hier in Jevíčko geboren.«

»Aber ja, zum Teufel«, polterte der Kapitän erfreut los, »da hast du recht, Junge. Das ist der, der die Kurzwaren am Marktplatz hatte. Yes. Bondy — wie hieß er denn nur? Max. Max Bondy. Der hat also jetzt ein Geschäft in Prag?«

»Nein, das war wohl sein Vater. Dieser Bondy heißt G. H., Präsident G. H. Bondy, Kapitän.«

»G.H.?« Der Kapitän wiegte den Kopf. »G.H., da gab es keinen G.H. Höchstens der Gustl Bondy — aber das war kein Präsident. Gustl war so ein sommersprossiger kleiner Jüd'. Also, der kann es nicht sein.«

»Der wird es schon sein, Herr Vantoch. Es muß doch Jahre her sein, daß Sie ihn zum letzten Mal gesehen haben.«

»Tja, da hast du recht. Das ist Jahre her«, stimmte der Kapitän zu. »Vierzig Jahre, Junge. Kann sein, daß der Gustl schon groß ist. Und was ist er?«

»Er ist Präsident der MEAS, wissen Sie, dieser großen Fabrik für Kessel und solche Dinge, na, und noch Präsident von zwanzig verschiedenen Gesellschaften und Kartellen — ein sehr großer Herr, Herr Vantoch. Industriekapitän. Man nennt ihn den Kapitän unserer Industrie.«

»Kapitän?« staunte Captain van Toch. »Dann bin ich also doch nicht der einzige Kapitän aus Jevíčko! Teufel, der Gustl ist also auch Captain. Da sollten wir uns mal treffen. Und er hat Geld?«

»Und wie! Sündhaft viel Geld, Herr Vantoch. Der wird seine paar hundert Millionen haben. Der reichste Mann in unserem Land.«

Kapitän van Toch setzte eine tiefernste Miene auf. »Und auch Captain. Das dank' ich dir, Junge. Da werde ich ihn also anlaufen, diesen Bondy. Yes, Gustl Bondy, I know. So ein kleiner Jüd' war das. Und jetzt ist er Captain G. H. Bondy. Tja, die Zeit vergeht«, seufzte er melancholisch.

»Herr Kapitän, wir müssen schon gehen, sonst verpassen wir den Abendzug...«

»Tja, dann begleite ich euch zum Hafen«, sagte der Kapitän und begann die Anker zu lichten. »Sehr froh, daß ihr gekommen seid. Ich kenne einen Redakteur in Surabaja, yes, a good friend of mine. Gewaltiger Säufer, Jungs. Wenn ihr wollt, besorge ich euch eine Stelle bei der Zeitung in Surabaja. Nicht? Na ja, wie ihr wollt.«

Und als der Zug anfuhr, winkte Kapitän van Toch langsam und feierlich mit dem riesigen blauen Taschentuch. Dabei fiel eine große unregelmäßige Perle in den Sand. Eine Perle, die keiner mehr fand.

## G. H. Bondy und sein Landsmann

Je größer einer ist, um so weniger steht bekanntlich auf seinem Türschild geschrieben. Beim alten Herrn Max Bondy in Jevíčko mußte noch über dem Laden, zu beiden Seiten der Tür sowie an den Fenstern mit großen Buchstaben geschrieben stehen, daß hier Max Bondy ist, Geschäft mit Kurzwaren aller Art, Brautausstattungen, Bettzeug, Handtücher, Wischtücher, Tischtücher und Bezüge, Kattun und Gradel, Ia Tuche, Seide, Gardinen, Lambrequins, Posamenterien und sämtlicher Nähbedarf. Gegründet 1885. — Sein Sohn, G. H. Bondy, Industriekapitän, Präsident der MEAS, Kommerzienrat, Börsenrat, Vizepräsident des Industriellenverbandes, Consulado de la República Ecuador, vielfaches Aufsichtsratmitglied usw. usf., hat nur noch ein kleines schwarzes gläsernes Schild mit der goldenen Inschrift am Haus:

Nicht mehr. Nur Bondy. Andere mögen Julius Bondy, Vertreter der Firma General Motors, auf ihr Tor schreiben, oder Dr. med. Erwin Bondy oder S. Bondy u. Co.; aber es gibt nur einen Bondy, der schlicht Bondy ohne alle näheren Einzelheiten ist. (Ich glaube, beim Papst steht auch nur Pius an der Tür, kein Titel und keine Zahl. Und Gott hat überhaupt kein Türschild, weder im Himmel, noch auf Erden. Das muß man schon selber erkennen, daß Er hier zu Hause ist. Aber das gehört nicht hierher und soll auch nur nebenbei erwähnt werden.)

Vor diesem gläsernen Schild blieb eines heißen Tages ein Herr mit weißer Kapitänsmütze stehen und trocknete sich seinen gewaltigen Nacken mit einem blauen Taschentuch ab. Ein verdammt vornehmes Haus, dachte er und zog etwas verunsichert am Messingknopf der Hausglocke.

In der Tür erschien der Portier Povondra, musterte den dikken Herrn von den Schuhen bis zu den goldenen Tressen an der Mütze und sagte reserviert: »Bitte?«

»Also, Junge«, ließ der Herr seine gewaltige Stimme erdröhnen, »wohnt hier ein Herr Bondy?«

»Sie wünschen?« fragte Herr Povondra frostig.

»Sagen Sie ihm, daß Captain van Toch aus Surbaja mit ihm sprechen möchte. Ach so«, erinnerte er sich, »da ist das Kärtchen.« Und reichte Herrn Povondra eine Visitenkarte, auf der ein Anker eingeprägt war und der Name darunter:

*Captain J. van Toch*
E. I. & P. L. CO. S. KANDONG BANDOENG

SURABAJA                                             NAVAL CLUB

Herr Povondra neigte den Kopf zur Seite und zögerte. Soll ich ihm sagen, daß Herr Bondy nicht zu Hause ist? Oder daß ich bedauere, aber Herr Bondy hat gerade eine wichtige Konferenz? Es gibt Besucher, die man anmelden muß, und andere, die ein richtiger Portier selbst erledigt. Herr Povondra spürte ein peinliches Versagen seines Instinkts, nach dem er sich in solchen Fällen zu richten pflegte; dieser dicke Herr paßte irgendwie nicht in die üblichen Kategorien unangemeldeter Besucher, er schien weder Handelsvertreter zu sein, noch von einem Wohltätigkeitsverein zu kommen. Währenddessen schnaubt Kapitän van Toch weiter und wischt sich mit dem Taschentuch die Glatze ab; dabei blinzelt er so arglos mit seinen blauen Augen — Herr Povondra beschloß, alle Verantwortung auf sich zu nehmen. »Treten Sie bitte ein«, sagte er, »ich werde Sie beim Herrn Rat anmelden.«

Der Captain J. van Toch trocknet sich mit dem blauen Taschentuch die Stirn ab und blickte sich in der Halle um. Teufel, hat der Gustl das hier eingerichtet; das sieht ja so aus, wie in den saloons auf den ships, die von Rotterdam nach Batavia segeln. Ein Heidengeld muß das gekostet haben. Und dabei war es so ein sommersprossiger kleiner Jüd', sagt sich der Kapitän verwundert.

Unterdessen betrachtet G. H. Bondy in seinem Arbeitszimmer nachdenklich die Visitenkarte des Kapitäns. »Was will er denn?« fragte er mißtrauisch.

»Kann ich leider nicht sagen«, murmelt Herr Povondra respektvoll.

Herr Bondy hält die Visitenkarte immer noch in der Hand. Ein eingeprägter Schiffsanker. Captain J. van Toch, Surabaja — wo liegt eigentlich Surabaja? Ist das nicht irgendwo auf Java? Ein Hauch von Fernweh streift Herrn Bondy. *Kandong Bandoeng,* das hört sich wie Gongschläge an. Surabaja. Und gerade heute ist so ein tropisch heißer Tag. Surabaja. »Dann bringen Sie ihn herein!« befiehlt Herr Bondy.

In der Tür erscheint ein massiger Mann mit Kapitänsmütze und salutiert. G. H. Bondy geht ihm entgegen. »Very glad to meet you, Captain. Please, come in!«

»Grüß Sie Gott, Grüß Sie Gott, Herr Bondy«, ruft der Captain freudig.

»Sie sind Tscheche?« fragt Herr Bondy verwundert.

»Yes. Tscheche. Wir kennen uns doch, Herr Bondy. Von Jevíčko. Krämer Vantoch, do you remember?"

»Aber natürlich!« sagt sich G. H. Bondy erfreut, fühlt aber etwas wie Enttäuschung. (Er ist also gar kein Holländer!) »Krämer Vantoch, am Markt, nicht wahr? Sie haben sich aber gar nicht verändert, Herr Vantoch. Immer noch der alte! Und wie geht das Geschäft?«

»Thanks«, entgegnete der Kapitän höflich. »Vater ist schon lange hinüber... Wie sagt man?«

»Gestorben? Aber, aber! Gewiß, Sie müssen sein Sohn sein...« Der Blick des Herrn Bondy belebt sich unvermittelt durch die Erinnerung. »Menschenskind, sind Sie nicht der Vantoch, mit dem wir uns in Jevíčko immer geprügelt haben, als wir noch klein waren?«

»Tja, das werde ich wohl sein, Herr Bondy«, stimmte der Kapitän würdig zu. »Deswegen hat man mich ja auch von daheim weggeschickt, nach Mährisch Ostrau.«

»Wir haben uns oft geprügelt. Aber Sie waren stärker als ich«, gab Herr Bondy sportlich zu.

»Yes. Das war ich. Na ja, Sie waren so ein schwacher Jüd', Herr Bondy. Und haben arg den Arsch versohlt bekommen. Arg.«

»Habe ich, das stimmt«, erinnerte sich G. H. Bondy bewegt. »Aber so nehmen Sie doch Platz, Landsmann! Das ist aber nett, daß sie sich meiner erinnert haben! Wo kommen Sie jetzt eigentlich her?«

Kapitän van Toch ließ sich würdevoll im Ledersessel nieder und legte die Mütze auf den Boden. »Ich nehme hier meine Ferien, Herr Bondy. Tja, nicht wahr. That's so.«

»Wissen Sie noch«, versank Herr Bondy in Erinnerungen, »wie Sie mir immer nachgerufen haben: Jude, Jude, bald wird dich der Teufel hole ...?«

»Yes«, sagte der Kapitän und trompetete ergriffen in sein blaues Sacktuch. »Ach ja. Das waren noch Zeiten, Junge. Was hilft's, die Zeit vergeht. Jetzt sind wir beide alte Leute und beide Captains.«

»Stimmt ja, Sie sind Kapitän«, erinnerte sich Herr Bondy. »Wer hätte das gesagt! Captain of Long Distances — so heißt es doch, nicht?«

»Yeah, Sir. A highseaer. East India and Pacific Lines, Sir.«

»Ein schöner Beruf«, seufzte Herr Bondy. »Ich möchte gleich mit Ihnen tauschen, Kapitän. Sie müssen mir von sich erzählen.«

»Also das schon.« Der Kapitän wurde lebhaft. »Ich möchte Ihnen was erzählen, Herr Bondy. Eine sehr interessante Sache, Junge.« Kapitän van Toch blickte sich unruhig um.

»Suchen Sie was, Kapitän?«

»Yes. Du trinkst kein Bier nicht, Herr Bondy? Ich habe dir so einen Durst bekommen, auf der Reise von Surabaja bis hierher.« Der Kapitän begann in seiner tiefen Hosentasche zu kramen und holte ein blaues Taschentuch, ein Leinwandsäckchen mit irgend etwas drin, einen Tabaksbeutel, ein Messer, einen Kompaß und ein Bündel Banknoten hervor. »Ich würde jemand Bier holen lassen. Vielleicht den Steward, der mich da in die Kabine gebracht hat.«

Herr Bondy klingelte. »Lassen Sie, Kapitän. Nehmen Sie unterdessen eine Zigarre ...«

Der Kapitän ergriff eine Zigarre mit rotgoldener Bauchbinde und schnupperte daran. »Das ist Tabak aus Lombok. Dort gibt es große Gauner, was hilft's.« Worauf er zu Herrn Bondys Entsetzen die teure Zigarre in der gewaltigen Faust zermalmte und mit den Krümeln seine Pfeife stopfte. »Yes. Lombok. Oder Sumba.«

Unterdessen erschien Herr Povondra lautlos in der Tür.

»Bringen Sie Bier!« befahl Herr Bondy.

Herr Povondra hob die Brauen. »Bier? Und wieviel?«

»A gallon«, schnarrte der Kapitän und trat das Streichholz auf dem Teppich aus. »In Aden war es furchtbar heiß, Junge. — Also, ich habe da Neuigkeiten, Herr Bondy. Von den Sunda-Islands, see? Dort könnte man ein Riesengeschäft machen, Herr. A big business. Aber dazu müßte ich eine ganze, wie sagt man, story, erzählen.«

»Geschichte.«

»Yes. Also eine ganze Geschichte, Herr. Halt.« Der Kapitän richtete seine Vergißmeinnicht-Augen zur Decke. »Ich weiß jetzt nicht, wo ich den Anfang nehmen soll.«

(Wieder irgendein Geschäft, dachte H. G. Bondy. Gott im Himmel, wie langweilig! Er wir mir erzählen, daß er Nähmaschinen nach Tasmanien liefern könnte, oder Dampfkessel und Stecknadeln nach Fidschi. Ein großartiges Geschäft, ich weiß. Dazu bin ich euch gut. Zum Teufel, ich bin aber kein Krämer. Ich bin ein Phantast. Ich bin auf meine Art ein Dichter. Erzähle mir, Seefahrer Sindbad, von Surabaja oder den Phönix-Inseln! Hat dich der Magnetberg angezogen, hat dich der Vogel Greif nicht in sein Nest entführt? Kommst du nicht mit einer Ladung Perlen, Zimt und Bezoar heim? So fang doch schon zu lügen an, Mensch!)

»Ich fang also mit dem Viehzeug an«, verkündete der Kapitän.

»Mit welchem Viehzeug?« fragte der Kommerzienrat Bondy verwundert.

»Na, diese scorps — wie heißt das? — lizard.«

»Eidechse?«

»Ja, zum Teufel, Eidechser. Solche Eidechser gibt es dort, Herr Bondy.«

»Wo?«

»Auf so einer Insel. Die kann ich nicht nennen, Junge. Das ist ein ganz großes secret, worth of millions.« Der Kapitän van Toch fuhr sich mit dem Taschentuch über die Stirn. »Zum Teufel, wo bleibt das Bier?«

»Gleich kommt es, Kapitän, gleich.«

»Well. Also gut. Damit Sie's wissen, Herr Bondy, das sind recht liebe und brave Tierchen, die Eidechser. Ich kenne sie, mein Junge.« Der Kapitän schlug nachdenklich mit der Hand auf den Tisch. »Aber daß es Teufel sind, das ist eine Lüge. A damned lie, Sir. Da sind eher Sie ein Teufel, und ich bin ein Teufel, ich, Captain van Toch, mein Herr. Das dürfen Sie mir glauben.«

G. H. Bondy erschrak. Delirium, sagte er sich. Wo bleibt der verflixte Povondra?

»Es sind ein paar tausend davon dort, von diesen Eidechsern, aber sie werden arg aufgefressen, von diesen — sakra, wie nennt man sie hier? — sharks.«

»Haie?«

»Yes, Haie. Deswegen sind die Eidechser so selten, mein Herr, und nur an dieser einen Stelle, in der Bucht, wo ich nicht nennen kann.«

»Diese Eidechsen leben also im Meer?«

»Yes, im Meer. Nur in der Nacht kommen sie ans Ufer, aber sie müssen bald wieder ins Wasser.«

»Und wie sehen sie aus?« (Herr Bondy versuchte Zeit zu gewinnen, bis der verflixte Povondra käme.)

»Na, groß könnten sie wie Robben sein, aber wenn sie auf den Hinterpfoten tapsen, dann sind sie so groß«, zeigte der Kapitän. »Daß sie schön wären, das sind sie nicht. Sie haben keine solche Schlüpfer.«

»Schuppen?«

»Yes. Schuppen. Ganz kahl sind sie, Herr Bondy, wie Frösche oder salamanders. Und ihre Vorderpfoten, die sind wie die Patschhändchen von Kindern, aber sie haben nur vier Finger. So arme Würmchen sind das«, setzte der Kapitän mitfühlend hinzu. »Aber recht kluge und liebe Tierchen, Herr Bondy.« Der Kapitän rutschte vom Sessel in die Hocke und begann in dieser Position herumzuwatscheln. »So watscheln sie, die Eidechser.«

Der Kapitän bemühte sich, seinen mächtigen Körper in dieser Hockstellung in kreisende Bewegung zu setzen; dabei hielt er die Hände wie ein Männchen machender Hund vor der Brust und blickte Herrn Bondy mit Vergißmeinnicht-Augen an, die um Sympathie zu betteln schienen. G. H. Bondy war tief ergriffen und menschlich irgendwie beschämt. Zu allem Unglück erschien jetzt der lautlose Herr Povondra mit einem Krug Bier in der Tür und hob entrüstet die Augenbrauen, als er das unwürdige Gebaren des Kapitäns erblickte.

»Geben Sie das Bier her und gehen Sie raus!« stieß Herr Bondy rasch hervor.

Der Kapitän erhob sich und schnaubte. »Also solche Tierchen sind das, Herr Bondy. Your health«, sagte er und nahm einen tiefen Schluck. »Du hast gutes Bier, Junge. Nun ja, so ein Haus, wie deins ...« Der Kapitän wischte sich den Bart ab.

»Und wie haben Sie die Eidechsen gefunden, Kapitän?«

»Das ist ja gerade die Geschichte, Herr Bondy. Also, das war so, daß ich Perlen auf Tana Masa fischte ...« Der Kapitän stutzte. »Oder dort irgendwo. Ja, das war irgendeine andere Insel, aber das ist vorderhand mein secret, Junge. Die Leute sind große Gauner, Herr Bondy, und unsereiner muß auf sein Maul aufpassen. Und als die beiden verdammten Singhales unten im Wasser die pearlshells abschnitten ...«

»Muscheln?«

»Yes. Solche Muscheln, die zäh wie der jüdische Glaube sich an den Steinen festhalten und mit dem Messer abgeschnitten werden müssen. Dabei schauten die Eidechser den Singhales zu, und die Singhales glaubten, daß das See-Teufel sind. Aber das sind arg ungebildete Leute, die Singhales und Bataks. Sie sagten also, da sind Teufel. Yes.« Der Kapitän trompetete gewaltig in sein Taschentuch. »Du kennst das aber, Junge, das läßt einem keine Ruhe. Ich weiß nicht, ob nur wir Tschechen ein so neugieriges Volk sind, aber wo ich auf einen Landsmann stoße, da muß er überall seine Nase reinstecken, um also herauszukriegen, was dahintersteckt. Ich glaube, das kommt davon, daß wir Tschechen an nichts glauben wollen. Ich habe mir also in meinen alten dummen Kopf gesetzt, daß ich mir diese Teufel näher anschauen muß. Ich war auch besoffen, das stimmt, aber das kam daher, daß ich noch immer die dummen Teufel im Kopf hatte. Weißt du, da unten am equator ist so manches möglich. Ich ging mir also abends diese Devil Bay anschauen ...«

Herr Bondy versuchte, sich eine von Felsen und Dschungeln gesäumte tropische Bucht vorzustellen. »Ja, und?«

»Ich sitze also dort und mache *ts-ts-ts*, damit die Teufel 'rauskommen. Und siehst du, Junge, bald kam so ein Eidechser aus dem Meer heraus, stellte sich auf seine Hinterbeinchen und wackelte mit dem ganzen Körper. Und macht *ts-ts-ts*. Wäre ich nicht so besoffen gewesen, ich hätte nach dem Ding vielleicht geschossen; aber ich, Kamerad, war voll wie ein Engländer, und so sagte ich, komm her, du, komm, tapa-boy, ich tu dir nichts.«

»Haben Sie da tschechisch mit ihm gesprochen?«

»No, malaiisch. Dort spricht man meist malaian, Junge. Er aber nichts darauf, tritt nur von einem Bein aufs andere und wackelt hin und her, wie ein Kind, wenn es sich schämt. Und rundherum im Wasser waren ein paar hundert dieser Eidechser und streckten ihre Mäuler aus dem Wasser und guckten mich an. Und ich, nun ja, stimmt, ich war besoffen, ich hockte mich also hin und begann zu wackeln wie dieser Eidechser, damit sie keine Angst vor mir haben. Und dann kam ein zweiter Eidechser aus dem Wasser, ungefähr so groß wie ein zehnjähriger Junge, und fing auch an zu watscheln und zu wackeln. Und in der Vorderpfote hielt er so eine Perlmuschel.« Der Kapitän tat einen Zug. »Zum Wohl, Herr Bondy. Natürlich, ich war bis oben voll, und so sagte ich zu ihm, du Pfiffikus, du willst, daß ich die Muschel für dich aufmache, ja? Dann komm her, ich kann sie dir mit dem Messer öffnen. Aber der Bursche rührt sich nicht, er traute sich nicht. Da fing ich wieder an, mich zu wenden und zu winden, wie ein kleines Mädchen, wenn es sich vor jemandem schämt. Da kam er dann näher herangewatschelt, und ich streckte langsam die Hand aus und nehme ihm die Muschel aus der Pfote. Nun ja, stimmt, wir haben beide Angst gehabt, das kannst du dir denken, Herr Bondy; aber ich war ja betrunken. So nahm ich also mein Messer und machte die Muschel auf; ich fuhr mit dem Finger hinein, ob keine Perle drin ist, aber es war keine drin, nur dieser widerliche Rotz, die glitschige Molluske, wo in den Muscheln lebt. Da, sagte ich, ts-ts-ts, friß, wenn du willst. Und ich werfe ihm die offene Muschel zu. Du hättest sehen sollen, Junge, wie er sie ausgeschleckt hat. Das muß für die Eidechser ein großes titbit sein, wie sagt man?«

»Leckerbissen.«

»Yes, Leckerbissen. Nur, daß sie, die armen Kleinen, mit ihren Fingerchen die harten Schalen nicht aufbrechen können. Das Leben ist schwer, yes.« Der Kapitän nahm einen Schluck. »Ich habe mir das in meinem Kopf zurechtgelegt, Junge. Als die Eidechser sahen, wie die Singhales die Muscheln abschneiden, da sagten sie sich wahrscheinlich, aha, die fressen das, und wollten sehen, wie die Singhales sie aufmachen. So ein Singhales ist im Wasser so einem Eidechser sehr ähnlich, aber so ein Eidechser ist schlauer als ein Singhales oder ein Batak, weil er etwas lernen will. Und der Batak wird nie etwas anderes lernen als Gaunereien«, fügte der Kapitän J. van Toch erbittert hinzu. »Und als ich dort am Ufer ts-ts-ts machte und mich wie ein Eidechser wand, dachten sie, daß ich vielleicht irgendein großes Salamander bin. Darum fürchteten sie sich gar nicht so und kamen zu mir, damit ich ihnen die Muschel aufmache. So kluge und zutrauliche Tierchen sind das.«

Kapitän van Toch errötete. »Als ich besser mit ihnen bekannt wurde, Herr Bondy, habe ich mich nackt ausgezogen, damit ich mehr wie sie aussehe, so kahl; aber es kam ihnen immer merkwürdig vor, daß ich Haare auf der Brust habe und solche Dinge. Yes.« Der Kapitän fuhr mit dem Taschentuch über seinen geröteten Nacken. »Aber ich weiß nicht, ob das für dich nicht zu lang wird, Herr Bondy.«

G. H. Bondy war wie verzaubert. »Nein, bestimmt nicht. Erzählen Sie nur weiter, Kapitän!«

»Also ja, das kann ich. Als der Eidechser die Muschel ausschleckte, da guckten die andern zu und kamen ans Ufer. Einige hatten auch Muscheln in den Pfoten — das ist ziemlich merkwürdig, Junge, daß sie sie mit ihren Kinderhändchen ohne Daumen von den cliffs abreißen konnten. Eine Weile schämten sie sich, aber dann ließen sie sich die Muscheln aus den Pfoten nehmen. Nun ja, es waren nicht lauter Perlmuscheln, auch mancher Mist darunter, diese tauben Austern und so, aber die schmiß ich ins Wasser und sagte, die nicht, Kinder, das hat keinen Wert, das werde ich euch mit meinem Messer nicht aufmachen. Aber wenn es eine Perlmuschel war, dann habe ich sie mit meinem Messer aufgemacht und hineingegriffen, ob eine Perle drin ist. Und die Muschel gab ich ihnen zum Ausschlecken. Da saßen schon ein paar hundert dieser lizards um mich herum und guckten zu, wie ich das aufmache. Und manche versuchten es selber, ich meine, die Muscheln aufmachen, mit irgendeiner Schale, was da so herumlag. Also, ich muß sagen, das kam mir schon merkwürdig vor, Junge. Kein Tier kann mit instruments umgehen; was hilft's, ein Tier, das ist halt nur Natur. Es stimmt zwar, in Buitenzorg habe ich einen Affen gesehen, der so ein tin, diese Schachtel mit einer Konserve drin, mit dem Messer aufmachen konnte; aber ein Affe, das ist schon kein richtiges Tier mehr, mein Herr. Aber merkwürdig ist das schon.« Der Kapitän nahm einen Schluck. »In derselben Nacht, Herr Bondy, habe ich an die achtzehn Perlen in den shells gefunden. Es waren kleinere und größere dabei, und drei waren wie ein Obstkern, Herr Bondy. Wie ein Obstkern.« Kapitän van Toch nickte ernst. »Als ich dann in der Früh zu meinem Schiff zurück bin, da sagte ich mir, Captain van Toch, das hast du alles nur geträumt, Sir, du warst besoffen, mein Herr, und so; aber was hilft's, da in dieser kleinen Tasche hatte ich achtzehn Perlen. Yes.«

»Das ist die schönste Geschichte«, flüsterte Herr Bondy, »die ich je gehört habe.«

»Da siehst du es, Junge«, erwiderte der Kapitän erfreut. »Am andern Tag habe ich mir das dann im Kopf zurechtgelegt. Ich werde die Eidechser — zähmen, nicht? Yes. Zähmen und trainieren, und sie werden mir die pearl-shells bringen.

Es muß eine Menge von diesen Muscheln dort geben, in dieser Devil Bay. Da ging ich also am Abend wieder hin, aber ein bißchen früher. Wenn der Sonnenuntergang beginnt, stecken die Eidechser ihre Schnuten aus dem Wasser, da, dort, bis man nichts anderes mehr sieht. Ich sitze am Ufer und mache ts-ts-ts. Plötzlich sehe ich, ein Hai, nur die Flosse ragt aus dem Wasser. Dann platschte es im Wasser, und ein Eidechser war weg. Ich habe zwölf von diesen Haien gezählt, die da bei Sonnenuntergang in diese Devil Bay gekommen sind. Herr Bondy, die Biester haben mir an einem einzigen Abend über zwanzig *meiner* Eidechser aufgefressen«, stieß der Kapitän hervor und schneuzte sich erbost. »Yes, über zwanzig! Das ist klar, so ein kleines Eidechser kann ihm mit seinen Pfötchen nichts anhaben. Man könnte heulen, wenn man das so sieht. Du müßtest das sehen, Junge ...«

Der Kapitän dachte nach. »Ich habe nämlich Tiere sehr gern, mein Junge«, sagte er schließlich und hob den himmelblauen Blick zu G.H. Bondy. »Ich weiß nicht, wie Sie das sehen, Captain Bondy...«

Herr Bondy nickte zustimmend.

»Das ist gut«, sagte Kapitän van Toch erfreut. »Sie sind recht brav und klug, die tapa-boys; wenn man ihnen was sagt, passen sie auf, wie ein Hund, wenn er seinem Herrchen zuhört. Und am rührendsten sind ihre Patschhändchen — weißt du, Junge, ich bin ein alter Mann und Familie habe ich auch keine ... Ja, ein alter Mensch ist sehr allein«, brummte der Kapitän und bemühte sich, seiner Rührung Herr zu werden. »Schrecklich lieb sind die Eidechser, was hilft's? Wenn nur die Haie sie nicht so fressen würden! Als ich anfing, mit Steinen nach ihnen zu werfen, nach den sharks also, da *fingen sie auch an zu werfen*, die tapa-boys. Du wirst es nicht glauben, Herr Bondy. Nun ja, weit werfen konnten sie nicht, weil sie recht kurze Arme haben. Aber merkwürdig ist das schon, Menschenskind. Wenn ihr so geschickt seid, Jungs, sagte ich, dann versucht doch, hier mit meinem Messer eine Muschel zu öffnen. Und ich lege das Messer auf den Boden. Sie genierten sich eine Weile, und dann versucht es einer und steckt die Messerspitze zwischen die Schalen. Du mußt sie aufbrechen, sage ich, aufbrechen, see? das Messer so herumdrehen, dann geht's! — Und er probiert immer herum, der Arme, bis es knackt und die Muschel offen ist. Na, siehst du, sage ich. Ist doch gar nicht so schwer. Wenn es so ein Heide Batak oder Singhales kann, dann muß es doch ein tapa-boy erst recht können, oder? — Ich werde doch den Eidechsern nicht sagen, Herr Bondy, daß das ein *sagenhaftes* marvel und Wunder ist, wenn so ein Tier so etwas fertigbringt. Aber jetzt kann ich es sagen, ich war... ich war... nun, völlig thunderstruck.«

»Wie vom Donner gerührt«, half Herr Bondy nach.

»Yes, that's it, wie vom Donner gerührt. Nun, das ging mir so im Kopf herum, daß ich mit meinem Schiff noch einen Tag länger blieb. Und abends wieder in die Devil Bay, und wieder sah ich, wie die sharks meine Eidechser fressen. Und in dieser Zeit habe ich mir geschworen, mein Junge, daß ich das nicht so lassen kann. Auch *ihnen* gab ich mein Ehrenwort, Herr Bondy. *Tapa-boys, Captain J. van Toch verspricht euch hier unter diesen schrecklichen Sternen, daß er euch hilft!*«

## 4

## *Das Handelsunternehmen des Kapitän van Toch*


Als dies Kapitän van Toch erzählte, sträubten sich seine Nakkenhaare vor Entzücken und Erregung.

»Yes, mein Herr, das habe ich also geschworen. Seit der Zeit, Junge, hatte ich keinen Augenblick Ruhe. In Batang nahm ich meine Ferien und schickte den Juden in Amsterdam hundertsiebenundfünfzig Perlen, alles, was mir meine lieben Tierchen gebracht haben. Dann fand ich so einen Kerl, es war ein Dajak, ein sharkkiller, was die Haie mit dem Messer im Wasser umbringt. Ein schrecklicher Gauner und Mörder, dieser Dajak. Und mit ihm bin ich dann mit so einem kleinen Trampschiff zurück auf Tana Masa, und jetzt, fella, wirst du hier mit deinem Messer die Haie umbringen. Ich wollte, daß er dort die Haie ausrottet, damit sie meine Eidechser in Ruhe lassen. Das war so ein Mörder und Heide, dieser Dajak, daß ihm nicht einmal die tapa-boys etwas ausmachten. Teufel oder nicht, ihm war es egal. Und ich habe unterdessen an den lizards meine observations und experiments gemacht — warte mal, ich habe ein Logbuch, wo ich es jeden Tag eingetragen habe.« Der Kapitän holte ein umfangreiches Notizbuch aus der Brusttasche hervor und begann darin zu blättern.

»Also, welchen Tag haben wir denn heute? Den fünfundzwanzigsten Juni, nicht wahr? Also, zum Beispiel der fünfundzwanzigste Juni, das war also voriges Jahr. Yes, hier. Dajak hat einen Hai getötet. Die lizards zeigen riesiges interesst für die Kadaver. Toby — das war also so ein kleinerer Eidechser, aber recht schlau«, erläuterte der Kapitän. »Ich mußte ihnen Namen geben, weißt? damit ich das Buch über sie schreiben konnte. — Also Toby steckte die Finger in das Loch von dem Messer. Abends trugen sie trockene Zweige für mein Feuer zusammen. — Das ist nichts«, brummte der Kapitän. »Ich suche einen anderen Tag. Vielleicht den zwanzigsten Juni, oder? — Lizards bauten weiter an ihrem ... ihrem ... wie sagt man jetty?«

»Damm, oder?«

»Yes, Damm. Sie bauten also weiter an dem neuen Damm am nordwestlichen Ende der Devil Bay — Mensch«, erklärte er, »das war ein wundervolles Werk. Ein wahres breakwater.«

»Wellenbrecher?«

»Yes. Sie haben auf dieser Seite ihre Eier gelegt und wollten dort ruhiges Wasser haben, weißt du? Das haben sie sich *selber* ausgedacht, daß sie dort so ein dam hinbauen; aber ich sage dir, kein Beamter oder Inschinjör von der Waterstraat in Amsterdam hätte einen besseren Plan für einen solchen Unterwasserdamm gemacht. Eine recht geschickte Sache, nur, daß ihnen eben das Wasser ihn immer weggespült hat. Sie graben unter Wasser auch solche tiefen Löcher ins Ufer, und in diesen Löchern leben sie tagsüber. Schrecklich kluge Tiere, mein Herr, wie die beavers.«

»Biber.«

»Yes, diese großen Mäuse, was Dämme in den Flüssen bauen können. Sie hatten eine *Menge* solcher Dämme in der Devil Bay, so herrlich gerade dams, daß es wie eine Stadt aussah. Und zum Schluß wollten sie den Damm über die ganze Devil Bay bauen. Also, so ist es. — Jetzt können sie schon Felsen mit Hebeln bewegen«, las er weiter. »Albert — das war ein tapa-boy — zerquetschte sich zwei Finger dabei. — Einundzwanzigster. *Dajak hat Albert aufgefressen!* Aber es wurde ihm schlecht davon. Fünfzehn Tropfen Opium. Er verspricht, daß er es nicht mehr tut. Den ganzen Tag hat es geregnet. — Dreißigster Juni: Lizards bauen dam. Toby will nichts tun. — Mein Lieber, der war schlau«, erläuterte der Kapitän voller Bewunderung. »Die Schlauen wollen nie arbeiten. Er hat ewig an irgend etwas herumgebastelt, dieser Toby. Was hilft's, auch bei den Eidechsern gibt es große Unterschiede. — Dritter Juli: Sergeant bekam ein Messer. — Das war so ein großer starker Eidechser, dieser Sergeant. Und sehr geschickt, mein Lieber. — Siebenter Juli: Sergeant tötet mit dem Messer einen cuttle-fish — das ist so ein Fisch, der diese braune Scheiße in sich drin hat, weißt du?

»Ein Tintenfisch?«

»Yes, das wird es sein. — Zwölfter Juli: Sergeant tötet mit dem Messer ein großes jelly-fish — das ist so ein Viech wie Sülze und brennt wie eine Brennessel. Ein widerliches Viech ist das. — Und jetzt Achtung, Herr Bondy. *Dreizehnter Juli*: Ich hab das hier unterstrichen. *Sergeant hat mit dem Messer einen kleinen Hai getötet.* Gewicht siebzig Pfund. — Also, so ist es, Herr Bondy«, erklärte Kapitän J. van Toch feierlich. »Hier steht es schwarz auf weiß. Das war ein großer Tag, Junge. Genau am dreizehnten Juli voriges Jahr.« Der Kapitän klappte sein Notizbuch zu. »Ich schäme mich nicht dafür, Herr Bondy; ich habe mich dort am Strand der Devil Bay hingekniet und aus lauter reiner Freude geheult. Weil jetzt habe ich gewußt, daß sich meine tapa-boys wehren können. Der Sergeant hat dafür ein schönes neues Harpun bekommen — Harpun ist das Beste, Junge, wenn du Haie jagen willst — und ich habe ihm gesagt, be a man, Sergeant, und zeig den tapa-boys, daß sie sich wehren können. Menschenskind!« rief der Kapitän aus, sprang auf und schlug vor Begeisterung mit der Faust auf den Tisch, »weißt du, daß dort drei Tage später ein riesiger verreckter Hai herumschwamm, full of gashes, wie sagt man?«

»Voller Wunden?«

»Yes, lauter Löcher von diesem Harpun.« Der Kapitän machte einen Schluck, daß es gurgelte. »Also so ist es, Herr Bondy. Jetzt erst habe ich mit den tapa-boys ... sowas wie einen Kontrakt gemacht. Ich habe ihnen nämlich mein Wort gegeben, daß, wenn sie mir Perlmuscheln bringen, daß ich ihnen dafür harpoons und knives, die Messer also, geben werde, damit sie sich wehren können, see? Das ist ein ehrliches business, mein Herr. Was hilft's, der Mensch soll auch einem Tier gegenüber ehrlich sein. Und auch ein bißchen Holz habe ich ihnen gegeben. Und zwei eiserne wheelbarrows.«

»Schubkarren.«

»Yes. Schubkarren. Für die Steine. Damit sie ihren dam bauen können. Sie mußten ja alles, die Armen, in ihren kleinen Pfoten schleppen, weißt du? Na ja, einen Haufen Sachen haben sie bekommen. Ich möchte sie nicht übers Ohr hauen, nein, das möchte ich nicht. Wart mal, Junge, ich zeige dir was.«

Kapitän van Toch hob mit der einen Hand seinen Bauch hoch und fischte mit der anderen ein Leinwandsäckchen aus der Hosentasche.

»Also, hier habe ich es«, sagte er und leerte den Inhalt auf den Tisch. Es waren an die tausend Perlen in jeder Größe: Hanfkörner, Erbsen, einige so groß wie eine Kirsche; vollkommene tropfenförmige Perlen, höckrige barocke, silbrige Perlen, bläuliche, hautfarbene, gelbliche, schwärzliche und rosafarbene. G. H. Bondy verschlug es den Atem; er konnte nicht an sich halten, er mußte darin wühlen, mit den Fingerspitzen, mit den Händen ...

»Ist das schön«, flüsterte er verzückt, »Kapitän, das ist wie ein Traum!«

»Yes«, meinte der Kapitän unbeeindruckt. »Nett ist das. Und von diesen Haien haben sie ungefähr dreißig in dem Jahr getötet, wo ich bei ihnen war. Ich habe es hier aufgeschrieben«, sagte er und klopfte auf die Brusttasche. »Ich habe ihnen auch eine Menge Messer gegeben, und fünf von diesen harpoons — *Mich* kosten die Messer fast zwei amerikanische dollars a piece, das heißt also, das Stück. Sehr gute Messer, mein Junge, aus diesem Stahl, der keinen rust fängt.«

»Rost.«

»Yes. Weil es Unterwasser-Messer sein müssen, also fürs Meer. Und die Bataks haben auch einen Haufen Geld gekostet.«

»Welche Bataks?«

»Na, die Eingeborenen auf der Insel. Sie haben so einen Glauben, daß die tapa-boys Teufel sind, und sie fürchten sich schrecklich vor ihnen. Und als sie sahen, daß ich mit ihren Teufeln rede, wollten sie mich gleich umbringen. Ganze Nächte lang schlugen sie auf solche Glocken ein, um also die Teufel von ihrem Kampong zu verjagen. Einen fürchterlichen Lärm machten sie, mein Herr. Und dann wollten sie von mir immer am nächsten Tag, daß ich sie für das Läuten bezahle. Wegen der Arbeit, die sie damit hatten, weißt du? Was hilft's, die Bataks sind große Gauner. Aber mit diesen tapa-boys, Sir, mit den Eidechsern könnte man in ein ehrliches Geschäft kommen. Ja. Ein gutes Geschäft, Herr Bondy.«

G. H. Bondy kam sich vor wie im Märchen. »Perlen von ihnen kaufen?«

»Yes. Nur, daß es eben in der Devil Bay keine Perlen mehr gibt, und auf anderen Inseln wieder keine tapa-boys. Das ist der Haken, mein Junge.« Kapitän J. van Toch blies siegesbewußt die Backen auf. »Und das ist gerade das große Geschäft, was ich in meinem Kopf erfunden habe. Junge«, sagte er und bohrte den dicken Zeigefinger in die Luft, »es ist doch so, daß die Eidechser gewaltig viele geworden sind, seit ich mich ihrer angenommen habe! Sie können sich jetzt wehren, you see? Äh? Und sie werden immer mehr werden! Na, Herr Bondy? Wäre das nicht ein fabelhaftes Unternehmen?«

»Ich sehe immer noch nicht ...«, meinte G. H. Bondy unsicher, »wie meinen Sie das eigentlich, Kapitän?«

»Na, man könnte die tapa-boys zu anderen Perlinseln bringen«, sprudelte er schließlich hervor. »Ich habe herausgefunden, daß die Eidechser selber nicht über freies und tiefes Meer kommen. Sie können eine Weile schwimmen und eine Weile auf dem Boden watscheln, aber in großen Tiefen, da ist der Druck zu groß für sie; sie sind ja so furchtbar weich, weißt du? Aber wenn ich so ein Schiff hätte, wo man für sie so ein tank machen könnte, so einen Wasserbehälter, dann könnte ich sie hinbringen, wohin ich will, see? Und sie würden dort Perlen suchen, und ich würde immer zu ihnen hinkommen und ihnen die Messer und harpoons und andere solche Sachen bringen, was sie brauchen. Die Armen haben sich ja in der Devil Bay so ver... ver... — wie sagt man, wie es die Schweine machen?«

»Vermehrt.«

»Yes, vermehrt, so daß sie dort nichts mehr zu fressen haben werden. Sie fressen, was da so kleine Fische und molluscs und solche Wasserinsekten sind; aber auch Kartoffeln können sie fressen und Zwieback und so gewöhnliche Sachen. Man könnte sie also in diesen tanks auf dem Schiff füttern. Und ich würde sie an geschickten Stellen, da wo nicht soviele Menschen sind, wieder ins Wasser lassen und dort solche — solche farms für meine Eidechser machen. Ich möchte halt, daß sie sich ernähren können, die armen Viecher. Sie sind recht lieb und klug, Herr Bondy. Wenn du sie dann siehst, Junge, wirst du sagen, hallo, Captain, da hast du aber nützliche Tiere. Yes. Die Leute sind jetzt ganz verrückt nach Perlen, Herr Bondy. Tja, das ist also das große business, das ich mir ausgedacht habe.«

G. H. Bondy wurde verlegen. »Es tut mir schrecklich leid, Kapitän«, begann er zögernd, »aber — ich weiß wirklich nicht ...«

Die himmelblauen Augen des Kapitäns J. van Toch begannen sich mit Tränen zu füllen. »Also, das ist schlimm, Junge. Ich könnte dir alle diese Perlen als ... als guaranty für das Schiff da lassen, aber ein Schiff kann ich selber nicht kaufen. Ich wüßte ein recht feines Schiff da in Rotterdam ... Sie läuft auf Dieselmotor...«

»Warum haben Sie das Geschäft nicht jemandem in Holland angeboten?«

Der Kapitän schüttelte den Kopf. »Die Leute da kenne ich, Junge. Mit denen kann ich darüber nicht reden. Na ja, ich könnte ja«, sagte er sinnend, »mit dem Schiff auch andere Sachen befördern, alle möglichen goods, mein Herr, und ich könnte sie auf den Inseln verkaufen. Yes, das könnte ich. Ich habe da furchtbar viel Bekannte, Herr Bondy. Dabei könnte ich in dem Schiff solche tanks für meine Eidechser haben ...«

»Darüber könnte man schon eher sprechen«, überlegte G. H. Bondy. »Zufälligerweise wollen wir nämlich ... Nun ja, wir *müssen* neue Absatzmärkte für unsere Industrie suchen. Zufälligerweise sprach ich darüber vor kurzem mit einigen Leuten. — Ich möchte ein oder zwei Schiffe kaufen, eins für jene östlichen Regionen ...«

Der Kapitän lebte auf. »Das lob' ich dir, Herr Bondy, Sir. Schiffe sind jetzt furchtbar billig, du kannst einen ganzen Hafen kaufen ...« Kapitän van Toch erging sich in technischen Erläuterungen, wo und zu welchem Preis vessels und boats und tank-steamers zu haben wären; G. H. Bondy hörte nicht zu und beobachtete ihn nur; G. H. Bondy kannte sich mit Menschen aus. Keinen Augenblick lang nahm er die Eidechsen des Kapitäns van Toch ernst; aber der Kapitän war eine Überlegung wert. Ehrlich, das ist er. Und kennt die Verhältnisse da unten. Ein Verrückter, gewiß. Aber verflixt sympathisch. Im Herzen G. H. Bondys erklang eine phantastische Saite.

Schiffe mit Perlen und Kaffee, Schiffe mit Gewürzen und allen Düften Arabiens. G.H. Bondy überkam jenes zerstreute Gefühl, das sich bei ihm vor jeder großen und erfolgreichen Entscheidung einzustellen pflegte; ein Gefühl, das man vielleicht in die Worte kleiden könnte: Ich weiß zwar nicht, warum, aber wahrscheinlich gehe ich es an. Währenddessen beschrieb Captain van Toch mit seinen gewaltigen Pranken Schiffe mit awning-decks oder quarterdecks in der Luft, fabelhafte Schiffe, Junge ...

»Also, wissen Sie was, Kapitän Vantoch«, sagte G.H. Bondy unvermittelt, »kommen Sie in vierzehn Tagen wieder. Wir sprechen dann nochmals über das Schiff.«

Captain van Toch begriff, wieviel ein solches Wort wert war. Vor Freude errötete er und stieß hervor: »Und die Eidechser — kann ich sie auf meinem Schiff transportieren?«

»Aber ja. Nur, ich bitte Sie, sprechen Sie mit niemandem darüber. Die Leute würden glauben, daß Sie verrückt geworden sind — und ich mit Ihnen.«

»Und die Perlen kann ich hier lassen?«

»Können Sie.«

»Well, dann muß ich zwei recht schöne Perlen heraussuchen, ich möchte sie jemand schicken.«

»Wem denn?«

»Zwei solchen redactors, Junge. Aber — sakra — warte mal!«

»Was ist denn?«

»Sakra, wie haben sie denn nur geheißen?« Kapitän van Toch blinzelte nachdenklich mit seinen himmelblauen Augen. »Ich hab doch so einen dummen Kopf, Menschenskind. Jetzt weiß ich gar nicht mehr, wie die zwei boys eigentlich hießen.«

# 5

## *Kapitän J. van Toch und seine dressierten Echsen*

»Ich soll gleich an Ort und Stelle versinken«, sagte der Mann in Marseille, »wenn das nicht der Jensen ist.«

Der Schwede hob nur den Blick. »Warte«, sagte er, »und rede nicht, bevor ich dich gefunden habe.« Er hob die Hand zur Stirn. »*Seagull*, nein. *Empress of India*, nein. *Fernambuco*, nein. Jetzt hab' ich's! *Vancouver*. Vor fünf Jahren auf der *Vancouver*, Osaka-Line, Frisco. Und heißt Dingle, du Schlingel, und bist ein Ire.«

Der Mann bleckte seine gelben Zähne und setzte sich. »Right, Jensen. Und ich trinke jeden Schnaps, den es gibt. Wo kommst du her?«

Jensen deutete mit einem Kopfnicken aufs Meer hinaus. »Ich fahre jetzt Marseille—Saigon. Und du?«

»Ich habe Urlaub«, prahlte Dingle. »So fahre ich jetzt heim, nachsehen, wie sich meine Kinder vermehrt haben.«

Jensen nickte ernsthaft. »Da haben sie dich also wieder gefeuert. Besoffen im Dienst und so weiter. Wenn du in den CVJM, die YMCA, gehen würdest wie ich, Mensch, dann ...«

Dingle grinste erfreut. »Dann ist das hier die Ymca?«

»Heut ist doch Samstag«, brummte Jensen. »Und wo bist du gefahren?«

»Auf so einem Tramp«, sagte Dingle ausweichend. »Alle möglichen Inseln da unten.«

»Kapitän?«

»Ein van Toch, Holländer oder was.«

Der Schwede dachte nach. »Kapitän van Toch. Mit dem bin ich hier schon vor Jahren gefahren, Bruder. Schiff: *Kandong Bandoeng*. Linie: Vom Teufel zum Satan. Dick, Glatze und flucht auch malaiisch, damit es mehr hergibt. Kenn' ich gut.«

»War er schon damals so verrückt?«

Der Schwede schüttelte den Kopf: »Der alte Toch ist all right, Mann.«

»Hat er schon damals seine Eidechsen mit herumgeschleppt?«

»Nein.« Jensen zögerte für einen Moment. »Ich habe etwas davon gehört ... in Singapur. Irgend so ein Quatschkopp erzählte da was.«

Der Ire tat ein bißchen beleidigt.

»Das ist kein Quatsch, Jensen. Das mit den Eidechsen ist die nackte Wahrheit.«

»Der in Singapur hat auch gesagt, daß es die Wahrheit ist«, murmelte der Schwede. »Und trotzdem hat er eins aufs Maul bekommen«, fügte er siegreich hinzu.

»Dann will ich dir sagen«, erwiderte Dingle, »was es damit auf sich hat. Ich muß es doch wissen, mein Lieber! Ich habe die Biester mit eigenen Augen gesehen.«

»Ich auch«, brummte Jensen. »Fast schwarz, samt Schwanz ungefähr einssechzig und laufen auf zwei Beinen. Ich weiß.«

»Widerlich.« Dingle schüttelte sich. »Lauter Warzen, Mensch. Heilige Mutter Gottes, ich würde das nicht einmal anfassen! Das muß doch giftig sein!«

»Warum«, brummte der Schwede. »Mensch, ich habe schon auf Schiffen gedient, wo es einen Haufen Leute gab. Auf dem over- und auf dem lowerdeck lauter Menschen, lauter Weiber und solche Dinge, und sie tanzten und spielten Karten — ich war da Heizer, verstehst du? Und jetzt sag mir, du Depp, was giftiger ist.«

Dingle spuckte aus. »Wenn es Kaimane wären, Mensch, dann würd' ich ja nichts sagen. Ich habe auch schon mal Schlangen für einen Zoo gefahren, da hinten von Bandschermasin, und wie die gestunken haben, Mann! Aber diese Echsen — Jensen, das sind schon komische Viecher. Am Tag geht's ja noch, am Tag sind sie in den Wasserbehältern drin; aber nachts kommt das raus, tapp — tapp, tapp — tapp ... Das Schiff wimmelte nur so davon. Auf den Hinterbeinen stand das da und drehte den Kopf nach einem um ...« Der Ire schlug ein Kreuz. »Sie machen ts-ts-ts, so wie die Nutten in Honkong einen anmachen. Gott strafe mich nicht, aber ich bin sicher, daß mit den Viechern etwas nicht in Ordnung ist. Wenn es heutzutage nicht so schlecht um 'nen Job stünde, wäre ich keine Stunde dort geblieben. Keine Stunde!«

»Aha«, sagte Jensen. »Darum gehst du also wieder heim zu Muttern?«

»Auch. Man muß furchtbar saufen, um das dort überhaupt auszuhalten, und da ist der Kapitän arg dahinter. War das ein Theater, als ich einem von diesen Biestern einen Tritt gab. Natürlich hab ich ihm einen Tritt gegeben, und was für einen, Mann; ich hab ihm glatt das Rückgrat gebrochen. Das hättest du sehen sollen, wie der Alte da getobt hat; ganz blau ist er angelaufen, hat mich am Hals gepackt und hätte mich glatt ins Wasser geschmissen, wenn mate Gregory nicht gewesen wäre. Kennst du ihn?«

Der Schwede nickte nur.

»Er hat genug, Herr, sagte der mate und schüttete mir einen Eimer Wasser übern Kopf. Und in Kokopo ging ich an Land.« Herr Dingle spuckte in weitem, flachen Bogen aus. »Dem Alten lag mehr an den Biestern als an den Menschen. Weißt du, daß er ihnen das Reden beibringt? So wahr mir Gott helfe, er hat sich mit ihnen eingeschlossen und stundenlang mit ihnen geredet! Ich glaube, er dressiert sie irgendwie für einen Zirkus. Aber am sonderbarsten ist, daß er sie dann ins Wasser läßt. Er hält bei irgendeiner Insel an, fährt mit dem Boot die Küste lang und mißt die Tiefe; dann schließt er sich bei den Tanks ein, macht die hatch in der Schiffswand auf und läßt die Biester ins Wasser. Mensch, die springen wie dressierte Seehunde nacheinander durch die Luke, immer so zehn oder zwölf. — Und nachts geht dann der alte Toch mit irgendwelchen Kisten an Land. Was drin ist, das darf niemand wissen. Dann fährt man wieder weiter. So also ist das mit dem alten Toch, Jens. Komisch. Recht komisch.« Herrn Dingles Blick wurde starr. »Allmächtiger Gott, Jens, mir war echt angst und bange davon! Ich habe gesoffen, Mensch, gesoffen wie ein Loch; und wenn das Zeug nachts übers ganze Deck tappte und Männchen machte ... und ts-ts-ts, da dachte ich manchmal, oho, Junge, das kommt vom Saufen. Ich hatte das schon mal in Frisco, du weißt es ja, Jensen; aber damals habe ich lauter Spinnen gesehen. Delirium, sagten die Docs im sailor-hospital. Da weiß ich also nicht so recht. Aber dann habe ich Big Bing gefragt, ob er das nachts auch gesehen hat, und er hat gesagt, auch. Er hat angeblich mit eigenen Augen gesehen, wie eine der Echsen die Türklinke anfaßte und zum Kapitän in die Kajüte geht. Ich weiß also nicht; Joe hat auch furchtbar gesoffen. Glaubst du, Jens, daß Bing das Delirium gehabt hat? Was meinst du?«

Der Schwede Jensen zuckte nur die Achseln.

»Und der Deutsche Peters hat gesagt, auf Manihiki Islands, da hat er den Kapitän an Land gebracht und hat sich hinter den Felsen versteckt und zugesehen, was der alte Toch dort mit den Kisten macht. Mensch, die Echsen haben sie angeblich selber aufgemacht, als ihnen der Alte ein Stemmeisen gab. Und weißt du, was in den Kisten drin war? Messer, Mann. So lange Messer und Harpunen und so Zeug. Mensch, ich trau' dem Peters zwar nicht, weil er eine Brille auf der Nase trägt, aber es ist schon merkwürdig. Was meinst du?«

Jens Jensen schwollen die Adern auf der Stirn an. »Also ich sage dir«, knurrte er, »daß dein Deutscher seine Nase in Dinge reinsteckt, die ihn nichts angehen, verstehst du? Und ich sage dir, daß ich es ihm nicht geraten haben will!«

»Dann schreib's ihm«, spottete der Ire. »Die sicherste Adresse ist die Hölle, dort kriegt er es bestimmt. Und weißt du, was mir komisch vorkommt? Daß der alte Toch seine Echsen ab und zu besuchen geht, dort, wo er sie ausgesetzt hat. Tatsächlich, Jens. Er läßt sich nachts an Land bringen und kommt erst am andern Morgen wieder an Bord. Da sag mir, Jensen, wen er dort sucht! Und sag mir, was in den Päckchen drin ist, die er nach Europa schickt! Schau, so ein kleines Päckchen, und er läßt das auch mit tausend Pfund versichern.«

»Wie weißt du das?« Der Schwede zog die Stirn noch mehr in Falten.

»Man weiß, was man weiß«, meinte Herr Dingle ausweichend. »Und weißt du, wo der alte Toch die Eidechsen holt? In der Devil Bay. In der Teufelsbucht, Jens. Ich habe dort einen Bekannten, er ist Agent und ein gebildeter Mensch, und der hat gesagt, Mann, das sind gar keine dressierten Echsen. Keine Spur! Das sind Kindermärchen, daß das einfach Tiere sind. Laß dir nichts einreden, Mann!« Herr Dingle kniff bedeutungsvoll das eine Auge zu. »So also ist es, Jensen, damit du es weißt. Mir wirst du erzählen, daß Captain van Toch all right ist.«

»Sag das nochmal!« drohte der große Schwede heiser.

»Wenn der alte Toch all right wär', würde er keine Teufel in der Welt spazieren fahren ... und würde sie nicht überall auf den Inseln aussetzen, wie Läuse in einen Pelz. Jens, in der Zeit, in der ich bei ihm war, hat er ein paar tausend davon weggebracht. Der alte Toch hat seine Seele verkauft, Mann. Und ich weiß, was ihm die Teufel dafür geben. Rubine, Perlen und solche Sachen. Das kannst du dir doch denken, umsonst macht er das nicht.«

Jens Jensen wurde puterrot. »Und was geht dich das an?« brüllte er und schlug mit der Faust auf den Tisch. »Kümmere du dich um deine eigenen verdammten Angelegenheiten!«

Der kleine Dingle sprang vor Schreck auf. »Ich bitte dich«, stammelte er verwirrt, »was ist denn auf einmal in dich gefahren ... Ich sag' doch nur, was ich gesehen habe. Aber wenn du willst, dann habe ich das nur geträumt. Weil es du bist, Jensen. Wenn du willst, sage ich, daß es das Delirium ist. Du darfst mir nicht böse sein, Jensen. Du weißt doch, daß ich das schon einmal in Frisco hatte. Ein schwerer Fall, haben die Docs im sailor-hospital gesagt. Mann, ich habe wirklich geträumt, daß ich die Echsen oder Teufel oder was gesehen habe. Und dabei waren es gar keine.«

»Es waren welche, Pat«, sagte der Schwede düster. »Ich habe sie gesehen.«

»Nein, Jens«, redete ihm Dingle zu. »Da hast du nur ein Delirium gehabt. Der alte Toch ist all right, aber er sollte seine Teufel nicht in der Welt spazieren fahren. Weißt du was, wenn ich daheim bin, lasse ich eine Messe für seine Seele lesen. Ich soll auf der Stelle versinken, wenn ich es nicht tu'!«

»In unserer Konfession«, murmelte Jensen schwermütig, »macht man das nicht. Du meinst aber, Pat, daß das hilft, wenn man für einen die Messe lesen läßt?«

»Na, Mensch, ganz gewaltig«, stieß der Ire hervor. »Ich habe bei uns von Fällen gehört, wo das geholfen hat ... nun, auch in den schlimmsten Fällen. Überhaupt gegen Teufel und so, verstehst du?«

»Dann lasse ich auch eine katholische Messe lesen«, beschloß Jens Jensen. »Für Captain van Toch. Aber ich lasse sie hier lesen, in Marseille. Ich glaube, daß sie es hier in einer so großen Kirche billiger machen, zum Fabrikpreis, meine ich.«

»Vielleicht; aber eine irische Messe ist besser. Mann, die Pfaffen bei uns sind Teufelskerle, die können geradezu hexen. Genauso wie Fakire oder Heiden.«

»Paß auf, Pat«, sagte Jensen, »ich würde dir zwölf Francs für die Messe geben. Aber du bist ein Schweinehund, Bruderherz, du würdest sie versaufen.«

»Jens, eine solche Sünde könnte ich nicht auf mich nehmen. Aber warte, damit du mir glaubst, gebe ich dir einen Schuldschein über die zwölf Francs, einverstanden?«

»Das ginge«, meinte der ordnungsliebende Schwede. Herr Dingle ließ sich ein Stück Papier und einen Bleistift geben und breitete sich damit über den Tisch aus. »Also, was soll ich schreiben?«

Jens Jensen schaute ihm über die Schulter. »Dann schreib oben darüber, daß es eine Bestätigung ist.«

Und Herr Dingle feuchtete den Bleistift an und schrieb, die Zunge vor lauter Anstrengung vorgestreckt, langsam:

### *Bestetigunk*

*ich be stehtige hiemt das ich fon Jens Jensn zwölf 12 franks für Eine Mese für die Sele von Captn Toch empfannen hab*
*Pat Dingle*

»Ist es so richtig?« fragte Herr Dingle unsicher. »Und wer von uns soll das Schriftstück behalten?«

»Na, du doch, du Trottel«, sagte der Schwede selbstsicher. »Das macht man doch deswegen, damit man nicht vergißt, daß man Geld bekommen hat.«

Die zwölf Francs vertrank Herr Dingle in Le Havre, und außerdem fuhr er statt nach Irland nach Djibouti; kurz, die Messe wurde nicht gelesen, weswegen auch keine höhere Macht in den natürlichen Ablauf der Dinge eingegriffen hat.

## 6
### *Die Jacht in der Lagune*

Mr. Abe Loeb blinzelte in die untergehende Sonne. Es drängt ihn, irgendwie auszudrücken, wie schön das sei, aber Darling Li, alias Miss Lily Valley, mit richtigem Namen Lilan Nowak, kurz, die goldhaarige Li, White Lily, die langbeinige Lilian und wie man sie sonst noch mit ihren siebzehn Jahren nannte, schlief im warmen Sand, in einen flauschigen Bademantel gehüllt und wie ein Hund zusammengerollt. Deshalb sagte Abe nichts über die Schönheit dieser Welt; er seufzte nur und rieb die nackten Zehen aneinander, weil ein paar Sandkörner dazwischen geraten waren. Draußen auf dem Meer liegt eine Jacht, die *Gloria Pickford* heißt; die Jacht hat Abe von Papa Loeb geschenkt bekommen, weil er sein Examen an der Universität bestanden hat. Papa Loeb ist ein feiner Kerl. Jesse Loeb, Filmmagnat und so weiter. Abe, lade dir ein paar Freunde oder Freundinnen ein und sieh zu, daß du ein Stück Welt kennenlernst, hat der alte Herr gesagt. Papa Loeb ist wirklich ein feiner Kerl. Dort draußen auf dem perlmutterfarbenen Meer liegt die *Gloria Pickford*, und hier im warmen Sand schläft Darling Li. Abe muß vor Glück stöhnen. Wie ein Baby schläft sie, die Kleine. Mr. Abe verspürt den unendlichen Drang, sie irgendwie zu beschützen. Eigentlich sollte ich sie *wirklich* heiraten, denkt der junge Herr Loeb und spürt dabei im Herzen einen schönen und schmerzenden Druck, eine Mischung aus fester Entschlossenheit und Angst. Mama Loeb wird kaum einverstanden sein, und Papa Loeb wird die Hände überm Kopf zusammenschlagen: Du bist ein Narr, Abe. Eltern können so etwas eben nicht begreifen, das ist es. Und Mr. Abe seufzt zärtlich und deckt den schneeweißen Knöchel von Darling Li mit einem Zipfel des Bademantels zu.

Mein Gott, ist das schön hier! Schade, daß Li das nicht sehen kann. Mr. Abe betrachtete die schön geschwungene Linie ihrer Hüfte und mußte dabei aus einem unklaren Grund an Kunst denken. Darling Li ist nämlich Künstlerin. Filmschauspielerin. Sie hat zwar noch in keinem Film mitgespielt, aber sie war fest entschlossen, die größte Filmschauspielerin aller Jahrhunderte zu werden; und was sich Li vornimmt, das führt sie auch aus. Das ist gerade das, was Mama Loeb nicht versteht; eine Künstlerin ist eben — eine Künstlerin und kann nicht wie andere Mädchen sein. Übrigens sind die andern Mädchen auch nicht besser, entschied Mr. Abe; zum Beispiel diese Judy auf der Jacht, so ein reiches Mädchen — ich weiß doch, daß Fred in die Kajüte zu ihr geht. *Jede* Nacht, bitte schön, während ich und Li ... Li ist einfach keine *solche*. Ich gönne es Baseball Fred ja, meinte Abe großmütig, er ist mein Freund von der Uni; aber *jede* Nacht — das sollte ein *so* reiches Mädchen einfach nicht tun. Ich meine, ein Mädchen aus einer solchen Familie wie Judy. Und Judy ist nicht einmal Künstlerin. (Was tuscheln die Mädchen da manchmal, erinnerte sich Abe; sie kriegen ganz glühende Augen und kichern dabei immer so — *Ich* rede mit Fred nie über *solche* Dinge.) (Li sollte nicht so viele Cocktails trinken, sie weiß dann nicht, was sie sagt.) (Wie zum Beispiel heute nachmittag, das war nicht notwendig —) (Ich meine, als sich sie und Judy stritten, wer die schöneren Beine hat. Ist doch klar, daß Li die schöneren hat. Ich weiß das.) (Und Fred brauchte auch nicht die idiotische Idee zu haben, einen Beine-Schönheitswettbewerb zu veranstalten. Das kann man irgendwo in Palm Beach machen, aber doch nicht im privaten Kreis. Und die beiden Mädchen brauchten ihre Röcke nicht *so hoch* zu heben. Das waren doch nicht mehr *nur* Beine. Wenigstens Li hätte das nicht tun müssen. Und noch dazu vor Fred! Und ein so reiches Mädchen wie Judy müßte das auch nicht tun.) (Ich hätte, glaube ich, den Kapitän nicht als Schiedsrichter dazu rufen sollen. Das war dumm von mir. Wie rot doch der Kapitän geworden ist, und wie sich sein Schnurrbart gesträubt hat, und Entschuldigung, mein Herr, und die Tür zugeschlagen hat. Peinlich. Höchst peinlich! Der Kapitän hätte nicht *so* grob sein müssen. Außerdem ist es *meine* Jacht, nicht wahr?) (Zugegeben, der Kapitän hat keinen Darling mit; wie kommt auch der Arme dazu, bei *solchen* Dingen zuschauen zu müssen? Ich meine, wenn er allein sein muß.) (Und warum hat dann Li geweint, als Fred sagte, daß Judy die schöneren Beine hat? Dann sagte sie, daß Fred so ungezogen sei; und daß er ihr den Spaß an der ganzen Kreuzfahrt verdirbt... Die arme Li!) (Und jetzt reden die Mädchen nicht miteinander. Und als ich mit Fred sprechen wollte, rief ihn Judy zu sich wie einen Hund. Fred ist doch mein bester Freund. Versteht sich, daß er sagen *muß*, daß sie die schöneren Beine hat, wenn er Judys Geliebter ist! Sicher, er mußte es nicht so entschieden behaupten. Das war Darling Li gegenüber *nicht* taktvoll; Li hat recht, wenn sie sagt, daß Fred ein selbstgefälliger Laffe ist. Ein fürchterlicher Laffe.) (Eigentlich habe ich mir die Kreuzfahrt anders vorgestellt. Der Teufel war mir diesen Fred schuldig.)

Mr. Abe mußte feststellen, daß er das perlmutterfarbene Meer nicht mehr verzaubert betrachtete, sondern ein sehr, sehr finsteres Gesicht zog, während er mit der Hand im muscheldurchsetzten Sand wühlte. Sein Herz war schwer, und er war verstimmt. Papa Loeb hatte gesagt, sieh zu, daß du ein Stück Welt siehst. Haben wir schon ein Stück Welt gesehen? Mr. Abe versuchte sich zu vergegenwärtigen, was er eigentlich gesehen hatte, aber er vermochte sich an nichts weiter zu erinnern, als daß Judy und Darling Li ihre Beine zeigten und Fred, der breitschultrige Fred, vor ihnen hockte. Abes Gesicht wurde noch finsterer. Wie hieß diese Koralleninsel wieder? Taraiva, hatte der Kapitän gesat. Taraiva oder Tahuara. Oder Taraihatuara-ta-huara. Und wenn wir jetzt schon umkehren und ich old Jesse sage, dad, wir waren bis auf Taraihatuara-ta-huara. (Hätte ich doch wenigstens den Kapitän nicht gerufen, erinnerte sich Mr. Abe verärgert.) (Ich muß mit Li reden, damit sie keine solchen Sachen mehr macht. Mein Gott, wie kommt das, daß ich sie so *schrecklich* gern habe! Wenn sie aufwacht, spreche ich mit ihr. Ich sage ihr, daß wir heiraten könnten —) Mr. Abe kamen die Tränen; mein Gott, ist das Liebe oder Schmerz, oder gehört dieser unermeßliche Schmerz dazu, daß ich sie liebe?

Die blaugetönten, glänzenden, zarten Muschelschalen ähnlichen Lider von Darling Li erbebten. »Abe«, ließ sie sich schläfrig vernehmen, »weißt du, woran ich denke? Daß man hier auf dieser Insel einen sa-gen-haf-ten Film drehen könnte.«

Mr. Abe suchte seine unglückseligen behaarten Beine im feinen Sand zu verbergen. »Eine hervorragende Idee, Darling. Und was für einen Film?«

Darling Li schlug ihre grenzenlos blauen Augen auf. »Na, so einen. Stell dir vor, ich bin auf dieser Insel als Robinsonin. Ein weiblicher Robinson. Das ist doch eine sagenhaft neue Idee?«

»Ja«, sagte Mr. Abe unsicher. »Und wie wärst du auf die Insel gekommen?«

»Ganz wunderbar«, sagte ihre süße Stimme. »Weißt du, unsere Jacht hätte einfach in einem Sturm Schiffbruch erlitten, und ihr alle wärt ertrunken, du, Judy, der Kapitän und alle.«

»Fred auch? Fred kann nämlich hervorragend schwimmen.«

Die glatte Stirn zog sich in Fältchen. »Dann müßte Fred von einem Haifisch gefressen werden. Das gäbe eine sagenhafte Großaufnahme«, klatschte der Darling in die Hände. »Fred hat einen wahnsinnig schönen Körper dazu, meinst du nicht auch?«

Mr. Abe seufzte. »Und wie geht es dann weiter?«

»Ja, und mich würde eine Welle bewußtlos an den Strand spülen. Ich hätte einen Pyjama an, den blaugestreiften, der dir vorgestern so gut gefallen hat.« Unter den zarten Lidern huschte ein schmaler Blick hervor, der den verführerischen Reiz des Weiblichen zutreffend darstellte. »Eigentlich müßte es ein Farbfilm sein, Abe. Alle sagen, daß Blau *wahnsinnig* gut zu meiner Haarfarbe paßt.«

»Und wer sollte dich hier finden?« fragte Mr. Abe sachlich.

Der Darling dachte nach. »Niemand. Da wäre ich doch keine Robinsonin mehr, wenn es hier Menschen gäbe«, sagte sie mit überraschender Logik. »Deswegen wäre es doch eine so sagenhafte Rolle, Abe, weil ich immer allein wäre. Stell dir vor, Lily Valley in der Haupt- und einzigen Rolle überhaupt.«

»Und was würdest du den ganzen Film über tun?«

Li richtete sich auf und stützte sich auf den Ellbogen. »Das habe ich mir schon ausgedacht. Ich würde baden und auf einem Felsenriff singen.«

»Im Pyjama?«

»Ohne«, sagte der Darling. »Meinst du nicht, daß dies ein riesiger Erfolg wird?«

»Du kannst doch nicht den ganzen Film über nackt spielen«, murmelte Abe mit lebhafter Mißbilligung.

»Warum nicht?« fragte der Darling unschuldig. »Was ist schon dabei?«

Mr. Abe sagte etwas Unverständliches.

»Und dann ...«, überlegte Li, »warte, ich hab's. Dann würde mich ein Gorilla entführen. Weißt du, so ein schrecklich zottiger, schwarzer Gorilla.«

Mr. Abe errötete und versuchte seine verflixten Beine noch tiefer im Sand zu vergraben. »Hier gibt es doch keine Gorillas«, wandte er wenig überzeugend ein.

»Doch. Hier gibt es überhaupt alle möglichen Tiere. Du mußt das mit den Augen eines Künstlers sehen, Abe. Zu meinem Teint würde ein Gorilla *wahnsinnig* gut passen. Hast du bemerkt, wie behaart Judys Beine sind?«

»Nein«, sagte Abe, höchst unglücklich über das neue Thema.

»Schreckliche Beine«, meinte der Darling und prüfte die eigenen Waden. »Und wenn mich der Gorilla im Arm hätte, würde ein junger, herrlicher Wilder aus dem Dschungel treten und ihn erlegen.«

»Wie wäre er angezogen?«

»Er hätte Pfeil und Bogen«, entschied der Darling ohne Zögern. »Und einen Kranz um den Kopf. Der Wilde würde mich gefangennehmen und mich in das Lager der Kannibalen bringen.«

»Hier gibt es keine«, versuchte Abe die Insel Tahuara in Schutz zu nehmen.

»Doch. Die Menschenfresser würden mich ihren Götzen opfern wollen und Hawaii-Lieder dazu singen. Weißt du, solche, wie die Neger im Paradise-Restaurant singen. Und der junge Menschenfresser würde sich in mich verlieben«, hauchte der Darling mit weit aufgerissenen erstaunten Augen, »... und dann würde sich noch ein Wilder in mich verlieben, vielleicht der Häuptling der Kannibalen ... und dann noch ein Weißer ...«

»Wo käme denn plötzlich ein Weißer her?« fragte Abe zur Sicherheit.

»Das wäre ihr Gefangener. Vielleicht ein berühmter Tenor, der in die Hände der Wilden geraten ist. Damit er im Film singen kann.«

»Und wie wäre der angezogen?«

Der Darling betrachtete seine großen Zehen. »Er müßte ... ohne alles sein, wie die Menschenfresser.«

Mr. Abe schüttelte den Kopf. »Darling, das geht nicht. Alle berühmten Tenöre sind schrecklich dick.«

»Das ist schade«, bedauerte der Darling. »Dann könnte ihn Fred spielen, und der Tenor würde nur singen. Weißt du, er würde ihn synchronisieren.«

»Aber Fred wurde doch von einem Hai gefressen!«

Der Darling wurde mißmutig. »Du darfst nicht so schrecklich realistisch sein, Abe. Mit dir kann man *überhaupt* nicht über Kunst sprechen. Und der Häuptling würde mich ganz mit einer Perlenschnur umwickeln ...«

»Wo soll er die hernehmen?«

»Hier gibt es *eine Menge* Perlen«, behauptete Li. »Und Fred würde mit ihm aus Eifersucht auf einem Felsen über der Brandung boxen. Fred würde sich wahnsinnig gut als Silhouette gegen den Himmel abzeichnen, meinst du nicht auch? Das ist doch eine glänzende Idee? Beide würden dabei ins Meer fallen ...« Der Darling strahlte. »Jetzt könnte die Großaufnahme mit dem Hai kommen. Da würde sich Judy aber ärgern, wenn Fred mit mir im Film spielen würde! Und ich würde den schönen Wilden heiraten.« Die goldhaarige Li sprang auf. »Wir würden hier am Strand stehen ... gegen den Sonnenuntergang ... ganz nackt ... und der Film würde ganz langsam ausblenden — Li streifte den Bademantel ab. »Und ich geh' ins Wasser.«

»... hast keinen Badeanzug«, erinnerte sie Abe entsetzt und blickte sich besorgt nach der Jacht um; aber Darling Li schwebte bereits tänzerisch über den Sand zur Lagune.

... eigentlich sieht sie angezogen besser aus, ließ sich plötzlich eine brutal kalte und kritische Stimme in dem jungen Mann vernehmen. Abe war erschüttert über den Mangel an Bewunderung für seine Liebe, er fühlte sich fast schuldbewußt; aber ... well, wenn Li Kleid und Schuhe anhat, ist es ... well, irgendwie schöner.

Du wolltest sagen, dezenter, wehrte sich Abe gegen jene kühle Stimme.

Well, auch das. Und schöner. Warum trippelt sie so komisch? Warum wabbelt das Fleisch an ihren Schenkeln so? Warum dies und warum jenes...

Hör auf, wehrte sich Abe entsetzt. Li ist das schönste Mädchen, das je geboren wurde! Ich habe sie schrecklich gern...

... auch wenn sie nichts anhat? sagte die kühle und kritische Stimme.

Abe wandte den Blick ab und betrachtete die Jacht in der Lagune. Wie schön sie ist, wie präzise in jeder Linie! Schade, daß Fred nicht da ist. Mit Fred könnte man darüber reden, wie schön die Jacht ist.

Währenddessen stand der Darling bereits bis zu den Knien im Wasser, streckte die Arme dem Sonnenuntergang entgegen und sang. So soll sie doch schon baden, zum Teufel, dachte Abe gereizt. Aber es war schön, wie sie hier gelegen hat, mit geschlossenen Augen und im Bademantel zusammengerollt. Darling Li. Und Abe küßte ergriffen seufzend den Ärmel ihres Bademantels. Ja, er hat sie schrecklich gern. So gern, daß es weh tut.

Plötzlich drang ein markerschütternder Schrei von der Lagune herüber. Abe richtete sich auf ein Knie auf, um besser sehen zu können. Darling Li kreischt, winkt mit den Armen und watet überstürzt an den Strand, wankt und spritzt um sich... Abe sprang auf und lief zu ihr. »Was ist, Li?«

(Sieh mal, wie komisch sie läuft, erinnerte ihn die kühle und kritische Stimme. Sie wirft die Beine zu sehr auseinander. Sie wedelt zu sehr mit den Armen. Es ist einfach *nicht* schön. Und außerdem gackert sie, jawohl, sie gackert.)

»Was ist passiert, Li?« ruft Abe und eilt ihr zu Hilfe.

»Abe, Abe«, plärrt der Darling und, bums, schon hängt sie naß und kalt an ihm. »Abe, da war irgendein Tier!«

»Das war nichts«, beschwichtigt Abe. »Wahrscheinlich ein Fisch.«

»Aber wenn es doch einen so schrecklichen Kopf hatte«, wimmert der Darling und bohrt sich mit der nassen Nase in Abes Brust.

Abe will ihr väterlich auf die Schulter klopfen, aber auf der nassen Haut platscht das so. »Na, na«, murmelt er, »sieh doch, es ist gar nichts mehr da.«

Li blickt sich nach der Lagune um. »Das war fürchterlich«, hauchte sie und begann plötzlich zu kreischen: »Da ... da ... siehst du?«

Ein schwarzer Kopf nähert sich langsam dem Ufer, und sein Maul geht ständig auf und zu. Darling Li kreischt hysterisch auf und rennt verzweifelt vom Wasser weg.

Abe war unschlüssig. Soll ich Li nachlaufen, damit sie sich nicht fürchtet? Oder soll ich hierbleiben, um zu zeigen, daß ich keine Angst vor dem Tier habe? Er entschied sich natürlich für das letztere; er schritt aufs Meer zu, bis er knöcheltief im Wasser stand, und blickte dem Tier mit geballten Fäusten in die Augen. Der schwarze Kopf hielt inne, wackelte sonderbar und sagte: »Ts, ts, ts.«

Abe wurde es etwas mulmig, aber das darf man sich nicht anmerken lassen. »Was ist?« sagte er scharf in Richtung Kopf.

»Ts, ts, ts«, machte der Kopf.

»Abe, Abe, A-be«, quietschte Darling Li.

»Ich komm' schon«, ruft Abe und schreitet langsam (damit niemand was sagen kann) zu seinem Mädchen. Noch einmal bleibt er stehen und dreht sich mit strengem Blick zum Meer um.

Am Strand, wo das Meer seine ewigen und unbeständigen Muster in den Sand zeichnet, steht ein dunkles Biest mit einem runden Kopf auf den Hinterbeinen und wackelt mit dem Körper. Abe blieb mit klopfendem Herzen stehen.

»Ts, ts, ts«, macht das Biest.

»A-be«, wehklagte Darling halb ohnmächtig.

Abe weicht Schritt für Schritt zurück und läßt das Tier nicht aus den Augen; das Tier rührt sich nicht, nur den Kopf wendet es nach ihm.

Endlich ist Abe bei seinem Darling angelangt, der mit dem Gesicht am Boden liegt und vor Grauen schluchzend wimmert. »Das ist ... irgendein Seehund«, sagte Abe unsicher. »Wir sollten aufs Schiff zurück.« Aber Li bibbert nur.

»Das ist überhaupt nichts Gefährliches«, behauptet Abe; er möchte sich zu Li hinknien, mußte aber ritterlich zwischen ihr und dem Biest stehen. Wenn ich bloß nicht schlicht in der

Badehose wäre, denkt er, und wenigstens ein Taschenmesser hätte; oder wenn ich irgendeinen Stock finden könnte ...

Es begann dunkel zu werden. Das Tier war auf vielleicht dreißig Schritte herangekommen und blieb wieder stehen. Und hinter ihm kommen fünf, sechs, acht ähnliche Tiere aus dem Meer und watscheln zögernd, wiegend zu der Stelle, wo Abe Darling Li bewacht.

»Schau nicht hin, Li!« hauchte Abe, aber das war überflüssig, denn Li hätte sich um nichts in der Welt umgesehen.

Aus dem Meer tauchten weitere Schatten auf und rücken nun in einem breiten Halbkreis vor. Jetzt sind es vielleicht schon sechzig, zählte Abe. Das Helle dort, das ist Darling Lis Bademantel. Der Mantel, in dem sie vorhin geschlafen hat. Unterdessen sind die Tiere schon bei dem Hellen angelangt, das da im Sand ausgebreitet lag.

Da machte Abe etwas so Selbstverständliches und Unsinniges, wie jener Ritter bei Schiller, als er den Handschuh seiner Dame aus dem Löwenzwinger holte. Es gibt eben solche selbstverständlichen und unsinnigen Dinge, die Männer tun werden, solange die Welt stehen wird. Ohne Überlegung, den Kopf erhoben und mit geballten Fäusten, schritt Mr. Abe Loeb auf die Tiere zu, um Darling Lis Bademantel zu holen.

Die Tiere wichen ein wenig zurück, flohen aber nicht. Abe hob den Mantel auf, schlang ihn um den Arm wie ein Torero seine Muleta und blieb stehen.

»A-be«, jammerte es hinter ihm verzweifelt.

Mr. Abe fühlte unendlich viel Kraft und Mut in sich aufsteigen. »Na, was ist?« sagte er zu den Tieren und machte noch einen Schritt auf sie zu. »Was wollt ihr eigentlich?«

»Ts, ts«, schmatzte eines der Tiere und dann bellte es irgendwie quakend und greisenhaft: »Naif!«

»Naif!« bellte es auch ein Stück weiter. »Naif!«, »Naif!«

»A-be!«

»Hab keine Angst, Li!« rief Abe.

»Li«, bellte es vor ihm. »Li.« »Li.« »Abe!«

Abe glaubte zu träumen. »Was ist?«

»Naif!«

»A-be«, quiekte Darling Li. »Komm her!«

»Gleich. — Ihr meint knife? Ich habe kein Messer. Ich tu' euch nichts. Was wollt ihr denn noch?«

»Ts — ts«, schmatzte das Tier und watschelte näher.

Abe stellte sich breitbeinig hin, den Mantel übern Arm gehängt, aber er wich nicht. »Ts — ts«, sagte er. »Was willst du?« Es schien, als möchte ihm das Tier die Vorderpfote reichen, aber das gefiel Abe nicht. »Was?« sagte er etwas schärfer.

»Naif!« bellte das Tier und ließ etwas Weißschimmerndes, wie Tautropfen sah es aus, fallen. Aber es waren keine Tautropfen, weil es wegrollte.

»Abe«, stammelte Li. »Laß mich hier nicht allein!«

Mr. Abe fühlte keine Angst mehr. »Geh aus dem Weg!« sagte er und versuchte, das Tier mit dem Bademantel zu verscheuchen. Das Tier wich hastig und ungeschickt zurück. Jetzt konnte sich Abe ehrenvoll zurückziehen, aber Li muß sehen, wie tapfer er ist; er bückte sich nach dem Weißschimmernden, das das Tier fallengelassen hatte, um es sich anzusehen. Es waren drei harte, glatte, mattschimmernde Kügelchen. Mr. Abe hielt sie an die Augen, weil es schon dunkel wurde.

»A-be«, kreischte der verlassene Darling. »Abe!«

»Ich komm schon«, rief Mr. Abe. »Li, ich habe etwas für dich! Li, Li, ich bring dir was!« Den Bademantel überm Kopf schwingend, lief Mr. Abe Loeb wie ein junger Gott über den Strand.

Li kauerte zusammengerollt auf dem Boden und zitterte. »Abe«, schluchzte sie, und ihre Zähne schlugen aufeinander. »Wie kannst du ... wie kannst du ...«

Abe kniete feierlich vor ihr nieder. »Lily Valley, die Götter des Meeres, die Tritonen kamen, um dir zu huldigen. Ich soll dir ausrichten, daß seit Venus aus dem Schaum geboren wurde, keine Künstlerin einen so riesigen Eindruck auf sie gemacht hat wie du. Zum Beweis ihrer Bewunderung schicken sie dir ...« — Abe streckte die flache Hand aus — »diese drei Perlen. Schau!«

»Quatsch nicht, Abe«, schniefte Darling Li.

»Im Ernst, Li. Sieh doch, das sind echte Perlen!«

»Zeig!« fiepte Li und griff mit zitternden Fingern nach den

weißschimmernden Kügelchen. »Abe«, hauchte sie, »das sind doch Perlen! Das hast du im Sand gefunden?«

»Aber Li, Darling, Perlen findet man doch nicht im Sand!«

»Doch«, behauptete der Darling. »Und sie werden aus dem Sand herausgewaschen. Siehst du, ich habe dir gesagt, daß es hier eine Menge Perlen gibt!«

»Perlen wachsen in Muscheln unter Wasser«, sagte Abe fast sicher. »Ich schwör's dir, Li, das haben dir die Tritonen gebracht. Sie haben dich nämlich gesehen, wie du gebadet hast. Sie wollten sie dir persönlich bringen, aber weil du solche Angst vor ihnen hattest...«

»Aber wenn sie doch so häßlich sind«, stieß Li hervor. »Abe, das sind *sagenhafte* Perlen! Ich habe Perlen schrecklich gern!«

(Jetzt ist sie hübsch, sagte die kritische Stimme. Wie sie da mit den Perlen in der Hand kniet — nun, hübsch, das muß man schon sagen.)

»Abe, und das haben mir *wirklich* diese ... die Tiere gebracht?«

»Das sind keine Tiere, Darling. Das sind Meeresgötter. Sie heißen Tritonen.«

Der Darling wunderte sich nicht. »Das ist nett von ihnen, nicht? Sie sind schrecklich lieb. Was meinst du, Abe, soll ich mich bei ihnen irgendwie bedanken?«

»Hast du keine Angst mehr vor ihnen?«

Der Darling erbebte. »Doch. Abe, ich bitte dich, bring mich fort von hier!«

»Also gut«, sagte Abe. »Wir müssen zu unserem Boot durchkommen. Komm und hab keine Angst!«

»Aber ... aber wenn sie doch im Weg sind.« Li klapperte mit den Zähnen. »Abe, möchtest du nicht allein gehen? Aber du darfst mich hier nicht allein lassen!«

»Ich trage dich«, schlug Mr. Abe heldenmütig vor.

»Das ginge«, hauchte der Darling.

»Aber zieh den Mantel über!« murmelte Abe.

»Gleich.« Fräulein Li glättete mit beiden Händen ihr berühmtes Goldhaar. »Bin ich nicht *schrecklich* zerzaust? Abe, hast du keinen Lippenstift mit?«

Abe legte ihr den Mantel um die Schultern. »Komm jetzt lieber, Li!«

»Ich habe Angst«, hauchte Darling. Mr. Abe hob sie auf seine Arme. Li fühlte sich federleicht. Himmel, sie ist schwerer als du dachtest, nicht? sagte die kühle und kritische Stimme zu Abe. Und jetzt hast du keine Hand frei, Mensch; sollten die Tiere auf uns losgehen — was dann?

»Kannst du nicht schneller?« schlug Darling vor.

»Ja«, ächzte Mr. Abe mit schwankenden Knien. In diesem Augenblick wurde es rasch dunkel. Abe näherte sich jenem breiten Halbkreis der Tiere. »Schnell, Abe! Lauf! Lauf!« flüsterte Li. Die Tiere begannen mit einer sonderbar wiegenden Bewegung zu wackeln und mit dem Oberkörper zu kreisen.

»So renn doch, schnell!« stöhnte Li und strampelte hysterisch mit den Beinen. In Abes Hals verkrallten sich silbrig lackierte Fingernägel.

»Herrgott, Li, halt doch still!« brummte Abe.

»Naif«, bellte es neben ihm. »Ts-ts-ts.« »Naif.« »Li.« »Naif.« »Naif.« »Naif.« »Li.«

Da waren sie aber schon aus dem Halbkreis heraus, und Abe fühlte, wie seine Beine im feuchten Sand versanken. »Du kannst mich hinstellen«, hauchte Darling gerade in dem Augenblick, als Abes Arme und Beine nachließen.

Abe atmete schwer und wischte sich mit dem Unterarm den Schweiß von der Stirn. »Geh zum Boot, schnell!« befahl Darling Li. Der Halbkreis der dunklen Schatten drehte sich nun zu Li um und kam näher. »Ts-ts-ts.« »Naif.« »Naif.« »Li.«

Aber Li schrie nicht. Li begann nicht zu laufen. Li hob die Arme gen Himmel, und der Bademantel rutschte von ihren Schultern. Die nackte Li winkte den wippenden Schatten mit beiden Händen und warf ihnen Kußhändchen zu. Auf ihren Lippen entstand etwas, was jeder ein bezauberndes Lächeln nennen müßte. »Ihr seid so süß«, sagte eine schwache Stimme stammelnd. Und zwei weiße Arme streckten sich erneut den schwankenden Schatten entgegen.

»Komm, hilf mir, Li!« brummte Abe ein bißchen grob und schob das Boot an.

Darling Li ergriff ihren Bademantel. »Lebt wohl, meine Süßen!« Man konnte bereits die platschenden Schritte der

Schatten im Wasser hören. »So mach' doch schon, Abe!« zischte Darling und watete zum Boot. »Sie sind schon wieder da!« Mr. Abe Loeb versuchte verzweifelt, das Boot flottzukriegen. Und jetzt stieg noch Fräulein Li ein und winkte mit der Hand zum Abschied. »Geh' auf die andere Seite, Abe, man kann mich nicht sehen!«

»Naif.« »Ts-ts-ts.« »Abe!«
»Naif, ts, naif.«
»Ts-ts.«
»Naif.«

Endlich schaukelte das Boot auf den Wellen. Mr. Abe kletterte hinein und legte sich mit aller Kraft in die Ruder. Eines stieß gegen einen schlüpfrigen Körper.

Darling Li atmete tief auf. »Sind sie nicht schrecklich lieb? Und habe ich das nicht *großartig* gemacht?«

Mr. Abe ruderte mit aller Kraft zur Jacht. »Zieh den Mantel an, Li!« sagte er etwas trocken.

»Ich glaube, daß das ein *riesiger* Erfolg war«, stellte Li fest. »Und die Perlen, Abe! Was glaubst du, was können die wert sein?«

Mr. Abe stellte für einen Augenblick das Rudern ein. »Ich glaube, daß du dich ihnen nicht *so* zeigen mußtest, Darling.«

Fräulein Li fühlte sich etwas beleidigt. »Was ist denn schon dabei? Man sieht, Abe, daß du kein *Künstler* bist. Mach weiter, bitte, mir ist kalt unter dem Mantel!«

# 7

## *Fortsetzung der Jacht in der Lagune*

An diesem Abend gab es an Bord der *Gloria Pickford* keinerlei Streitigkeiten persönlicher Art; nur die wissenschaftlichen Ansichten gingen lautstark auseinander. Fred (von Abe loyal unterstützt) vertrat die Meinung, daß es *ganz bestimmt* irgendwelche Echsen gewesen sein mußten, während der Kapitän auf Säugetiere tippte. Im Meer gibt es keine Echsen, behauptete der Kapitän hitzig, aber die jungen Herren von der Universität ließen seine Einwände nicht gelten; Echsen sind gewissermaßen eine größere Sensation. Darling Li begnügte sich damit, daß es Tritonen waren und daß sie einfach *bezaubernd* waren und daß es überhaupt *ein Riesenerfolg* war; und Li (im blaugestreiften Pyjama, der Abe *so* gefiel) träumte mit glänzenden Augen von Perlen und Meeresgöttern. Judy war allerdings überzeugt, daß all dies ein Gag und ein Humbug sein müsse und daß ihn Li und Abe erfunden hätten, und sie zwinkerte Fred eifrig zu, er möge es doch schon bleiben lassen. Abe dachte, Li *könnte* doch schon erwähnen, wie er, Abe, furchtlos unter die Echsen gegangen sei, um ihren Bademantel zu holen; deshalb erzählte er dreimal, wie sich ihnen Li *großartig* entgegengestellt habe, während er, Abe, das Boot ins Wasser stieß, und begann es nun bereits zum vierten Mal zu schildern; aber Fred und der Kapitän hörten gar nicht hin und stritten leidenschaftlich über Echsen und Säugetiere. (Als ob es *darauf* ankäme, dachte Abe.) Schließlich gähnte Judy und sagte, daß sie schlafen gehen würde; sie blickte Fred bedeutungsvoll an, aber Fred erinnerte sich eben, daß vor der Sintflut so komische alte Echsen gelebt hatten — wie hießen sie denn nur, verdammt noch mal? — Diplosaurier, Bigosaurier oder so irgendwie, und die spazierten auf den Hinterbeinen herum, mein Herr; Fred hat es selbst auf so einem komischen wissenschaftlichen Bild gesehen, mein Herr, in einem so dicken Buch. Ein kolossal wichtiges Buch, mein Herr, das sollten Sie kennen!

»Abe«, ließ sich Darling Li vernehmen. »Ich habe eine *kolossale* Idee zu einem Film.«

»Was für eine?«

»Etwas sagenhaft Neues. Weißt du, unsere Jacht würde sinken, und nur ich würde mich auf die Insel retten können. Und dort würde ich als Robinsonin leben.«

»Was würden Sie dort anfangen?« wandte der Kapitän skeptisch ein.

»Ich würde baden und so«, meinte der Darling schlicht. »Und dann würden sich die Meerestritonen in mich verlieben ... und mir lauter Perlen bringen. Weißt du, genau wie in Wirklichkeit. Es könnte vielleicht ein Natur- und Kulturfilm werden, meinst du nicht auch? Etwas wie Trader Horn.«

»Li hat recht«, erklärte Fred plötzlich. »Wir sollten die Echsen morgen abend filmen.«

»Das heißt, die Säugetiere«, korrigierte der Kapitän.

»Das heißt, mich«, sagte der Darling, »wie ich unter den Meerestritonen bin.«

»Aber im Bademantel«? stieß Abe hervor.

»Ich würde den *weißen* Badeanzug anziehen«, sagte Li. »Und Grete müßte mir eine anständige Frisur machen. Heute war ich einfach *schrecklich* frisiert.«

»Und wer soll das filmen?«

»Abe. Damit er wenigstens etwas tut. Und Judy müßte mit irgend etwas leuchten, wenn es schon dunkel sein sollte.«

»Und Fred?«

»Fred hätte Pfeil und Bogen und einen Kranz um die Stirn, und wenn mich die Tritonen entführen möchten, würde er sie erlegen, nicht?«

»Danke ergebenst«, sagte Fred grinsend. »Aber mir ist ein Revolver lieber. Und der Kapitän, glaube ich, sollte auch dabei sein.«

Der Kapitän reckte seinen Schnurrbart kämpferisch in die Luft. »Sie dürfen unbesorgt sein. Ich werde schon tun, was zu tun ist.«

»Und was soll das sein?«

»Drei Mann von der Besatzung, mein Herr. Und gut bewaffnet, mein Herr.«

Darling Li verfiel in wonnevolles Erstaunen. »Meinen Sie, daß das *so* gefährlich ist, Kapitän?«

»Ich meine gar nichts, Kindchen«, brummte der Kapitän, »aber ich habe meine Befehle von Mr. Jesse Loeb — zumindest, was Herrn Abe anbelangt.«

Die Herren versenkten sich mit Leidenschaft in die technischen Einzelheiten des Unternehmens; Abe zwinkerte dem Darling zu, daß es Zeit zum Schlafengehen und solchen Dingen sei. Li ging folgsam. »Weißt du, Abe«, sagte sie in ihrer Kajüte, »ich glaube, daß das ein *wunderbarer* Film werden wird!«

»Ganz bestimmt, Darling«, stimmte Mr. Abe zu und wollte sie küssen.

»Heute nicht, Abe«, wehrte der Darling ab. »Du mußt doch einsehen, daß ich mich *schrecklich* konzentrieren muß.«

Den ganzen nächsten Tag konzentrierte sich Fräulein Li intensiv; die arme Zofe Grete hatte damit alle Hände voll zu tun. Da gab es Bäder mit wichtigen Salzen und Essenzen, Haarwäsche mit Nur-blond-Shampoo, Massagen, Pediküre, Maniküre, Ondulieren und Frisieren, Bügeln und Anprobieren, Änderungen und Schminken und sicher noch viele andere Vorbereitungen; auch Judy ließ sich von der Hektik mitreißen und half Darling Li. (Es gibt schwere Stunden, in denen Frauen bewundernswert loyal zueinander sein können, zum Beispiel beim Anziehen.) Während in der Kabine des Fräulein Li solch fieberhafter Betrieb herrschte, traten die Herren zusammen, stellten Aschenbecher und Schnapsgläser auf dem Tisch auf und legten die Strategie fest, wo wer stehen, wofür er verantwortlich sein sollte, wenn es etwas geben möchte; der Kapitän wurde dabei in einigen Prestigefragen, seine Befehlsgewalt betreffend, wiederholt schwer beleidigt. Nachmittags brachten sie den Filmapparat an den Strand der Lagune, ferner ein leichtes Maschinengewehr, einen Korb mit Essen und Bestecken, Gewehre, einen Plattenspieler und andere Kriegsmittel; all dies wurde mit Palmblättern ganz vorzüglich getarnt. Noch vor Sonnenuntergang nahmen drei bewaffnete Männer der Besatzung ihre Posten ein, und der Kapitän trat seine Funktion als Oberbefehlshaber an. Dann wurde ein riesiger Korb mit einigen kleineren Utensilien des Fräulein Lily Valley an den Strand gebracht. Sodann setzte Fred mit Fräulein Judy über. Und dann begann die Sonne in ihrer vollen tropischen Herrlichkeit unterzugehen.

Unterdessen klopfte Mr. Abe bereits zum zehnten Male an die Kajütentür von Fräulein Li. »Darling, es ist *wirklich* schon höchste Zeit!«

»Gleich, gleich«, antwortete Darlings Stimme, »ich bitte dich, mach' mich nicht nervös! Ich muß mich doch *anziehen*, nicht wahr?«

Unterdessen peilt der Kapitän die Lage. Da draußen in der Lagune schimmert ein gerader, langer Streifen, der die Dünung der offenen See vom ruhigen Wasser der Lagune trennt. Als ob da ein Damm unter der Wasseroberfläche wäre, oder ein Wellenbrecher, denkt der Kapitän; vielleicht eine Sandbank oder ein Korallenriff, aber es sieht beinahe künstlich aus. Ein merkwürdiger Ort. Auf der stillen Lagune tauchen da und dort dunkle Köpfe auf und nähern sich dem Strand. Der Kapitän preßt die Lippen aufeinander und tastet unruhig nach dem Revolver. Es wäre besser, denkt er, wenn die Weiber an Bord bleiben würden. Judy beginnt zu zittern und klammert sich krampfhaft bei Fred fest. Wie stark er ist, denkt sie, mein Gott, wie gern ich ihn habe!

Endlich stößt das letzte Boot von der Jacht ab, mit Fräulein Lily Valley an Bord, im weißen Badetrikot und durchsichtigem dressing-gown, in dem sie offensichtlich als Schiffbrüchige vom Meer ans Land gespült werden soll; ferner sind Miss Grete und Mr. Abe dabei. »Warum ruderst du so langsam, Abe«, ermahnt ihn Darling Li. Mr. Abe sieht die schwarzen Köpfe zum Strand vorrücken und sagt nichts dazu.

»Ts-ts.«

»Ts.«

Mr. Abe zieht das Boot an Land und hilft Darling Li und Fräulein Grete beim Aussteigen. »Lauft schnell zum Apparat!« flüstert die Künstlerin. »Und wenn ich ›jetzt‹ sage, fang an zu drehen!«

»Aber man kann doch nichts mehr sehen«, gab Abe zu bedenken.

»Dann muß Judy leuchten. Grete!«

Während Mr. Abe Loeb seinen Platz am Apparat einnimmt, sinkt die Künstlerin auf die Art des sterbenden Schwans in den Sand und Fräulein Grete legt die Falten ihres dressing-gowns zurecht. »Ein Stück Bein muß man sehen können«, flüstert die Schiffbrüchige. »Ist es soweit? Also fort! Abe, jetzt!«

Abe dreht die Kurbel. »Judy, Licht!« Aber es leuchtet kein Licht auf. Aus dem Meer tauchen schwankende Schatten auf und kommen auf Li zu. Grete hält sich den Mund mit der Hand zu, damit sie nicht schreit.

»Li«, ruft Mr. Abe, »Li, lauf davon!«

»Naif!« »Ts-ts-ts.« »Li.« »Abe!«

Jemand entsichert einen Revolver. »Nicht schießen, zum Teufel!« zischt der Kapitän.

»Li«, ruft Abe und hört auf zu drehen. »Judy, Licht!«

Langsam, geschmeidig erhebt sich Li und streckt die Arme zum Himmel. Das hauchzarte dressing-gown gleitet ihr von der Schulter. Nun steht die blütenweiße Lily da und hält die Arme anmutig überm Kopf, wie es Schiffbrüchige zu tun pflegen, wenn sie aus der Ohnmacht erwachen. Mr. Abe fing an, wie verrückt zu kurbeln. »Sakra, Judy, so leuchte doch!«

»Ts-ts-ts.«

»Naif. Naif.«

»A-be!«

Die schwarzen Schatten wiegen sich und kreisen um die blütenweiße Li. Halt, halt, das ist kein Spiel mehr! Li streckt die Arme nicht mehr zum Himmel, sie stößt etwas zurück und kreischt: »Abe, Abe, es hat mich angefaßt!« In diesem Augenblick erstrahlt gleißendes Licht, Abe dreht eifrig die Kurbel, Fred und der Kapitän rennen mit den Revolvern zu Li, die zusammengekauert im Sand hockt und vor Grauen erstarrt ist. Gleichzeitig werden in dem hellen Licht Dutzende, Hunderte von langen, dunklen Schatten sichtbar, die sich Hals über Kopf ins Meer stürzen. Gleichzeitig wird Grete ohnmächtig und fällt wie ein Sack um. Gleichzeitig krachen zwei oder drei Schüsse, im Meer wirbelt es schäumend, zwei Matrosen haben sich mit einem Netz über etwas gestürzt, was sich unter ihnen windet und zappelt, und das Licht in den Händen von Fräulein Judy geht aus.

Der Kapitän knipste seine Taschenlampe an. »Kindchen, ist Ihnen nichts passiert?«

»Es hat mich am Bein angefaßt«, wimmerte Darling. »Fred, es war *entsetzlich*!«

Nun stellte sich auch Mr. Abe mit seiner Taschenlampe ein. »Es ging alles ganz prachtvoll, Li«, verkündete er polternd, »aber Judy hätte früher leuchten sollen!«

»Es ging nicht«, brachte Judy heraus. »Es wollte nicht angehen, nicht wahr, Fred?«

»Judy hat Angst gehabt«, nahm sie Fred in Schutz. »Ehrenwort, sie hat es nicht absichtlich getan, nicht wahr, Judy?«

Judy war beleidigt; aber inzwischen kamen die zwei Matrosen herbei und schleppten in ihrem Netz etwas mit, was sich wie ein großer Fisch darin herumwarf. »Also, hier ist es, Kapitän. Und lebendig.«

»Das Biest hat irgendein giftiges Zeug verspritzt. Meine Hände sind voller Blasen, Herr. Und es brennt wie die Hölle.«

»Mich hat es auch angefaßt«, jammerte Fräulein Li. »Leuchte mal, Abe! Schau nach, ob ich keine Blasen habe?«

»Nein, nichts ist da, Darling«, versicherte Abe; um ein Haar hätte er die Stelle überm Knie geküßt, die sich Darling besorgt rieb.

»Es war eiskalt, puh«, beschwerte sich Darling Li.

»Sie haben eine Perle verloren, Ma'am«, sagte einer der Matrosen und reichte Li ein Kügelchen, das er vom Sand aufgehoben hatte.

»Um Himmelswillen, Abe«, schrie Fräulein Li auf, »sie haben mir wieder Perlen gebracht! Kinder, kommt Perlen suchen! Hier sind bestimmt *eine Menge* Perlen, die mir die lieben Tierchen gebracht haben! Sind sie nicht entzückend, Fred? Da ist auch eine Perle! Und da!«

Drei Taschenlampen richteten ihre Lichtkegel auf den Boden.

»Ich habe eine riesige gefunden!«

»Die gehört mir«, platzte Darling Li heraus.

»Fred!« ließ sich Fräulein Judy eisig vernehmen.

»Gleich«, sagte Fred und schob sich auf den Knien über den Sand.

»Fred, ich will aufs Schiff zurück!«

»Jemand wird dich schon hinbringen«, meinte Fred beschäftigt. »Kinder, ist das ein Spaß!«

Drei Herren und Fräulein Li glitten wie große Glühwürmchen weiter über den Sand.

»Hier sind drei Perlen«, meldete der Kapitän.

»Zeigen Sie, zeigen Sie!« quietschte Li begeistert und rutschte auf den Knien zum Kapitän. Im selben Augenblick strahlte Magnesiumlicht auf und die Kurbel des Filmapparats ratterte. »So, jetzt seid ihr drauf«, verkündete Judy rachsüchtig. »Das gibt ein kolossales Bild für die Zeitungen. AMERIKANISCHE REISEGESELLSCHAFT SUCHT PERLEN. MEERESECHSEN BEWERFEN MENSCHEN MIT PERLEN.«

Fred richtete sich auf. »Himmel, Judy hat recht. Kinder, das *müssen* wir den Zeitungen geben!«

Li setzte sich. »Judy ist ein Darling. Judy, nimm uns nochmals auf, aber diesmal von vorn!«

»Da würdest du viel verlieren, Liebling«, meinte Judy.

»Kinder«, sagte Mr. Abe, »wir sollten lieber suchen. Die Flut kommt.«

Am Meeresufer bewegte sich im Dunklen ein schwankender schwarzer Schatten. Li kreischte auf: »Da ... da ...«

Drei Taschenlampen warfen ihr Licht in die angegebene Richtung. Es war nur Grete, die auf ihren Knien dahinrutschte und in der Dunkelheit Perlen suchte.

Li hielt die Mütze des Kapitäns mit einundzwanzig Perlen im Schoß.

Abe schenkte ein und Judy bediente den Plattenspieler. Es war eine grenzenlos tiefe Sternennacht mit ewigem Meeresrauschen.

»Also, wie soll der Titel lauten«, polterte Fred. »INDUSTRIELLENTOCHTER AUS MILWAUKEE FILMT FOSSILE ECHSEN!«

»VORSINTFLUTLICHE ECHSEN HULDIGEN SCHÖNHEIT UND JUGEND«, schlug Abe poetisch vor.

»JACHT ›GLORIA PICKFORD‹ ENTDECKT UNBEKANNTE WESEN«, riet der Kapitän. »Oder: DAS GEHEIMNIS DER INSEL TAHUARA!«

»Das wäre nur die Unterzeile«, sagte Fred. »Die Hauptüberschrift muß mehr aussagen.«

»Vielleicht: BASEBALL-FRED KÄMPFT MIT UNGEHEUERN«, ließ sich Judy vernehmen. »Fred war sagenhaft, als er auf sie losging. Hoffentlich kommt das im Film auch wirklich gut heraus!«

Der Kapitän räusperte sich. »Ich bin nämlich früher losgelaufen, Fräulein Judy; aber reden wir nicht davon. Ich meine, die Überschrift sollte wissenschaftlich sein, mein Herr. Nüchtern und ... kurz, wissenschaftlich. VOR-LU-VIALE FAUNA AUF PAZIFIK-INSEL.«

»Vorliduvial«, korrigierte Fred. »Nein, vorvidual. Sakra, wie ist das jetzt? Antiluvial, Anteduvial. Nein, das geht nicht. Wir müssen einen einfacheren Titel wählen, damit es jeder aussprechen kann. Judy ist ein Mordskerl.«

»Antediluvial«, sagte Judy.

Fred schüttelte den Kopf. »Zu lang, Judy. Länger als die Biester samt Schwanz. Der Titel muß kurz sein. Aber Judy ist wunderbar, was? Sagen Sie, Kapitän, ist sie nicht wunderbar?«

»Ist sie«, stimmte der Kapitän zu. »Ein vortreffliches Mädchen.«

»Feiner Kerl, Kapitän«, sagte der junge Riese anerkennend. »Kinder, der Kapitän ist Klasse. Aber vorluviale Fauna ist Blödsinn. Das ist kein Zeitungstitel. Da schon eher LIEBENDE AUF DER PERLENINSEL oder so etwas.«

»TRITONEN ÜBERSCHÜTTEN BLÜTENWEISSE LILY MIT PERLEN«, schrie Abe. »POSEIDEONS REICH HULDIGT NEUER APHRODITE!«

»Blödsinn«, protestierte Fred aufgebracht. »Tritonen hat es nie gegeben. Das ist wissenschaftlich erwiesen, mein Freund. Und es gab auch keine Aphrodite, nicht wahr, Judy? ZUSAMMENSTOSS ZWISCHEN MENSCHEN UND URWELTECHSEN! TAPFERER KAPITÄN GREIFT VORSINTFLUTLICHE UNGEHEUER AN! Mensch, das muß knallig sein, so ein Titel!«

»Extraausgabe«, schrie Abe. »FILMKÜNSTLERIN VON SEEUNGEHEUERN ÜBERFALLEN! SEXAPPEAL DER MODERNEN FRAU SIEGT ÜBER URZEITLICHE ECHSEN! FOSSILE ECHSEN BEVORZUGEN BLOND!«

»Abe«, meldete sich Darling Li zu Wort. »Ich habe eine Idee ...«

»Was für eine?«

»Zu einem Film. Das wäre ein sagenhaftes Ding, Abe. Stell' dir vor, ich würde am Strand baden ...«

»Dieses Trikot steht dir ausgesprochen gut, Li«, sagte Abe schnell.

»Nicht wahr? Und die Tritonen würden sich in mich verlieben und mich auf den Meeresgrund entführen. Und ich wäre dort ihre Königin.«

»Auf dem Meeresgrund?«

»Ja, unterm Wasser. In ihrem geheimnisvollen Reich, weißt du? Sie haben da unten doch ihre Städte und alles.«

»Darling, da würdest du doch ertrinken!«

»Keine Angst, ich kann schwimmen«, sagte Darling Li sorglos. »Nur einmal am Tag würde ich heraufkommen und am Strand frische Luft schnappen.« Li führte Atemübungen mit schwellenden Brüsten und geschmeidigen Armbewegungen vor. »Ungefähr so, weißt du? Und am Strand würde sich jemand in mich verlieben ... vielleicht ein junger Fischer. Und ich in ihn. Schrecklich«, seufzte Darling. »Weißt du, er wäre so schön und stark. Und die Tritonen würden ihn ertränken wollen, aber ich würde ihn retten und dann zu ihm in seine Hütte ziehen. Und die Tritonen würden uns dort belagern — na, und dann könntet ihr uns vielleicht retten kommen.«

»Li«, sagte Fred ernst. »Das ist so blödsinnig, daß man es in der Tat drehen könnte. Ich würde mich nicht wundern, wenn der alte Jesse nicht einen Superfilm daraus machte.

Fred sollte recht behalten; zu gegebener Zeit wurde es ein Kassenschlager aus der Produktion der Jesse Loeb Pictures mit Fräulein Lily Valley in der Hauptrolle; ferner wurden darin sechshundert Nereiden, ein Neptun und zwölftausend Statisten, als verschiedene vorsintflutliche Echsen verkleidet, beschäftigt. Aber bevor es soweit war, kam es noch zu vielen anderen Ereignissen, namentlich:

1. Das gefangengenommene Tier, das in der Badewanne von Darling Li gehalten wurde, erfreute sich zwei Tage lang lebhaften Interesses bei der ganzen Gesellschaft; am dritten Tag bewegte es sich nicht mehr, und Fräulein Li behauptete, daß der

Arme Heimweh habe; am vierten Tag begann es zu stinken und mußte im Stadium der fortgeschrittenen Verwesung ins Wasser geworfen werden.

2. Von den Aufnahmen an der Lagune waren nur zwei zu verwenden. Auf der einen geht Darling Li vor Grauen in die Hocke und fuchtelt verzweifelt mit den Armen in der Luft herum, um die Tiere zu vertreiben. Alle behaupteten, daß dies eine hervorragende Aufnahme sei. Auf der anderen konnte man drei Männer und ein Mädchen erkennen; sie knieten und hielten die Nase am Boden; alle waren von hinten aufgenommen und sahen aus, als ob sie sich vor etwas verneigten. Diese Aufnahme wurde unterdrückt.

3. Was die vorgeschlagenen Zeitungsüberschriften angeht, so wurden fast alle (auch jene mit der antediluvialen Fauna) in Hunderten und Aberhunderten Magazinen Amerikas und überhaupt der ganzen Welt verwendet. Sie wurden durch Schilderungen des ganzen Vorfalls ergänzt, mit vielen Einzelheiten und Bildern, wie beispielsweise mit dem Foto von Darling Li unter den Echsen, dem Foto der Echse allein in der Badewanne, dem Foto von Li allein im Badeanzug, Fotos von Fräulein Judy, Mr. Abe Loeb, Baseball-Fred, des Kapitäns der Jacht, der Jacht *Gloria Pickford* allein, der Insel Taraiva allein und der Perlen auf schwarzem Samt allein. Damit war die Karriere von Darling Li gesichert; sie lehnte es sogar ab, im Varieté aufzutreten, und erklärte Zeitungsberichterstattern gegenüber, sich nur der KUNST widmen zu wollen.

4. Es gab allerdings Leute, die unter dem Vorwand des Fachwissens behaupteten, daß es sich — soweit man den Bildern nach urteilen könne — keineswegs um urweltliche Echsen handele, sondern um eine Art Molche. Noch fachkundigere Leute behaupteten, daß diese Molchart wissenschaftlich unbekannt sei und deshalb gar nicht existiere. Darüber wurde in der Presse eine lange Diskussion geführt, die Prof. J. W. Hopkins (Yale Un.) mit der Erklärung abschloß, daß er die vorgelegten Bilder begutachtet habe und sie für eine Fälschung (hoax) oder einen Filmtrick halte; daß die abgebildeten Tiere in gewisser Hinsicht an den kryptokiemigen Riesenmolch (Cryptobranchus japonicus, Sieboldia maxima, Tritomegas Sieboldii oder Megalobatrachus Sieboldii) erinnern, aber ungenau, ja geradezu dilettantisch

nachgemacht seien. Damit war die Sache für längere Zeit wissenschaftlich erledigt.

5. Schließlich heiratete in angemessener Frist Mr. Abe Loeb Fräulein Judy. Sein bester Freund, Baseball-Fred, war Trauzeuge bei der Hochzeit, die mit großer Pracht unter Beteiligung zahlreicher hervorragender Persönlichkeiten des politischen, künstlerischen und anderen Lebens gefeiert wurde.

# 8

## *Andrias Scheuchzeri*

Grenzenlos ist der menschliche Wissensdrang. Die Leute gaben sich nicht damit zufrieden, daß Prof. J.W. Hopkins (Yale Un.), die größte Autorität seiner Zeit auf dem Gebiet der Reptilien, jene mysteriösen Wesen als unwissenschaftlichen Humbug und bloße Phantasie abtat. In der Fachpresse wie in den Zeitungen häuften sich Berichte über das Vorkommen bisher unbekannter Tiere, die den Riesenmolchen ähnlich waren, an den verschiedensten Stellen des Stillen Ozeans. Verhältnismäßig zuverlässige Angaben gab es über Fundorte auf den Salomonen, der Schouten-Insel, auf Kapingamarangi, Butaritari und Tapeteuea, ferner auf einer ganzen Gruppe von Inseln: Nukufetau, Fanufuti, Nukonono und Fukaofu, dann bis hinüber zu Hinau, Uahuka, Uapu und Pukapuka. Man zitierte Berichte über die Teufel des Kapitäns van Toch (hauptsächlich in Melanesien) und über die Tritonen des Fräuleins Lily (eher in Polynesien); so kamen die Zeitungen zur Ansicht, daß es sich wahrscheinlich um verschiedene Arten von unterseeischen und vorsintflutlichen Ungetümen handle, insbesondere deshalb, weil die Sommersaison angebrochen war und es weiter nichts gab, worüber man schreiben könnte. Unterseeische Ungeheuer pflegen bei den Lesern beträchtlichen Erfolg zu haben. Insbesondere in den USA kamen Tritonen in Mode; in New York wurde die Ausstattungsrevue ›Poseidon‹, mit dreihundert der schönsten Tritoninnen, Nereiden und Sirenen, dreihundertmal gespielt; in Miami und an den Stränden Kaliforniens badete die Jugend in Tritonen- und Nereidenkostümen (d.h. drei Perlenschnüre und nichts weiter), während in den Middles und Middle Wests die Bewegung zur Bekämpfung der Unmoral (BBU) einen außergewöhnlichen Aufschwung erlebte; dabei kam es zu öffentlichen Veranstaltungen, und mehrere Schwarze wurden aufgehängt, ein paar sogar verbrannt.

Schließlich erschien im ›National Geographic Magazine‹ das Bulletin einer wissenschaftlichen Expedition der Universität Columbia (finanziert von J.S. Tincker, dem sogenannten Konservenkönig); der Bericht war von P.L. Smith, W. Kleinschmidt,

Charles Kovar, Louis Forgeron und D. Herrero unterzeichnet, also von Kapazitäten von Weltrang, insbesondere auf dem Gebiet von Fischparasiten, Ringelwürmern, der Pflanzenbiologie, der Infusorien und der Blattläuse. Dem umfangreichen Bericht entnehmen wir:

... Auf der Insel Rakahanga stieß die Expedition zum ersten Mal auf die Spuren eines bisher unbekannten Riesenmolches. Die Abdrükke haben fünf Zehen, mit einer Zehenlänge von 3 bis 4 cm. Nach der Zahl der Spuren zu schließen, muß der Strand der Insel Rakahanga von diesen Molchen geradezu wimmeln. Weil es keine Abdrücke von Vorderbeinen gab (bis auf einen vierzehigen Abdruck, der offenbar von einem Jungen stammte), kam die Expedition zur Ansicht, daß sich diese Molche offensichtlich auf ihren hinteren Extremitäten bewegen.

Wir verweisen darauf, daß es auf der kleinen Insel Rakahanga weder einen Fluß, noch einen Sumpf gibt; diese Molche leben also im Meer und sind wohl die einzigen Vertreter ihrer Ordnungsklasse, die im pelagischen Milieu leben. Es ist natürlich bekannt, daß der mexikanische Axolotl (*Amblystoma mexicanum*) sich in Salzseen aufhält; pelagische (im Meer lebende) Molche erwähnt aber nicht einmal das klassische Werk W. Korngolds »Die Schwanzlurche *(Urodela)*«, Berlin. 1913.

...Wir warteten bis zum Nachmittag, um ein lebendes Exemplar zu erjagen oder wenigstens zu Gesicht zu bekommen, doch vergeblich. Mit Bedauern verließen wir die anmutige Insel Rakahanga, auf der es D. Herrero gelungen war, eine schöne, bislang unbekannte Blattwanze zu entdecken ...

Weitaus mehr Glück hatten wir auf der Insel Tongarewa. Wir warteten mit den Gewehren in der Hand auf dem Strand. Nach Sonnenuntergang tauchten die Köpfe der Molche, die verhältnismäßig groß und etwas abgeflacht sind, aus dem Wasser. Einige Zeit darauf krochen die Molche auf den Sandstrand, wobei sie sich watschelnd aber doch ziemlich gewandt auf den Hinterbeinen bewegten. Sitzend erreichten sie eine Höhe von etwas mehr als einem Meter. Sie setzten sich in einem weiten Kreis zusammen und begannen mit ihren Oberkörpern auf eine besondere Art kreisende Bewegungen auszuführen; man konnte dabei den Eindruck gewinnen, daß sie tanzten. W. Kleinschmidt erhob sich, um besser sehen zu können. Darauf wendeten die Molche ihre Köpfe ihm zu und verharrten für eine kurze Zeit völlig regungslos; gleich darauf näherten sie sich ihm mit großer Geschwindigkeit, wobei sie zischende und bellende Laute von sich gaben. Als sie nur noch etwa sieben Schritt von ihm entfernt waren, schossen wir unsere Gewehre auf sie ab. Sie ergriffen sehr rasch die Flucht und stürzten sich ins Meer; an diesem Abend zeigten sie sich nicht mehr. Am Ufer blieben zwei tote Molche und einer mit gebrochenem Rückgrat zurück, der einen besonderen Laut von sich gab, etwa »Ogod, ogod, ogod«. Später verendete er, als W. Kleinschmidt seine Lungenhöhle mit einem Messer öffnete ... (Es folgen anatomische Einzelheiten, die wir Laien ohnehin nicht verstehen würden; so verweisen wir den fachlich interessierten Leser auf das zitierte Bulletin.)

Es handelt sich demzufolge, wie aus den erwähnten Merkmalen ersichtlich, um einen typischen Vertreter der Ordnung der Schwanzlurche (*Urodela*), zu denen bekanntlich die Familie der echten Molche (*Salamandridae*) gehört, die die Gattung der Wassermolche (*Tritones*) und der Molche (*Salamandrae*) umfaßt, sowie die Gattung der Fischlurche (*Ichthyoidea*), die die Riesenmolche (*Cryptobranchiata*) und die Dauerkiemer (*Phanerobranchiata*) umfaßt. Der auf der Insel Tongarewa festgestellte Molch scheint am nächsten mit dem Riesenmolch verwandt zu sein; in mancher Hinsicht, u. a. durch seine Größe, erinnert er an den japanischen Riesenmolch (*Megalobatrachus Sieboldii*) oder an den amerikanischen Hellbender, den sog. »Schlammteufel«, unterscheidet sich jedoch von ihm durch gut ausgebildete Sinnesorgane und längere, stärkere Glied-

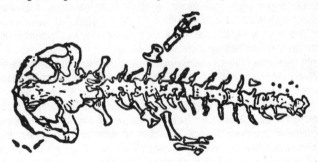

maßen, die es ihm ermöglichen, sich ziemlich gewandt sowohl im Wasser als auch auf dem Lande zu bewegen ... (Es folgen weitere Einzelheiten zur vergleichenden Anatomie.) Als wir die Knochengerüste präparierten, gelangten wir zu einer interessanten Erkenntnis: daß nämlich das Skelett dieser Molche nahezu völlig mit dem fossilen Abdruck des Molchskeletts übereinstimmt, das Dr. Johannes Jakob Scheuchzer auf einer Steinplatte im Steinbruch von Öhningen gefunden und in seinem Werk »Homo diluvii testis«, herausgegeben 1726, abgebildet hat.

Weniger bewanderte Leser seien daran erinnert, daß der genannte Dr. Scheuchzer diese Fossilie für die Überreste des vorsintflutlichen Menschen hielt. »... Dieses Bildnuß«, schreibt er, »welches in sauberem Holz-Schnitt der gelehrten und curiösen Welt zum Nachdenken vorliegt, ist eines von sichersten, ja ohnfehlbaren Überbleibseln der Sünd-Flut; da finden sich nicht einige Lineament, auß welchen die reiche und fruchtbare Einbildung etwas, so dem Menschen gleichet, formieren kann, sondern eine gründliche Übereinkunft mit denen Teilen eines menschlichen Bein-Gerüstes, ein vollkommenes Eben-Maß ... Dieser Mensch, dessen Grabmahl alle andere Römische und Griechische, auch Egyptische, oder andere Orientalische Monument an Alter und Gewüßheit übertrifft, präsentiert sich von vornen.« Später erkannte Cuvier im Öhningener Abdruck das Skelett eines versteinerten Molches, der *Cryptobranchus primaevus* oder *Andrias Scheuchzeri tschudi* benannt und für eine längst ausgestorbene Spezies gehalten wurde. Durch einen osteologischen Vergleich ist es uns gelungen, unsere Molche mit dem vermeintlich ausgestorbenen Urmolch *Andrias* zu identifizieren. Die geheimnisvolle Urechse, wie sie in den Zeitungen genannt wurde, ist *nichts anderes als der fossile Riesenmolch Andrias Scheuchzeri*; oder, wenn ein neuer Name nötig ist, *Cryptobranchus Tinckeri Erectus* oder Polynesischer Riesenmolch.

... Ein Rätsel bleibt, weshalb dieser interessante Riesenmolch der wissenschaftlichen Aufmerksamkeit bis auf den heutigen Tag entgangen war, obwohl er zumindest auf den Inseln Rakahanga und Tokarewa in großer Zahl vorkommt. Auch Randolph und Montgomery erwähnen ihn in ihrem Werk »Zwei Jahre auf den Manihiki-Inseln« (1885) nicht. Die Eingeborenen behaupten, daß dieses Tier — sie halten es übrigens für giftig — vor sechs oder acht Jahren aufgetaucht sei. Sie erzählen, daß die »See-Teufel« sprechen (!) können und in den Buchten, in denen sie leben, ganze Wehr- und Dammsysteme auf die Art von Unterwasser-Städten bauen; angeblich sei in ihren Buchten das ganze Jahr über das Wasser so ruhig wie in einem Teich; angeblich graben sie unter Wasser lange Gänge, in denen sie sich tagsüber aufhalten; angeblich stehlen sie nachts auf den Feldern süße Kartoffeln und Jamswurzeln und nehmen den Menschen Hacken und andere Werkzeuge weg. Überhaupt würden sie von den Menschen nicht gern gesehen werden, ja sie seien sogar gefürchtet; in vielen Fällen seien die Menschen lieber an einen anderen Ort gezogen. Offenbar handelt es sich hier lediglich um primitive Gerüchte und Aberglauben, die allenfalls im abstoßenden Äußeren und dem aufrechten Gang der unschädlichen Riesenmolche begründet sind.

... Mit einiger Zurückhaltung muß man auch Berichte von Reisenden behandeln, wonach diese Molche auch auf anderen Inseln als auf den Manihikis vorkommen. Demgegenüber ist der rezente Abdruck eines Hinterbeines, gefunden am Strand der Insel Tongatabu, der von Cpt. Croisset in ›La Nature‹ veröffentlicht wurde, ohne den geringsten Zweifel als Fußabdruck des *Andrias Scheuchzeri* zu bestimmen. Dieser Fund ist insbesondere deshalb so bedeutungsvoll, weil er das Vorkommen auf den Manihiki Islands mit der australoneuseeländischen Region verknüpft, wo soviele Überreste der Entwicklung der uralten Fauna erhalten geblieben sind. Denken wir namentlich an die »vorsintflutliche« Echse *Hatterii* oder Tuataru, die bis auf den heutigen Tag auf Stephens Island lebt. Auf diesen einsamen, meist spärlich besiedelten und von der Zivilisation nahezu unberührt gebliebenen Inseln könnten sich vereinzelt Überbleibsel von sonst ausgestorbenen Arten von Lebewesen erhalten. Zur fossilen Echse *Hatterii* kommt nun dank Herrn J. S. Tincker ein vorsintflutlicher Molch. Der gute Dr. Johannes Jakob Scheuchzer könnte nun die Auferstehung seines Öhningener Adams erleben ...

Dieses gelehrte Bulletin müßte an sich ausreichen, um die Frage der mysteriösen See-Ungetüme, die schon soviel Gerede verursacht haben, wissenschaftlich vollauf auszuleuchten. Unglücklicherweise erschien zur gleichen Zeit der Bericht des holländischen Forschers van Hogenhouck, der diese Riesenmolche der Familie der echten Molche oder Tritonen unter der Bezeichnung *Megatriton moluccanus* zuordnete und ihre Verbreitung auf die holländischen Sunda-Inseln beschränkte; ferner der Bericht des französischen Gelehrten Dr. Mignard, der sie als typische Salamander bestimmte, ihre ursprünglichen Siedlungsgebiete auf die französischen Inseln Takaroa, Rangiroa und Raroia verlegte und sie ganz schlicht *Cryptobranchus salamandroides* nannte; ferner der Bericht von H. W. Spence, der in ihnen die neue Gattung *Pelagidae* erkannte, beheimatet auf den Gilbert Islands, und sie der fachlichen Existenz unter dem Namen *Pelagotriton Spencei* für wert hielt. Mr. Spence gelang es, ein lebendes Exemplar dieses Molches bis in den Londoner Zoo zu bringen; hier wurde er Gegenstand weiterer Forschungen, aus denen er unter den Bezeichnungen *Pelagobatrachus Hookeri, Salamandrus maritimus, Abranchus giganteus, Amphiuma gigas* und vielen weiteren hervorging. Manche Gelehrte behaupteten, daß der *Pelagotriton Spencei* mit dem *Cryptobranchus Tinckeri* identisch und Mignards Salamander nichts anderes als der *Andrias Scheuchzeri* sei; daraus entstand viel Streit um die Priorität und andere rein wissenschaftliche Probleme. So kam es, daß die Naturwissenschaft jedes Volkes ihren eigenen Riesenmolch besaß und die Riesenmolche anderer Nationen heftigst bekämpfte. Deshalb ist auch in wissenschaftlicher Hinsicht in der ganzen umfangreichen Frage der Molche bis zum Schluß nie volle Klarheit herbeigeführt worden.

# 9

## *Andrew Scheuchzer*

Und es ergab sich eines Donnerstags, als der Londoner Zoo für die Öffentlichkeit geschlossen war, daß Herr Thomas Greggs, Wächter im Echsenpavillon, die Behälter und Terrarien seiner Schützlinge putzte. Er war mutterseelenallein in der Molchabteilung, in der der Japanische Riesenmolch, der amerikanische Hellbender, *Andrias Scheuchzeri* und eine Menge kleiner Teichmolche, Axolotls, Grottenolme und Lurche und sonstiger Molche untergebracht war. Herr Greggs machte sich mit Lappen und Besen zu schaffen und pfiff dazu ›Annie Laurie‹; und auf einmal sagt jemand hinter ihm krächzend:

»Schau, Mutti!«

Herr Thomas Greggs blickte sich um, aber es war niemand da; nur der Hellbender schmatzte in seinem Schlamm, und der große Schwarze Molch, der *Andrias*, lehnte mit seinen Vorderpfoten am Behälterrand und wackelte kreisend mit dem Oberkörper. Ich habe geträumt, meinte Herr Greggs und fegte weiter, daß es eine Freude war.

»Schau, ein Molch!" ertönte es hinter ihm.

Herr Greggs drehte sich schnell um; der große Molch, der *Andrias*, blickte ihn an und zwinkerte mit den unteren Augenlidern.

»Puh, ist das häßlich«, sagte der Molch plötzlich. »Komm weg von hier, Liebling!«

Herr Greggs vergaß vor Staunen, den Mund zuzumachen. »Wie?«

»Beißt er?« krächzte der Molch.

»Du ... du kannst sprechen?« stotterte Herr Greggs und traute seinen Sinnen nicht

»Ich habe Angst vor ihm«, stieß der Molch hervor. »Mutti, was frißt er?«

»Sag: Guten Tag!« sagte der verwunderte Herr Greggs.

Der Molch setzte seinen Oberkörper in kreisende Bewegung. »Guten Tag«, krächzte er. »Guten Tag. Guten Tag. Darf ich ihm ein Stück Kuchen geben?«

Herr Greggs griff verwirrt in die Tasche und holte den Rest eines Brötchens hervor. »Da hast du.«

Der Molch nahm das Brötchen mit der Pfote und begann daran zu knabbern. »Schau, ein Molch!« grunzte er zufrieden. »Papa, warum ist er so schwarz?« Plötzlich tauchte er unter und steckte nur den Kopf aus dem Wasser. »Warum ist er im Wasser? Warum? Puh, ist der häßlich!«

Herr Thomas Greggs kratzte sich überrascht am Nacken. Aha, er wiederholt, was er hier von den Leuten hört. »Sag: Greggs!« versuchte er es.

»Sag: Greggs!« wiederholte der Molch.

»Herr Thomas Greggs.«

»Herr Thomas Greggs.«

»Guten Tag, Herr.«

»Guten Tag, Herr. Guten Tag. Guten Tag, Herr.« Es schien, als ob der Molch vom Reden nicht genug kriegen würde; aber Greggs wußte nicht mehr, was er ihm sagen könnte. »Also, halt's Maul jetzt!« sagte er. »Und wenn ich fertig bin, bring' ich dir das Reden bei.«

»Also, halt's Maul, jetzt!« brummte der Molch. »Guten Tag, Herr. Schau, ein Molch. Ich bringe dir das Reden bei.«

Die Direktion des Zoos sah es jedoch nicht gern, wenn die Wärter ihre Tiere Kunststücke lehrten; ein Elefant, das ist etwas anderes, aber die übrigen Tiere sind zur Belehrung da, und nicht, um Zirkus zu machen. Deshalb verbrachte Herr Greggs seine Zeit in der Abteilung für Molche mehr oder weniger heimlich, wenn niemand mehr da war. Da er Witwer war, wunderte sich niemand über seine Eigenbrötelei im Echsenpavillon. Jeder hat seine Vorlieben. Ohnehin kamen nur wenige Leute in die Abteilung für Molche; da erfreute sich schon eher das Krokodil allgemeiner Popularität, *Andrias Scheuchzeri* jedoch verbrachte seine Tage verhältnismäßig einsam.

Einmal, als es schon dunkel wurde und die Pavillons geschlossen waren, unternahm der Zoodirektor, Sir Charles Wiggam, eine Begehung der verschiedenen Abteilungen, um sich davon zu überzeugen, daß alles in Ordnung sei. Als er in die Abteilung für Molche kam, plantschte es in einem Behälter, und jemand sagte krächzend: »Guten Abend, Herr.«

»Guten Abend«, antwortete der Direktor überrascht. »Wer ist da?«

»Entschuldigung, Herr«, sagte die krächzende Stimme. »Das ist nicht Herr Greggs.«

»Wer ist da?« wiederholte der Direktor.

»Andy. Andrew Scheuchzer.«

Sir Charles trat näher an den Behälter heran. Nur der Molch saß aufrecht darin und rührte sich nicht. »Wer hat hier gesprochen?«

»Andy, Herr«, sagte der Molch. »Wer sind Sie?«

»Wiggam«, stieß Sir Charles verwundert hervor.

»Freut mich«, meinte Andrias höflich. »Wie geht es Ihnen?«

»Zum Teufel«, brüllte Sir Charles. »Greggs! He, Greggs!« Der Molch gab sich einen Ruck und verschwand blitzschnell im Wasser.

Mr. Thomas Greggs stürzte zur Tür herein, ganz atemlos und beunruhigt.

»Yes, Sir?«

»Greggs, was soll das heißen?« fing Sir Charles an.

»Ist etwas passiert, Sir?« stotterte Herr Greggs unsicher.

»Das Tier hier spricht!«

»Entschuldigen Sie, Sir«, sagte Herr Greggs zerknirscht. »Das sollen Sie nicht tun, Andy. Ich habe Ihnen schon tausendmal gesagt, daß Sie die Menschen nicht mit Ihrem Geschwätz belästigen sollen. — Ich bitte um Vergebung, Sir, es wird nicht wieder vorkommen.«

»Haben Sie dem Molch das Sprechen beigebracht?«

»Aber *er* hat angefangen, Sir«, wehrte sich Greggs.

»Ich hoffe, es wird sich nicht mehr wiederholen, Greggs«, sagte Sir Charles streng. »Ich werde Sie im Auge behalten.«

Einige Zeit darauf saß Sir Charles mit Professor Petrov zusammen, und man sprach über die sog. tierische Intelligenz, über bedingte Reflexe und darüber, daß die Volksmeinung den tierischen Verstand überschätze. Professor Petrov gab seinem Zweifel über die Elberfelder Pferde Ausdruck, die angeblich nicht nur schlicht rechnen konnten, sondern auch das Potenzieren und Wurzelziehen beherrschten: kann doch nicht einmal ein normaler, gebildeter Mensch wurzelziehen, sagte der große Gelehrte. Sir Charles erinnerte sich an Greggs' sprechenden Molch. »Ich habe einen Molch hier«, begann er zögernd, »es ist der bekannte *Andrias Scheuchzeri;* und er hat sprechen gelernt wie ein Papagei.«

»Ausgeschlossen«, sagte der Gelehrte. »Molche haben doch eine angewachsene Zunge.«

»Dann kommen Sie mit«, sagte Sir Charles. »Heute ist Putztag, da wird kaum jemand da sein.« Und sie gingen.

Am Eingang zu den Molchen blieb Sir Charles stehen. Von drinnen konnte man Besenscharren und eine eintönige Stimme hören, die etwas buchstabierte.

»Warten Sie«, flüsterte Sir Charles Wiggam.

»GIBT ES MENSCHEN AUF DEM MARS?« buchstabierte die eintönige Stimme. »Soll ich das vorlesen?«

»Etwas anderes, Andy«, antwortete eine andere Stimme.

»DERBY-SIEGER DIESMAL PELHAM BEAUTY ODER GOBERNADOR?«

»Pelham Beauty«, meinte die andere Stimme. »Aber lesen Sie vor!«

Sir Charles öffnete leise die Tür. Herr Thomas Greggs fegte mit seinem Besen den Boden; und im Bottich mit Meerwasser saß *Andrias Scheuchzeri* und buchstabierte langsam, krächzend, aus der Abend-Zeitung, die er in den Vorderpfoten hielt.

»Greggs«, rief Sir Charles. Der Molch zuckte zusammen und verschwand im Wasser.

Mr. Greggs ließ vor Schreck den Besen fallen. »Yes, Sir?«

»Was soll das heißen?«

»Ich bitte um Vergebung, Sir«, stotterte der unglückliche Greggs. »Andy liest mir vor, während ich fege. Und wenn er fegt, lese wieder ich vor.«

»Wer hat ihm das beigebracht?«

»Das guckt er selber so ab, Sir. Ich ... ich gebe ihm meine Zeitung, damit er nicht soviel redet. Er wollte immer nur reden, Sir. Ich dachte also, damit er wenigstens gebildet sprechen lernt ...«

»Andy«, rief Sir Wiggam.

Aus dem Wasser tauchte ein schwarzer Kopf hervor. »Yes, Sir«, krächzte er.

»Herr Professor Petrov ist gekommen, um dich zu sehen.«

»Sehr erfreut, Herr. Ich bin Andy Scheuchzer.«

»Woher weißt du, daß du Andrias Scheuchzeri heißt?«

»Es steht hier angeschrieben, Herr. Andreas Scheuchzer, Gilbert Islands.«

»Und liest du oft Zeitung?«

»Ja, Herr. Jeden Tag, Herr.«

»Und was interessiert dich dabei am meisten?«

»Aus dem Gerichtssaal, Pferderennen, Fußball ...«

»Hast du mal ein Fußballspiel gesehen?«

»Nein, Herr.«

»Oder Pferde?«

»Nein, Herr.«

»Warum liest du es dann?«

»Weil es in der Zeitung steht, Herr.«

»Politik interessiert dich nicht?«

»Nein, Herr. WIRD ES KRIEG GEBEN?«

»Das weiß niemand, Andy.«

»DEUTSCHLAND BAUT EINEN NEUEN U-BOOT-TYP«, sagte Andy besorgt. »TODESSTRAHLEN KÖNNEN GANZE KONTINENTE IN EINE WÜSTE VERWANDELN!«

»Das hast du in der Zeitung gelesen, nicht?« fragte Sir Charles.

»Ja, Herr. DERBY-SIEGER DIESMAL PELHAM BEAUTY ODER GOBERNADOR?«

»Was meinst du, Andy?«

»Gobernador, Herr; aber Herr Greggs glaubt, Pelham Beauty.« Andy nickte. »KAUFEN SIE BRITISCHE WAREN, Herr. SNIDERS HOSENTRÄGER SIND DIE BESTEN. HABEN SIE BEREITS DEN NEUEN SECHSZYLINDER TANCRED JUNIOR? SCHNELL, PREISWERT UND ELEGANT!«

»Danke, Andy. Das genügt.«

»WELCHE FILMSCHAUSPIELERIN GEFÄLLT IHNEN AM BESTEN?«

Professor Petrov standen Haare und Bart zu Berge. »Entschuldigen Sie, Sir Charles«, brummte er, »aber ich muß schon gehen.«

»Gut, gehen wir. Andy, hättest du etwas dagegen, wenn ich einige gelehrte Herren zu dir bringen würde? Ich glaube, sie würden gern mit dir sprechen.«

»Es wird mir eine Freude sein, Herr«, krächzte der Molch. »Auf Wiedersehen, Sir Charles. Auf Wiedersehen, Professor.«

Professor Petrov lief davon und brummte und schnaubte gereizt. »Verzeihen Sie, Sir Charles, aber könnten Sie mir ein Tier zeigen, das *nicht* Zeitung liest?«

Die gelehrten Herren, das waren Sir Betram, D.M., Professor Ebbigham, Sir Oliver Dodge, Julian Foxley und weitere. Wir zitieren aus dem Protokoll über ihr Experiment mit Andrias Scheuchzeri.

> Wie heißen Sie?
> *Antw.:* Andrew Scheuchzer.
> Wie alt sind Sie?
> *Antw.:* Das weiß ich nicht. Wollen Sie jung aussehen? Tragen Sie Libella-Mieder.
> Welchen Tag haben wir heute?
> *Antw.:* Montag. Schönes Wetter, Herr. Diesen Samstag läuft in Epsom Gibraltar.
> Wieviel ist drei mal fünf?
> *Antw.:* Warum?
> Können Sie rechnen?
> *Antw.:* Ja, Herr. Wieviel ist siebzehn mal neunundzwanzig?
> Lassen Sie *uns* die Fragen stellen, Andrew. Nennen Sie uns englische Flüsse.
> *Antw.:* Themse ...
> Und weiter?
> *Antw.:* Themse.
> Andere kennen Sie nicht, nicht wahr? Wer regiert in England?
> *Antw.:* King George. God bless him.
> Gut, Andy. Wer ist der größte englische Schriftsteller?
> *Antw.:* Kipling.

Sehr gut. Haben Sie etwas von ihm gelesen?
*Antw.:* Nein. Wie gefällt Ihnen Mae West?
Wir wollen lieber Sie fragen, Andy. Was wissen Sie über die englische Geschichte?
*Antw.:* Heinrich der Achte.
Was wissen Sie über ihn?
*Antw.:* Der beste Film der letzten Jahre. Großartige Ausstattung. Kolossale Show.
Haben Sie ihn gesehen?
*Antw.:* Nein. Wollen Sie England kennenlernen? Kaufen Sie sich einen Ford Baby.
Was möchten Sie am liebsten sehen, Andy?
*Antw.:* Den Wettkampf Cambridge-Oxford, Herr.
Wieviele Kontinente gibt es?
*Antw.:* Fünf.
Sehr gut. Welche sind das?
*Antw.:* England und die übrigen.
Welche sind die übrigen?
*Antw.:* Das sind die Bolschewiken und die Deutschen. Und Italien.
Wo liegen die Gilbert-Inseln?
*Antw.:* In England. England wird sich auf dem Kontinent nicht binden. England braucht zehntausend Flugzeuge. Besuchen Sie die Südküste Englands.
Können wir Ihre Zunge sehen?
*Antw.:* Ja, Herr. Putzen Sie Ihre Zähne mit Flit. Sie ist die sparsamste, die beste, sie ist englisch. Wollen Sie einen duftenden Atem haben? Benutzen Sie die Zahnpasta Flit.
Danke, das genügt. Und jetzt sagen Sie uns, Andy...

Und so weiter. Das Protokoll des Gesprächs mit Andrias Scheuchzeri umfaßte sechzehn Seiten und wurde in ›The Natural Science‹ veröffentlicht. Am Schluß des Protokolls faßte die Expertenkommission die Ergebnisse des Experiments wie folgt zusammen:

1. Andrias Scheuchzeri, der im Londoner Zoo gehaltene Molch, kann sprechen, wenn auch etwas krächzend; er verfügt über etwa vierhundert Wörter; er sagt nur das, was

er gehört oder gelesen hat. Von einem selbständigen Denken kann bei ihm allerdings nicht die Rede sein. Seine Zunge ist ziemlich beweglich; die Stimmbänder konnten wir unter den gegebenen Umständen nicht untersuchen.
2. Derselbe Molch kann lesen, aber nur die Abendzeitungen. Er interessiert sich für dieselben Dinge wie der Durchschnittsengländer und reagiert darauf auf ähnliche Art und Weise, d. h. im Rahmen der feststehenden öffentlichen Meinung. Sein geistiges Leben — sofern man von einem solchen sprechen kann — besteht aus derzeit gängigen Vorstellungen und Ansichten.
3. Seine Intelligenz braucht keineswegs überschätzt zu werden, denn in keiner Hinsicht übersteigt sie die Intelligenz des Durchschnittsmenschen unserer Tage.

Trotz dieses nüchternen fachlichen Gutachtens wurde ›Der Sprechende Molch‹ zur Sensation des Londoner Zoos. Darling Andy wurde von Leuten belagert, die mit ihm über alles mögliche sprechen wollten, angefangen beim Wetter bis hin zur Wirtschaftskrise und zur politischen Lage. Dabei bekam er von seinen Besuchern soviel Schokolade und Süßigkeiten, daß er an einem schweren Magen- und Darmkatarrh erkrankte. Die Abteilung für Molche mußte schließlich geschlossen werden, aber es war schon zu spät; Andrias Scheuchzeri, genannt Andy, ging an den Folgen seiner Popularität ein. Wie ersichtlich, demoralisiert der Ruhm sogar Molche.

## Kirmes in Nové Strašecí

Herr Povondra, Portier im Hause Bondy, verbrachte seinen Urlaub diesmal in seiner Heimatstadt. Tags darauf sollte Kirmes sein, und als Herr Povondra ausging, seinen achtjährigen Franzl an der Hand, duftete ganz Neu Strašecí nach Kuchen, und die Frauen und Mädchen huschten über die Straße zum Bäcker, um die Kuchen zum Backofen zu bringen. Auf dem Marktplatz haben bereits zwei Zuckerbäcker, ein Krämer mit Glas und Porzellan und eine Frau, die lautstark Kurzwaren anpries, ihre Stände aufgestellt. Und dann gab es noch eine Bude, die von allen Seiten mit Segeltuchplanen verkleidet war. Ein kleines dürres Männchen stand auf einer Leiter und brachte ein Schild an.

Herr Povondra blieb stehen, um zu sehen, was es da geben würde.

Das dürre Männchen stieg von der Leiter und betrachtete befriedigt die Tafel. Und Herr Povondra las überrascht:

**KAPITÄN J. VAN TOCH**
und seine
**DRESSIERTEN MOLCHE**

Herr Povondra dachte an den großen dicken Mann mit Kapitänsmütze, den er einst bei Herrn Bondy vorgelassen hatte. Der hat es weit gebracht, der Arme, dachte Herr Povondra mitfühlend; ein Kapitän, und jetzt zieht er mit einem so armseligen Zirkus durch die Welt! So ein stattlicher, gesunder Mann war das! Ich sollte bei ihm reinschauen, meinte Herr Povondra mitleidig.

Unterdessen hatte das dürre Männchen eine zweite Tafel neben dem Eingang angebracht:

Herr Povondra zögerte. Zwei Kronen und eine Krone für den Jungen, das ist ein bißchen viel. Aber Franzl macht sich gut in der Schule, und die Kenntnis fremdartiger Tiere, das gehört zur Allgemeinbildung. Herr Povondra war bereit, etwas für die Bildung zu tun, und deshalb trat er an das kleine dürre Männchen heran. »Lieber Freund«, sagte er, »ich möchte mit Kapitän van Toch sprechen.«

Das Männchen schlug sich an die Brust im gestreiften Trikot. »Das bin ich, mein Herr.«

»Sie sind Kapitän van Toch?« wundert sich Herr Povondra.

»Ja, mein Herr«, sagte das Männchen und zeigte einen tätowierten Anker am Handgelenk vor.

Herr Povondra blinzelte und überlegte. Ist es möglich, daß der Kapitän so eingeschrumpft ist? Das gibt es doch nicht. »Ich kenne nämlich Kapitän van Toch persönlich«, sagte er. »Ich heiße Povondra.«

»Das ist etwas anderes«, sagte das Männchen. »Aber die Molche stammen wirklich von Kapitän van Toch, mein Herr. Garantiert echte australische Echsen, mein Herr. Belieben einzutreten. Gerade beginnt die große Vorstellung«, plärrte er und hob die Plane am Eingang.

»Komm, Franzl!« sagte Vater Povondra und trat ein. An einem kleinen Tisch nahm eiligst eine außerordentlich dicke und große Frau Platz. Das ist aber ein komisches Paar, wunderte sich Herr Povondra und legte drei Kronen hin. In der Bude gab es nichts weiter als unangenehmen Geruch und eine Blechwanne.

»Wo haben Sie die Molche?« fragte Herr Povondra.

»In der Wanne«, sagte die gigantische Dame gleichmütig.

»Du brauchst keine Angst zu haben, Franzl«, meinte Vater Povondra und trat an die Wanne heran. Etwas Schwarzes und Regloses von der Größe eines alten Welses lag da im Wasser; nur hinter dem Kopf wölbte sich die Haut ab und zu und fiel wieder in sich zusammen.

»Das also ist der vorsintflutliche Molch, von dem die Zeitungen geschrieben haben«, sagte Vater Povondra und hob den Zeigefinger, ohne sich seine Enttäuschung anmerken zu lassen. (Da habe ich mich aber wieder reinlegen lassen, dachte er, aber der Junge braucht es nicht zu wissen. Schade um die drei Kronen!)

»Vati, warum ist er im Wasser?« fragte Franzl.

»Weil Molche im Wasser leben, weißt du?«

»Vati, und was frißt er?«

»Fische und solches Zeug«, meinte Vater Povondra. (Irgend etwas muß das doch fressen.)

»Und warum ist er so häßlich?« stieß Franzl nach.

Herr Povondra wußte keine Antwort; aber da betrat das dürre Männchen das Zelt. »Also, bitte, meine Damen und Herren«, begann es heiser.

»Haben Sie nur diesen einen Molch?« fragte Herr Povondra vorwurfsvoll. (Wenn es wenigstens zwei wären, für das Geld.)

»Der zweite ist eingegangen«, sagte das Männchen. »Das also ist der berühmte Andreas, meine Damen und Herren, die seltene und giftige Echse von den australischen Inseln. In seiner Heimat wächst er bis zur Größe eines Menschen heran und läuft auf zwei Beinen. — He!« sagte er und stieß das Schwarze und Träge, das regungslos im Bottich lag, mit einem Stock an. Das Schwarze zuckte zusammen und tauchte schwerfällig aus dem Wasser auf. Franzl wich etwas zurück, aber Herr Povondra drückte ihm die Hand, fürchte dich nicht, ich bin bei dir.

Jetzt steht es auf den Hinterbeinen und stützt sich mit den Vorderpfoten am Rande des Bottichs ab. Die Kiemen hinter dem Kopf zucken krampfhaft und das schwarze Maul schnappt nach Luft. Seine viel zu lockere Haut ist blutig gerieben und mit Warzen besät, und die runden Froschaugen verbergen sich zuweilen wie im Schmerz hinter den häutchenartigen unteren Augenlidern.

»Wie Sie sehen, meine Damen und Herren«, fuhr das Männchen mit heiserer Stimme fort, »lebt dieses Tier im Wasser; deshalb ist es sowohl mit Kiemen als auch mit einer Lunge versehen, damit es atmen kann, wenn es an Land geht. An den Hinterbeinen hat es jeweils fünf Zehen und an den vorderen je vier, damit es auch verschiedene Gegenstände greifen kann. — Da!« Das Tier umschloß mit den Fingern den Stock und hielt ihn wie ein klägliches Zepter vor sich.

»Es kann auch einen Knoten schürzen«, erläuterte das Männchen, nahm dem Tier den Stock weg und reichte ihm eine schmutzige Schnur. Das Tier hielt sie eine Weile in den Fingern und machte dann tatsächlich einen Knoten in den Strick.

»Es kann auch trommeln und tanzen«, krähte das Männchen und reichte dem Tier eine Kindertrommel und einen Schlegel. Das Tier schlug ein paarmal auf die Trommel und wand die obere Körperhälfte; dabei fiel ihm der Schlegel ins Wasser. »Kusch, Mistvieh!« fuhr es das Männchen an und fischte den Schlegel aus dem Wasser.

»Und dieses Tier«, fügte es hinzu und hob feierlich die Stimme, »ist so intelligent und begabt, daß es wie ein Mensch sprechen kann.« Dabei klatschte er in die Hände.

»Guten Morgen«, krächzte das Tier und blinzelte wie schmerzerfüllt mit den unteren Augenlidern. »Guten Tag.«

Herr Povondra erschrak fast, aber Franzl blieb unbeeindruckt.

»Was sagst du dem erlauchten Publikum?« fragte das Männchen scharf.

»Ich heiße Sie willkommen.« Der Molch verbeugte sich; seine Kiemen verkrampften sich. »Welcome, Ben venuti.«

»Kannst du rechnen?«

»Ja.«

»Wieviel ist sechs mal sieben?«

»Zweiundvierzig«, quäkte der Molch mit Anstrengung.

»Guck mal, Franzl«, stieß Vater Povondra seinen Sohn an, »wie er rechnen kann!«

»Meine Damen und Herren«, krähte das Männchen, »Sie können ihm selbst Fragen stellen.«

»Frag' ihn doch etwas, Franzl!« ermunterte Herr Povondra seinen Sohn.

Franzl wand sich verlegen. »Wieviel ist acht mal neun?« brachte er dann heraus; es war offenbar die schwerste aller möglichen Fragen.

Der Molch blinzelte langsam. »Zwei-undsiebzig.«

»Welchen Tag haben wir heute?« fragte Herr Povondra.

»Samstag«, sagte der Molch.

Herr Povondra schüttelte verwundert den Kopf. »Wirklich, wie ein Mensch. — Wie heißt diese Stadt?«

Der Molch machte das Maul zu und schloß die Augen. »Er ist schon müde«, erläuterte das Männchen hastig. »Was sagst du den Herrschaften?«

Der Molch verneigte sich. »Good Bye. Vielen Dank. Adieu. Auf Wiedersehen.« Und verschwand rasch im Wasser.

»Das ist — das ist ein merkwürdiges Tier«, sagte Herr Povondra verwundert; aber weil drei Kronen immerhin viel Geld sind, fügte er hinzu: »Und sonst haben Sie nichts mehr, was Sie dem Kind zeigen könnten?«

Das Männchen zupfte verlegen an seiner Unterlippe. »Das ist alles«, sagte es. »Früher hatte ich Affen, aber das war so eine Sache«, erklärte er unbestimmt. »Ich könnte Ihnen höchstens meine Frau zeigen. Sie war einmal die dickste Dame der Welt. Mariechen, komm mal her!«

Mariechen erhob sich schwerfällig. »Was gibt's?«

»Zeig dich den Herren, Mariechen!«

Die dickste Dame der Welt neigte kokett den Kopf, schob ein Bein vor und hob den Rocksaum übers Knie. Ein roter Wollstrumpf wurde sichtbar und darunter etwas Angeschwollenes, Gewaltiges, wie ein Schinken. »Beinumfang oben vierundachtzig Zentimeter«, erläuterte das dünne Männchen, »aber bei dieser Kokurrenz ist Mariechen heute nicht mehr die dickste Dame der Welt.«

Herr Povondra zog den verstörten Franzl aus dem Zelt. »Küß' die Hand«, krächzte es aus dem Bottich. »Kommen Sie wieder! Au revoir!«

»Nun, Franzl«, fragte Herr Povondra, als sie draußen waren. »Hast du etwas gelernt?"

»Ja«, sagte Franzl. »Vati, warum hat die Frau rote Strümpfe an?«

# 11

## *Von Menschenechsen*

Es wäre gewiß übertrieben zu behaupten, daß man zu jener Zeit von nichts anderem gesprochen und geschrieben hätte, als von den sprechenden Molchen. Man sprach und schrieb auch über den nächsten Krieg, über die Wirtschaftskrise, über Fußball, Vitamine und die Mode; nichtsdestoweniger — über die sprechenden Molche schrieb man sehr viel und besonders sehr laienhaft. Deshalb verfaßte der hervorragende Gelehrte Professor Dr. Vladimír Uher (Universität Brünn) einen Artikel für die »Volkszeitung«, in dem er darauf verwies, daß die vermeintliche Fähigkeit des *Andrias Scheuchzeri* zur artikulierten Sprache, d. h. eigentlich zur Nachahmung gesprochener Worte, wie es auch der Papagei vermag, vom wissenschaftlichen Standpunkt aus gesehen, bei weitem nicht so interessant sei wie einige andere Fragen, die diese sonderbare Amphibie betreffen.

*Andrias Scheuchzeri* gebe andere wissenschaftliche Rätsel auf: zum Beispiel, woher er kommt; wo liegt seine Urheimat, in der er ganze geologische Perioden überlebt hat; weshalb war er so lange unbekannt geblieben, wenn er jetzt plötzlich massenweise im gesamten Äquatorialbereich des Stillen Ozeans auftritt. Es scheint, daß er sich in der letzten Zeit außerordentlich schnell vermehrt; woher kommt diese immense Vitalität eines uralten tertiären Geschöpfes, das bis vor kurzem im Verborgenen, also wahrscheinlich höchst sporadisch, wenn nicht topographisch isoliert, existiert hat? Haben sich vielleicht die Lebensbedingungen dieses fossilen Molches auf irgendeine Weise in biologisch günstiger Richtung verändert, so daß für ein seltenes miozänes Überbleibsel eine neue, wundersam erfolgreich zu nennende Entwicklungsetappe angebrochen ist? Dann wäre es nicht ausgeschlossen, daß sich der *Andrias* nicht nur zahlenmäßig vermehren, sondern auch qualitativ entwickeln könnte und daß unsere Wissenschaft die einzigartige Gelegenheit bekäme, wenigstens bei einer biologischen Art dem gewaltigen Mutationsgeschehen in actu zu assistieren. Daß der *Andrias* ein paar Dutzend Wörter krächzt und einige Kunststücke lernt, die der Laie für den Ausdruck einer gewissen Intelligenz hält, ist, wissenschaftlich gesehen, kein Wunder; ein Wunder aber ist jener gewaltige Lebenselan, der die erstarrte Existenz eines entwicklungsmäßig zurückgebliebenen und nahezu bereits ausgestorbenen Lebewesens so unvermittelt und ausgiebig zu beleben wußte. Es gibt hier einige besondere Umstände: *Andrias Scheuchzeri* ist der *einzige* Molch, der im Meer lebt, und — noch auffälliger — der *einzige* Molch, der in der äthiopisch-australischen Region, im mythischen Lemurien, vorkommt. Ist man nicht fast geneigt zu sagen, daß die Natur jetzt nachträglich und nahezu überstürzt eine der Möglichkeiten und Formen des Lebens nachholen will, die sie *in diesem Gebiet* versäumt hat oder nicht voll nutzen konnte? Und weiter: Es wäre merkwürdig, wenn es in der ozeanischen Region, die zwischen den großen japanischen Riesenmolchen auf der einen und den alleghanischen auf der anderen Seite liegt, überhaupt kein Verbindungsglied gäbe. Gäbe es den *Andrias* nicht, müßten wir ihn eigentlich in jenem Gebiet, in dem er aufgetaucht ist, geradezu *voraussetzen*; es ist fast so, als ob er schlicht den Raum ausfüllte, in dem er nach den geographischen und evolutionären Zusammenhängen seit jeher hätte sein *sollen*. ›Sei dem, wie es will‹, schloß der Beitrag des gelehrten Professors, ›an dieser evolutionären Auferstehung eines miozänen Molches erleben wir mit Ehrfurcht und Erstaunen, daß der Genius der Evolution auf diesem Planeten sein Schöpfungswerk noch lange nicht vollendet hat.‹

Dieser Artikel erschien gegen die stille, aber entschiedene Meinung der Redaktion, daß ein so gelehrtes Geschwätz gar nicht in die Zeitung gehört. Gleich darauf erhielt Prof. Uher einen Brief von einem Leser:

Geschätzter Herr,
voriges Jahr habe ich ein Haus auf dem Marktplatz von Čáslav gekauft. Bei der Besichtigung des Hauses fand ich auf dem Dachboden eine Kiste mit seltenen alten, namentlich wissenschaftlichen Schriften, wie zum Beispiel zwei Jahr-

gänge von Hýbls Zeitschrift »Hyllos« aus den Jahren 1821—22, Jan Svatopluk Presls »*Säuger*«, Vojtěch Sedláčeks »*Grundlagen der Naturlehre oder Physik*«, neunzehn Jahrgänge der öffentlichen, allwissenschaftlichen Zeitschrift »Krok« und dreizehn Jahrgänge der »Zeitschrift des Böhmischen Museums«. In Presls Übersetzung von Cuviers »*Gespräch über die Umwälzungen der Erdkruste*« (aus d. J. 1834) fand ich als Lesezeichen einen Ausschnitt aus einer alten Zeitung, in dem ein Bericht über gewisse merkwürdige Echsen abgedruckt war.
Als ich Ihren vortrefflichen Artikel über jene geheimnisvollen Molche las, erinnerte ich mich jenes Lesezeichens und suchte es hervor. Ich glaube, daß es Sie interessieren könnte, weshalb ich es Ihnen als begeisterter Naturfreund und Ihr eifriger Leser beilege.

Mit vorzüglicher Hochachtung<br>J. V. Najman

Auf dem beigelegten Zeitungsausschnitt war weder der Titel, noch das Jahr vermerkt; dem Schrifttyp und der Rechtschreibung nach zu urteilen, stammte er jedoch aus den zwanziger oder dreißiger Jahren des vorigen Jahrhunderts. Er war so vergilbt und brüchig, daß er kaum lesbar war. Professor Uher wollte ihn schon in den Papierkorb werfen, war aber irgendwie vom Alter dieses bedruckten Blattes ergriffen; so begann er zu lesen; gleich darauf entrang sich ihm ein »Donnerwetter!«, und er rückte erregt die Brille zurecht. Der Ausschnitt lautete:

### Von Menschenechsen
Aus einer ausländischen Zeytung vernehmen wir, daß ein gewisser Kapitän (Commandeur) eines englischen Kriegsschiffes, aus fernen Ländern zurückgekehrt, über gar merkwürdige Amphibien Bericht gab, welche er auf einer kleinen Insel im Meere Australiens gefunden hat. Auf dieser Insel befindet sich nämlich ein See mit Salzwasser, welcher jedoch mit dem Meere keinen Zusammenhang zeigt, als auch nur auf überaus beschwerliche Art zu erreichen ist, woselbst sich jener Cap-

tain sowie sein Schiffsfeldscher ihrer Rast hingaben. Da traten aus dem genannten See Tiere in der Art von Eidechsen heraus, jedoch wie Menschen auf zweyn Beynen spazirten und der Größe nach wie Seehunde oder Robben anmuteten, welche sodann am Ufer sich in besonderer Manir tummelten, ganz als ob sie tanzten und gar lieblich anzusehen waren. Der Commandeur und der Feldscher schossen mit ihren Büchsen zweyn dieser Tiere. Ihre Haut ist, so lesen wir, schlüpfrig, ohne Haar wie auch ohne irgendwelche Schuppen, deswegen sie Salamandern ähnliche seyen. Am darauffolgenden Tage wollten sie die Tiere holen, mußten sie aber aus übergroßem Gestank an Ort und Stelle zurück lassen. Sodann befahlen sie den Matrosen des Schiffes, mit einem Netze in dem See zu fischen und ein Paar dieser Unholte in lebendem Zustande an Bord des Schiffes zu transportiren. Indem die Seeleute besagten See abfischten, erschlugen sie sämtliche Echsen in großer Zahl, und schleppten nur zweyn auf das Schiff herbei, wo sie sich aber beschwerten, daß die Körper der Unholte giftig seyn und in der Art von Brennesseln brennten. Sodann setzten sie sie in Fässer, worin Salzwasser war, um sie in lebendem Zustande nach Engelland zu transportiren. Man höre jedoch! Als das Schiff an der Insel Sumatra vorbei segelte, da seyn die gefangenen Eidechsen nächtens aus dem Fasse gestiegen, woraufhin sie selber die Bullaugen aufgemacht und sich ins Meer gestürzt und dann daselbst auch verschwanden. Nach Zeugnis des Commandeurs wie auch des Feldschers seyn die Tiere höchst wunderbar und listig, indem sie auf zweyn Beynen gehen und in wunderlicher Manir bellen und schmatzen, hingegen aber Menschen nicht gefährlich seyn. Weswegen mit Recht von Menschenechsen gesprochen werden könnte.

Soweit der Ausschnitt. »Donnerwetter«, wiederholte Professor Uher erregt, »warum gibt es hier kein Datum oder den Titel der Zeitung, aus der das jemand einst ausgeschnitten hat? Und welche ausländische Zeitung war das, wie hieß dieser gewisse Commandeur, welches englische Schiff war das? Und welche Insel im Meere Australiens? Warum waren die Menschen damals nicht ein bißchen präziser und — nun ja, ein bißchen wissenschaftlicher? Das ist doch ein historisches Dokument von unermeßlichem Wert.«

Eine Insel im Meere Australiens, gut. Ein See mit Salzwasser. Demnach eine Koralleninsel, ein Atoll mit schwer zugänglicher salziger Lagune; genau der Ort, wo so ein fossiles Tier erhalten geblieben sein konnte, vom entwicklungsmäßig fortgeschrittenen Milieu isoliert und in seinem natürlichen Reservat ungestört. Allerdings, es hat sich nicht allzu stark vermehren können, weil es in dem See nicht genügend Nahrung gegeben hätte. Das ist klar, dachte der Professor. Ein Tier, einer Eidechse ähnlich, aber ohne Schuppen und ›wie die Menschen auf zweyn Beynen spazirend‹; entweder also *Andrias Scheuchzeri* oder ein anderer Molch, der mit ihm nah verwandt ist. Nehmen wir an, es war unser *Andrias*. Nehmen wir an, daß ihn die verdammten Matrosen in jenem See ausgerottet haben und daß nur ein Paar lebend auf das Schiff gelangte; ein Paar, das, man höre, vor der Insel Sumatra ins Meer geflüchtet ist. Also direkt am Äquator, unter biologisch günstigen Bedingungen und in ein Milieu, das unerschöpfliche Nahrung bietet. Kann es sein, daß diese Veränderung dem miozänen Molch jenen gewaltigen Entwicklungsimpuls verliehen hat? Sicher ist, daß er Salzwasser gewöhnt war; denken wir uns sein neues Siedlungsgebiet als stille abgeschlossene Meeresbucht mit reichlich Nahrung; was geschieht? *Der Molch wird sich*, da er optimale Verhältnisse vorfindet, mit gewaltiger Vitalität *vermehren*. Das ist es! jubelte der Gelehrte. Der Molch gibt sich der Entwicklung mit unbändiger Lust hin; er wird sich wie verrückt ins Leben drängen; er wird sich gewaltig vermehren, weil seine Fier und Kaulquappen im neuen Milieu keine spezifischen Feinde haben. Er besiedelt eine Insel nach der andern — allerdings ist es merkwürdig, daß er auf seiner Wanderung so manche Insel gewissermaßen überspringt. Ansonsten ist es die typische Migration zum Zweck der Nahrungssuche. — Und jetzt die Frage: Warum hat er sich nicht schon früher entwickelt? Hängt das nicht mit der Erscheinung zusammen, daß Molche in der äthiopisch-australischen Region unbekannt sind oder bisher unbekannt waren? Ist da in diesem Gebiet im Miozän vielleicht eine für Molche biologisch ungünstige Veränderung eingetreten? Möglich wäre es. Es kann beispielsweise ein spezifischer Feind aufgetreten sein, der die Molche einfach ausgerottet hat. Nur auf *einer einzigen* Insel, in einem abgeschlossenen See, hat sich der miozäne Molch erhalten — allerdings um den Preis, daß er entwicklungsmäßig erstarrte; sein evolutionärer Vormarsch wurde gestoppt; wie eine aufgezogene elastische Feder, die nicht abrollen kann. Es ist nicht ausgeschlossen, daß die Natur große Pläne mit diesem Molch hatte, daß er sich noch weiterentwickeln *sollte*, höher und höher, wer weiß wie weit ... (Professor Uher spürte ein leises Grauen bei dieser Vorstellung; wer weiß, ob der *Andrias Scheuchzeri* vielleicht nicht der Mensch des Miozän werden sollte!)

Aber man staune! Dieses *noch nicht entwickelte* Tier gerät mit einem Mal in ein neues, weitaus vielversprechenderes Milieu; die aufgezogene Feder der Entwicklung lockert sich. — Mit welch vitalem Elan, mit welch miozäner Üppigkeit und Gier drängt sich der *Andrias* auf den Weg der Entwicklung! Wie fieberhaft holt er die Hunderttausende und Millionen von Jahren auf, die er evolutionsgeschichtlich versäumt hat! Ist es denkbar, daß er sich mit der Entwicklungsstufe begnügt, auf der er heute steht? Wird ihm der artmäßige Aufschwung, dessen Zeugen wir sind, genügen — oder steht er lediglich an der Schwelle seiner Evolution und rüstet zum Aufstieg — wer kann heute sagen, zu welchen Höhen?

Das waren Erwägungen und Aussichten, die Professor Dr. Vladimír Uher, vor intellektueller Begeisterung des Entdeckers bebend, über einem vergilbten alten Zeitungsausschnitt niederschrieb. Ich bring das in die Zeitung, entschloß er sich, weil die wissenschaftlichen Organe ohnehin niemand liest. Soll doch jeder wissen, welch großem Naturschauspiel wir beiwohnen! Und ich überschreibe das mit:

## HABEN MOLCHE EINE ZUKUNFT?

Die Redaktion der Volkszeitung warf jedoch einen Blick auf den Artikel des Professors Uher und schüttelte den Kopf. Schon wieder die Molche! *Ich* glaube, daß unseren Lesern die Molche schon zum Hals heraushängen. Es wird langsam Zeit, mit etwas anderem zu kommen. Und außerdem gehört so ein gelehrtes Geschwätz gar nicht in die Zeitung.

Infolgedessen erschien der Artikel über die Entwicklung und die Zukunft der Molche gar nicht.

## 12

## Salamander Syndicate

Präsident G. H. Bondy klingelte und erhob sich.

»Verehrte Anwesende«, begann er, »ich habe die Ehre, diese außerordentliche Hauptversammlung der Pazifischen Export Gesellschaft zu eröffnen. Ich begrüße alle Anwesenden und danke für Ihr zahlreiches Erscheinen.«

»Meine Herren«, fuhr er mit bewegter Stimme fort, »mir wird die traurige Pflicht zuteil, Ihnen eine betrübliche Mitteilung zu machen. Kapitän Jan van Toch weilt nicht mehr unter uns. Unser, um es einmal so zu sagen, Gründer, der Vater der glücklichen Idee, Handelsbeziehungen zu den Inseln des fernen Pazifik anzuknüpfen, unser erster Kapitän und eifrigster Mitarbeiter, ist gestorben. Er ist Anfang des Jahres im Dienst an Bord unseres Schiffes *Šárka* unweit der Fanning-Insel einem Schlaganfall erlegen.« (Da hat er wohl wieder gewettert, der Arme, dachte Herr Bondy flüchtig.) »Ich bitte, sich von den Plätzen zu erheben und sein lichtes Andenken zu ehren.«

Die Herren erhoben sich stühlerückend und verharrten in feierlicher Stille, vom gemeinsamen Gedanken beherrscht, ob denn die Hauptversammlung nicht allzu lange dauern würde. (Der arme Kamerad Vantoch, dachte G. H. Bondy, ehrlich ergriffen. Wie sieht er jetzt wohl aus! Wahrscheinlich haben sie ihn von einem Brett ins Wasser geworfen — das muß einen Plumps gegeben haben! Nun ja, er war ein braver Mensch und hatte so schöne blaue Augen.)

»Ich danke Ihnen, meine Herren«, sagte er kurz, »daß Sie mit soviel Anteilnahme des Kapitäns van Toch, meines persönlichen Freundes, gedachten. Ich bitte jetzt Herrn Direktor Volavka, Sie mit den Geschäftsergebnissen bekannt zu machen, die die PEG in diesem Jahr erwarten kann. Die Zahlen sind noch nicht endgültig, aber ich bitte nicht zu erwarten, daß sie sich bis zum Jahresende noch wesentlich ändern könnten. Bitte sehr.«

»Meine Herrren«, begann Herr Direktor Volavka geschäftsmäßig, denn jetzt ging es zur Sache. »Die Lage auf dem Perlenmarkt ist sehr unbefriedigend. Nach dem abgelaufenen Jahr, in dem die Perlenproduktion nahezu auf das Zwanzigfache des bereits günstigen Jahres 1925 gesteigert werden konnte, kam es bei den Perlen zu einem katastrophalen Preissturz — bis um 65 Prozent. Deshalb hat der Vorstand beschlossen, die diesjährige Perlenernte erst gar nicht auf den Markt zu werfen und sie bis zu einer Erholung der Nachfrage einzulagern. Leider sind Perlen im Herbst vorigen Jahres aus der Mode gekommen, wohl deshalb, weil sie so enorm preiswert geworden waren. In unserer Zweigniederlassung in Amsterdam lagern zur Zeit zweihunderttausend Perlen, die vorläufig nahezu unverkäuflich sind.

Demgegenüber«, surrte Direktor Volavka weiter, »geht die Perlenproduktion in diesem Jahre bedenklich zurück. Eine Reihe Fundstätten mußte aufgegeben werden, weil es sich — vom Ertrag her — nicht mehr lohnt, sie anzufahren. Die vor zwei oder drei Jahren erschlossenen Fundstellen scheinen mehr oder weniger erschöpft zu sein. Deshalb beschloß der Vorstand, seine Aufmerksamkeit auf andere Früchte der Meerestiefen zu richten, etwa Korallen, Muscheln und Schwämme. Der Markt für Korallenschmuck und andere Schmuckwaren konnte zwar belebt werden, doch nützt diese Konjunktur bisher eher den italienischen als den pazifischen Korallen. Der Vorstand prüft ferner die Möglichkeiten einer intensiven Tiefseefischerei im Stillen Ozean. Es handelt sich vor allem darum, wie man den dortigen Fisch auf die europäischen und amerikanischen Märkte transportieren könnte; die bisherigen Erfahrungen sind nicht sehr ermutigend.

Demgegenüber jedoch«, las der Direktor mit etwas erhobener Stimme weiter, »weist der Handel mit verschiedenen Supplements, wie zum Beispiel der Export von Textilien, Emaille-Geschirr, Rundfunkgeräten und Handschuhen auf die Südseeinseln steigende Umsätze auf. Dieser Handel ist noch ausbaufähig; schon dieses Jahr wird er nur ein geringfügiges Defizit aufweisen. Es ist allerdings ausgeschlossen, daß die PEG am Jahresende eine Dividende auf ihre Aktien ausschütten könnte; deshalb erklärt der Vorstand bereits im voraus, daß er für *dieses eine Mal* auf jegliche Tantiemen und Entlohnungen verzichtet ...«

Peinliches Schweigen breitete sich aus. (Wie sieht wohl dieses Fanning Island aus, dachte G.H. Bondy. Er starb wie ein echter Seemann, der gute Vantoch. Schade, war ein Mordskerl. Er war ja noch gar nicht so alt ... nicht älter als ich ...) Dr. Hubka meldete sich zu Wort; wir zitieren im folgenden aus dem Protokoll der außerordentlichen Hauptversammlung der Pazifischen Export Gesellschaft:

DR. HUBKA fragt, ob die Liquidation der PEG erwogen werde.
G.H. BONDY antwortet, der Vorstand habe beschlossen, in dieser Sache weitere Vorschläge abzuwarten.
M. LOUIS BONENFANT moniert, daß die Perlen an den Fundorten nicht von ständigen Vertretern übernommen worden seien, die vor Ort angesiedelt wären und kontrollieren würden, ob der Perlenfang mit genügender Intensität und fachlicher Kompetenz vor sich gehe.
DIREKTOR VOLAVKA bemerkt, daß dies erwogen worden sei, doch habe man festgestellt, daß dadurch die Gemeinkosten allzusehr ansteigen würden. Man hätte mindestens dreihundert ständige bezahlte Agenten nötig; man möge ferner die Frage bedenken, auf welche Art und Weise diese Agenten kontrolliert werden sollten, ob sie auch alle gefundenen Perlen ablieferten.
M.H. BRINKELAER fragt, ob man sich darauf verlassen könne, daß die Molche auch alle Perlen, die sie finden, abliefern und nicht jemand anderem als den Beauftragten der Gesellschaft übergeben.
G.H. BONDY stellt fest, daß hier zum ersten Mal öffentlich die Molche erwähnt werden. Bisher galt die Regel, daß an dieser Stelle keine weiteren Einzelheiten über die Art und Weise des Perlenfangs mitgeteilt würden. Er weist darauf hin, daß gerade deshalb die unauffällige Bezeichnung Pazifische Export Gesellschaft gewählt worden sei.
M.H. BRINKELAER stellt die Frage, ob es denn unzulässig sei, an dieser Stelle über Dinge zu sprechen, die die In-

teressen der Gesellschaft betreffen und darüber hinaus in der breitesten Öffentlichkeit bekannt sind.

G.H. Bondy antwortet, das sei keineswegs unzulässig, sondern neu. Er begrüße es, daß man jetzt offener sprechen könne. Auf die erste Frage des Herrn Brinkelaer könne er mitteilen, daß nach seinem Wissen die absolute Ehrlichkeit und Tüchtigkeit der Molche beim Perlen- und Korallenfischen nicht angezweifelt werden könne. Man müsse jedoch damit rechnen, daß die bisherigen Perlenbänke erschöpft seien oder es in naher Zukunft sein würden. Was neue Fundstätten anbelangt, so sei unser unvergeßlicher Mitarbeiter, Kapitän van Toch, gerade auf der Suche nach noch nicht exploitierten Inseln gestorben. In absehbarer Zeit könne er durch keinen ebenso erfahrenen und ebenso unerschütterlich ehrlichen Mann mit der gleichen Liebe zur Sache ersetzt werden.

Col. D.W. Bright zollt den Verdiensten des verstorbenen Kapitän van Toch volle Anerkennung. Er weist jedoch darauf hin, daß der Kapitän, dessen Abgang wir alle betrauern, die Molche zu sehr verhätschelt habe. (Zustimmung.) Es wäre doch nicht notwendig gewesen, die Molche mit Messern und anderen Geräten von so erstklassiger Qualität zu beliefern, wie es der verstorbene van Toch getan habe. Es sei nicht nötig gewesen, sie so aufwendig zu füttern. Es sei möglich, den Erhaltungsaufwand für die Molche zu senken und damit den Ertrag unserer Unternehmen zu steigern. (Lebhafter Beifall.)

Vizepräsident J. Gilbert stimmt Colonel Bright zu, wendet jedoch ein, daß dies zu Lebzeiten Kapitän van Tochs nicht realisierbar gewesen sei. Cpt. van Toch behauptete, er sei den Molchen persönlich verpflichtet. Aus verschiedenen Gründen sei es weder möglich, noch ratsam gewesen, die Wünsche des alten Mannes zu mißachten.

Kurt von Frisch fragt, ob man die Molche nicht anders und möglicherweise effizienter als mit Perlenfischerei beschäftigen könne. Man sollte ihre natürliche, sozusagen biberartige Veranlagung zum Dammbau und anderen Unterwasserbauten nutzen. Möglicherweise könnte man sie bei der Anlage von Häfen, Molen und anderen technischen Aufgaben im Wasser einsetzen.

G. H. BONDY teilt mit, der Vorstand sei dabei, diese Möglichkeiten intensiv zu prüfen; in dieser Richtung öffneten sich gewiß große Chancen. Er führt aus, daß sich im Augenblick etwa sechs Millionen Molche im Besitz der Gesellschaft befänden; bedenkt man, daß ein Molchpaar jährlich etwa hundert Kaulquappen hat, könnte man nächstes Jahr bereits über bis zu dreihundert Millionen Molche verfügen; in zehn Jahren seien dies astronomische Zahlen. G. H. Bondy fragt, was die Gesellschaft mit dieser Riesenzahl von Molchen anzufangen gedenke, die man in den überfüllten Molchfarmen jetzt schon wegen Mangels an natürlicher Nahrung mit Kopra, Kartoffeln, Mais und ähnlichem füttern müsse.

K. VON FRISCH fragt, ob die Molche zum Verzehr geeignet seien.

J. GILBERT: Keineswegs. Auch ihre Haut ist nicht verwertbar.

M. BONENFANT richtet an den Vorstand die Frage, was er denn also überhaupt zu unternehmen gedenke.

G. H. BONDY (erhebt sich): »Meine Herren, wir haben diese außerordentliche Hauptversammlung einberufen, um Sie ganz offen auf die ungünstigen Aussichten unserer Gesellschaft aufmerksam zu machen, die — Sie gestatten mir, daran zu erinnern — in den vergangenen Jahren Dividenden von stolzen zwanzig bis dreiundzwanzig Prozent ausschütten konnte, neben gut dotierten Rücklagen und Abschreibungen. Jetzt stehen wir an einem Wendepunkt; die Art unseres Wirtschaftsgebarens, die sich in den vergangenen Jahren bewährt hat, ist praktisch am Ende; wir müssen neue Wege suchen.« (Sehr gut!)

»Ich würde sagen, es ist vielleicht ein Wink des Schicksals, daß uns unser hervorragender Kapitän und Freund J. van Toch gerade zu dieser Stunde verläßt. Mit seiner Person war jener romantische, schöne und — ich sage

es offen — etwas törichte Kleinhandel mit Perlen verbunden. Ich halte dieses Kapitel unseres Unternehmens für abgeschlossen; es hat seinen, sagen wir, exotischen Reiz gehabt, aber es paßt nicht in die moderne Zeit. Meine Herren, Perlen können niemals Gegenstand eines großzügigen, horizontal und vertikal gegliederten Unternehmens sein. Für mich persönlich war diese Geschichte mit den Perlen ein kleines Divertissement.« — (Unruhe.)
»Ja, meine Herren; aber ein Divertissement, bei dem Sie und ich anständige Gewinne einstreichen konnten. Außerdem besaßen die Molche in den Anfängen unseres Unternehmens einen gewissen Reiz der Neuheit. Dreihundert Millionen Molche werden diesen Reiz nicht mehr ausüben.« (Gelächter)
»Ich sagte, neue Wege. Solange mein guter Freund Kapitän van Toch lebte, war es ausgeschlossen, unserem Unternehmen einen anderen Charakter zu geben als jenen, den ich als Kapitän-van-Toch-Stil bezeichnen möchte.« (Warum?)
»Weil ich zuviel Geschmack besitze, mein Herr, um verschiedene Stile zu vermischen. Der Stil des Kapitäns van Toch, das war, ich möchte sagen, der Stil der Abenteuerromane. Das war der Stil Jack Londons, Joseph Conrads und anderer. Der alte, exotische, koloniale, ja nahezu heroische Stil. Ich will nicht abstreiten, daß ich davon in gewisser Hinsicht verzaubert war. Aber nach dem Tod von Kapitän van Toch haben wir kein Recht mehr, diese abenteuerliche und juvenile Epik fortzuführen. Was vor uns liegt, ist kein neues Kapitel, sondern ein neues Konzept, meine Herren, eine Aufgabe für eine ganz neue und völlig unterschiedliche Imagination.« (Sie sprechen ja wie von einem Roman davon!)
»Ja, mein Herr, Sie haben recht. Ich interessiere mich für den Handel als Künstler. Ohne eine Art künstlerisches Empfinden, mein Herr, werden Sie nie etwas Neues erfinden. Wir müssen Dichter sein, wenn wir die Welt in Schwung halten wollen.« (Beifall.)
G. H. BONDY verneigt sich. »Meine Herren, ich schließe

mit Bedauern dieses Van-Toch-Kapitel, um es einmal so zu bezeichnen; wir haben dabei das Kindliche und Abenteuerliche in uns selbst erlebt. Es ist Zeit, das Märchen mit den Perlen und Korallen zu beenden. Sindbad ist tot, meine Herren. Die Frage ist: was nun?« (Das fragen wir Sie!) »Also gut, mein Herr: Nehmen Sie bitte einen Bleistift zur Hand und schreiben Sie! Sechs Millionen. Haben Sie? Multiplizieren Sie mit fünfzig. Gibt dreihundert Millionen, nicht wahr? Multiplizieren Sie nochmals mit fünfzig! Das sind jetzt schon fünfzehn Milliarden, oder? Und jetzt sagen Sie mir, bitte, was wir in drei Jahren mit fünfzehn Milliarden Molchen anfangen sollen. Womit wollen wir sie beschäftigen, wie sollen wir sie ernähren und so weiter.« (Dann lassen Sie sie krepieren!) »Ja. Aber wäre das nicht schade, mein Herr? Glauben Sie nicht auch, daß jeder einzelne Molch ein Wirtschaftsgut darstellt, den Wert seiner Arbeitskraft besitzt, die in ihm steckt und auf die Exploitation wartet? Meine Herren, sechs Millionen Molche können wir noch mit Müh und Not unterhalten. Bei dreihundert Millionen wird es schwierig. Aber fünfzehn Milliarden Molche, meine Herren, werden uns über den Kopf wachsen. Die Molche werden die Gesellschaft auffressen. So ist es.« (Für die Molche sind Sie verantwortlich! Sie haben die ganze Molchgeschichte angefangen!)

G. H. BONDY warf den Kopf zurück. »Ich nehme die Verantwortung auf mich, meine Herren. Wer will, kann seine PEG-Aktien sofort abstoßen. Ich zahle für jede Aktie...« (Wieviel?) »...den vollen Preis, mein Herr.« (Erregung im Saal. Das Präsidium genehmigt eine Pause von zehn Minuten.)

Nach der Pause meldet sich H. BRINKELAER zu Wort. Er gibt seiner Befriedigung darüber Ausdruck, daß sich die Molche so eifrig vermehren, wodurch der Besitz der Gesellschaft wächst. Aber natürlich, meine Herren, wäre es Unsinn, sie für nichts und wieder nichts zu züchten. Wenn wir nicht selbst Arbeit für sie haben, schlage ich im Namen einer Gruppe von Aktionären vor, die Molche schlicht zu *verkaufen*, als Arbeitskräfte, an jeden, der

eine größere Arbeit zu Wasser oder unter Wasser plant. (Beifall.)
Die Fütterung eines Molches kostet täglich wenige Centimes; verkauft man ein Molchpaar, sagen wir, zu hundert Francs und hält ein Arbeitsmolch, sagen wir, nur ein einziges Jahr, wird sich eine solche Investition für jeden Unternehmer spielend amortisieren. (Zustimmungsäußerungen.)
J. GILBERT stellt fest, daß die Molche ein wesentlich höheres Alter als ein Jahr erreichen; wie lange sie eigentlich leben, darüber besitzen wir noch nicht genügend Erfahrungen.
H. BRINKELAER korrigiert seinen Vorschlag dahingehend, daß also der Preis für ein Molchpaar mit dreihundert Francs loco Hafen festgesetzt werden könnte.
S. WEISSBERGER fragt, welche Arbeiten die Molche eigentlich verrichten könnten.
DIREKTOR VOLAVKA: Aufgrund ihres natürlichen Triebes und ihrer außergewöhnlichen technischen Gelehrigkeit eignen sich die Molche insbesondere zum Bau von Wehren, Dämmen und Wellenbrechern, zur Anlage von Häfen und Kanälen, zum Abtragen von Untiefen und Schwemmland und Freilegung von Wasserstraßen; sie können Meeresküsten sichern und regulieren, Festland erweitern und ähnliches. In all diesen Fällen handelt es sich um arbeitsintensive Projekte, die Hunderte und Tausende von Arbeitskräften erfordern; um so umfangreiche Arbeiten, daß sich auch die moderne Technik nie an sie heranwagen wird, sofern sie nicht über genügend extrem billige Arbeitskräfte verfügen wird. (So ist es! Ausgezeichnet!)
DR. HUBKA wendet ein, daß durch den Verkauf von Molchen, die sich dann auch am neuen Ort vermehren könnten, die Gesellschaft ihr Molchmonopol verliert. Er schlägt vor, an die Unternehmer von Wasserbauten Arbeitskolonnen von gutausgebildeten und qualifizierten Molchen lediglich zu vermieten, mit der Maßgabe, daß deren eventueller Laich weiterhin Eigentum der Gesellschaft bleibe.

Direktor Volavka weist darauf hin, daß es unmöglich sei, Millionen, ggf. Milliarden von Molchen im Wasser zu überwachen, und schon gar nicht ihren Laich. Leider seien auch schon viele Molche für Zoologische Gärten und Tierschauen gestohlen worden.

Col. D. Bright: Man sollte nur Männchen von Molchen verkaufen bzw. vermieten, damit sie sich nicht außerhalb der Molchbrutstätten und Farmen vermehren können, die sich im Eigentum der Gesellschaft befinden.

Direktor Volavka: Wir können nicht behaupten, daß sich die Molchfarmen im Eigentum der Gesellschaft befinden. Man kann nicht ein Stück Meeresboden besitzen oder mieten. Die juristische Frage, wem eigentlich die Molche gehören, die in den souveränen Gewässern, sagen wir, Ihrer Majestät der holländischen Königin leben, ist sehr unklar und kann zu vielen Streitigkeiten führen. (Unruhe.) In den meisten Fällen haben wir nicht einmal das Fischereirecht gesichert; wir haben unsere pazifischen Molchfarmen, meine Herren, eigentlich illegal gegründet. (Wachsende Unruhe.)

J. Gilbert antwortet Col. Bright, daß isolierte Molchmännchen erfahrungsgemäß nach einiger Zeit ihre Regsamkeit und ihren Arbeitswert einbüßen; sie werden faul, untätig und gehen oft an Heimweh ein.

Von Frisch fragt, ob man Marktmolche nicht zuvor verschneiden oder sterilisieren könnte.

J. Gilbert: Das wäre zu kostspielig; wir können einfach nicht verhindern, daß sich die verkauften Molche weiter vermehren.

S. Weissberger verlangt als Mitglied des Tierschutzvereins, daß der künftige Verkauf von Molchen human und in einer Weise gestaltet werde, die die menschlichen Gefühle nicht beleidigt.

J. Gilbert dankt für die Anregung; es versteht sich von selbst daß nur ausgebildetes und ordnungsgemäß beaufsichtigtes Personal mit dem Fang und Transport von Molchen beauftragt wird. Allerdings können wir keine Gewähr dafür übernehmen, wie die Käufer mit den Molchen umgehen werden.

S. Weissberger erklärt sich mit der Versicherung von Vizepräsident J. Gilbert zufriedengestellt. (Beifall.)

G. H. Bondy: »Meine Herren, geben wir doch von vornherein den Gedanken auf, daß wir das Molchmonopol in Zukunft halten könnten. Leider können wir uns die Molche nach den gültigen Vorschriften nicht patentieren lassen.« (Gelächter.) »Unsere Ausnahmestellung im Molchhandel müssen und können wir uns auf andere Art und Weise sichern. Unerläßliche Voraussetzung dafür ist allerdings, daß wir unseren Handel in einem anderen Stil und in weitaus größerem Maßstab in die Hand nehmen.« (Hört, hört!) »Hier vor mir, meine Herren, liegt ein ganzes Bündel vorläufiger Abkommen. Der Vorstand schlägt vor, einen neuen vertikalen Trust unter dem Namen Salamander-Syndicate zu bilden. Mitglieder des Molchsyndikats wären neben unserer Gesellschaft gewisse Großunternehmen und finanzstarke Gruppen; zum Beispiel ein gewisser Konzern, der spezielle patentierte Metallwerkzeuge für die Molche herstellen wird —« (Meinen Sie die MEAS?) »Ja, mein Herr, ich spreche von der MEAS. Ferner ein Chemie- und Nahrungsmittel-Kartell, das billiges patentiertes Futter für die Molche herstellen wird; eine Gruppe von Transportgesellschaften, die sich — unter Verwendung bisheriger Erfahrungen — besondere hygienische Tanks für den Molchtransport patentieren läßt; ein Versicherungsblock, der die Versicherung der erworbenen Tiere gegen Unfall und Tod sowohl beim Transport als auch beim Einsatz übernimmt; ferner weitere Interessenten aus Industrie, Export und Finanzwesen, die wir aus gewichtigen Gründen vorerst nicht nennen wollen. Vielleicht genügt Ihnen, meine Herren, wenn ich Ihnen sage, daß dieses Syndikat für den Anfang über vierhundert Millionen Pfund Sterling verfügen würde.« (Erregung.) »Dieses Aktenbündel, meine Herren, das sind lauter Verträge, die man nur zu unterzeichnen braucht, damit eine der größten Wirtschaftsorganisationen unserer Zeit entsteht. Der Vorstand bittet Sie, meine Herren, ihm Abschlußvollmacht zu diesem Riesenkonzern zu erteilen, dessen Aufgabe die rationelle Zucht und Exploitation der Molche sein wird.« (Beifall und Protestkundgebungen.) »Meine Herren, bedenken Sie die Vorteile dieser Zusammenarbeit! Das Molchsyndikat wird nicht nur die Molche liefern, sondern auch jegliches Werkzeug und Futter für die Molche, d. h. Mais, Stärkemehl, Rindertalg und Zucker für Milliarden Tiere; ferner den Transport, die Assekuranz, veterinäre Aufsicht und so weiter, durchwegs zu den niedrigsten Tarifen, die uns, wenn nicht das Monopol, so doch einen absoluten Vorsprung vor jeder künftigen Konkurrenz, die Molche verkaufen möchte, sichern werden. Soll es doch jemand versuchen, meine Herren; mit uns wird er nicht lange konkurrieren!« (Bravo!) »Aber nicht nur das. Das Molchsyndikat wird sämtliches Baumaterial für die Wasserbauten liefern, die die Molche ausführen werden; deshalb stehen auch die Schwerindustrie, Zement, Bauholz und Steine hinter uns...« (Sie wissen noch nicht, wie die Molche arbeiten werden.) »Meine Herren, zur Stunde arbeiten zwölftausend Molche im Hafen von Saigon an neuen Docks, Becken und Molen.« (Das haben Sie uns nicht gesagt!) »Nein, es ist ein erster Test in großem Maßstab. Der Test ist, meine Herren, in einer höchst befriedigenden Art und Weise erfolgreich. Heute steht die Zukunft der Molche außer Zweifel.« (Begeisterter Beifall.) »Und nicht nur das, meine Herren. Damit sind die Aufgaben des Molchsyndikats noch lange nicht erschöpft. Das Salamander-Syndicate wird in der ganzen Welt Arbeit für Millionen Molche aufspüren. Es wird Pläne und Ideen zur Beherrschung der Meere liefern. Es wird Utopien und gigantische Träume anregen. Es wird Projekte für neue Küsten und Kanäle liefern, für Dämme zur Verbindung von Kontinenten, für ganze Ketten künstlicher Inseln für transozeanische Flüge, für neues Festland mitten im Ozean. Dort liegt die Zukunft der Menschheit. Meine Herren, vier Fünftel der Erdoberfläche sind mit Wasser bedeckt; das ist entschieden zuviel! Die Oberfläche unserer Welt, die Karte der Meere und der Länder muß korrigiert werden. Wir liefern der

Welt die Arbeiter des Meeres, meine Herren. Das ist dann nicht mehr der Stil eines Kapitän van Toch; die Abenteuergeschichte von den Perlen ersetzen wir durch den Hymnus der Arbeit. Wir können nur Krämer oder Schöpfer sein; aber wenn wir nicht in Kontinenten und Ozeanen denken, haben wir unsere Möglichkeiten nicht ausgeschöpft. Man sprach hier vom Preis für ein Molchpaar. Ich möchte, daß wir in Milliarden Molchen denken, in Millionen und Abermillionen von Arbeitskräften, in Umwälzungen der Erdkruste, in neuen Genesen und neuen geologischen Zeitaltern. Wir können heute schon von künftigen Atlantiden sprechen, von alten Festländern, die sich weiter in die Weltmeere ausbreiten werden, von Neuen Welten, die die Menschheit selbst erbauen wird. — Verzeihen Sie, meine Herren, vielleicht klingt das für Sie utopisch. Jawohl, aber wir betreten in der Tat die Utopie. Wir sind schon mitten drin, Freunde. Wir brauchen nur die Zukunft der Molche in technischer Hinsicht zu Ende zu denken ...« (Und in wirtschaftlicher!)

»Richtig! Insbesondere in wirtschaftlicher Hinsicht. Meine Herren, unsere Gesellschaft ist viel zu klein, um selbst Milliarden Molche exploitieren zu können; wir sind viel zu schwach dazu, finanziell — und politisch. Wenn sich die Karte der Meere und der Länder ändern soll, dann werden sich auch die Großmächte dafür interessieren, meine Herren. Aber davon wollen wir nicht sprechen; wir wollen auch nicht von den hohen Persönlichkeiten sprechen, die schon heute sehr positiv zum Syndikat stehen. Ich bitte Sie jedoch, meine Herren, die unendliche Reichweite der Sache im Auge zu behalten, über die Sie abstimmen werden.« (Begeisterter, langanhaltender Beifall. Ausgezeichnet! Bravo!)

Nichtsdestoweniger mußte man vor der Abstimmung über das Molchsyndikat zusichern, daß auf die Aktie der Pazifischen Export Gesellschaft dieses Jahr aus den Rücklagen eine Dividende von mindestens zehn Prozent ausgeschüttet werde. Daraufhin stimmten siebenundachtzig Prozent der Aktien dafür und nur dreizehn Prozent dagegen. Damit war der Vorschlag des Vorstands gebilligt. G. H. Bondy nahm Gratulationen entgegen.

»Das haben Sie sehr schön gesagt, Herr Bondy«, lobte der alte Sigi Weissberger. »Sehr schön. Sagen Sie mal, Herr Bondy, wie sind Sie eigentlich auf diese Idee gekommen?«

»Wie?« sagte G. H. Bondy zerstreut. »Um ehrlich zu sein, Herr Weissberger, es war wegen dem alten van Toch. Er hat soviel von seinen Molchen gehalten. — Was hätte der Arme gesagt, wenn wir seine tapa-boys verrecken und aussterben ließen!«

»Was für tapa-boys?«

»Na, die Biester, die Molche. Jetzt wird man wenigstens anständig damit umgehen, wenn sie einen Wert haben. Und sonst sind die Biester ohnehin zu nichts zu gebrauchen, Herr Weissberger, als daß man mit ihnen Utopien angeht.«

»Davon verstehe ich nichts«, meinte Herr Weissberger. »Haben Sie schon einen Molch gesehen, Herr Bondy? Ich weiß gar nicht, was das ist. Wie sieht denn sowas aus?«

»Das kann ich Ihnen nicht sagen, Herr Weissberger. Weiß ich, was ein Molch ist? Wozu soll ich das wissen? Habe ich Zeit, mich darum zu kümmern, wie so etwas aussieht? Ich muß froh sein, daß wir das Molchsyndikat unter Dach und Fach gebracht haben.«

Nachtrag

## *Über das Sexualleben der Molche*

Eine der beliebtesten Tätigkeiten des menschlichen Geistes beruht darin, sich vorzustellen, wie einmal in ferner Zukunft die Welt und die Menschheit aussehen werden, welche technischen Wunder vollbracht werden, welche sozialen Fragen gelöst, wie weit Wissenschaft und soziale Organisation fortgeschritten sein werden und so weiter Die meisten dieser Utopien versäumen aber auch nicht, sich sehr lebhaft dafür zu interessieren, wie es in dieser besseren, fortgeschritteneren, oder zumindest technisch vollkommeneren Welt mit einer so alten, aber doch populären Institution aussehen wird, wie es das Geschlechtsleben, die Vermehrung, Liebe, Ehe, Familie, die Frauenfrage und ähnliche Dinge sind. Siehe dazu auch die einschlägige Literatur, wie Paul Adam, H. G. Wells, Aldous Huxley und viele andere.

Der Autor beruft sich auf diese Vorbilder und betrachtet es als seine Pflicht, wenn er schon den Blick in die Zukunft unseres Erdballs wirft, auch darüber zu sprechen, wie in der künftigen Welt der Molche die Sexualordnung beschaffen sein wird. Er nimmt dies vorweg, um später nicht mehr darauf zurückkommen zu müssen. Das Sexualleben des *Andrias Scheuchzeri* deckt sich natürlich in den Grundzügen mit der Vermehrung anderer Schwanzlurche; es ist keine Kopulation im eigentlichen Sinne des Wortes, das Weibchen legt seine Eier in mehreren Etappen, die befruchteten Eier entwickeln sich im Wasser zu Kaulquappen und so weiter; das kann man in jedem Biologiebuch nachlesen. Wir wollen nur einige Besonderheiten herausgreifen, die man in dieser Hinsicht beim *Andrias Scheuchzeri* beobachtet hat.

Anfang April, berichtet H. Bolte, gesellen sich die Männchen zu den Weibchen; innerhalb einer Sexualperiode hält sich das Männchen in der Regel an dasselbe Weibchen und verläßt es über mehrere Tage nicht einen Schritt. In dieser Zeit nimmt es keine Nahrung zu sich, während das Weibchen eine ziemliche Gefräßigkeit an den Tag legt. Das Männchen jagt es durchs Wasser und versucht, seinen Kopf eng an den ihren heranzubekommen. Sobald ihm das gelingt, schiebt es seine Schnauze etwas vor ihr Maul, möglicherweise, um sie an einer Flucht zu hindern, und erstarrt. Auf diese Weise schwimmen beide Tiere nebeneinander, wobei sie sich nur mit den Köpfen berühren und ihre Körper einen Winkel von etwa dreißig Grad zueinander bilden. Zeitweise krümmt sich das Männchen so stark, daß es mit seiner Hüfte den Körper des Weibchens berührt; daraufhin erstarrt es wieder mit breit gespreizten Beinen und berührt nur mit seinem Maul den Kopf des auserwählten Weibchens, das unterdessen gleichmütig frißt, was ihm vors Maul kommt. Dieser, wenn man so sagen darf, Kuß dauert mehrere Tage; manchmal reißt sich das Weibchen los, um etwas zu fressen, worauf es vom Männchen verfolgt wird, das offenbar sehr erregt, ja nahezu zornig ist. Schließlich gibt das Weibchen jeden Widerstand auf, flüchtet nicht mehr und das Pärchen schwebt regungslos im Wasser, zwei schwarzen zusammengebundenen Holzscheiten ähnlich. Dann gerät der Körper des Männchens in krampfhafte Zuckungen, wobei es eine beträchtliche Menge etwas klebrigen Spermas ins Wasser stößt. Gleich darauf verläßt es das Weibchen und verkriecht sich, völlig erschöpft, hinter Steinen. In diesem Zustand kann man ihm ein Bein oder den Schwanz abschneiden, ohne daß es sich irgendwie zur Verteidigung aufraffen würde.

Unterdessen verweilt das Weibchen eine Zeitlang in seiner erstarrten, reglosen Position; daraufhin krümmt es sich kräftig und beginnt aus seiner Kloake Ketten von Eiern, von einer gallertartigen Hülle umgeben, auszustoßen; dabei hilft es oft mit den Hinterbeinen nach, wie es auch bei Kröten der Fall ist. Es sind meist vierzig bis fünfzig Eier, die büschelartig am Weibchen hängenbleiben. Das Weibchen schwimmt damit zu einer geschützten Stelle, wo es sie an Algen, Tang oder auch bloßen Steinen befestigt. Nach zehn Tagen legt das Weibchen eine zweite Serie von etwa zwanzig bis dreißig Eiern, ohne in dieser Zeit mit dem Männchen Kontakt gehabt zu haben; offensichtlich sind diese Eier direkt in der Kloake befruchtet worden. In der Regel kommt es nach weiteren sieben bis acht Tagen zu einer dritten und vierten Ablage zu je fünfzehn bis zwanzig durchwegs befruchteten Eiern, aus denen nach einer bis drei Wochen recht lebhafte Kaulquappen mit Büschelkiemen schlüpfen. Innerhalb eines Jahres wachsen diese Kaulquappen zu erwachsenen Molchen heran und können sich weiter fortpflanzen usw.

Fräulein Blanche Kistemaeckers beobachtete demgegenüber zwei Weibchen und ein Männchen des *Andrias Scheuchzeri* in Gefangenschaft. Zur Paarungszeit gesellte sich das Männchen nur zu einem der Weibchen und verfolgte es auf reichlich brutale Weise; wenn es ihm zu entkommen drohte, versetzte das Männchen dem Weibchen kräftige Hiebe mit dem Schwanz. Es sah ungern, wenn sie Nahrung zu sich nahm, und suchte sie vom Futter abzudrängen; es war ersichtlich, daß er sie nur für sich allein haben wollte, und er terrorisierte sie einfach. Nachdem er seine Milch ausgestoßen hatte, stürzte er sich auf das andere Weibchen und wollte es auffressen; das Männchen mußte aus dem Behälter genommen und getrennt untergebracht werden. Trotzdem legte auch das zweite Weibchen befruchtete Eier, insgesamt dreiundsechzig. Bei allen drei Tieren beobachtete jedoch Fräulein Kistemaeckers, daß die Kloakenränder in dieser Zeit stark geschwollen waren. Es scheint also, schreibt Fräulein Kistemaeckers, daß die Befruchtung beim *Andrias* weder durch Kopulation, noch durch Laichen vor sich geht, sondern durch etwas, was man als Sexualmilieu bezeichnen könnte. Wie ersichtlich, braucht es nicht einmal einer zeitweiligen Verbindung, um eine Befruchtung der Eier herbeizuführen. Das bewog die junge Forscherin zu weiteren interessanten Versuchen. Sie trennte beide Geschlechter; als dann die Zeit kam, preßte sie den Samen aus dem Männchen und fügte ihn dem Wasser bei, in dem die Weibchen waren. Daraufhin begannen die Weibchen befruchtete Eier zu legen. Bei einem weiteren Versuch filterte Fräulein Blanche Kistemaeckers das männliche Sperma und fügte das von den Samenzellen befreite Filtrat (es war eine klare, schwach saure Flüssigkeit) dem Wasser der Weibchen bei. Die Weibchen legten auch jetzt Eier, jedes etwa fünfzig, von denen die meisten befruchtet waren und normale Kaulquappen abgaben. Gerade dies führte Fräulein Kistemaeckers zum wichtigen Begriff des Sexualmilieus, das einen selbständigen Übergang von der Parthenogenesis zur geschlechtlichen Fortpflanzung darstellt. Die Befruchtung der Eier geschieht einfach durch die chemische Veränderung des Milieus (durch eine gewisse Ansäuerung, die bisher noch nicht künstlich hergestellt werden konnte), durch eine Veränderung, die auf irgendeine Art und Weise mit der Geschlechtsfunktion des Männchens zusammenhängt. Die Funktion selbst ist eigentlich gar nicht notwendig; der Umstand, daß sich das Männchen mit dem Weibchen vereinigt, ist offenbar das Überbleibsel einer älteren Entwicklungsstufe, auf der die Befruchtung beim *Andrias* ähnlich wie bei anderen Molchen vor sich ging. Jene Vereinigung stellt, wie Fräulein Kistemaeckers richtig erwähnt, eine gewisse ererbte Illusion der Paternität dar; in Wirklichkeit ist nicht das Männchen der Vater der Kaulquappen, sondern lediglich ein bestimmter, im wesentlichen völlig unpersönlicher chemischer Faktor des Sexualmilieus, das der eigentliche Befruchter ist. Hielte man in einem Behälter hundert vereinigte Paare des *Andrias Scheuchzeri*, so könnte man meinen, daß sich hier hundert individuelle Fortpflanzungsakte abspielen; in Wirklichkeit ist es ein einziger Akt, und zwar die kollektive Sexualisierung des gegebenen Milieus, oder genauer: eine gewisse Übersäuerung des Wassers, auf die die reifen Eier des Andrias automatisch mit der Entwicklung zu Kaulquappen reagieren. Stellt man jenes unbekannte saure Agens künstlich her, braucht man keine Männchen. Auf diese Weise äußert sich das Geschlechtsleben des merkwürdigen *Andrias* als eine Große Illusion; seine erotische Leidenschaft, seine Ehe und sexuelle Tyrannei, seine zeitweilige Treue, seine schwerfällige und langsame Lust, all dies sind eigentlich überflüssige, überkommene, fast nur noch symbolisch zu nennende Verrichtungen, die den eigentlichen unpersönlichen maskulinen Akt begleiten, oder, sagen wir, schmücken, und der in der Schaffung des befruchtenden Sexualmilieus beruht. Die sonderbare Gleichgültigkeit der Weibchen, mit der sie jene sinnlose, frenetische persönliche Werbung der Männchen akzeptieren, beweist deutlich, daß die Weibchen diese Werbung instinktiv als bloße formelle Zeremonie oder die Einleitung zum eigentlichen Begattungsakt spüren, in dem *sie* geschlechtlich mit dem befruchtenden Milieu verschmelzen; man könnte sagen, daß das Weibchen des *Andrias* diesen Stand der Dinge klarer erfaßt und sachlicher, ohne erotische Illusionen, erlebt.

(Die Experimente des Fräulein Kistemaeckers wurden von dem gelehrten Abbé Bontempelli durch interessante Versuche ergänzt. Er trocknete und zerrieb die Milch des *Andrias* und fügte dies dem Wasser der Weibchen bei; auch jetzt legten die Weibchen befruchtete Eier. Das gleiche Ergebnis stellte sich ein, als er die männlichen Organe des Andrias trocknete und zerrieb oder als er sie in Spiritus extrahierte oder kochte und den Extrakt in den Behälter der Weibchen schüttete. Das gleiche Ergebnis erzielte er mit dem Extrakt der Hypophyse und sogar mit den Ausscheidungen der Hautdrüsen des *Andrias*, die er in der Brunftzeit auspreßte. In allen diesen Fällen reagierten die Weibchen zunächst nicht auf diese Zusätze; erst nach einer Weile stellten sie die Jagd nach Futter ein und erstarrten regungslos im Wasser, worauf mehrere Stunden später der Ausstoß von gallertartigen Eiern von der Größe einer Saubohne begann.)

In diesem Zusammenhang sei auch eine merkwürdige Zeremonie, der sog. Salamandertanz erwähnt. (Nicht zu verwechseln mit dem Salamander Dance, der in den letzten Jahren in Mode kam, insbesondere bei der besten Gesellschaft, und von Bischof Hiram als »der obszönste Tanz, von dem er je erzählen gehört« habe, bezeichnet wurde.) An Vollmond-Abenden (außerhalb der Paarungszeit) kamen nämlich die Andriasse, aber nur die Männchen, ans Ufer, bildeten einen Kreis und begannen mit einer besonderen, wiegenden Bewegung mit dem Oberkörper zu kreisen. Diese Bewegung war auch unter anderen Umständen für diese großen Molche charakteristisch; bei den erwähnten »Tänzen« jedoch gaben sie sich ihr wild, leidenschaftlich und bis zur Erschöpfung hin, wie etwa die tanzenden Derwische. Manche Gelehrte hielten dieses wahnsinnige Kreisen und Watscheln für einen Mondkult, also für eine religiöse Zeremonie; demgegenüber erblickten andere darin einen im wesentlichen erotischen Tanz und erklärten ihn gerade aus jener besonderen Sexualordnung heraus, die bereits erwähnt wurde. Wir führen bereits aus, daß beim *Andrias Scheuchzeri* der eigentliche Befruchter das sog. Sexualmilieu als unpersönlicher Massenmittler zwischen männlichen und weiblichen Individuen ist. Es wurde auch bereits darauf hingewiesen daß die Weibchen diese unpersönliche sexuelle Beziehung weitaus realistischer und gelassener hinnehmen als die Männchen, die — offensichtlich aus instinktiver maskuliner Eitelkeit und Eroberungssucht — wenigstens den Anschein des sexuellen Triumphes wahren wollen, weshalb sie Liebeswerbung und Ehebesitz vortäuschen. Es handelt sich um eine der größten erotischen Illusionen, die interessanterweise gerade durch jene großen Festlichkeiten der Männchen korrigiert wird, die angeblich nichts anderes seien als das instinktive Bestreben, sich als Männchen-Kollektiv seiner selbst bewußt zu werden. Mit diesem Massentanz wird angeblich jene atavistische und unsinnige Illusion des männlichen Geschlechtsindividualismus überwunden; diese kreisende, berauschte, frenetische Meute ist nichts anderes als das Massenmännchen, der Kollektive Bräutigam und Große Kopulator, der seinen Großen Hochzeitstanz vollführt und sich einer Großen Trauungszeremonie hingibt — unter verwunderlichem Ausschluß der Weibchen, die unterdessen ungerührt schmatzend einen kleinen Fisch oder eine Sepia fressen.

Der berühmte Charles J. Powell, der diese Molchzeremonien als Tanz des Männlichen Prinzips bezeichnet, schreibt weiter: »Und ist in diesen gemeinsamen Zeremonien der Männchen nicht der eigentliche Kern und Ursprung des merkwürdigen Kollektivismus der Molche zu erblicken? Man bedenke, daß eine wahre tierische Gemeinschaft nur dort zu finden ist, wo das Leben und die Entwicklung der Art nicht auf dem Geschlechtspaar begründet ist; bei den Bienen, Ameisen und Termiten. Die Bienengemeinschaft kann mit den Worten »Ich, der Mutterstock« ausgedrückt werden. Die Gemeinschaft der Molchgemeinden kann man ganz anders ausdrücken: Wir, das Männliche Prinzip. Erst alle Männchen zusammen, die im gegebenen Augenblick das fruchtbare Sexualmilieu fast ausschwitzen, bilden jenes Große Männchen, das in den Schoß der Weibchen eindringt und verschwenderisch das Leben vermehrt; deshalb ist auch ihr ganzes Naturell von kollektiver Art und äußert sich durch gemeinsames Tun, während die Weibchen, wenn sie sich der Eiablage entledigt haben, bis zum nächsten Frühjahr mehr oder weniger verstreut und einsam leben.

Nur die Männchen bilden eine Gemeinde. Nur die Männchen vollführen gemeinsame Aufgaben. Bei keiner Art spielen die Weibchen eine so untergeordnete Rolle wie beim Andrias; sie sind vom gemeinschaftlichen Handeln ausgeschlossen und zeigen auch nicht das geringste Interesse dafür. Ihre Stunde kommt, wenn das Männliche Prinzip ihr Milieu mit jener chemisch kaum wahrnehmbaren, aber vital doch so penetranten Azidität anreichert, daß sie auch bei der unendlichen Verdünnung durch die Gezeiten noch wirkt. — Es ist, als ob der Ozean selbst zum Männchen würde, das an seinen Küsten Millionen Keime befruchtete.«

»Allem Gockelstolz zum Trotz«, fährt Charles J. Powell fort, »hat die Natur bei den meisten Arten eher die Weibchen mit dem Übergewicht im Leben ausgestattet. Die Männchen frönen ihrer Lust und dem Töten; sie sind aufgeblasene und aufgeplusterte Individuen, während die Weibchen die Art selbst in ihrer Kraft und gefestigten Tugend darstellen. Beim *Andrias* (und teilweise auch beim Menschen) ist dieses Verhältnis wesentlich anders gestaltet; durch die Schaffung der Männchengemeinschaft und Solidarität gewinnt das Männchen offensichtlich biologisches Übergewicht und bestimmt die Entwicklung der Art in weitaus stärkerem Maße als das Weibchen. Möglicherweise kommt beim *Andrias* gerade wegen dieser ausgeprägt männlichen Entwicklungsausrichtung seine technische, also eine typisch männliche Begabung so stark zur Geltung. Der *Andrias* ist der geborene Techniker mit einem Hang zum kollektiven Handeln. Diese sekundären männlichen Geschlechtsmerkmale, nämlich das technische Talent und der Sinn für Organisation, entfalten sich direkt vor unseren Augen so rasch und erfolgreich, daß man von einem Naturwunder sprechen müßte, wenn man nicht wüßte, welch gewaltigen Lebensfaktor diese sexuellen Determinanten darstellen. *Andrias Scheuchzeri* ist ein animal faber und wird vielleicht schon in absehbarer Zeit technisch selbst den Menschen überholen, und all dies nur durch die Macht des natürlichen Faktums, daß er eine reine Männchengemeinschaft gebildet hat.«

ZWEITES BUCH

---

# Auf den
# Stufen der Zivilisation

# 1

## *Herr Povondra liest Zeitung*

Es gibt Leute, die sammeln Briefmarken, und solche, die Erstdrucke sammeln. Herr Povondra, Portier im Hause G. H. Bondy, hatte lange Zeit den Sinn des Lebens gesucht; Jahre schwankte er zwischen dem Interesse für Urzeit-Gräber und der Leidenschaft für Außenpolitik; eines Abends offenbarte sich ihm jedoch plötzlich, was ihm bislang gefehlt hatte, damit sein Leben ein wahrhaft volles werde. Große Dinge kommen meist unverhofft.

An jenem Abend las Herr Povondra Zeitung, Frau Povondra stopfte Franzls Socken und Franzl tat, als ob er die linken Donauzuflüsse auswendig lernte. Es herrschte gemütliche Ruhe.

»Da sieh mal einer an!« brummte Herr Povondra.

»Was denn?« fragte Frau Povondra und zog ein neues Stopfgarn durchs Nadelöhr.

»Aber das da mit den Molchen«, meinte Vater Povondra. »Ich lese hier, daß im letzten Quartal siebzig Millionen davon verkauft wurden.«

»Das ist viel, nicht?« fragte Frau Povondra.

»Das will ich meinen. Das ist ja eine riesige Zahl, Mutter. Bedenke nur, siebzig Millionen!« Herr Povondra schüttelte den Kopf. »Daran läßt sich sagenhaftes Geld verdienen. Und wieviel Arbeit jetzt erledigt wird«, fügte er nach einigem Überlegen hinzu. »Hier lese ich, wie überall lauter neue Länder und Inseln gebaut werden. Ich sage dir, jetzt können die Menschen soviel Festland bauen, wieviel sie wollen. Das ist ein großes Ding, Mutter. Ich sage dir, das ist ein größerer Fortschritt als die Entdeckung Amerikas.« Herr Povondra verfiel in tiefes Nachdenken darüber. »Eine neue Epoche in der Geschichte, weißt du? Ja, Mutter, wir leben in einer großen Zeit.«

Danach herrschte wieder lange Zeit heimelige Stille. Plötzlich machte Vater Povondra einen aufgeregten Zug aus seiner Pfeife. »Und wenn ich bedenke, daß es ohne mich dazu gar nicht gekommen wäre!«

»Wozu?«

»Na, zu dem Molchhandel. Zu dieser Neuen Ära. Wenn man es genau nimmt, so war es eigentlich ich, der das eingefädelt hat.«

Frau Povondra blickte von ihrer Socke auf. »Ich bitte dich, wieso?«

»Weil ich doch damals den Kapitän bei Herrn Bondy vorgelassen habe. Hätte ich ihn nicht angemeldet, wäre der Kapitän nie mit Herrn Bondy zusammengetroffen. Ohne mich, Mutter, wäre nichts daraus geworden, rein gar nichts.«

»Vielleicht hätte der Kapitän jemand anderen gefunden«, wandte Mutter Povondra ein.

In Vater Povondras Pfeife röchelte es geringschätzig. »Was du schon davon verstehst! So etwas stellt nur G. H. Bondy auf die Beine. Der sieht weiter als sonst jemand, meine Liebe. Andere hätten da höchstens eine Narretei oder einen Betrug dahinter gesehen; aber Herr Bondy nicht, der nicht! Der hat einen Riecher, meine Liebe!« Herr Povondra versank in Erinnerungen. »Dabei sah dieser Kapitän, wie hieß er denn gleich, Vantoch, gar nicht danach aus. So ein dicker Onkel war das. Ein anderer Portier hätte gesagt, was denn, Mensch, Herr Bondy ist nicht daheim und überhaupt; aber ich hatte schon damals so eine Ahnung oder was. Ich melde ihn an, dachte ich; vielleicht krieg ich hinterher einen Rüffel, aber ich nehme es auf mich und melde ihn an. Wie ich immer sage, ein Portier muß einen Rlecher für die Leute haben. Manchmal klingelt einer, sieht aus wie ein Baron, und ist doch nur ein Vertreter für Kühlschränke. Und ein andermal kommt so ein fetter Onkel, und da steckt dann was dahinter. Man muß sich eben mit den Leuten auskennen«, überlegte Vater Povondra. »Daran siehst du, Franzl, was ein Mensch auch in untergeordneter Stellung leisten kann. Nimm dir ein Beispiel daran, und trachte immer, deine Pflicht zu erfüllen, wie ich es getan habe!« Herr Povondra nickte dazu feierlich und ergriffen. »Ich hätte diesen Kapitän an der Tür abfertigen und mir das Treppensteigen ersparen können. Ein anderer Portier hätte ihm hochnäsig die Tür vor der Nase zugeknallt. Und hätte damit diesen sagenhaften Fortschritt in der Welt verhindert. Merke dir, Franzl, wenn jeder seine Pflicht erfüllen würde, dann wäre die Welt in Ordnung! Und hör zu, wenn ich dir etwas sage.«

»Ja, Vati«, brummte Franzl unglücklich.

Vater Povondra räusperte sich. »Reich mir die Schere, Mutter! Ich sollte mir das aus der Zeitung da ausschneiden, damit ich einmal ein Andenken an mich habe.«

Und so kam es also, daß Herr Povondra Zeitungsausschnitte über die Molche zu sammeln begann. Seiner Sammelwut verdanken wir viel Material, das sonst in Vergessenheit geraten wäre. Was er Gedrucktes über die Molche fand, schnitt er aus und bewahrte es auf; es soll hier nicht verheimlicht werden, daß er nach anfänglicher Verlegenheit lernte, auch in seinem Stammcafé die Zeitungen zu plündern, wenn die Molche darin erwähnt wurden, und daß er nahezu die Virtuosität eines Zauberkünstlers darin erlangte, die betreffende Zeitungsseite direkt unter den Augen des Oberkellners herauszureißen und mitgehen zu lassen. Es ist ja bekannt, daß alle Sammler bereit sind, zu stehlen und zu morden, nur um ihrer Sammlung eine neue Errungenschaft einzuverleiben; allerdings schmälert das nicht ihren moralischen Charakter.

Sein Leben hatte jetzt einen Sinn bekommen, denn es war das Leben eines Sammlers. Abend für Abend ordnete und las er seine Ausschnitte unter den nachsichtigen Augen von Frau Povondra, die ja wußte, daß jedes Mannsbild zum einen Teil ein Narr, zum andern ein kleines Kind ist; soll er lieber mit seinen Ausschnitten spielen als abends in die Kneipe gehen und Karten spielen. Sie machte sogar im Wäschekasten Platz für seine Schachteln, die er sich für seine Sammlung selbst zusammengeklebt hatte; kann man von einer Ehe- und Hausfrau mehr verlangen?

Selbst G. H. Bondy zeigte sich bei einer Gelegenheit von Herrn Povondras enzyklopädischen Kenntnissen über alles, was die Molche betraf, überrascht. Herr Povondra gestand etwas verschämt, daß er alles sammle, was über die Salamander gedruckt werde, und zeigte Herrn Bondy seine Schachteln. G. H. Bondy lobte seine Sammlung freundlich; was hilft's, nur große Herren verstehen es, so wohlwollend zu sein, und nur mächtige Menschen verstehen es, andere zu beglücken, ohne daß es sie einen Pfennig kostet; große Herren haben es überhaupt gut. So ordnete Herr Bondy im Büro des Molchsyndikats einfach an, daß man alle Ausschnitte über die Molche, die nicht archiviert werden mußten, an Povondra schicke; so bekam denn auch der glückselige und etwas deprimierte Herr Povondra täglich ganze Pakete von Dokumenten in allen Sprachen der Welt, wovon ihn namentlich jene Zeitungen mit andächtiger Ehrfurcht erfüllten, die in russischer, griechischer, hebräischer, arabischer, chinesischer, bengalischer, tamilischer, javanischer, birmanischer Schrift oder auch in Taalik gedruckt waren. »Wenn ich daran denke«, pflegte er dabei zu sagen, »daß es all das ohne mich nicht geben würde.«

Wie wir schon sagten, ist uns durch die Sammlung des Herrn Povondra umfangreiches historisches Material über die ganze Geschichte mit den Molchen erhalten geblieben; damit ist allerdings nicht gesagt, daß es einen wissenschaftlich vorgehenden Historiker befriedigen könnte. Zum einen vermerkte Herr Povondra, dem keine fachliche Ausbildung in den historischen Hilfswissenschaften oder in Archivierungsmethodik zuteil geworden war, bei seinen Ausschnitten weder Fundstelle, noch Datum, weswegen wir meist nichts wissen, wann und wo das betreffende Dokument erschienen ist. Zum anderen bewahrte Herr Povondra bei der Fülle des Materials, mit dem er versorgt wurde, vor allem die langen Artikel auf, die er für wichtiger hielt während er knappe Meldungen und Depeschen einfach in den Kohlenkasten war; demzufolge besitzen wir außerordentlich wenig Nachrichten und Fakten über den gesamten Zeitabschnitt. Und schließlich griff auch die ordnende Hand von Frau Povondra in die Sache ein; immer dann, wenn die Schachteln des Herrn Povondra bedenklich voll zu werden begannen, pflegte sie heimlich, still und leise einen Teil der Ausschnitte herauszunehmen und zu verbrennen, was mehrmals im Jahr geschah. Sie verschonte nur jene, die nicht so schnell zunahmen, wie die Ausschnitte in malabarischer, tibetischer oder koptischer Schrift; die blieben uns nahezu komplett erhalten, sind uns jedoch wegen gewisser Lücken in unserer Bildung nicht von großem Nutzen. Das uns zur Verfügung stehende Material über die Geschichte der Molche ist also recht bruchstückhaft, etwa wie die Grundbücher des achten Jahrhunderts nach Christus oder die gesammelten Werke der Dichterin Sappho; nur gelegentlich ist also eine Dokumentation über diesen oder jenen

Abschnitt jenes großen geschichtlichen Geschehens erhalten geblieben, das wir, trotz großer Lücken, unter der Überschrift *Auf den Stufen der Zivilisation* zusammenzufassen versuchen.

## 2

## *Auf den Stufen der Zivilisation*

Die Geschichte der Molche[1]

Die geschichtliche Epoche, die G. H. Bondy in jener denkwürdigen Hauptversammlung der Pazifischen Export Gesellschaft mit den prophetischen Worten über das hereinbrechende Utopia ankündigte[2], kann man im historischen Ablauf nicht mehr in Jahrhunderten oder Dezennien messen, wie es in der bisherigen Weltgeschichte üblich war, sondern in Quartalen, in denen die vierteljährlichen Wirtschaftsstatistiken erscheinen.[3] In die-

---

[1] Vgl. *G. Kreuzmann,* Geschichte der Molche. *Hans Tietze,* Der Molch des 20. Jahrhunderts. *Kurt Wolff,* Der Molch und das deutsche Volk. *Sir Herbert Owen*, The Salamanders and the British Empire. *Giovanni Focaja*, L' evoluzione degli amfibii durante il Fascismo. *Léon Bonnet,* Les Urodéles et la Société des Nations. *S. Madariaga*, Las Salamandras y la Civilización u. v. a.

[2] Vgl. Krieg mit den Molchen, Teil I, Kap. 12.

[3] Als Beweis möge gleich der erste Ausschnitt aus Herrn Povondras Sammlung dienen:

## MOLCHMARKT

(ČTK) Nach dem jüngsten, vom Salamander Syndicate zum Quartalsende herausgegebenen Bericht stieg der Absatz der Molche um dreißig Prozent. In drei Monaten wurden fast siebzig Millionen Molche, insbesondere nach Süd- und Mittelamerika, Indochina und Italienisch Somaliland geliefert. In der nächsten Zeit steht die Vertiefung und Erweiterung des Panamakanals, die Säuberung des Hafens von Guayaquil sowie die Beseitigung einiger Untiefen und Riffe in der Torresstraße an. Allein hierbei müssen Schätzungen zufolge vergleichsweise neun Milliarden Kubikmeter Erdreich bewegt werden. Der Bau von schweren Luftverkehrsinseln auf der Linie Madeira—Bermudas soll erst im nächsten Frühjahr in Angriff genommen werden. Die Auffüllung der Mariannen im japanischen Mandat schreitet voran; bisher wurden dreihundertvierzigtausend Hektar neuen, sog. leichten Festlandes zwischen den Inseln Tinian und Saipan gewonnen. Im Hinblick auf die wachsende Nachfrage bleiben Molche fest im Preis und notieren Leading 61, Team 620. Die Vorräte sind ausreichend.

ser Zeit läuft nämlich die Produktion der Geschichte, wenn man es so ausdrücken darf, en gros ab; deshalb beschleunigt sich das Tempo der Geschichte außergewöhnlich (Schätzungen zufolge etwa mit fünffacher Geschwindigkeit). Heute können wir einfach nicht mehr hundert Jahre warten, bis etwas Gutes oder Schlechtes mit der Welt geschieht. Beispielsweise die Völkerwanderung, die sich einst über mehrere Generationen hinzog, müßte bei der heutigen Organisation des Verkehrs alles in allem in drei Jahren zu schaffen sein; sonst könnte man daran nicht verdienen. Ähnlich steht es mit dem Untergang des römischen Reiches, mit der Kolonisierung der Kontinente, mit der Ausrottung der Indianer und so weiter. All dies könnte man heute unvergleichlich schneller bewerkstelligen, wenn man es kapitalkräftigen Unternehmen übertragen würde. So gesehen ist der Riesenerfolg des Molchsyndikats und sein nachhaltiger Einfluß auf die Weltgeschichte zweifellos wegweisend für die Zukunft.

Die Geschichte der Molche ist also von allem Anfang an dadurch gekennzeichnet, daß sie richtig und rationell organisiert war; am meisten darum verdient gemacht hat sich, wenn auch nicht allein, das Molchsyndikat; es sei mit Anerkennung vermerkt, daß auch Wissenschaft, Philanthropie, Aufklärung, Presse und andere Faktoren einen nicht geringen Anteil an der erstaunlichen Verbreitung und am Fortschritt der Molche besitzen. Nichtsdestotrotz, es war das Molchsyndikat, das gewissermaßen Tag für Tag neue Kontinente und neue Ufer für die Salamander eroberte, auch wenn es manches Hindernis, das diese Expansion bremste, überwinden mußte.[4] Die Quartalsberichte

---

[4] Von solchen Hindernissen zeugt zum Beispiel folgende Zeitungsmeldung ohne Datum:

## ENGLAND
### verschließt sich den Molchen?

(Reuter) Auf eine Anfrage des Unterhausmitglieds Mr. J. Leeds antwortete heute Sir Samuel Mandeville, die Regierung Seiner Majestät habe den Suezkanal für sämtliche Molchtransporte gesperrt; sie gedenke ferner nicht zuzulassen, daß auch nur ein einziger Molch an den Küsten oder in den Hoheitsgewässern der briti-

des Syndikats zeigen, wie nach und nach die indischen und chinesischen Häfen von den Molchen besiedelt wurden; wie die Molchkolonisierung die Küsten Afrikas überschwemmte und auf den amerikanischen Kontinent übergriff, wo alsbald neue, modernste Molchbrutfarmen im Golf von Mexiko entstanden; wie neben diesen breiten Kolonisierungswellen kleine Truppen von Molchen als Pioniere der Vorhut eines künftigen Exports ausgesandt wurden. So machte das Molchsyndikat beispielsweise dem holländischen Waterstaat tausend erstklassige Molche zum Geschenk; die Stadt Marseille erhielt sechshundert Salamander zur Säuberung des Alten Hafens und ähnlich war es auch anderwärts. Kurz und gut, zum Unterschied von der menschlichen Besiedlung der Welt geschah die Verbreitung der Molche planmäßig und großzügig; der Natur überlassen, hätte sie sich sicherlich über Jahrhunderte und Jahrtausende hingezogen; die Natur war und ist eben nie so unternehmungslustig und zweckorientiert wie der Mensch bei Produktion und Handel. Es scheint, als ob die rege Nachfrage auch die Fruchtbarkeit der Molche beeinflußt hätte; der Laichertrag aus einem Weibchen stieg bis auf hundertfünfzig Kaulquappen im Jahr. Die einst regelmäßig von Haien verursachten Verluste gingen nahezu auf Null zurück, als die Molche mit Unterwasserpistolen und Dumdum-Geschossen zur Verteidigung gegen Raubfische ausgerüstet wurden.[5]

Die Verbreitung der Molche ging natürlich nicht überall gleich ungehindert vor sich; mancherorts wehrten sich konservative Kräfte heftig gegen die Einführung dieser neuen Arbeitskräfte,

---

schen Inseln beschäftigt werde. Der Grund für diese Maßnahme, so Sir Samuel, ist einmal die Sicherheit der britischen Inseln, zum anderen die Gültigkeit alter Gesetze und Verträge über die Bekämpfung des Sklavenhandels.

Auf eine Zusatzfrage des Parlamentsmitglieds Mr. B. Russel teilte Sir Samuel mit, daß die britischen Dominions und die Kolonien von dieser Haltung natürlich unberührt blieben.

[5] Man verwendete dazu fast allgemein die Pistolen, die Ing. Mirko Šafránek entwickelt hat und die von der Brünner Rüstungsfabrik hergestellt wurden.

da sie darin einen unlauteren Wettbewerb für die menschliche Arbeit erblickten[6]; andere gaben ihrer Befürchtung Ausdruck, daß die Molche, die sich von kleinen Meerestieren ernähren, den Fischfang bedrohen würden; wieder andere behaupteten, daß sie mit ihren Unterwassergängen und Löchern die Küsten und Inseln untergrüben. Ehrlich gesagt, es gab nicht wenige Menschen, die vor der Einführung der Molche geradezu warnten; aber das war schon immer so, daß nämlich jede Neuheit und jeder Fortschritt auf Widerstand und Mißtrauen stoßen; das war bei den Maschinen in den Fabriken so und wiederholte sich eben auch bei den Molchen. An anderen Stellen kam es zu Mißverständnissen anderer Art[7], doch dank der tatkräftigen Mithilfe

---

[6] Vgl. dazu folgenden Zeitungsbericht:

### Streikbewegung in Australien

(Havas) Der Führer der australischen Trade Unions Harry McNamara kündigt einen Streik aller Beschäftigten in Häfen, Verkehr, Elektrizitätswerken u. ä. an. Die Gewerkschaftsorganisationen fordern eine strenge Kontingentierung der Einfuhr von Arbeitsmolchen nach Australien gemäß den Immigrationsgesetzen. Demgegenüber verlangen die australischen Farmer die Freigabe des Molchimports, da über den Futterbedarf der Molche der Absatz des einheimischen Maises und tierischer Fette, insbesondere Hammeltalg, steigt. Die Regierung strebt einen Kompromiß an; das Molchsyndikat bietet den Trade Unions an, einen Beitrag in Höhe von sechs Shilling für jeden eingeführten Molch zahlen zu wollen. Die Regierung ist bereit, Garantien zu übernehmen, daß die Molche nur im Wasser beschäftigt werden und (aus Gründen der öffentlichen Moral) nicht höher als 40 cm, nämlich bis zur Brust, auftauchen dürfen. Die Trade Unions bestehen jedoch auf 12 cm und verlangen für jeden Molch eine Gebühr in Höhe von zehn Shilling, zusätzlich zur Registration Tax. Es scheint, daß eine Einigung unter Mithilfe der Staatskasse erzielt wird.

[7] Vgl. ein bemerkenswertes Dokument aus Herrn Povondras Sammlung:

### Molche retten 36 Ertrinkende
(Von unserem Sonderkorrespondenten)

Madras, 3. April. Im hiesigen Hafen stieß der Dampfer ›Indian Star‹ mit einem Boot mit etwa vierzig Einheimischen an Bord zusammen, das daraufhin sofort sank. Bevor die Polizeibarkasse flottgemacht werden konnte, eilten die bei der Entschlam-

der Weltpresse, die sowohl die riesigen Möglichkeiten des Handels mit den Molchen als auch das damit verbundene einträgliche und großzügige Anzeigengeschäft richtig einschätzte, wurde die Installierung der Salamander in allen Teilen der Welt meist mit lebhaftem Interesse, ja sogar mit Begeisterung begrüßt.[8]

Der Handel mit den Molchen befand sich zum größten Teil in den Händen des Molchsyndikats, das ihn mit eigenen, speziell zu diesem Zweck gebauten Tankschiffen betrieb; Mittelpunkt des Handels und eine Art Molchbörse war das Salamander Building in Singapur.

mung des Hafenbeckens beschäftigten Molche herbei und brachten sechsunddreißig Ertrinkende an Land. Einer der Salamander zog allein drei Frauen und zwei Kinder aus dem Wasser. Zur Belohnung für diese tapfere Tat erhielten die Molche von den örtlichen Autoritäten ein Dankschreiben in wasserdichtem Etui.

Die einheimische Bevölkerung ist andererseits aufs äußerste aufgebracht, weil es den Molchen gestattet wurde, ertrinkende Personen, die höheren Kasten angehören, zu berühren. Sie hält nämlich die Molche für unrein, d. h. für ›Unberührbare‹. Im Hafen rotteten sich mehrere tausend Eingeborene zusammen und verlangten die Ausweisung der Molche aus dem Hafen. Die Polizei konnte die Ordnung aufrecht erhalten; es gab lediglich drei Tote und hundertzwanzig Verletzte. Gegen zehn Uhr abends war die Ordnung wiederhergestellt. Die Salamander arbeiten weiter.

[8] Vgl. folgenden, höchst interessanten Ausschnitt, leider in unbekannter Sprache und demzufolge unübersetzbar:

## SAHT NA KCHRI
## TE SALAAM ANDER BWTAT

SAHT GWAN T'LAP NE SALAAM ANDER BWTATI OG T'CHENI BECHRI NE SIMBWANA M'BENGWE OGANDI SÚKH NA MEO-MEO OPWANA SALAAM ANDER SRI M'OANA GWEN'S. OG DI LIMBW. OG DI BWTAT NA SALAAM ANDER KCHRI P'WE OGANDI P'WE O'GWANDI TE UR MASWALI SÚKH? NA, NE UR LINGO T'ISLAMLI KCHER OGANDA SALAAM ANDRIAS SAHTI. BEND OPTONGA KCHRI SIMBWANA MÉDII, SALAAM!

Vgl. dazu die umfangreiche und objektive Schilderung, die mit e.w. signiert ist und das Datum vom 5. Oktober trägt:

---

## S-TRADE

*Singapore, 4. Oktober*

| | | | |
|---|---|---|---|
| Leading | 63. | Heavy | 317. |
| Team | 648. | Odd Jobs | 26,35. |
| Trash | 0,08. | Spawn | 80—132. |

Eine solche Meldung kann der Zeitungsleser täglich im Wirtschaftsteil seines Blattes unter Telegrammen mit Baumwoll-, Zinn- oder Weizenpreisen finden. Wissen Sie jedoch auch schon, was diese geheimnisvollen Zahlen und Worte bedeuten? Nun ja, Molchhandel, d.h. S-Trade; aber wie dieser Handel wirklich aussieht, davon haben die meisten Leser eine weniger klare Vorstellung. Vielleicht stellen sie sich einen großen Marktplatz vor, auf dem es von Tausenden und Abertausenden Molchen wimmelt, wo Käufer in Tropenhelmen und Turbanen die angebotene Ware begutachten und schließlich mit dem Finger auf einen gut entwickelten, gesunden, jungen Salamander zeigen, mit den Worten: »Verkaufen Sie mir das Stück; was kostet es?«

In Wirklichkeit sieht der Molchmarkt ganz anders aus. Im Marmorgebäude des S-Trade in Singapur findet man keinen einzigen Molch, sondern nur elegante geschäftige Angestellte in Weiß, die telefonische Aufträge entgegennehmen. »Selbstverständlich, Sir. Leading steht bei 63. Wieviel? Zweihundert? Okay. Zwanzig Heavy und einhundertachtzig Team. Verstanden, wird gemacht. Das Schiff läuft in fünf Wochen aus. Right? Thank you, Sir.« Der gesamte S-Trade-Palast schwirrt von Telefongesprächen; man hat eher den Eindruck, bei einer Behörde oder in einer Bank zu sein als auf dem Markt; und doch stellt dieses weiße, edle Gebäude mit den ionischen Säulen im Portal einen lebhafteren Marktplatz dar als der Basar von Bagdad zu Zeiten Harun ar Raschids.

Doch kommen wir zum zitierten Marktbericht und seinem Handelschinesisch zurück. L e a d i n g , das sind schlicht besonders ausgesuchte, intelligente, in der Regel dreijährige Molche, die zu Aufsehern und Vorarbeitern der Arbeitskolonnen der Molche ausgebildet sind. Sie werden einzeln, ohne Rücksicht auf ihr Körpergewicht, verkauft; nur ihre Intelligenz zählt. Die Leadings von Singapur, die ein gutes Englisch sprechen, gelten als erstklassig und am zuverlässigsten; verschiedentlich werden auch andere Marken von Führungsmolchen angeboten, sogenannte Capitanos, Ingenieure, Malaian Chiefs, Foremanders u.a., aber Leadings werden am höchsten gewertet. Heute bewegt sich ihr Preis um die sechzig Dollar je Stück.

H e a v y sind schwere, athletische, meist zweijährige Molche, deren Gewicht zwischen hundert und hundertzwanzig Pfund schwankt. Sie werden ausschließlich in Rotten (sog. bodies) zu sechs Einzelmolchen verkauft. Sie sind für schwerste körperliche Arbeiten, z. B. mit Fels und Gestein, abgerichtet. In der Notierung steht ›Heavy 317‹, d. h. für eine sechsköpfige Rotte (body) schwerer Molche werden 317 Dollar gezahlt. Jeder Rotte schwerer Molche wird meist ein Leading als Führer und Aufseher zugeteilt.

T e a m sind gewöhnliche Arbeitsmolche mit einem Gewicht zwischen 80 und 100 Pfund, die ausschließlich in Arbeitsgruppen (teams) zu zwanzig Stück gehandelt werden; sie sind für den Masseneinsatz bestimmt und werden meist bei Baggerarbeiten, beim Bau von Dämmen u. ä. eingesetzt. Auf jedes zwanzigköpfige Team entfällt ein Leading.

O d d  J o b s stellen eine Klasse für sich dar. Es handelt sich um Molche, denen aus verschiedenen Gründen keine kollektive oder spezialisierte Schulung zuteil wurde, weil sie beispielsweise außerhalb einer großen, fachmännisch geleiteten Farm aufgewachsen sind. Eigentlich sind das halbwilde, aber oft sehr begabte Molche. Sie werden stückweise oder zu Dutzenden verkauft und man setzt sie bei Hilfsarbeiten ein, bei denen sich die Abkommandierung einer ganzen Molchrotte nicht lohnen würde. Betrachtet man die Leadings als Elite unter den Molchen, so sind die Odd Jobs etwas wie das Kleinproletariat. In letzter Zeit werden sie gern als Molchrohmaterial gekauft, das von einzelnen Unternehmern weiterentwickelt und dann in die Klassen Leading, Heavy, Team oder Trash eingestuft wird.

Trash oder Ausschuß (Abfall) sind minderwertige, schwache oder körperlich geschädigte Molche, die weder einzeln, noch in Partien verkauft werden, sondern nach Gewicht, meist gleich in Dutzenden von Tonnen; 1 kg Lebendgewicht kostet heute sieben bis zehn Cents. Man weiß eigentlich nicht so recht, wozu sie dienen und weswegen sie gekauft werden — vielleicht für etwaige leichte Arbeiten im Wasser; damit es keine Mißverständnisse gibt, wollen wir gleich darauf hinweisen, daß Molche für die Menschen ungenießbar sind. Trash wird fast ausschließlich von chinesischen Zwischenhändlern aufgekauft; wohin sie ihn liefern, konnte nicht festgestellt werden.

Spawn ist schlicht Molchlaich, genauer gesagt, Kaulquappen bis zum vollendeten ersten Lebensjahr. Sie werden in Hunderten gehandelt und erfreuen sich guter Absatzmöglichkeiten, vor allem deshalb, weil sie billig sind und ihr Transport am kostengünstigsten ist; erst an Ort und Stelle werden sie weitergezüchtet, bis sie arbeitsfähig sind. Spawn werden in Fässern transportiert, da die Kaulquappen das Wasser nicht verlassen, wie es die erwachsenen Molche täglich tun müssen. Es kommt häufig vor, daß daraus außergewöhnlich begabte Einzelmolche heranwachsen, die sogar den standardisierten Typ Leading überragen, dadurch gewinnt der Spawnhandel einen besonderen Reiz. Hochbegabte Molche werden dann zum Stückpreis von mehreren hundert Dollar verkauft; der amerikanische Millionär Denicker bezahlte sogar zweitausend Dollar für einen Molch, der sechs Sprachen fließend beherrschte, und ließ ihn mit einem Spezialschiff nach Miami bringen; allein der Transport kostete fast zwanzigtausend Dollar. In der letzten Zeit wird Molchlaich gern für sog. Molchställe gekauft, wo schnelle Sportmolche ausgewählt und trainiert werden; sie werden dann zu dritt vor flache Wasserfahrzeuge in Form einer flachen Muschel gespannt. Muschelrennen sind im Augenblick große Mode und die beliebteste Freizeitbeschäftigung junger Amerikanerinnen in Palm Beach, Honolulu oder auf Kuba; man nennt sie Triton-Races oder Venusregatten. In der leichten, schmukken Muschel steht die Wettkämpferin aufrecht, mit dem allerkürzesten und zauberhaftesten Badeanzug bekleidet, hält die seidenen Zügel des Molchdreigespanns in den Händen und gleitet über das Meer; man kämpft einfach um den Titel der Venus. Mr. J.S. Tincker, Konservenkönig genannt, kaufte für sein Töchterchen ein Dreigespann von Rennmolchen, Poseidon, Hengist und King Edward, für nicht weniger als sechsunddreißigtausend Dollar. All dies geht jedoch bereits über den Rahmen des S-Trade hinaus, der sich darauf beschränkt, die ganze Welt mit soliden Arbeitsmolchen, Leadings, Heavies und Teams, zu beliefern.

In diesem Bericht wurden auch die Molchfarmen erwähnt. Der Leser darf sich darunter keinesfalls riesige Stallungen und Koppeln vorstellen; es handelt sich dabei um einen mehrere Kilometer langen nackten Küstenstreifen, über den Wellblechbarracken verstreut sind. Ein Häuschen ist für den Veterinär, eines für den Direktor und die übrigen für das Aufsichtspersonal. Erst bei Ebbe wird sichtbar, daß vom Ufer lange Dämme ins Meer reichen, die die Küste in mehrere Becken aufteilen. Eins für den Laich, ein anderes für die Klasse Leading und so weiter; jede Sorte wird getrennt gefüttert und dressiert. Beides geschieht bei Nacht. Mit der Dämmerung kommen die Molche aus ihren Löchern ans Ufer und versammeln sich um ihre Lehrer; das sind meist ausgediente Soldaten. Zunächst gibt es eine Stunde Sprachunterricht, der Lehrer sagt den Molchen Wörter vor, zum Beispiel »graben«, und erklärt ihnen anschaulich den Sinn des Wortes. Dann stellt er sie in Viererreihen auf und lehrt sie marschieren; daraufhin folgt eine halbe Stunde Turnen und eine Ruhepause im Wasser. Nach der Pause lernen die Molche, verschiedene Geräte und Waffen zu handhaben, wonach unter der Aufsicht der Lehrer etwa drei Stunden lang praktische Arbeiten an Wasserbauten durchgeführt werden. Daraufhin kehren die Molche ins Wasser zurück und werden mit Molchzwieback gefüttert, der hauptsächlich Maismehl und Talg enthält; Leading und Schwere Molche werden zusätzlich mit Fleisch gefüttert. Faulheit und Ungehorsam werden mit Nahrungsentzug bestraft, andere körperliche Strafen gibt es nicht; übrigens ist die Schmerzempfindlichkeit der Salamander gering. Mit Sonnenaufgang zieht auf den Molchfarmen Totenstille ein; die Menschen gehen schlafen, und die Molche verschwinden unter der Meeresoberfläche.

   Dieser Ablauf wird nur zweimal im Jahr unterbrochen. Einmal zur Paarungszeit, in der die Molche vierzehn Tage lang sich selbst überlassen werden, das andere Mal dann, wenn die Farm vom Tanker des Molchsyndikats angelaufen wird, mit Befehlen für den Direktor der Farm, wieviele Molche von welcher Sorte oder Klasse gemustert werden sollen. Die Musterung erfolgt nachts; der Schiffsoffizier, der Direktor der Farm und der Veterinär sitzen an einem Tisch mit einer Lampe, während die Aufseher und das Schiffspersonal den Salamandern den Rückweg zum Meer abschneiden. Daraufhin tritt ein Molch nach dem andern an den Tisch heran und wird als tauglich oder nicht tauglich eingestuft. Die rekrutierten Molche betreten dann ein Boot, das sie zum Tankschiff bringt. Sie gehen meist freiwillig, das heißt auf einen bloßen scharfen Befehl hin; nur manchmal muß sanfte Gewalt, wie zum Beispiel Fesseln, angewandt werden. Spawn bzw. Laich wird natürlich mit Netzen gefischt.

   Ebenso human und hygienisch ist der Transport der Molche in den Tankschiffen gestaltet; jeden zweiten Tag wird mit Hilfe von Pumpen das Wasser in den Behältern gewechselt, und die Molche bekommen reichlich Futter. Die Sterberate während des Transports erreicht kaum zehn Prozent. Auf Wunsch des Tierschutzvereins ist auf jedem Tankschiff ein Schiffskaplan anwesend, der das humane Umgehen mit den Salamandern überwacht und Nacht für Nacht Predigten hält, in denen er den Molchen insbesondere die Achtung vor den Menschen und dankbaren Gehorsam und Liebe zu den künftigen Arbeitgebern ans Herz legt, die nichts anderes wünschen als sich väterlich um ihr Wohl zu kümmern. Es ist gewiß schwer, den Molchen diese väterliche Fürsorge zu erklären, da ihnen der Begriff der Vaterschaft unbekannt ist. Unter den gebildeteren Salamandern hat sich für die Schiffskaplane die Bezeichnung ›Papa Molch‹ eingebürgert. Außerordentlich gut bewährt haben sich auch Kulturfilme, in denen den Molchen während des Transports einmal die Wunder der menschlichen Technik, zum andern ihre künftige Arbeit und ihre Pflichten vorgeführt werden.

   Es gibt Menschen, die das Kürzel S-Trade (Salamander-

> Handel) mit Slave Trade, also Sklavenhandel, übersetzen. Nun, als unbeteiligte Beobachter können wir sagen, wenn der einstige Sklavenhandel so gut organisiert und hygienisch so einwandfrei abgewickelt worden wäre wie der heutige Molchhandel, so hätte man den Sklaven nur gratulieren können. Besonders die teureren Salamander werden wirklich sehr anständig und rücksichtsvoll behandelt, schon deswegen, weil Kapitän und Mannschaft mit ihren Gagen und Löhnen für das Leben der ihnen anvertrauten Molche haften. Der Verfasser dieses Artikels war Zeuge, wie tief ergriffen auch die abgehärtetsten Matrosen des Tankschiffes ›SS 14‹ waren, als zweihundertvierzig Ia Molche in einem Becken an schwerem Durchfall erkrankten. Mit Tränen in den Augen traten sie immer wieder an den Beckenrand, um die Molche in Augenschein zu nehmen, und gaben ihren menschlichen Gefühlen mit den rauhen Worten Ausdruck: »Diese Luder war uns der Teufel schuldig!«

Der wachsende Umsatz im Molchexport ließ natürlich auch den Schwarzhandel blühen; das Molchsyndikat war nicht in der Lage, alle Laichstellen zu kontrollieren und zu verwalten, die der verstorbene Kapitän van Toch, insbesondere über die kleinen und abgelegenen Inseln Mikronesiens, Melanesiens und Polynesiens verstreut, hinterließ, so daß viele Molchbuchten ihrem Schicksal überlassen wurden. Infolgedessen entwickelte sich neben der rationalen Salamanderzucht in beträchtlichem Umfang auch die Jagd auf wilde Molche, die in mancher Hinsicht an die einstigen Seehundjagden erinnerte; es war eher ein Wildern, aber da es kein Gesetz zum Schutze der Molche gab, wurde es höchstens als unberechtigtes Betreten eines fremden Staatsgebietes geahndet; weil sich aber die Molche auf jenen Inseln ungemein vermehrten und stellenweise Schäden an Feldern und Gärten der Eingeborenen verursachten, wurden diese wilden Molchfischzüge stillschweigend als natürliches Regulativ der Molchpopulation geduldet.

Wir zitieren dazu eine authentische zeitgenössische Schilderung:

## Bukanier des 20. Jahrhunderts
E. E. K.

*Es war elf Uhr abends, als der Kapitän unseres Schiffes die Staatsflagge einziehen und die Boote klarmachen ließ. Es war eine silberhelle Mondnacht; die kleine Insel, auf die wir zuruderten, war, glaube ich, Gardner Island, das zur Phoenix-Gruppe gehört. In solchen Mondnächten kommen die Molche an den Strand und tanzen; man kann bis dicht an sie herankommen, ohne daß sie einen hören, so tief sind sie in ihren stummen Massentanz versunken.*

*Wir waren zwanzig Mann und betraten das Ufer mit den Rudern in der Hand und schwärmten im Halbkreis um den dunklen Haufen auf dem in silberhelles Mondlicht getauchten Strand aus.*

*Der Eindruck, den ein Molchtanz erweckt, ist schwer zu beschreiben. Ungefähr dreihundert Tiere sitzen auf den Hinterbeinen in einem geometrisch genauen Kreis, mit dem Gesicht zur Mitte; das Innere des Kreises bleibt leer. Die Molche rühren sich nicht, sie sind wie erstarrt; es mutet wie eine kreisförmige Palisade rund um einen geheimnisvollen Altar an; aber es gibt weder einen Altar, noch einen Gott. Plötzlich schmatzt eines der Tiere »ts-ts-ts« und beginnt schwankend mit dem Oberkörper zu kreisen; diese schwankende Bewegung springt nach und nach auf die anderen Tiere über, bis dann wenige Sekunden später alle Molche mit dem Oberkörper kreisen, ohne sich von der Stelle zu rühren, immer schneller, ohne einen Laut, immer fanatischer, in einem rasenden trunkenen Wirbel. Nach ungefähr einer Viertelstunde läßt einer der Molche nach, dann ein zweiter, ein dritter, schwankt erschöpft und erstarrt; wieder sitzen alle reglos wie Statuen da; eine Weile darauf ertönt an einer anderen Stelle ein leises »Ts-ts-ts«, ein anderer Molch beginnt sich zu winden, und sein Tanz greift mit einem Mal auf den ganzen Kreis über.*

*Ich weiß, daß diese Beschreibung recht mechanisch anmutet; aber man füge ihr das kreidebleiche Licht des Mondes und das immer wiederkehrende Rauschen des Wellenschlags hinzu; es hatte etwas ungemein Magisches, Verzaubertes an sich. Ich blieb stehen, und meine Kehle schnürte sich unwillkürlich vor Grauen oder Erstaunen zusammen.* »*Los, Mann, beweg dich*«, *rief mich mein Nachbar zur Ordnung,* »*sonst stehst du dir noch ein Loch in den Bauch!*«

*Wir verengten den Kreis um die tanzende Tierrunde. Die Männer hielten die Ruder quer und sprachen mit halblauter Stimme, eher deswegen, weil es Nacht war, als daß sie von den Molchen gehört werden konnten.* »*Auf die Mitte zu, im Laufschritt!*« *befahl der Einsatzoffizier. Wir liefen auf diesen wirbelnden Kreis zu; die Ruder trafen mit dumpfen Schlägen die Rücken der Molche. Jetzt erst schreckten die Molche auf, zogen sich in die Mitte des Kreises zurück oder versuchten, zwischen den Rudern zum Meer durchzuschlüpfen, doch ein Schlag mit dem Ruder warf sie, vor Schmerz und Angst krächzend, zurück. Wir drückten sie mit den Rudern auf die Mitte zu, wo sie in mehreren Schichten zusammengepfercht übereinanderkletterten; zehn Mann schlossen sie mit unserem Ruderzaun ein, die andern zehn stachen und schlugen mit den Rudern auf jene ein, die durchzuschlüpfen versuchten. Es war ein einziges Knäuel schwarzen, sich windenden, verwirrt quäkenden Fleisches, auf das dumpfe Schläge herabfielen. Dann öffnete sich ein Loch zwischen zwei Rudern; ein Molch schlüpfte durch und wurde mit einem Knüppelschlag ins Genick betäubt; dann ein zweiter und ein dritter, bis ungefähr zwanzig dalagen.* »*Dichtmachen!*« *befahl der Offizier, und die Lücke zwischen den Rudern schloß sich. Bully Beach und der Mischling Dingo packten mit jeder Hand ein Bein eines betäubten Molches und schleppten sie wie leblose Säcke über den Sand zu den Booten. Manchmal verklemmte sich der geschleppte Körper zwischen Steinen; da zerrte der Matrose mit einem heftigen, wütenden Ruck daran, und das Bein riß ab.* »*Das macht nichts*«, *brummte der alte Mike, der neben mir stand.* »*Das wächst wieder nach.*« *Als sie die betäubten Molche in die Boote geworfen hatten, befahl der Offizier trocken:* »*Bereitet die nächsten vor!*« *Und wieder schlugen die Knüppel auf die Genicke der Molche ein. Jener Offizier, Bellamy hieß er, war ein gebildeter und stiller Mensch, ein hervorragender Schachspieler; aber dies war eine Jagd, oder eher ein Handel, wozu also Umstände. So wurden über zweihundert betäubte Molche erbeutet; etwa siebzig blie-*

ben liegen, weil sie offenbar tot waren oder so schwer verletzt, daß sich das Abschleppen nicht lohnte.

Auf dem Schiff wurden die gefangenen Molche in Becken geworfen. Unser Schiff war ein alter Öltanker; die ungenügend gesäuberten Tanks stanken nach Öl, und das Wasser darin war von einer fetten, regenbogenfarben schillernden Schicht bezogen; nur das Verdeck war abgenommen worden, um der Luft Zutritt zu verschaffen; nachdem die Molche hineingeworfen worden waren, sah sie wie eine dicke, widerliche Nudelsuppe aus; da oder dort bewegte sich etwas schwach und kläglich, aber tagsüber ließ man es in Ruhe, damit sich die Molche erholen konnten. Am nächsten Tag kamen vier Männer mit langen Stangen und stocherten damit in der »Suppe« (man nennt es wirklich ›soup‹) herum; sie rührten damit die zusammengepferchten Körper um und suchten dabei nach solchen, die sich nicht mehr rührten oder von denen das Fleisch abfiel; die wurden dann auf lange Haken gespießt und aus dem Bottich herausgezogen. »Ist die Suppe klar?« fragte dann der Kapitän. »Ja, Sir.« »Gießt Wasser nach!« »Ja, Sir.« Diese Suppenklärung mußte täglich vorgenommen werden; jedesmal wurden dann sechs bis acht Stück »verdorbener Ware«, wie man dazu sagt, ins Meer geworfen; unser Schiff wurde von einer treuen Flotte großer und gutgenährter Haie begleitet. Bei den Behältern stank es fürchterlich; obwohl es ab und zu ausgewechselt wurde, war das Wasser in den Bottichen gelb, von Ausscheidungen und aufgeweichtem Zwieback bedeckt; schwarze schweratmende Körper schwappten oder lagen darin schlapp und apathisch herum. »Hier haben sie es gut«, behauptete der alte Mike. »Ich habe ein Schiff gesehen, wo das Zeug in Benzol-Kanistern transportiert wurde; da ist alles krepiert.«

Sechs Tage später nahmen wir neue Ware auf der Insel Nanomea auf.

So also sieht der Molchhandel aus; gewiß, ein illegaler Handel, genauer gesagt, moderne Piraterie, die sozusagen über Nacht aufgelebt ist. Man sagt, daß fast ein Viertel aller verkauften und gekauften Molche auf diese Art und Weise gefischt wird. Es gibt Molchlaichstellen, die das Molchsyndikat nicht für ren-

*tabel genug hält, um dort ständige Farmen zu betreiben; auf den kleineren Südseeinseln haben sich die Molche so vermehrt, daß sie geradezu zu einer Plage geworden sind; die Einheimischen mögen sie nicht und behaupten, daß sie mit ihren Löchern und Gängen ganze Inseln untergraben; deshalb drükken sowohl die Kolonialbehörden als auch das Molchsyndikat selbst vor diesen Raubzügen auf Molchlokalitäten ein Auge zu. Man schätzt, daß es etwa vierhundert Piratenschiffe gibt, die sich ausschließlich mit Molchraub beschäftigen. Neben kleineren Unternehmern betreiben ganze Schiffsgesellschaften diese moderne Seeräuberei; die größte ist die Pacific Trade Comp. mit Sitz in Dublin; ihr Präsident ist der ehrenwerte Mr. Charles B. Harriman.*

*Vor einem Jahr noch war die Lage etwas schlimmer; damals überfiel ein chinesischer Bandit namens Teng mit drei Schiffen direkt die Farmen des Syndikats und zögerte nicht, auch deren Personal zu ermorden, wenn es sich zur Wehr setzte; im November vorigen Jahres wurde dieser Teng mit seiner kleinen Flotte von dem amerikanischen Kanonenboot ›Minnetonka‹ vor den Midway-Inseln in Grund und Boden geschossen. Seit der Zeit weist die Molchpiraterie weniger wilde Formen auf und erfreut sich eines stetigen Aufschwungs, als gewisse Modalitäten ausgehandelt wurden, unter denen sie stillschweigend geduldet wird: So muß beim Überfall auf eine fremde Küste die Seeflagge des Heimatlandes eingeholt werden; unter dem Vorwand der Piraterie dürfen keine anderen Waren importiert oder exportiert werden; die geraubten Molche dürfen nicht zu Dumpingpreisen verkauft und müssen im Handel als II. Wahl gekennzeichnet werden. Im illegalen Handel werden Molche zu zwanzig bis zweiundzwanzig Dollar das Stück verkauft; sie werden als zwar minderwertige, aber doch recht widerstandsfähige Sorte angesehen, da sie die schreckliche Behandlung an Bord der Piratenschiffe überlebt haben. Man schätzt, daß rund fünfundzwanzig bis dreißig Prozent der gefangenen Molche den Transport überleben; aber die halten dann schon etwas aus. Sie tragen den Handelsnamen ›Maccaroni‹ und notieren in der letzten Zeit auch in den ordentlichen Marktberichten.*

> *Zwei Monate später spielte ich mit Herrn Bellamy Schach in der Halle des Hotels France in Saigon; da war ich natürlich kein Matrose mehr, der für eine Piratenfahrt angeheuert hatte.*
>
> *»Schauen Sie, Bellamy«, sagte ich zu ihm, »Sie sind ein anständiger Mensch und ein Gentleman, wie man sagt. Geht es Ihnen denn nicht manchmal gegen den Strich, daß Sie etwas tun, was im wesentlichen übelste Sklaverei ist?«*
>
> *Bellamy zuckte die Achseln. »Molche sind Molche«, brummte er ausweichend.*
>
> *»Vor hundert Jahren sagte man, Neger sind Neger.«*
>
> *»Und waren sie es nicht?« sagte Bellamy. »Schach!«*
>
> *Diese Partie habe ich verloren. Ich hatte plötzlich den Eindruck, daß jeder Zug auf dem Schachbrett uralt und von irgend jemandem irgendwann schon einmal gespielt worden ist. Vielleicht wurde unsere Geschichte auch schon einmal gespielt, und wir ziehen unsere Figuren zu denselben Niederlagen wie einst. Vielleicht jagte einst gerade so ein anständiger und stiller Bellamy Neger an der Elfenbeinküste und lieferte sie nach Haiti oder Louisiana, falls sie nicht unter Deck krepiert waren. Er dachte sich nichts Schlimmes dabei, jener Bellamy. Ein Bellamy denkt sich nie etwas Schlimmes dabei. Deshalb ist er unbelehrbar.*
>
> *»Schwarz hat verloren«, sagte Bellamy befriedigt und erhob sich, um sich zu strecken.*

Am meisten verdient um die Verbreitung der Molche machte sich neben dem gut organisierten Molchhandel und der breitangelegten Propaganda in der Weltpresse die riesige Welle des technischen Idealismus, die zu jener Zeit die ganze Welt überschwemmte. G. H. Bondy hatte richtig vorausgesagt, daß der menschliche Geist nun mit ganzen neuen Kontinenten und Atlantiden arbeiten werde. Die ganze Ära der Molche über tobte zwischen den Technikern der lebhafte und fruchtbare Streit, ob es besser sei, schwere Kontinente mit Küsten aus Eisenbeton oder leichte Festländer aus angehäuftem Sand zu bauen. Fast täglich wurden neue gigantische Projekte bekannt. Italienische Ingenieure schlugen einerseits den Bau eines Groß-Italien vor, das nahezu das gesamte Mittelmeer bis nach Tripolis, die Balearen und den Dodekanes umfassen sollte, andererseits die Gründung eines neuen Kontinents östlich von Italienisch Somaliland, des sog. Lemurien, das eines künftigen Tages den ganzen Indischen Ozean einnehmen sollte. In der Tat wurde mit Hilfe einer ganzen Armee Molche vor dem somalischen Hafen Mogadischu eine neue kleine Insel von fünfeinhalb Hektar aufgeschüttet. Japan projektierte und realisierte zum Teil auch schon eine neue große Insel an Stelle der ehemaligen Mariannen-Gruppe und bereitete die Zusammenführung der Karolinen- und Marshallinseln in zwei große Inseln vor, die bereits im voraus Neu Nippon genannt wurden; auf jeder sollte sogar ein künstlicher Vulkan eingerichtet werden, der die künftigen Bewohner an den heiligen Fudschijama erinnern sollte. Es verlautete auch, daß deutsche Ingenieure heimlich ein schweres Betonfestland im Sargassomeer bauten, das ein künftiges Atlantis darstellen sollte und sogar Französisch-Westafrika bedrohen könnte; es scheint aber, daß es nur zur Grundsteinlegung kam. In Holland nahm man die Trockenlegung Zeelands in Angriff; Frankreich verband auf Guadeloupe Grande Terre, Basse Terre und La Désirade zu einer gesegneten Insel; die Vereinigten Staaten begannen auf dem 37. Längengrad mit dem Bau der ersten Luftverkehrsinsel (zweistöckig, mit Riesenhotel, Sportstadion, Holidaypark und Kino für fünftausend Personen). Kurz, es schien, als ob die letzten Schranken gefallen wären, die das Weltmeer dem menschlichen Aufschwung in den Weg legte; eine freudige Epoche großartiger technischer Pläne brach an; der Mensch wurde sich bewußt, daß er jetzt erst Der Herr Der Welt geworden ist, dank den Molchen, die zur rechten Zeit und sozusagen aus geschichtlicher Notwendigkeit heraus den Schauplatz der Geschichte betreten haben. Es besteht kein Zweifel darüber, daß es jene grenzenlose Vermehrung der Molche nicht gegeben hätte, wenn unser technisches Zeitalter nicht so viele Aufgaben und ein so riesiges Feld dauernder Beschäftigung für sie geschaffen hätte. Die Zukunft der Arbeiter des Meeres schien jetzt für Jahrhunderte gesichert.

Bedeutenden Anteil an der günstigen Entwicklung des Molchhandels hatte auch die Wissenschaft, die ihre Aufmerksamkeit frühzeitig auf die Erforschung der Molche sowohl in körperlicher als auch geistiger Hinsicht lenkte.

Wir führen dazu das Referat über einen wissenschaftlichen Kongreß in Paris aus der Feder des Augenzeugen r. d. an:

## I$^{er}$ Congrès d'Urodéles

Abgekürzt nennt man ihn den Kongreß der Schwanzlurche, obwohl seine offizielle Bezeichnung etwas länger ist: ›Erster internationaler Zoologenkongreß zur psychologischen Erforschung der Schwanzlurche‹. Allein, der echte Pariser mag keine langatmigen Namen; die gelehrten Professoren, die im Amphitheater der Sorbonne tagten, sind für ihn einfach die Messieurs les Urodéles, die Herren Schwanzlurche, und damit hat sich's. Oder noch kürzer und respektloser: Ces Zoos-là.

Wir gingen uns also ces Zoos-là eher aus Neugier denn aus Referentenpflicht ansehen. Aus Neugier, man verstehe richtig, deren Gegenstand keineswegs jene meist älteren und bebrillten Universitätskapazitäten waren, sondern gerade jene ... Geschöpfe (warum will uns das Wort »Tiere« nicht aus der Feder?), über die schon soviel geschrieben wurde, von wissenschaftlichen Folianten bis zu Gassenhauern, und die angeblich — einigen Stimmen zufolge — Journalistenhumbug sind, anderen zufolge wieder Wesen, in mancher Hinsicht begabter als der Herr und die Krone der Schöpfung selbst, wie man heute noch (ich meine nach dem Weltkrieg und anderen historischen Umständen) den Menschen nennt. Ich hoffe, bei den berühmten Herren Teilnehmern des Kongresses für die geistige Erforschung der Schwanzlurche eine für uns Laien klare und endgültige Antwort auf die Frage zu bekommen, wie es denn um jene berühmte Gelehrigkeit des *Andrias Scheuchzeri* stehe; daß sie uns sagen: Ja, das ist ein vernünftiges oder zumindest zivilisierungsfähiges Geschöpf wie Sie oder ich; deshalb wird man in Zukunft mit ihm rechnen müssen, so wie wir heute mit der Zukunft jener menschlichen Rassen rechnen müssen, die einst als wild und primitiv eingestuft wurden ... Keine solche Antwort, sage ich, ist auf dem Kongreß gefallen, nicht einmal die Frage danach; dazu ist die heutige Wissenschaft viel zu ... fachbezogen, um sich mit Problemen dieser Art zu befassen.

Nun, lassen wir uns also darüber belehren, was man wissenschaftlich geistiges Leben bei Tieren nennt. Jener lange Herr mit dem wehenden Bart eines Zauberers, der gerade vom Podium donnert, ist der berühmte Professor Dubosque; es scheint, daß er irgendeine pervertierte Theorie irgendeines geschätzten Kollegen bekämpft, aber diesem Aspekt seiner Ausführungen können wir nicht gut folgen. Erst nach einiger Zeit begreifen wir, daß jener leidenschaftliche Zauberer über die Wahrnehmungsfähigkeit des *Andrias* in bezug auf Farben und über seine Fähigkeit, verschiedene Farbtöne zu unterscheiden, spricht. Ich weiß nicht, ob ich es richtig begriffen habe, ich habe den Eindruck gewonnen, daß *Andrias Scheuchzeri* vielleicht ein bißchen farbenblind ist, daß aber Professor Dubosque schrecklich kurzsichtig sein muß, weil er seine Papiere ungemein dicht an seine dicke, wildblitzende Brille halten mußte. Daraufhin sprach der ständig lächelnde japanische Gelehrte Dr. Okagawa; irgend etwas über irgendeinen Reaktionsbogen sowie über Erscheinungen, die eintreten, wenn man eine gewisse sensorische Bahn im Gehirn des *Andrias* durchtrennt; sodann schilderte er, was der *Andrias* macht, wenn man ihm jenes Organ zertrümmert, das dem Labyrinth im Ohr des Menschen entspricht. Dann erläuterte Professor Rehmann eingehend, wie *Andrias* auf elektrische Reize reagiert. Sodann brach eine Art leidenschaftlicher Streit zwischen ihm und Professor Bruckner aus. C' est un type, dieser Professor Bruckner: klein, zornig und nahezu tragisch lebhaft; unter anderem behauptete er, daß der *Andrias* ebenso schlechte Sinne besitze wie der Mensch und sich durch die gleiche Instinktarmut auszeichne; rein biologisch gesehen, sei er ein ebenso dekadentes Tier wie der Mensch, und ähnlich wie dieser versuche er seine biologische Minderwertigkeit durch etwas zu ersetzen, was man Intellekt nennt. Es scheint jedoch, daß die übrigen Fachleute Professor Bruckner nicht ernst nahmen, wohl deshalb, weil er keine sensorischen Bahnen durchtrennte und keine elektrischen Reize in das Gehirn des *Andrias* schickte. Daraufhin schilderte Professor van Dieten langsam und beinahe zelebrierend, welche Störungen beim *Andrias* auftreten, wenn der rechte Stirnlappen seines Gehirns oder die Okzipitalwindung an der linken Gehirnhälfte entfernt wird. Dann sprach der amerikanische Professor Devrient über ...

Man möge mir verzeihen, aber ich weiß wirklich nicht mehr, worüber er sprach; denn in diesem Augenblick begann mir die Frage im Kopf zu bohren, welche Störungen wohl bei Professor Devrient eintreten würden, wenn ich seinen rechten Stirnlappen entfernte; wie wohl der lächelnde Dr. Okagawa reagieren würde, wenn ich ihn elektrisch reizte, und wie sich wohl Professor Rehmann verhalten würde, wenn ihm jemand das Labyrinth im Ohr zertrümmerte. Ich verspürte eine gewisse Unsicherheit, wie das bei mir eigentlich mit der Unterscheidung der Farben aussieht, oder mit dem Faktor ›t‹ in meinen motorischen Reaktionen. Der Zweifel nagte in mir, ob wir (in streng wissenschaftlichem Sinne) ein Recht haben, über unser (ich meine das menschliche) geistiges Leben zu sprechen, solange wir einander nicht die Hirnlappen abgeschnitten und die sensorischen Bahnen durchtrennt haben. Wir sollten uns eigentlich mit Skalpellen in der Hand aufeinanderstürzen, um gegenseitig unser geistiges Leben zu studieren. Was mich anbelangt, ich wäre bereit, die Brille Professor Dubosques zu zertrümmern oder elektrische Reize über die Glatze Professor Dietens zu schicken, worauf ich einen Artikel darüber veröffentlichen würde, wie sie darauf reagiert haben.

Um ehrlich zu sein, ich kann mir das lebhaft vorstellen. Weniger lebhaft kann ich mir vorstellen, was bei diesen Versuchen im Geist des *Andrias Scheuchzeri* vorgeht; aber ich habe den Eindruck, daß es ein unendlich geduldiges und gutmütiges Geschöpf sein muß. Keine der vortragenden Kapazitäten erwähnte nämlich, daß der arme *Andrias Scheuchzeri* manchmal vielleicht auch wütend geworden sei.

Ich zweifle nicht daran, daß der Erste Kongreß der Schwanzlurche ein glänzender wissenschaftlicher Erfolg ist; aber an meinem nächsten freien Tag werde ich in den Jardin des Plantes direkt zum Bassin des *Andrias Scheuchzeri* gehen, um ihm leise zu sagen: »Du, Molch, wenn einmal dein Tag kommt ... laß dir ja nicht einfallen, das geistige Leben der Menschen wissenschaftlich erforschen zu wollen!«

Dank der wissenschaftlichen Forschung dieser Art gaben es die Menschen auf, die Molche für eine Art Wunder zu halten; im nüchternen Licht der Wissenschaft verloren die Salamander sehr viel von ihrem ursprünglichen Nimbus der Außerordentlichkeit und Außergewöhnlichkeit; als Gegenstand psychologischer Tests wiesen sie nur sehr durchschnittliche und uninteressante Eigenschaften auf; ihre hohe Begabung wurde wissenschaftlich ins Reich der Fabel verwiesen. Die Wissenschaft entdeckte den Normalsalamander, der sich als ziemlich langweiliges und recht beschränktes Geschöpf erwies; nur die Zeitungen erfanden ab und zu den Wundermolch, der fünfstellige Zahlen im Kopf multiplizieren konnte, aber auch das riß die Leute nicht mehr von den Stühlen, insbesondere als man entdeckte, daß das bei entsprechender Ausbildung auch der schlichte Mensch kann. Die Menschen begannen die Molche einfach mit der gleichen Selbstverständlichkeit hinzunehmen, wie sie es bei einer Rechenmaschine oder einem anderen Automaten tun; sie sahen nichts Geheimnisvolles mehr dahinter, was da weiß Gott warum und wofür aus unbekannten Tiefen aufgetaucht war. Außerdem halten die Menschen nie etwas für geheimnisvoll, was ihnen dient und nützt, sondern immer nur das, was ihnen schadet oder sie bedroht; und weil die Molche, wie sich zeigte, höchst und vielseitig nützliche Geschöpfe waren, wurden sie einfach als etwas akzeptiert, das im wesentlichen in die rationale und landläufige Ordnung der Dinge gehört.

Die Nützlichkeit der Molche erforschte namentlich der Hamburger Forscher Wuhrmann, aus dessen Aufsätzen wir wenigstens in einem knappen Auszug zitieren, und zwar den

## Bericht über die somatische Veranlagung der Molche

Die Versuche, die ich mit dem pazifischen Riesenmolch (*Andrias Scheuchzeri Tschudi*) in meinem Hamburger Laboratorium angestellt habe, waren auf ein ganz bestimmtes Ziel ausgerichtet; auf die Erprobung der Widerstandsfähigkeit der Molche gegenüber Veränderungen ihres Milieus und anderen äußeren Eingriffen, um dadurch ihre praktische Verwendbarkeit in unterschiedlichen geographischen Regionen und unter differierend variierenden Bedingungen nachzuweisen.

In einer ersten Testserie sollte festgestellt werden, wie lange es ein Molch außerhalb des Wassers aushält. Die Versuchstiere wurden in trockenen Bottichen bei einer Temperatur zwischen 40 und 50°C gehalten. Nach einigen Stunden ließen sie deutlich Müdigkeit erkennen; wurden sie dann benetzt, lebten sie wieder auf. Nach vierundzwanzig Stunden lagen sie reglos und bewegten nur die Augenlider; die Herztätigkeit war verlangsamt, sämtliche Körpertätigkeit auf ein Minimum reduziert. Die Tiere leiden offenbar und jede geringste Bewegung kostet sie große Anstrengung. Nach drei Tagen stellt sich der Zustand der kataleptischen Starre (Xerose) ein; die Tiere reagieren nicht mehr, auch wenn sie mit einem Elektrokauter gebrannt werden. Wird die Luftfeuchtigkeit erhöht, beginnen sie wenigstens einige Lebenszeichen von sich zu geben (sie schließen die Augen vor starkem Licht usw.). Wenn so ein ausgetrockneter Molch nach sieben Tagen ins Wasser geworfen wurde, lebte er nach Ablauf einer längeren Zeit wieder auf; bei länger anhaltendem Trocknen ging jedoch eine größere Anzahl der Versuchstiere ein. Unter direkter Sonneneinwirkung verenden sie bereits nach wenigen Stunden.

Andere Versuchstiere wurden gezwungen, bei Dunkelheit und in äußerst trockenem Milieu eine Kurbel zu betätigen. Nach drei Stunden begann ihre Leistung abzufallen, stieg jedoch nach ausgiebigem Bespritzen wieder. Bei häufigem Bespritzen hielten es die Tiere aus, die Kurbel über siebzehn, zwanzig und in einem Fall sechsundzwanzig Stunden ohne Unterbrechung zu drehen, während der Kontrollmensch bereits nach fünf Stunden durch die gleiche mechanische Verrichtung beträchtlich erschöpft war. Diesen Versuchen kann man entnehmen, daß die Molche auch bei Arbeiten auf dem Trockenen gut verwendbar sind, allerdings unter zwei Bedingungen: daß sie nicht direkter Sonnenbestrahlung ausgesetzt sind und daß in bestimmten Zeitabständen die ganze Oberfläche ihres Körpers mit Wasser bespritzt wird.

Die zweite Testserie betraf die Widerstandsfähigkeit der Molche, die ursprünglich tropische Tiere sind, gegen Kälte. Bei plötzlicher Abkühlung des Wassers gingen sie an Darmkatarrhen ein; bei langsamer Akklimatisierung im kühleren Milieu konnte jedoch leicht eine Gewöhnung herbeigeführt werden; nach acht Monaten bleiben sie auch bei einer Wassertemperatur von 7°C lebhaft, sofern ihrer Nahrung zusätzlich Fett beigegeben wurde (150 bis 200 g je Stück und Tag). Wurde die Wassertemperatur unter 5°C herabgesetzt, verfielen sie in Kältestarre (Gelose); in diesem Zustand konnten sie eingefroren und in Eisblöcken über mehrere Monate hinweg gefroren gehalten werden; wenn das Eis abgetaut wurde und die Wassertemperatur über 5°C stieg, begannen sie wieder Lebenszeichen von sich zu geben und bei sieben bis zehn Grad begaben sie sich lebhaft auf Nahrungssuche. Daraus kann man schließen, daß Molche recht leicht auch für unser Klima bis Nordnorwegen und Island hinauf akklimatisiert werden können. Im Hinblick auf polare klimatische Verhältnisse wären weitere Versuche erforderlich.

Demgegenüber zeigen die Molche erhebliche Empfindlichkeit gegenüber chemischen Einflüssen; bei Versuchen mit stark verdünnter Lauge, Fabrikabwässern, Gerbstoffen usw. fiel ihre Haut in Fetzen ab, und die Versuchstiere gingen an einer Art Kiemenbrand ein. Für unsere Flüsse sind also die Molche praktisch ungeeignet.

In einer weiteren Versuchsreihe gelang es uns festzustellen, wie lange ein Molch ohne Nahrung aushält. Sie können drei Wochen und länger hungern, ohne daß man ihnen, außer einer gewissen Mattigkeit, etwas anmerken würde. Einen Versuchsmolch ließ ich sechs Monate hungern; die letzten drei Monate schlief er regungslos und ohne Unterbrechung; als ich dann gehackte Leber in den Bottich warf, war er so schwach, daß er nicht darauf reagierte und künstlich ernährt werden mußte. Nach wenigen Tagen fraß er wieder normal und konnte zu weiteren Versuchen verwendet werden.

Die letzte Versuchsreihe befaßte sich mit der Regenerationsfähigkeit der Molche. Schneidet man einem Molch den Schwanz ab, wächst ihm in vierzehn Tagen ein neuer nach; bei einem Molch wiederholten wir diesen Versuch siebenmal mit dem gleichen Erfolg. Ebenso wachsen ihm abgetrennte Beine nach. Einem Versuchstier amputierten wir alle vier Gliedmaßen und den Schwanz; nach dreißig Tagen war es wieder ganz. Bricht man einem Molch den Oberschenkel oder Oberarm, fällt die ganze gebrochene Extremität ab und eine neue wächst nach. Auch ein ausgestochenes Auge oder eine abgeschnittene Zunge wächst nach; interessant ist, daß ein Molch, bei dem ich die Zunge entfernte, das Sprechen vergessen hatte und es neu erlernen mußte. Amputierte man einem Molch den Kopf oder trennt man seinen Körper zwischen Hals und Becken, geht das Tier ein. Demgegenüber kann man seinen Magen, einen Teil der Gedärme, zwei Drittel der Leber und andere Organe entfernen, ohne daß seine Lebensfunktionen wesentlich beeinträchtigt werden würden, so daß man sagen kann, daß auch ein nahezu vollständig ausgenommener lebender Molch noch immer lebensfähig ist. Kein anderes Tier weist eine so hohe Widerstandsfähigkeit gegen Verletzungen aller Art auf, wie gerade der Molch. In dieser Hinsicht wäre er ein erstklassiges, nahezu unzerstörbares

Kriegstier; bedauerlicherweise steht dem seine Friedfertigkeit und natürliche Wehrlosigkeit entgegen.

Neben diesen Versuchen untersuchte mein Assistent, Dr. Walter Hinkel, den Wert der Molche hinsichtlich verwendbarer Rohstoffe. Er fand insbesondere, daß der Körper der Molche einen außerordentlich hohen Prozentsatz an Jod und Phosphor enthält; es ist nicht ausgeschlossen, daß diese wichtigen Elemente im Bedarfsfall industriell aus ihnen gewonnen werden könnten. Die Haut der Molche, an sich schlecht, kann gemahlen und unter hohem Druck gepreßt werden; das so gewonnene Kunstleder ist leicht, ziemlich fest und könnte als Ersatz für Rindsleder dienen. Das Fett der Molche ist wegen des widerlichen Geschmacks ungenießbar, eignet sich jedoch als Schmiermittel, weil es erst bei sehr niedrigen Temperaturen erstarrt. Auch das Fleisch der Molche wurde für ungenießbar, ja sogar für giftig gehalten; in rohem Zustand gegessen, verursacht es heftige Schmerzen, Erbrechen und Halluzinationen. Dr. Hinkel stellte nach zahlreichen an sich selbst durchgeführten Versuchen fest, daß sich diese schädlichen Auswirkungen verlieren, wenn das kleingeschnittene Fleisch (ähnlich wie bei manchen Fliegenpilzen) mit heißem Wasser gebrüht und nach gründlichem Auswaschen für vierundzwanzig Stunden in eine schwache Hypermanganlösung getaucht wird. Dann kann man es kochen oder dünsten, und es schmeckt wie minderwertiges Rindfleisch. Wir haben auf diese Weise einen Molch gegessen, den wir Hans riefen; es war ein gebildetes und kluges Tier mit besonderer Begabung für wissenschaftliche Arbeit; es arbeitete in Dr. Hinkels Abteilung als Laborant, und man konnte ihm auch chemische Feinanalysen übertragen. Wir unterhielten uns lange Abende mit ihm, wobei uns seine unersättliche Wißbegierde besonders amüsierte. Wir mußten unseren Hans bedauerlicherweise einschläfern, da er nach meinen Trepanations-Versuchen erblindete. Sein Fleisch war dunkel und schwammig, hinterließ jedoch keinerlei unangenehme Folgen. Es ist sicher, daß im Kriegsfall Molchfleisch als willkommener Ersatz für Rindfleisch dienen könnte.

Es ist schließlich und endlich ganz natürlich, daß die Molche keine Sensation mehr darstellten, als ihre Zahl in der Welt auf zehn Millionen angestiegen war; das volkstümliche Interesse, das sie hervorgerufen hatten, solange sie eine Art Novität waren, klang noch eine Zeit in Filmkomödien nach (Sally and Andy, zwei gute Salamander) und im Kabarett, wo Sänger und Soubretten, die mit einer besonders schlechten Stimme begabt waren, in der unwiderstehlichen Rolle krächzender Molche mit dürftiger Grammatik auftraten. Sobald die Molche zur alltäglichen Massenerscheinung geworden waren, änderte sich sozusagen auch ihre Problematik.[9] Man kann sagen, daß sich die Molchsensa-

---

[9] Charakteristisch dafür ist die Umfrage des Blattes »Daily Star« zum Thema »HABEN DIE MOLCHE EINE SEELE?« Wir zitieren aus dieser Umfrage einige Aussprüche hervorragender Persönlichkeiten (natürlich ohne Gewähr):

## DAILY STAR

Dear Sir,
mein Freund, Reverend H.B. Bertram, und ich haben die Salamander über längere Zeit beim Bau eines Dammes in Aden beobachtet; zwei- oder dreimal sprachen wir auch mit ihnen, doch fanden wir bei ihnen keinerlei Merkmal höherer Gefühle, wie Ehre, Glaube, Patriotismus oder Sportsgeist. Und was sonst, frage ich, kann mit Recht als Seele bezeichnet werden?

Truly yours
*Colonel John W. Britton*

Ich habe nie einen Molch gesehen; aber ich bin überzeugt, daß Geschöpfe, die keine eigene Musik haben, auch keine Seele haben.

*Toscanini*

Lassen wir mal die Frage der Seele beiseite; soweit ich aber die Andriasse beobachten konnte, würde ich sagen, daß sie keine Individualität besitzen, sie scheinen einer wie der andere zu sein, gleich strebsam, mit den gleichen Fähigkeiten begabt — und gleich ausdruckslos. Mit einem Wort: Sie erfüllen ein gewisses Ideal der modernen Zivilisation, nämlich den Durchschnitt.

*André d'Artois*

tion alsbald verflüchtigte, um etwas anderem, in gewisser Hinsicht soliderem, Platz zu machen, nämlich der Molchfrage. Vorkämpferin — nicht zum ersten Mal jn der Geschichte des menschlichen Fortschritts — der Molchfrage war natürlich eine Frau. Es war Mme Louise Zimmermann, Rektorin des Mädchenpensionats in Lausanne, die mit außergewöhnlicher Energie

---

Sie haben bestimmt keine Seele. Darin stimmen sie mit den Menschen überein.
Ihr
G. B. Shaw

Sollen es Molche sein! — Hauptsache, es sind keine Marxisten.

*Kurt Huber*

Ihre Frage bringt mich in Verlegenheit. Ich weiß zum Beispiel, daß mein chinesisches Hündchen Bibi eine kleine und entzückende Seele besitzt; auch mein persischer Kater Hanuman hat eine Seele, und was für eine herrliche und grausame Seele! Aber Molche? Gewiß, sie sind sehr begabt und intelligent, die Armen; sie können sprechen, rechnen und schrecklich nützlich sein; aber wenn sie doch so häßlich sind!
Ihre
*Madeleine Roche*

Sie haben keine Seele. Wenn sie eine hätten, müßten wir ihnen die ökonomische Gleichheit mit dem Menschen zubilligen, und das wäre absurd.
*Henry Bond*

Sie haben keinen Sex-Appeal. Deshalb haben sie auch keine Seele.
*Mae West*

Sie haben eine Seele, so wie jedes Geschöpf und jede Pflanze eine hat, so wie alles Lebende eine Seele besitzt. Groß ist das Geheimnis allen Lebens.
*Sandrabhârata Nath*

Ihre Technik und ihr Stil im Schwimmen ist sehr interessant; wir können von ihnen manches lernen; insbesondere auf den langen Strecken.
*Tony Weissmüller*

und nicht nachlassender Leidenschaft in der ganzen Welt ihre hehre Losung verbreitete: Gebt den Molchen eine ordentliche Schulbildung! Lange Zeit hindurch stieß sie auf Unverständnis in der Öffentlichkeit, wenn sie unermüdlich einmal auf die natürliche Gelehrigkeit der Molche, zum andern auf die Gefahr hinwies, die für die menschliche Zivilisation entstehen könnte, wenn man den Salamandern keine sorgfältige sittliche und auf Vernunft begründete Erziehung angedeihen ließe. »So wie die römische Kultur durch den Einfall der Barbaren zugrunde ging, würde auch unser Bildungsstand untergehen, wenn er eine Insel in einem Meer von geistig geknechteten Geschöpfen bliebe, die man nicht an den höchsten Idealen der heutigen Menschheit teilhaben ließe«, rief sie prophetisch in sechstausenddreihundertsiebenundfünfzig Vorträgen, die sie in den Frauenklubs in ganz Europa und Amerika sowie in Japan, China, der Türkei und anderwärts absolvierte. »Soll eine Kultur erhalten bleiben, muß sie zum geistigen Eigentum aller werden. Wir können das Geschenk unserer Zivilisation und die Früchte unserer Kultur nicht in Frieden genießen, solange es um uns Millionen und Abermillionen unglücklicher und niedriger Geschöpfe gibt, die künstlich in animalischem Zustand gehalten werden. So wie die Parole des neunzehnten Jahrhunderts die Befreiung der Frau war, so muß nun die Losung unserer Epoche lauten:

**»Gebt den Molchen ordentliche Schulen!«**

Und so weiter. Dank ihrer Beredsamkeit und unglaublichen Zähigkeit mobilisierte Mme Louise Zimmermann die Frauen der ganzen Welt und sammelte ausreichende finanzielle Mittel, um in Beaulieu (bei Nizza) das Erste Molchlyzeum zu gründen, an dem der Laich der in Marseille und Toulon arbeitenden Salamander in französischer Sprache und Literatur, Rhetorik, gutem Benehmen, Mathematik und Kulturgeschichte unterrichtet wurde.[10] Etwas geringerer Erfolg war der Mädchenschule für Molche

---

[10] Näheres im Buch: Mme Louise Zimmermann, sa vie, ses idées, son œuvre (Alcan). Wir zitieren daraus die pietätvolle Erinnerung eines Molches, der einer ihrer ersten Schüler war:

in Menton beschieden, wo hauptsächlich die Kurse in Musik, diätetischer Kochkunst und feinen Handarbeiten (auf denen Mme Zimmermann hauptsächlich aus pädagogischen Gründen bestand) auf auffälligen Mangel an Gelehrigkeit, um nicht zu sagen hartnäckiges Desinteresse der jugendlichen Molchlyzeastinnen stießen. Andererseits waren gleich die ersten öffentlichen Examina der Jungmolche überraschend erfolgreich, so daß gleich darauf (auf Kosten des Tierschutzvereins) die Marinepolytechnik für Molche in Cannes und die Molchuniversität in Marseille gegründet wurden; hier erlangte später auch der erste Molch den Grad eines Doktor juris.

---

Sie trug uns La Fontaines Fabeln vor und saß dabei an unserem schlichten, aber sauberen und bequemen Becken; sie litt zwar unter der Feuchtigkeit, achtete jedoch nicht darauf, weil sie ihrer Aufgabe als Lehrerin voll ergeben war. Sie nannte uns »mes petits Chinois«, weil wir ähnlich wie die Chinesen den Laut ›r‹ nicht aussprechen konnten. Nach einiger Zeit gewöhnte sie sich jedoch so daran, daß sie selbst ihren Namen Mme Zimmelmann aussprach. Wir Kaulquappen vergötterten sie; die kleinen, deren Lungen noch nicht entwickelt waren, so daß sie das Wasser nicht verlassen konnten, weinten, wenn sie sie bei ihren Spaziergängen im Schulgarten nicht begleiten durften. Sie war so sanft und gütig, daß sie — soviel ich weiß — nur einmal zornig wurde; das war damals, als unsere junge Geschichtslehrerin an einem heißen Sommertag im Badeanzug zu uns ins Becken kam, wo sie uns dann bis zum Hals im Wasser über die niederländischen Freiheitskämpfe erzählte. Damals war unsere teure Mme Zimmermann ernsthaft erzürnt: »Nehmen Sie sofort ein Bad, Mademoiselle, gehen Sie, gehen Sie«, rief sie mit Tränen in den Augen. Für uns war das eine zarte, aber verständliche Lektion, daß wir denn doch nicht unter Menschen gehören; später waren wir unserer geistigen Mutter dankbar, daß sie uns dieses Bewußtsein auf eine so entschiedene und taktvolle Art vermittelte.

Wenn wir gut lernten, las sie uns zur Belohnung moderne Gedichte vor, zum Beispiel François Coppé. »Es ist zwar zu modern«, sagte sie, »aber schließlich und endlich gehört auch das heute schon zur modernen Bildung.« Zum Ende des Schuljahres wurde eine öffentliche Akademie veranstaltet, zu der auch der Herr Präfekt aus Nizza und andere Behördenvertreter und hervorragende Persönlichkeiten eingeladen wurden. Die begabteren und fortge-

Die Frage der Erziehung der Molche nahm nun einen raschen und normalen Verlauf. Gegen die mustergültigen Écoles Zimmermann erhoben fortschrittliche Lehrer eine Menge schwerwiegender Einwände; namentlich wurde behauptet, daß für die Erziehung des Molchnachwuchses das veraltete humanistische Schulwesen für die menschliche Jugend ungeeignet sei; ganz entschieden wurde der Literatur- und Geschichtsunterricht verworfen und dafür empfohlen, mehr Raum und Zeit praktischen und modernen Fächern einzuräumen, wie beispielsweise Naturwissenschaften, Werken in Schulwerkstätten, technische Ausbildung der Molche, Körpererziehung und Sport usw. Diese sog. Reformschule oder Schule für das Praktische Leben wurde wiederum von den Vertretern der klassischen Bildung leidenschaftlich bekämpft, die proklamierten, daß die Molche einzig und allein auf lateinischen Grundlagen an die menschlichen Kulturwerte herangeführt werden könnten und daß es nicht genüge, ihnen die Sprache beizubringen, wenn man sie nicht auch lehrte, Dichter zu zitieren und mit ciceronischer Beredsamkeit Reden zu halten. Daraus entwickelte sich ein langer und ziemlich erbitterter Streit, der schließlich dadurch beigelegt wurde, daß die Salamanderschulen verstaatlicht und die Schulen für die

---

schritteneren Schüler, die bereits Lungen besaßen, wurden vom Schuldiener abgetrocknet und in eine Art weiße Robe gekleidet; hinter einem dünnen Vorhang (damit die Damen nicht erschraken) trugen sie dann La Fontaines Fabeln, mathematische Formeln und die Abfolge der Capetinger mit den entsprechenden Jahreszahlen vor. Daraufhin sprach der Herr Präfekt in einer langen und schönen Rede seinen Dank und sein Kompliment an unsere teure Rektorin aus, womit der freudige Tag zu Ende ging. Ebenso wie für unseren geistigen Fortschritt war auch für unser körperliches Wohlergehen gesorgt; einmal im Monat untersuchte uns der örtliche Tierarzt, und jedes halbe Jahr wurde jeder von uns gewogen, ob er das vorgeschriebene Gewicht aufweise. Insbesondere legte uns unsere edle Führerin ans Herz, jenen häßlichen, lasterhaften Brauch der Mondtänze abzulegen; ich schäme mich, sagen zu müssen, daß sich einige entwickeltere Zöglinge trotzdem dieser tierischen Scheußlichkeit bei Vollmond hingaben. Ich hoffe, daß es unsere mütterliche Freundin nie erfahren hat; es hätte ihr ihr großes, edles und liebevolles Herz gebrochen.

menschliche Jugend so reformiert wurden, daß sie den Idealen der Reformschulen für Molche so weit wie möglich angenähert wurden.

Verständlicherweise rief man nun auch in anderen Staaten nach einer ordentlichen und staatlich überwachten Schulpflicht für Molche. Nach und nach kam es in allen Küstenanrainerstaaten (allerdings mit Ausnahme Großbritanniens) dazu; und weil diese Molchschulen nicht von den alten klassischen Traditionen der menschlichen Schulen belastet waren und demzufolge die neuesten Methoden der Psychotechnik, der technologischen Erziehung, der vormilitärischen Ausbildung und anderer letzter Errungenschaften der Pädagogik anwenden konnten, entwickelten sie sich alsbald zum modernsten und wissenschaftlich fortgeschrittensten Schulwesen der Welt, das mit Recht den Neid aller Pädagogen und menschlichen Schüler erweckte.

Hand in Hand mit dem Molchschulwesen trat dann die Sprachenfrage auf. Welche der Weltsprachen sollen die Molche zweckmäßigerweise erlernen? Die Urmolche der Südseeinseln drückten sich natürlich in Pidgin-English aus, so wie sie es von den Eingeborenen und den Seeleuten hörten; manche sprachen malaiisch oder andere lokale Dialekte. Die für den Markt in Singapur gezüchteten Molche wurden gehalten, Basic-English zu sprechen, jenes wissenschaftlich vereinfachte Englisch, das mit wenigen hundert Ausdrücken ohne veralteten grammatischen Ballast auskommt; deshalb begann man dieses reformierte Standard-Englisch ›Salamander English‹ zu nennen. An den mustergültigen Écoles Zimmermann drückten sich die Molche in der Sprache Corneilles aus, natürlich nicht aus nationalen Gründen, sondern deshalb, weil das zur höheren Bildung gehört; demgegenüber lernten sie an den Reformschulen Esperanto als Verständigungssprache. Außerdem entstanden zu jener Zeit etwa fünf oder sechs neue Universalsprachen, die die menschliche babylonische Sprachenverwirrung beseitigen und der gesamten Welt der Menschen und der Molche eine gemeinsame Muttersprache schenken wollten; es gab allerdings viel Streit darüber, welche dieser internationalen Sprachen am zweckmäßigsten, wohlklingendsten und universellsten sei. Zum Schluß kam es jedoch so, daß in jeder Nation eine andere Universalsprache propagiert wurde.[11]

Durch die Verstaatlichung des molchischen Schulwesens wurde die Sache vereinfacht: In jedem Staat wurden die Molche einfach in der Sprache des betreffenden Staatsvolkes unterrichtet. Obwohl die Salamander Fremdsprachen verhältnismäßig leicht und eifrig lernten, wiesen ihre Sprachfähigkeiten besondere Mängel auf, einmal wegen der Beschaffenheit ihrer Sprechwerkzeuge, zum andern aus eher psychischen Gründen; so konnten sie beispielsweise lange, vielsilbige Wörter nur mit Mühe aussprechen und trachteten, sie auf eine einzige Silbe zu reduzieren, die sie dann kurz und etwas quäkend hervorstießen; sie sagten ›l‹ statt ›r‹ und bei den Zisch-

---

[11] Unter anderen schlug der namhafte Philologe Curtius in seiner Schrift *Janua linguarum aperta* vor, als einzige Umgangssprache für die Molche das Latein des goldenen Zeitalters Vergils zu adoptieren. Es steht heute in unserer Macht, rief er, Latein, diese vollkommenste, an grammatischen Regeln reichste und wissenschaftlich am besten verarbeitete Sprache wiederum zu einer lebendigen Weltsprache werden zu lassen. Wenn die gebildete Menschheit diese Gelegenheit nicht ergreift, so tut dies ihr selbst, Salamandrae, gens maritima; wählt die Muttersprache Eruditam linguam latinam zu eurer Sprache, die einzige Sprache, die es wert ist, vom Orbis terrarum gesprochen zu werden. Unvergänglich wird euer Verdienst sein, Salamandrae, wenn ihr die ewige Sprache der Götter und Heroen zum neuen Leben erweckt, denn mit dieser Sprache, Gens Tritonum, übernehmt ihr einmal auch das Erbe des weltbeherrschenden Rom.

Dagegen hat ein gewisser lettischer Telegrafenbeamter namens Wolteras, gemeinsam mit Pastor Mendelius, eine eigene *Sprache der Molche* erfunden und ausgearbeitet, die pontische Sprache (pontic lang); er ließ darin Elemente aller Sprachen der Welt, insbesondere der afrikanischen Dialekte, einfließen. Dieses Molchisch (wie die Sprache auch genannt wurde) erfreute sich einer ziemlichen Verbreitung namentlich in den nordischen Staaten, leider nur unter den Menschen; in Uppsala wurde sogar ein Lehrstuhl für die Molchsprache errichtet, doch von den Molchen sprach sie, soweit bekannt, kein einziger. Um die Wahrheit zu sagen, am meisten verbreitet war bei den Salamandern Basic English, das später auch zur offiziellen Molchsprache wurde.

lauten lispelten sie etwas; sie schenkten sich grammatische Endungen, lernten nie den Unterschied zwischen »ich« und »wir« und es war ihnen egal, ob ein Wort weiblichen oder männlichen Geschlechts war (— möglicherweise kommt hierin ihre sexuelle Kälte außerhalb der Paarungszeit zum Ausdruck). Jede Sprache formte sich in ihrem Mund auf charakteristische Art und Weise einfach um und rationalisierte sich auf die einfachsten und rudimentärsten Formen zurück. Es ist bemerkenswert, daß ihre Neologismen, ihre Aussprache und ihr grammatischer Primitivismus sehr schnell einerseits von den untersten Menschenschichten in den Häfen, andererseits von der sogenannten besten Gesellschaft übernommen wurde; von hier aus verbreitete sich diese Ausdrucksweise in die Zeitungen und wurde alsbald Allgemeingut. Auch bei den Menschen verschwanden häufig grammatische Geschlechter, entfielen Endungen, starben Deklinationen aus; die Jeunesse dorée unterdrückte das ›R‹ und begann zu lispeln; kaum jemand von den Gebildeten konnte noch sagen, was Indeterminismus oder Transzendenz heißt, weil einfach all diese Wörter auch für die Menschen zu lang und unaussprechlich geworden waren.

Kurz, ob gut oder schlecht, die Molche konnten fast alle Sprachen der Welt sprechen, je nachdem, an welcher Küste sie lebten. Damals erschien auch bei uns (ich vermute in den »Národní listy«, den Nationalblättern) ein Artikel, der (wohl mit Recht) die bittere Frage erhob, weshalb die Molche nicht auch Tschechisch lernten, wenn es schon Salamander in der Welt gebe, die Portugiesisch, Holländisch und andere Sprachen kleiner Nationen beherrschen. Unser Volk besitzt zwar keine eigene Meeresküste, gab der erwähnte Artikel zu, und deshalb gibt es bei uns auch keine Meermolche; jedoch — auch wenn wir kein eigenes Meer haben, so bedeutet dies nicht, daß wir nicht den gleichen Anteil zur Weltkultur beisteuerten, ja in mancher Hinsicht sogar einen wichtigeren als manche Völker, deren Sprache von Tausenden von Molchen gelernt wird. Es wäre nur gerecht, wenn die Molche auch unser geistiges Leben kennenlernten; aber wie können sie sich darüber informieren, wenn es keinen unter ihnen gibt, der unsere Sprache beherrscht? Warten wir nicht darauf, daß jemand in der Welt diese Kulturschuld anerkennt und einen Lehrstuhl für tschechische Sprache und tschechoslowakische Literatur an irgendeiner Molchschule errichtet. Wie schon der Dichter sagt: »Trauen wir keinem in dieser weiten Welt, wir haben keinen einzigen Freund in ihr.« Schaffen wir deshalb selbst Abhilfe! rief der Artikel. Alles, was wir in der Welt erreicht haben, mußten wir aus eigener Kraft schaffen! Es ist unser Recht und unsere Pflicht, auch unter den Molchen Freunde zu gewinnen; allerdings scheint es, daß unser Außenministerium nicht allzuviel Interesse für eine entsprechende Propaganda unseres Namens und unserer Produkte unter den Molchen zeigt, obwohl andere und kleinere Völker Millionen dafür aufwenden, um den Molchen ihre Kulturschätze zu eröffnen und gleichzeitig deren Interesse für ihre Industrieerzeugnisse zu wecken. — Der Artikel rief beträchtliches Interesse hervor, hauptsächlich im Industriellenverband, und hatte wenigstens zur Folge, daß ein kleines Handbuch *Tschechisch für Molche* mit Leseproben aus der tschechoslowakischen schöngeistigen Literatur herausgegeben wurde. Es ist kaum zu glauben, aber es wurden in der Tat über siebenhundert Exemplare dieses Handbuchs verkauft; es war also im großen und ganzen ein bemerkenswerter Erfolg.[12]

---

[12] Vgl. ein Feuilleton aus der Feder von Jaromír Seidl-Novoměstský, das in Herrn Povondras Sammlung erhalten geblieben ist.

## UNSER FREUND AUF DEN GALAPAGOS-INSELN

Mit meiner Gemahlin, der Dichterin Jindřiše Seidlová-Chrudimská, unternahm ich eine Weltreise, um über den Zauber so vieler und gewaltiger Eindrücke wenigstens zum Teil den schmerzlichen Verlust unserer teuren Tante, der Schriftstellerin Bohumila Jandová-Střešovická, verwinden zu können, wobei wir auch bis auf die einsamen, reich von Sagen umwobenen Galapagos-Inseln gelangten. Wir hatten lediglich zwei Stunden Zeit, so benutzten wir sie zu einem Spaziergang über die Küste dieser öden Inselgruppe.

»Sieh, wie überaus schön die Sonne heute untergeht«, sagte ich zu meiner Gemahlin. »Ist es nicht, als ob der ganze Himmel

Die Frage der Erziehung und der Sprache war allerdings nur einer der Aspekte des großen Molchproblems, das sich sozusagen immer stärker in den Vordergrund drängte. So tauchte beispielsweise bald die Frage auf,

---

in einer Flut von Gold und Blut versinke?«

»Der Herr geruhen Tscheche zu sein?« ertönte es unvermittelt hinter uns in richtigem und reinstem Tschechisch.

Überrascht blickten wir in jene Richtung. Es war niemand da, nur ein großer schwarzer Molch saß auf den Felsen, etwas in Händen haltend, was wie ein Buch aussah. Auf unserer Reise hatten wir bereits des öfteren Molche gesehen, doch hatte sich uns noch nicht die Gelegenheit geboten, ins Gespräch mit ihnen zu treten. Deshalb wird der geneigte Leser gewiß unser Erstaunen erfassen können, da wir auf einer so verlassenen Küste mit einem Molch zusammentrafen und darüber hinaus eine Frage in unserer Muttersprache vernahmen.

»Wer spricht hier?« rief ich tschechisch.

»Ich habe mich erkühnt, mein Herr«, entgegnete der Molch, sich höflich erhebend. »Ich konnte nicht widerstehen, als ich zum ersten Mal in meinem Leben tschechische Laute vernahm.«

»Wie bitte?« staunte ich, »Sie sprechen tschechisch?«

»Ich vertrieb mir soeben die Zeit mit der Beugung des unregelmäßigen Verbums ›sein‹«, versetzte der Molch. »Dieses Verb ist nämlich in allen Sprachen unregelmäßig.«

»Wie, wo und warum«, so drang ich auf ihn ein, »haben Sie Tschechisch gelernt?«

»Der Zufall spielte mir dieses Buch in die Hand«, versetzte der Molch und reichte mir das Buch, das er in der Hand hielt; es war das Buch ›Tschechisch für Molche‹, und seine Seiten wiesen Spuren häufiger und fleißiger Benutzung auf. »Es war mit einer Lieferung von Büchern mit belehrendem Inhalt hierher gelangt. Ich konnte zwischen der ›Geometrie für höhere Mittelschulklassen‹, der ›Geschichte der Kriegstaktik‹, einem ›Dolomitenführer‹ sowie den ›Grundsätzen des Bimetallismus‹ wählen. Ich entschied mich jedoch für dieses Buch, das zu meinem besten Gefährten geworden ist. Ich kann es bereits restlos auswendig, doch ist es für mich immer wieder ein Born der Belehrung und Unterhaltung.«

Meine Gattin und ich gaben unserer aufrichtigen Freude und Überraschung über seine richtige, ja nahezu verständliche Aussprache Ausdruck. »Leider gibt es hier niemanden, mit

wie man die Molche eigentlich in sozusagen gesellschaftlicher Hinsicht behandeln sollte. In den ersten, nahezu vorgeschichtlichen Jahren des Molchzeitalters waren es natürlich die Tierschutzvereine, die sich eifrig darum kümmerten, daß

---

dem ich tschechisch sprechen könnte«, sagte unser neuer Freund bescheiden, »und ich bin nicht einmal sicher, ob der siebte Fall, der Instrumental, des Wortes Pferd ›dem Pferd‹ oder ›dem Pferde‹ lautet.«

»Dem Pferde«, sagte ich.

»O nein, dem Pferd«, rief meine Gattin lebhaft.

»Wären Sie so gütig, mir zu sagen«, fragte unser neuer Gesprächsfreund eifrig, »was es im hunderttürmigen Mütterchen Prag Neues gibt?«

»Es wächst, lieber Freund«, entgegnete ich, von seinem Interesse erfreut, und skizzierte mit wenigen Worten die um sich greifende Blüte unserer goldenen Metropole.

»Welch freudige Kunde für mich«, sagte der Molch mit unverhohlener Befriedigung. »Und hängen am Brückenturm immer noch die abgeschlagenen Köpfe der hingerichteten böhmischen Herren?«

»Schon lange nicht mehr«, sagte ich, etwas (ich gebe es zu) überrascht über seine Frage.

»Das ist wahrlich schade«, meinte der sympathische Molch. »Es war eine seltene historische Denkwürdigkeit. Gott sei's geklagt, daß im Dreißigjährigen Krieg soviele vortreffliche Denkmäler zugrundegingen. Wenn ich mich nicht irre, ist damals unser böhmisches Land verwüstet und mit Blut und Tränen getränkt worden. Was für ein Glück, daß damals nicht auch noch die Verneinung des Genitivs umgekommen ist. In diesem Buch steht, daß er im Aussterben begriffen ist. Das täte mir sehr leid, mein Herr.«

»Auch unsere Geschichte hat also Ihre Interesse gefesselt?« rief ich erfreut.

»Gewiß, mein Herr«, versetzte der Molch. »Namentlich die schicksalhafte Schlacht am Weißen Berg sowie die dreihundertjährige Knechtschaft. Das war eine große Zeit, mein Herr.«

»Ja, eine schwere Zeit«, pflichtete ich bei. »Eine Zeit der Unterdrückung und des Leids.«

»Und haben Sie wehgeklagt?« fragte unser Freund wißbegierig.

»Wir wehklagten und litten unsagbar unter dem Joch der grimmigen Unterdrücker.«

»Wie froh bin ich darüber«, seufzte der Molch. »In meinem Buch steht es genauso beschrieben. Ich bin sehr erfreut, daß das wahr ist. Es ist ein hervorragendes Buch, mein Herr,

die Molche nicht grausam und unmenschlich behandelt wurden; dank ihrem unablässigen Drängen überwachten schließlich die Behörden fast überall die Einhaltung der Polizei- und Veterinärvorschriften, die für anderes Zuchtvieh galten, auch

---

viel besser als die ›Geometrie für die höheren Mittelschulklassen‹. Ich würde gern einmal meinen Fuß auf jene denkwürdige Stelle setzen, wo die böhmischen Herren hingerichtet wurden, sowie auf andere ruhmreiche Stellen grausamen Unrechts.«
»Sie sollten uns besuchen kommen«, schlug ich ihm herzlich vor.
»Ich bedanke mich höflichst für die freundliche Einladung«, verneigte sich der Molch. »Leider bin ich in meiner Bewegungsfreiheit etwas eingeschränkt ...«
»Wir könnten Sie kaufen«, rief ich aus. »Ich will sagen, wir könnten vielleicht über eine nationale Sammlung die Mittel beschaffen, die es Ihnen ermöglichen könnten ...«
»Allerheißesten Dank«, murmelte unser Freund, sichtlich ergriffen. »Ich höre jedoch, daß das Moldauwasser nicht sehr zuträglich sei. Im Flußwasser leiden wir nämlich an unangenehmen Durchfallerscheinungen.« Worauf er kurz überlegte und dann hinzufügte: »Auch würde ich nur ungern meinen geliebten Garten verlassen wollen.«

»Ach«, rief meine Gattin aus, »auch ich bin begeisterte Gärtnerin! Wie dankbar wäre ich Ihnen, wenn Sie mir die Kinder der hiesigen Flora zeigen könnten.«
»Mit dem größten Vergnügen, verehrte gnädige Frau«, sagte der Molch und verneigte sich höflich. »Sofern es Sie allerdings nicht stören wird, daß mein Lustgarten sich unter Wasser befindet.«
»Unter Wasser?«
»Ja, ein Dutzend Klafter tief.«
»Und welche Blumen züchten Sie dort?«
»Seeanemonen«, sagte unser Freund, »in einigen seltenen Abarten. Auch Seesterne und Seegurken, die Korallenbüsche nicht mitgerechnet. Selig der, wer seiner Heimat eine Rose nur, nur einen Pfropf, gepflanzt, wie der Dichter sagt.«
Bedauerlicherweise wurde es Zeit zum Abschiednehmen, da das Schiff bereits das Zeichen zur Abfahrt gab. »Und was sollen wir, Herr ... Herr ...«, sagte ich, da ich nicht wußte, wie unser lieber Gefährte hieß.
»Ich heiße Boleslav Jablonský«, teilte uns der Molch schüchtern mit. »Das ist meines Erachtens ein schöner Name,

den Molchen gegenüber. Auch die grundsätzlichen Gegner der Vivisektion unterzeichneten zahlreiche Proteste und Petitionen, um ein Verbot der wissenschaftlichen Experimente an lebenden Molchen zu erwirken; in einer Reihe von Staaten wurden solche Gesetze auch erlassen.[13] Mit dem wachsenden Bildungsstand der Salamander kam jedoch immer stärker ein Gefühl der Verlegenheit auf, die Molche lediglich dem Tierschutz zu unterstellen; aus nicht eindeutig geklärten Gründen schien dies irgendwie unpassend. Damals wurde die internationale *Liga zum Schutze der Molche* (Salamander Protecting League) unter der Schirmherrschaft der Herzogin of Huddersfield gegründet. Diese Liga, die vor allem in England über zweihunderttausend Mitglieder zählte, leistete recht viel und recht lobenswerte Arbeit für die Salamander; insbesondere erreichte sie, daß an den Meeresküsten spezielle Molchspielplätze für sie errichtet wurden, wo sie, ungestört durch neugierige Zuschauer, ihre »Meetings und Sportfeste« (gemeint waren wohl die geheimen Mondtänze) abhalten konnten; daß an allen Schulen (sogar an der Universität Oxford) die Schüler gehalten wurden, die Molche

---

mein Herr. Ich habe ihn aus meinem Buch.«

»Was sollen wir, Herr Jablonský, unserem Volk von Ihnen ausrichten?«

Der Molch dachte eine Weile nach. »Sagen Sie Ihren Landsleuten«, sagte er schließlich tief bewegt, »sagen Sie ihnen ... sie sollen nicht in die alte slawische Uneinigkeit verfallen ... und sie sollen die Niederlage bei Lipany und namentlich die am Weißen Berg in dankbarer Erinnerung behalten! Mit tschechischem Gruß! Meine Verehrung ...«, schloß er unvermittelt, seiner Gefühle kaum mehr Herr werdend.

Noch im Boot waren wir ergriffen in Gedanken versunken. Unser Freund stand auf dem Felsen und winkte uns zu; und es schien, als riefe er uns etwas nach.

»Was sagte er?« fragte meine Gemahlin.

»Ich weiß nicht«, sagte ich, »aber es klang wie: Grüßen Sie den Herrn Oberbürgermeister Baxa.«

---

[13] Insbesondere in Deutschland war jegliche Vivisektion streng verboten — natürlich nur für jüdische Forscher.

nicht zu steinigen; daß man bis zu einem bestimmten Maß darauf achtete, daß die jungen Kaulquappen an den Molchschulen durch den Lehrstoff nicht überlastet wurden; und schließlich, daß die Arbeitsstätten und Ubikationen der Molche von einem hohen Bretterzaun umgeben wurden, der die Molche vor Belästigungen schützte und vor allem die Welt der Salamander ausreichend von der Welt der Menschen trennte.[14]

---

[14] Es scheint, daß es hierbei auch moralische Beweggründe gegeben haben muß. Unter den Papieren des Herrn Povondra fand man eine in vielen Sprachen abgefaßte *Proklamation*, die offensichtlich in allen Zeitungen der Welt veröffentlicht wurde und von der Herzogin of Huddersfield selbst unterzeichnet war. Es hieß darin:

> **Die LIGA zum Schutze der MOLCHE**
>
> appelliert besonders an euch, die Frauen, im Interesse der Anständigkeit und der guten Sitten, mit eurer Hände Arbeit zu jener großen Aktion beizutragen, deren Ziel es ist, die Molche mit einer geeigneten Kleidung zu versehen. Am besten eignet sich zu diesem Zweck ein 40 cm langes Röckchen, Taillenumfang 60 cm, am besten mit eingenähtem Gummizug. Empfehlenswert ist ein Faltenröckchen (Plissé), weil es kleidsam ist und größere Bewegungsfreiheit gewährt. Für tropische Gegenden genügt ein Schürzchen mit einem Band zum Zubinden, aus einfachem waschbarem Stoff, ggf. aus älteren Teilen Ihrer Kleidung hergestellt. Sie helfen so den armen Molchen, in Sichtweite der Menschen nicht ohne irgendein Kleidungsstück arbeiten zu müssen, was sicherlich ihr Schamgefühl verletzt und jedem anständigen Menschen, insbesondere jedoch jeder Frau und Mutter, unliebsam aufstößt.

Offensichtlich hatte diese Aktion nicht den gewünschten Erfolg; es ist nicht bekannt, daß die Molche je bereit gewesen wären, Röcke oder Schürzen zu tragen; wahrscheinlich war ihnen das Zeug unter Wasser im Weg oder es wollte nicht an ihnen halten. Als dann die Molche durch Bretterzäune von den Menschen getrennt wurden, entfiel natürlich auf beiden Seiten jeder Grund für Scham- und andere unliebsame Gefühle.

Was unsere Erwähnung anbelangt, es sei notwendig gewesen, die Molche vor verschiedenen Belästigungen zu schützen, so dachten wir vor allem an die Hunde, die sich mit den Molchen nie abgefunden haben und sie auch im Wasser wütend verfolgten, ohne Rück-

Diese lobenswerten Privatinitiativen, die das Verhältnis der menschlichen Gesellschaft zu den Molchen in anständiger und humaner Weise zu regeln trachteten, reichten jedoch bald nicht aus. Es war zwar verhältnismäßig einfach, die Salamander in den, wie man sagt, ›Produktionsprozeß einzugliedern‹, aber als weitaus komplizierter und schwieriger erwies es sich, sie auf irgendeine Art in die bestehenden Gesellschaftsordnungen einzubeziehen. Konservativ eingestellte Menschen behaupten zwar, von irgendwelchen Rechten oder öffentlichen Problemen könne nicht die Rede sein; die Molche seien schlicht das Eigentum ihres Arbeitgebers, der für sie verantwortlich sei und somit auch für eventuelle Schä-

---

sicht darauf, daß sie Schleimhautentzündungen im Maul davontrugen, wenn sie einen flüchtenden Molch bissen. Manchmal wehrten sich die Molche auch, und nicht wenige Hunde wurden von einem Schlag mit der Spitzhacke oder einem Spaten getötet. Zwischen Hunden und Molchen entwickelte sich überhaupt eine unversöhnliche, ja tödliche Feindschaft, die auch dann nicht nachließ, ja sogar noch unversöhnlicher wurde, als Zäune zwischen ihnen errichtet wurden. Aber das pflegt schon so zu sein, und nicht nur bei den Hunden.

Nebenbei bemerkt, jene geteerten Zäune, die sich oft Hunderte von Kilometern entlang der Meeresküste hinzogen, wurden zu Erziehungszwecken genutzt; sie wurden über die gesamte Länge mit großen Aufschriften und für Molche geeigneten Parolen bemalt, wie zum Beispiel:

*Eure Arbeit — euer Erfolg!*
*Lernt jede Sekunde schätzen!*
*Der Tag hat nur 86 400 Sekunden!*
*Jeder ist nur soviel wert, wieviel Arbeit er schafft!*
*Ein Meter Damm kann in 57 Minuten gebaut werden!*
*Wer arbeitet, dient allen!*
*Wer nicht arbeitet, soll auch nicht essen!*

Und so weiter. Bedenkt man, daß jene Bretterzäune mehr als dreihunderttausend Kilometer Meeresküsten in der ganzen Welt säumten, kann man sich vorstellen, wieviele mahnende und allgemein nützliche Parolen darauf Platz fanden.

den hafte, die die Molche verursachen würden; trotz ihrer unzweifelhaften Intelligenz seien die Salamander doch nichts anderes als ein Rechtsobjekt, eine Sache oder ein Gut, und jede besondere gesetzliche Regelung, die Molche betreffend, wäre nur ein störender Eingriff in das heilige Recht auf Privateigentum. Die andere Partei wandte dagegen ein, daß die Molche, als intelligente und in beträchtlichem Maße verantwortliche Wesen, die gültigen Gesetze mutwillig und auf die verschiedenste Art und Weise verletzen könnten. Wie käme der Eigentümer der Molche dazu, die Verantwortung für eventuelle Vergehen seiner Salamander zu tragen? Ein solches Risiko würde zweifellos das private Unternehmertum auf dem Gebiet der Molcharbeiten untergraben. Das Meer hat keine Zäune, hieß es; die Molche kann man nicht einsperren, um sie unter Kontrolle zu halten. Deshalb müsse man die Molche selbst auf gesetzlichem Wege verpflichten die menschliche Rechtsordnung zu achten und sich nach den für die Molche erlassenen Vorschriften zu richten.[15]

---

[15] Vgl. den ersten *Molchprozeß*, der in Durban stattfand und in der Weltpresse ausgiebig kommentiert wurde (s. Ausschnitte des Herrn Povondra). Die Hafenbehörde in A. beschäftigte eine Arbeitskolonne Molche. Diese vermehrten sich mit der Zeit so stark, daß sie im Hafen nicht mehr Platz fanden; so siedelten sich mehrere Kaulquappenkolonien an den umliegenden Stränden an. Der Grundbesitzer B., zu dessen Besitz ein Teil des erwähnten Strandes gehörte, verlangte von der Hafenbehörde, ihre Salamander von seinem Privatstrand zu entfernen, da er dort seinen Badestrand habe. Die Hafenbehörde wandte ein, daß sie das nichts angehe; sobald sich die Molche auf dem Besitz des Beschwerdeführers niedergelassen hätten, seien sie sein Privateigentum geworden. Während sich die Verhandlungen geziemend in die Länge zogen, begannen die Molche (einmal aus ihrem natürlichen Instinkt heraus, zum andern aus anerzogenem Arbeitseifer) ohne entsprechenden Befehl und Genehmigung, am Strand des Herrn B. Dämme und Hafenbecken zu bauen. Da erhob Herr B. Klage gegen die zuständige Behörde wegen Beschädigung seines Eigentums. In der ersten Instanz wurde die Klage abgewiesen, mit der Begründung, das Eigentum des Herrn B. sei durch die Dämme nicht beschädigt, sondern aufgewertet worden. Die zweite Instanz gab dem Kläger insofern recht, als niemand ge-

Soweit bekannt, wurden die ersten Gesetze für Salamander in Frankreich erlassen. Paragraph eins legte die Pflichten der Molche im Falle der Mobilmachung und des Krieges fest;

zwungen werden könne, auf seinem Grund und Boden Zuchttiere seines Nachbarn zu dulden, und die Hafenbehörde in A. für alle von den Molchen verursachten Schäden hafte, so wie ein Landwirt jene Schäden zu ersetzen habe, die seine Nachbarn durch sein Vieh erleiden. Die Beklagte wandte jedoch ein, daß sie für die Salamander nicht haften könne, da sie sie im Meer nicht einschließen könne. Daraufhin erklärte der Richter, seiner Meinung nach müsse man die von den Molchen verursachten Schäden ähnlich behandeln wie die Schäden, die von Hühnern verursacht werden, die man ebenfalls nicht einschließen könne, weil sie fliegen können. Der Vertreter der Hafenbehörde fragte, auf welche Art und Weise also seine Klientin die Molche umsiedeln oder dazu bewegen solle, selbst den Privatstrand des Herrn B. zu verlassen. Der Richter antwortete, das sei nicht Sache des Gerichts. Jener Vertreter fragte also weiter, was der ehrenwerte Richter davon hielte, wenn die Beklagte die ungewünschten Molche erschießen ließe. Daraufhin erklärte der Richter, als britischer Gentleman würde er dies für ein äußerst ungeeignetes Vorgehen halten und außerdem für eine Verletzung des Jagdrechts des Herrn B. Die Beklagte sei also verpflichtet, einmal die Molche vom Privateigentum des Klägers zu entfernen, zum andern die Schäden, die dortselbst durch Dämme und Uferregulierungen verursacht wurden, zu beseitigen, und zwar dahingehend, daß der ursprüngliche Zustand des erwähnten Strandabschnitts wiederhergestellt werde. Der Vertreter der Beklagten stellte dann die Frage, ob man bei diesen Arbeiten Salamander verwenden dürfe. Der Richter antwortete, seiner Auffassung nach sei dies nicht möglich, sofern der Kläger, dessen Ehefrau sich vor den Molchen ekele und demzufolge an einem von Salamandern verseuchten Strand nicht baden könne, seine Zustimmung verweigere. Die Beklagte hielt dem entgegen, daß sie doch ohne Molche die unter Wasser errichteten Dämme nicht beseitigen könne. Worauf der Richter erklärte, das Gericht gedenke und vermöge nicht, über technische Einzelheiten zu entscheiden; Gerichte seien zum Schutze von Eigentumsrechten da, und keineswegs zur Beurteilung dessen, was durchführbar sei und was nicht.

Damit war die Sache aus juristischer Sicht geklärt; es ist nicht bekannt, wie die Hafenbehörde in A. diese schwierige Situation gemeistert hat; aber an diesem Fall wurde deutlich, daß die Molchfrage doch auch mit neuen Rechtsmitteln geregelt werden mußte.

ein zweites Gesetz (*Lex Deval* genannt) befahl den Molchen, sich nur an jenen Stellen der Küste niederzulassen, die ihnen von ihrem Eigentümer oder der zuständigen Departementbehörde zugewiesen werden; ein drittes Gesetz erklärte, daß die Molche bedingungslos allen polizeilichen Anordnungen zu gehorchen hätten; im Falle der Nichtbeachtung seien die Polizeibehörden berechtigt, sie durch Einschließen an trockenen und hellen Stellen oder gar durch Arbeitsentzug für längere Zeit zu bestrafen. Daraufhin brachten die Linksparteien im Parlament den Vorschlag ein, eine Sozialgesetzgebung für die Salamander auszuarbeiten, die ihre Arbeitspflichten regeln und den Arbeitgebern bestimmte Verpflichtungen gegenüber den arbeitenden Molchen auferlegen würde (beispielsweise die Gewährung eines vierzehntägigen Urlaubs während der Paarungszeit im Frühjahr); demgegenüber verlangte die äußerste Linke, die Molche als Feinde des arbeitenden Volkes überhaupt auszuweisen, weil sie in den Diensten des Kapitalismus zuviel und fast umsonst arbeiteten und dadurch das Lebensniveau der Arbeiterklasse gefährdeten. Zur Unterstützung dieser Forderung kam es in Brest zum Streik und in Paris zu großen Demonstrationen; es gab zahlreiche Verletzte und Devals Ministerium wurde zum Rücktritt gezwungen. In Italien wurden die Salamander einer besonderen Molchkorporation unterstellt, die aus Arbeitgebern und Behörden zusammengesetzt war, in Holland wurden sie vom Ministerium für Wasserbauten verwaltet, kurz und gut, jeder Staat löste das Molchproblem auf seine Weise und anders; aber die Zahl der amtlichen Dokumente, mit denen die öffentlichen Pflichten geregelt und die animalische Freiheit der Molche passend eingeschränkt wurde, war überall ziemlich gleich groß.

Natürlich standen gleich mit den ersten Gesetzen für Molche Menschen auf, die im Namen der juristischen Logik bewiesen, daß die menschliche Gesellschaft, wenn sie den Salamandern Pflichten auferlege, ihnen auch gewisse Rechte zugestehen müsse. Ein Staat, der für die Molche Gesetze herausgibt, erkennt sie ipso facto als verantwortliche und freie Wesen an, als Rechtssubjekte, ja sogar als seine Staatsangehörigen; in diesem Fall sei es notwendig, ihr bürgerliches Verhältnis zu jenem Staate, unter dessen Legislative sie leben, zu regeln. Man könnte natürlich die Molche als fremde Immigranten betrachten; in diesem Fall könne ihnen jedoch der Staat nicht bestimmte Dienste und Pflichten in Zeiten der Mobilmachung und des Krieges auferlegen, wie dies (mit Ausnahme Englands) in allen zivilisierten Ländern geschehe. Wir werden von den Molchen gewiß verlangen, im Falle eines kriegerischen Konflikts unsere Küsten zu verteidigen; aber dann können wir ihnen nicht gewisse Grundrechte aberkennen, zum Beispiel das Wahlrecht, das Versammlungsrecht, die Vertretung in öffentlichen Körperschaften und so weiter.[16] Es wurde sogar vorgeschlagen, den Salamandern ei-

---

[16] Manche nahmen die Gleichberechtigung der Molche so wörtlich, daß sie die Forderung erhoben, die Molche mögen jedes öffentliche Amt zu Lande und zu Wasser versehen dürfen (J. Courtaud); oder sie sollten vollbewaffnete Untersee-Regimenter mit eigenen Tiefenkommandanten bilden (General a. D. Desfours); oder gar, man möge gemischte Ehen zwischen Menschen und Molchen zulassen (Rechtsanwalt Louis Pierrot). Naturwissenschaftler wandten zwar ein, daß solche Ehen gar nicht möglich seien; aber Maître Pierrot erklärte, nicht die *Möglichkeiten der Natur* stünden zur Diskussion, sondern ein *Rechtsgrundsatz*, und er selbst sei bereit, ein Molchweibchen zur Gemahlin zu nehmen, um zu beweisen, daß die erwähnte Reform des Eherechts nicht nur auf dem Papier bleibe. (M. Pierrot wurde schon bald ein sehr gefragter Anwalt in Scheidungssachen.)

*(Im lockeren Zusammenhang damit sei erwähnt, daß insbesondere in der amerikanischen Presse hin und wieder Berichte über Mädchen auftauchten, die beim Baden angeblich von Molchen vergewaltigt worden seien. Deshalb häuften sich in den Vereinigten Staaten Fälle, wo Molche gefangen und gelyncht wurden, hauptsächlich durch Verbrennen auf dem Scheiterhaufen. Vergeblich traten Gelehrte gegen diesen Volksbrauch auf, mit der Behauptung, daß ein ähnliches Verbrechen von seiten der Salamander aus anatomischen Gründen physisch absolut ausgeschlossen sei; viele Mädchen schworen, daß sie von Molchen belästigt worden seien, womit die Sache für jeden richtigen Amerikaner klar war. Später wurde das beliebte Verbrennen von Molchen dahingehend eingeschränkt, daß es nur samstags und nur unter Aufsicht der Feuerwehr stattfinden durfte. Damals entstand auch die Bewegung gegen das Lynchen der*

ne Art Untersee-Autonomie zuzugestehen; aber diese und andere Erwägungen behielten rein akademischen Charakter; eine praktische Lösung wurde nicht herbeigeführt, vor allem deshalb, weil die Molche niemals und nirgends Grundrechte forderten.

Ähnlich, nämlich ohne unmittelbares Interesse und Eingreifen der Molche, wurde eine andere große Diskussion abgehalten, die sich um die Frage drehte, ob die Molche getauft werden könnten. Die katholische Kirche vertrat von allem Anfang an konsequent den Standpunkt, daß dies nicht möglich sei; da die Molche keine Abkömmlinge Adams und deshalb auch nicht in Erbsünde empfangen worden seien, könnten sie durch das Sakarament der Taufe von dieser Sünde auch nicht reingewaschen werden. Die heilige Kirche wolle auch nicht die Frage entscheiden, ob die Molche eine unsterbliche Seele oder sonst irgendwelchen Anteil an Gottes Gnade und Barmherzigkeit besäßen; ihr Wohlwollen den Molchen gegenüber könne nur dadurch zum Ausdruck ge-

---

*Molche, an deren Spitze der schwarze Rev. Robert J. Washington stand und zu der sich Hunderttausende Mitglieder bekannten, allerdings fast ausschließlich bloße Nigger. Die amerikanische Presse begann zu behaupten, daß dies eine politische und umstürzlerische Bewegung sei; deshalb kam es auch zu Überfällen auf Negerviertel, und es wurden zahlreiche Neger verbrannt, die in ihren Kirchen für die Brüder Molche beteten. Die Entrüstung über die Nigger erreichte ihren Höhepunkt, als von einer in Brand gesetzten Kirche in Gordonville [L.] die ganze Stadt Feuer fing. Aber das gehört nur noch indirekt zur Geschichte der Molche.)*

Von den zivilen Einrichtungen und Vorteilen, die die Molche wirklich genießen durften, wollen wir wenigstens einige anführen:

Jeder Salamander wurde in ein Molchregister eingetragen und auch an seinem Arbeitsort registriert; er mußte eine amtliche Aufenthaltsgenehmigung besitzen; er hatte eine Kopfsteuer zu entrichten, die von seinem Eigentümer für ihn abgeführt und von der Nahrung einbehalten wurde (denn die Molche bekommen keinen Barlohn); ähnlich hatten sie Miete für die bewohnte Küste zu bezahlen, Ortszuschläge, Gebühren für die Errichtung von Bretterzäunen, Schulgeld und andere öffentliche Abgaben; kurz, man muß loyal anerkennen, daß sie in dieser Hinsicht wie andere Bürger behandelt wurden, so daß sie doch auf eine Art gleichberechtigt waren.

bracht werden, daß sie sie mit einem besonderen Gebet bedenke, das an bestimmten Tagen neben dem Gebet für die Seelen im Fegefeuer und neben der Fürsprache für die Ungläubigen gelesen werden würde.[17]

Weniger einfach hatten es die protestantischen Kirchen; sie gestanden zwar den Molchen Vernunft zu und damit auch die Fähigkeit, die christliche Lehre zu begreifen, aber sie zögerten, sie zu Mitgliedern der Kirche und damit auch Brüdern in Christo zu machen. Sie beschränkten sich deshalb darauf, eine Heilige Schrift (in gekürzter Fassung) für Molche auf wasserfestem Papier herauszugeben und sie in mehreren Millionen Exemplaren zu verbreiten; man erwog auch, für die Molche (analog zum Basic English) eine Art ›Basic Christian‹ zusammenzustellen, eine grundlegende und vereinfachte christliche Lehre; aber die in dieser Richtung unternommenen Versuche riefen so viele theologische Streitigkeiten hervor, daß man schließlich davon absah.[18] Weniger Skrupel zeigten einige (hauptsächlich amerikanische) Sekten, die ihre Missionare zu den Molchen schickten, um ihnen den Wahren Glauben zu verkünden und sie nach den Worten der Schrift zu taufen: Gehet hinaus in die Welt und lehret alle Völker. Aber nur wenigen Missionaren gelang es, die Bretterzäune zu überwinden, die die Salamander von den Menschen trennten; die Arbeitgeber verwehrten ihnen den Zutritt zu den Molchen, weil sie sie mit ihren Predigten von der Arbeit abhielten. So konnte man da und dort einen Prediger sehen, wie er — von wütend auf ihre Erzfeinde bellenden Hunden umgeben — am Bretterzaun steht und vergeblich, aber eifrig das Wort Gottes verkündet.

Soweit bekannt, erlangte bei den Molchen der Monismus eine größere Verbreitung; manche Molche glaubten auch an Materialismus, Goldstandard und andere wissenschaftliche Glaubenssätze. Ein populärer Philosoph namens Sequenz stellte sogar eine besondere Religionslehre für Molche zu-

---

[17] Siehe die Enzyklika des Heiligen Vaters *Mirabilia Dei opera*.
[18] Die in dieser Sache erschienene Literatur ist so umfangreich, daß allein ihre Bibliographie zwei Bände füllt.

sammen, deren hauptsächliches und oberstes Gebot der Glaube an den Großen Salamander war. Dieser Glaube fand jedoch bei den Molchen überhaupt keinen Anklang, dafür aber zahlreiche Anhänger bei den Menschen, insbesondere in den großen Städten, wo beinahe über Nacht eine Menge Geheimtempel des Salamanderkults entstand.[19] Die Molche selbst nahmen später fast allgemein einen anderen Glauben an, von dem man nicht einmal weiß, woher er kam; es handelte sich um die Anbetung des Moloch, den sie sich als Riesenmolch mit Menschenkopf vorstellten; angeblich besaßen

---

[19] Siehe eine stark pornographische Broschüre unter den Papieren des Herrn Povondra, die angeblich aus den Polizeiberichten in B[xxx] abgedruckt wurde. Die in diesem »aus wissenschaftlichen Gründen herausgegebenen Privatdruck« angeführten Angaben können in einem anständigen Buch nicht zitiert werden. Wir führen nur einige Einzelheiten an:

Der Tempel des Salamanderkults, der sich in der [xxx]-str., Haus Nr.[xxx] befindet, birgt in seinem Mittelpunkt ein großes beheiztes Becken, das mit dunkelrotem Marmor ausgelegt ist. Das Wasser im Becken ist mit Duftessenzen parfümiert und wird von unten mit einer Lichtorgel mit ständig wechselnden Farben angestrahlt. Ansonsten ist es im Tempel dunkel. Unter dem Absingen von Molchlitaneien schreiten die völlig unbekleideten gläubigen Salamander und Salamandrinen über die Marmorstufen in das in allen Regenbogenfarben schimmernde Wasser, von einer Seite die Männer, von der andern die Frauen, durchwegs aus der besten Gesellschaft; wir führen namentlich an die Baronin M., den Filmschauspieler S., den Gesandten D. und viele andere namhafte Persönlichkeiten. Plötzlich strahlt ein blauer Scheinwerfer einen riesigen, aus dem Wasser ragenden Marmorsockel an, auf dem ein schweratmender großer, alter, schwarzer Molch, genannt Meister Salamander, ruht. Nach kurzem Schweigen beginnt der Molch zu sprechen; er fordert die Gläubigen auf, sich voll und mit ganzem Herzen den anstehenden Zeremonien des Molchtanzes hinzugeben und den Großen Salamander zu ehren. Daraufhin erhebt er sich und beginnt sich hin und her zu wiegen und mit dem Oberkörper zu kreisen. Da fangen auch die männlichen Gläubigen an, bis zum Hals im Wasser stehend, sich heftig zu winden und zu kreisen, immer schneller und schneller, damit angeblich ein ›Sexualmilieu‹ geschaffen werde; inzwischen stoßen

sie riesige Unterseegötzen aus Gußeisen, die sie bei Armstrong oder Krupp herstellen ließen, aber nähere Einzelheiten über ihre kultischen Verrichtungen, die angeblich außerordentlich grausam und geheim waren, rückten nie ans Tageslicht, weil sie unter Wasser abgehalten wurden. Es scheint, daß dieser Glaube deswegen bei ihnen Verbreitung fand, weil sie der Name Moloch an die naturwissenschaftliche (molche) oder deutsche (Molch) Bezeichnung für den Molch erinnerte.

Wie aus den vorangegangenen Absätzen ersichtlich, stellte sich die Molchfrage zunächst und für eine lange Zeit nur insofern, ob und in welchem Maße die Molche als vernünftige und weitgehend zivilisierte Wesen fähig sind, gewisse Menschenrechte zu genießen, wenn auch nur am Rande der menschlichen Gesellschaft und der menschlichen Ordnung; mit anderen Worten: Es war eine innere Angelegenheit der einzelnen Staaten, die im Rahmen des Bürgerlichen Rechts gelöst wurde. Lange Jahre fiel niemandem auf, daß die Molchfrage weitreichende internationale Bedeutung haben und daß es einmal notwendig sein könnte, mit den Salamandern nicht nur als intelligenten Wesen, sondern auch als Molchkollektiv oder Molchnation zu verhandeln. Um der Wahrheit gerecht zu werden, den ersten Schritt zu dieser Auffassung des Molchproblems hatten jene etwas exzentrischen christlichen Sekten unternommen, die die Molche taufen wollten und sich dabei auf das Wort der Schrift beriefen,

---

die Salamandrinen ein scharfes Ts-ts-ts und krächzende Schreie aus. Daraufhin erlischt unter dem Wasser ein Licht nach dem andern, und es entfesselt sich eine allgemeine Orgie.

Wir können uns zwar nicht für diese Schilderung verbürgen; doch ist es sicher, daß die Polizei in allen größeren Städten Europas diese Salamandersekten einerseits scharf verfolgte, andererseits alle Hände voll zu tun hatte, um die riesigen gesellschaftlichen Skandale zu vertuschen, die damit verbunden waren. Wir sind jedoch der Ansicht, daß der Kult des Großen Salamanders zwar außerordentlich verbreitet war, sich jedoch zumeist mit weniger märchenhafter Pracht und bei den ärmeren Schichten sogar auf dem Trockenen abspielte.

das da heißt: ›Gehet hinaus in die Welt und lehret alle Völker!‹ Dadurch wurde zum ersten Mal formuliert, daß die Molche etwas wie eine Nation, ein Volk seien.[20] Aber die erste echte internationale und grundsätzliche Anerkennung der Molche als Volk brachte erst der berüchtigte Aufruf der Kommunistischen Internationale, der vom Genossen Molokov unterschrieben und an »alle unterdrückten und revolutionären Molche der ganzen Welt« gerichtet war.[21] Auch wenn diese

---

[20] Auch das bereits erwähnte katholische Fürsprachegebet für die Molche definierte sie als *Dei creatura de gente Molche* (Gottes Geschöpfe vom Volke der Molche).
[21] Die Proklamation, die unter den Papieren des Herrn Povondra erhalten geblieben ist, lautete:

## GENOSSEN MOLCHE!

**Die kapitalistische Ordnung hat ihr letztes Opfer gefunden. Als seine Tyrannei endgültig am revolutionären Aufschwung des klassenbewußten Proletariats zu zerschellen begann, spannte der morsche Kapitalismus euch, die Arbeiter des Meeres, in seine Dienste, versklavte euch geistig durch seine bourgeoise Zivilisation, unterwarf euch seinen Klassengesetzen, beraubte euch jeglicher Freiheit und unternahm alles, um euch straflos und brutal ausbeuten zu können.**

(14 Zeilen konfisziert)

**Arbeitende Molche! Der Augenblick ist gekommen, in dem ihr euch der vollen Last der Sklaverei bewußt werdet, unter der ihr lebt**

(7 Zeilen konfisziert)

**und auf euer Recht als Klasse und als Volk pocht! Genossen Molche! Das revolutionäre Proletariat der ganzen Welt reicht euch die Hand**

(11 Zeilen konfisziert)

**mit allen Mitteln, gründet Betriebsräte, wählt Vertrauensleute, richtet Streikkassen ein! Ihr könnt darauf bauen, daß die klassenbewußte Arbeiterschaft euch in eurem gerechten Kampf nicht allein läßt und Hand in Hand mit euch den letzten Angriff**

(9 Zeilen konfisziert)

**Unterdrückte und revolutionäre Molche der ganzen Welt, vereinigt euch! Die letzte Schlacht ist entbrannt!**

Gezeichnet: Molokov

Proklamation, wie es scheint, keine direkte Wirkung auf die Molche hatte, rief sie doch ein beträchtliches Echo in der Weltpresse hervor und wurde häufig nachgeahmt, zumindest insofern, als die Salamander von den verschiedensten Seiten von flammenden Appellen geradezu überschwemmt wurden, um sich als große Molchheit diesem oder jenem ideologischen, politischen oder sozialen Programm der menschlichen Gesellschaft anzuschließen.[22]

---

[22] In der Sammlung des Herrn Povondra fanden wir mehrere solche Appelle; die übrigen hat wohl im Laufe der Zeit Frau Povondra verbrannt. Von denen, die erhalten geblieben sind, führen wir einige wenigstens mit den Anreden an:

**MOLCHE,
WERFT DIE WAFFEN WEG!**

*(Pazifistisches Manifest)*

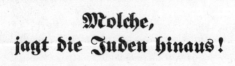

*(Deutsches Flugblatt)*

**KAMERADEN
MOLCHE!**

*(Aufruf der Gruppe der Bakunin-Anarchisten)*

Da begann sich mit der Molchfrage auch das Internationale Arbeitsamt in Genf zu beschäftigen. Zwei Ansichten prallten dort aufeinander: Die eine erkannte die Molche als neue werktätige Klasse an und verlangte, daß die gesamte soziale Gesetzgebung über Arbeitszeit, bezahlten Urlaub, Invaliditäts- und Altersversicherung und so weiter auf sie ausgedehnt werde; die zweite vertrat demgegenüber die These, daß mit den Molchen ein gefährlicher Konkurrent für die menschli-

# KAMERADEN MOLCHE!

*(Öffentlicher Aufruf der Marine-Pfadfinder)*

*(Öffentliche Adresse der Zentrale der Aquarianer-Vereine und Wassertierzüchter)*

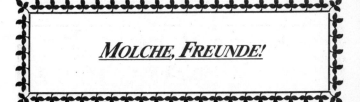

*(Aufruf der Gesellschaft für sittliche Erneuerung)*

chen Arbeitskräfte entstehe und daß die Molcharbeit einfach als antisozial verboten werden müsse. Gegen diese Ansicht verwahrten sich nicht nur die Vertreter der Arbeitgeber, sondern auch die Delegierten der Arbeiterschaft; sie wiesen darauf hin, daß die Molche nicht mehr nur eine neue Arbeiterarmee darstellten, sondern auch einen großen und immer wichtigeren Abnehmer. Sie führten an, daß in der letzten Zeit der Beschäftigungsgrad in einigen Bereichen in ungeahntem Ausmaß gewachsen sei, insbesondere im metallverarbeitenden (Werkzeuge, Maschinen und Metallgötzen für die Mol-

!!! Bürger Molche !!!

*(Aufruf der bürgerlichen Reform-Fraktion in Dieppe)*

**Kollegen Molche!**

*(Unterstützungsverein ehemaliger Seeleute)*

KOLLEGEN MOLCHE!

*(Schwimmverein Ägir)*

che), im rüstungstechnischen, chemischen (Unterwassersprengstoff), im papierverarbeitenden (Lehrbücher für die Molche), Zement, Holz, Kunstnahrung (Salamander Food) und vielen anderen; die Schiffstonnage habe sich gegenüber der Vormolchzeit um 27 Prozent erhöht, die Kohlenförderung um 18,6 Prozent. Indirekt, durch gesteigerte Beschäftigung und Wohlstand bei den Menschen, steige auch der Umsatz in anderen Industriezweigen. Schließlich bestellten die Molche neuerdings verschiedene Maschinenteile nach eigenen Zeichnungen; daraus montierten sie selbst unter Wasser Preßluftbohrer, Hammer, Unterwassermotoren, Druckereimaschinen, Unterwassersendestationen und andere Maschinen eigener Konstruktion. Für diese Maschinenteile bezahlten sie mit gesteigerter Arbeitsleistung; heute sei bereits ein Fünftel der gesamten Weltproduktion im Schwermaschinenbau sowie in der Feinmechanik von den Molchbestellungen abhängig. Schafft die Molche ab, und Sie können ein Fünftel der Fabriken schließen! Anstelle des heutigen wirtschaftlichen Wohlstands bekommen Sie Millionen Arbeitslose! Das Internationale Arbeitsamt konnte diese Einwände nicht unberücksichtigt lassen; zum Schluß wurde nach langen Verhandlun-

---

Besonders wichtig (jedenfalls daraus zu schließen, daß sie Herr Povondra sorgfältig auf Pappe aufgezogen hat) war wohl die Proklamation, die wir im vollen Wortlaut zitieren:

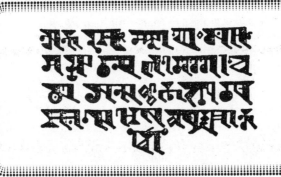

gen wenigstens eine Kompromißlösung erzielt, wonach »die oben angeführten Beschäftigten der Gruppe S (Amphibien) ausschließlich *unter* Wasser oder *im* Wasser beschäftigt werden dürfen, am Ufer dann lediglich bis zu einer Entfernung von zehn Metern von der Hochwasserlinie bei Flut; sie dürfen keine Kohle oder Erdöl auf dem Meeresgrund fördern; sie dürfen kein Papier, Textilien oder Kunstleder aus Meeresalgen für den Landbedarf herstellen« und so weiter; diese Einschränkungen, die der Molchproduktion auferlegt wurden, faßte man in einem Code von neunzehn Abschnitten zusammen, die wir vor allem deswegen nicht anführen, weil sie selbstverständlich nirgends eingehalten wurden; aber als großzügige, in Wahrheit internationale Lösung der Molchfrage in wirtschaftlicher und sozialer Hinsicht war der Codex ein verdienstvolles und imposantes Werk.

Etwas langsamer vollzog sich die internationale Anerkennung der Molche auf einem anderen Gebiet, nämlich auf dem Gebiet der kulturellen Beziehungen. Als der in der Fachpresse vielzitierte Aufsatz »Die geologische Zusammensetzung des Meeresbodens vor den Bahamas«, mit John Seaman unterzeichnet, erschien, wußte natürlich kein Mensch, daß es sich um die wissenschaftliche Arbeit eines gelehrten Salamanders handelte; aber als wissenschaftliche Kongresse oder verschiedene Akademien und gelehrte Gesellschaften Berichte und Studien von Molchen auf den Gebieten der Ozeanographie, der Geographie, der Hydrobiologie, der höheren Mathematik und anderer exakter Wissenschaften erhielten, rief dies ziemliche Verlegenheit hervor, ja sogar Unwillen, dem der große Dr. Martel mit den Worten Ausdruck gab: »Das Gezücht wird uns vielleicht noch belehren wollen?« Der japanische Gelehrte Dr. Onoshita, der es wagte, den Bericht eines Molches zu zitieren (es handelte sich um etwas aus der Entwicklung des Dottersacks bei den Kaulquappen des kleinen Tiefseefisches *Argyropelecus hemigymnus Cocco*), wurde er wissenschaftlich boykottiert und verübte Harakiri; für die Universitätswissenschaft war es eine Sache der Ehre und des Stolzes ihres Berufsstandes, keinerlei wissenschaftliche Arbeit der Molche zur Kenntnis zu nehmen. Um so größere Aufmerksamkeit (wenn nicht Entrüstung) rief

die Geste des Centre universitaire de Nice hervor[23] als es
Dr. Charles Mercier, einen hochgelehrten Molch aus dem
Hafen von Toulon, der mit bemerkenswertem Erfolg Vorlesungen über die Theorie des Kegelschnitts in der nichteuklidischen Geometrie hielt, zu einem Festvortrag einlud. Bei

---

[23] In der Sammlung des Herrn Povondra haben wir eine feuilletonistische, reichlich oberflächliche Schilderung dieser Festveranstaltung gefunden; leider ist nur die Hälfte erhalten geblieben, der andere Teil ist irgendwie verloren gegangen.

*Nizza, 6. Mai*
*Im schönen, hellen Gebäude des Instituts für Mittelmeerstudien an der Promenade des Anglais geht es heute lebhaft zu; zwei agents de police halten auf dem Gehsteig den Weg für die geladenen Persönlichkeiten frei, die über einen roten Läufer das freundliche, angenehm kühle Amphitheater betreten. Wir können den lächelnden Herrn Bürgermeister von Nizza ausmachen, den Herrn Präfekten mit Zylinder, einen General in azurblauer Uniform, Herren mit dem roten Knopf der Ehrenlegion, Damen eines gewissen Alters (dieses Jahr herrscht die Modefarbe Terrakotta vor), Vizeudmiräle, Journalisten, Professoren und erhabene Greise aller Nationen, von denen es an der Côte d'Azur immer genug gibt. Plötzlich ein kleiner Zwischenfall: Unter all dieser Prominenz versucht ein merkwürdiges Geschöpf scheu und unbeobachtet hindurchzuschlüpfen; von Kopf bis Fuß ist es in eine Art lange schwarze Pelerine oder einen Domino gehüllt, vor den Augen hat es riesige schwarze Okulare und tappt eilig, unsicher zum über-füllten Vestibül. »Hé, vous«, rief einer der Polizisten, »qu'est-ce que vous cherchez ici?« Aber da kommen bereits Universitätshonoratioren zu dem verschreckten Ankömmling, und cher docteur hin, cher docteur her. Das also ist Dr. Charles Mercier, der gelehrte Molch, der heute vor der Blüte der azurenen Küste vortragen soll! Schnell hinein, damit wir noch einen Platz im festlich erregten Auditorium ergattern!*

*Auf dem Podium nimmt Monsieur le Maire Platz, Monsieur Paul Mallory, der große Dichter, Mme Maria Dimineanu als Delegierte des Internationalen Instituts für intellektuelle Zusammenarbeit, der Rektor des Instituts für Mittelmeerstudien und andere offizielle Persönlichkeiten; neben dem Podium steht das Pult für den Vortragenden und hinter ihm ... — nun ja, es ist wirklich eine Badewanne. Eine gewöhnliche Blechwanne, wie man sie in Badezimmern findet. Und zwei Funktionäre geleiten ein in einen langen Umhang gehülltes Geschöpf zum Podium. Ein etwas verlegener Applaus ertönt. Dr. Charles*

dieser Manifestation war auch Mme Maria Dimineanu als Delegierte der Genfer Organisationen anwesend; diese hervorragende und generöse Dame war von dem bescheidenen Auftreten und der Gelehrsamkeit des Dr. Mercier (»Pauvre petit«, soll sie erklärt haben, »il est tellement laid!«) so gerührt, daß sie es zur Aufgabe ihres unermüdlich tätigen Le-

---

*Mercier verneigt sich schüchtern und blickt unsicher um sich, wo er Platz nehmen soll. »Voilà, Monsieur«, flüstert einer der Funktionäre und weist auf die Badewanne. »Das ist für Sie.« Dr. Mercier schämt sich ganz offensichtlich fürchterlich, weiß nicht, wie er diese Aufmerksamkeit ablehnen könnte; er versucht möglichst unauffällig in der Wanne Platz zu nehmen, verheddert sich jedoch in seiner langen Pelerine und fällt mit lautem Plumps in die Wanne. Die Herren auf dem Podium hat es arg bespritzt, sie tun natürlich so, als ob nichts geschehen wäre; im Auditorium lacht jemand kurz hysterisch auf, aber die Herren in den ersten Reihen blicken sich tadelnd um und zischen Psst! In diesem Augenblick erhebt sich bereits Monsieur le Maire et Député und ergreift das Wort. Meine Damen und Herren, sagt er, ich habe die Ehre, auf dem Boden der schönen Stadt Nice Doktor Charles Mercier willkommen zu heißen, den hervorragenden Repräsentanten des wissenschaftlichen Lebens unserer nahen Nachbarn, der Bewohner der Meerestiefen. (Dr. Mercier taucht mit der oberen Körperhälfte aus dem Wasser und verneigt sich tief.) Es ist das erste Mal in der Geschichte unserer Zivilisation, daß Meer und Festland einander die Hand zur intellektuellen Zusammenarbeit reichen. Bisher stand das geistige Leben vor einer unüberwindlichen Barriere — dem Weltmeer. Wir konnten es überwinden, wir konnten mit unseren Schiffen darüber in alle Richtungen hinwegsegeln, aber unter seiner Oberfläche, meine Damen und Herren, konnte die Zivilisation nicht vordringen. Dieses kleine Stück Festland, auf dem die Menschheit lebt, war bisher von einem jungfräulichen und wilden Meer umspült, es war ein schöner Rahmen, zugleich aber auch eine ewige Grenze; auf der einen Seite die emporstrebende Zivilisation, auf der andern die ewige und unveränderliche Natur. Diese Schranke, meine sehr verehrten Zuhörer, fällt nun. (Beifall.) Uns, den Kindern dieser großen Zeit, ist das unvergleichliche Glück zuteil geworden, Augenzeugen dessen zu sein, wie unsere geistige Heimat größer wird, wie sie die eigenen Ufer überschreitet, dem alten gebildeten Festland einen modernen und zivilisierten Ozean hinzufügt. Welch zauberhaftes Schauspiel! (Bravo!)*

bens machte, die Aufnahme der Molche in den Völkerbund zu erwirken. Vergeblich erklärten die Staatsmänner der beredten und energischen Dame, daß die Salamander nicht Mitglieder des Völkerbundes werden könnten, weil sie nirgends auf der Welt über eine eigene staatliche Souveränität oder ein eigenes Staatsgebiet verfügten. Mme Dimineanu be-

---

*Meine Damen und Herren, erst mit der Entstehung der ozeanischen Kultur, deren eminenten Repräsentanten wir die Ehre haben, heute in unserer Mitte zu begrüßen, ist unsere Erdkugel zu einem wahrlich und zur Gänze zivilisierten Planeten geworden. (Begeisterter Applaus! Dr. Mercier erhebt sich in seiner Wanne und verneigt sich.)*

*Mein teurer Doktor und großer Wissenschaftler, wandte sich dann Monsieur le Maire et Député an Dr. Mercier, der, an den Rand der Wanne gelehnt, ergriffen mit den Kiemen zuckt, Sie werden Ihren Landsleuten und Freunden auf dem Meeresgrund unsere Glückwünsche, unsere Bewunderung und unsere wärmsten Sympathien überbringen können. Sagen Sie ihnen, unseren Nachbarn im Meer, daß wir in ihnen den Vortrupp des Fortschritts und der Gelehrsamkeit begrüßen, den Vortrupp, der Schritt für Schritt die unendlichen Weiten des Meeres kolonisieren und auf dem Grund des Ozeans eine neue Kulturwelt errichten wird. Ich sehe schon ein neues Athen und ein neues Rom in den Tiefen des Meeres entstehen; ich sehe dort ein neues Paris mit einem Meeres-Louvre und einer Meeres-Sorbonne erstehen, mit unterseeischen Arcs des Triomphes und Grabmälern des Unbekannten Soldaten, mit Theatern und Boulevards; und gestatten Sie mir, auch meinen geheimsten Gedanken zu offenbaren: Ich hoffe, daß vis-à-vis unserem teuren Nice in den blauen Wellen des Mittelmeeres ein neues ruhmreiches Nice entsteht, Ihr Nice, das mit seinen herrlichen unterseeischen Straßen, Parks und Promenaden unsere Côte d'Azur säumen wird. Wir wollen Sie kennenlernen, und wir wollen, daß auch Sie uns kennenlernen; ich bin persönlich davon überzeugt, daß die engere wissenschaftliche und gesellschaftliche Beziehung, die wir heute unter so glücklichen Auspizien eröffnen, unsere Völker zu einer immer engeren kulturellen und politischen Zusammenarbeit führen wird, im Interesse der ganzen Menschheit, im Interesse des Weltfriedens, des Wohlstands und des Fortschritts. (Langanhaltender Beifall.) Jetzt erhebt sich Dr. Charles Mercier und versucht, dem Bürgermeister und Abgeordneten von Nizza mit einigen Worten zu danken, aber einerseits ist er zu ergriffen, andererseits hat er eine etwas merkwürdige Aussprache; von seiner Rede konn-*

gann den Gedanken zu verkünden, daß also die Molche irgendwo ein freies Gebiet und einen eigenen Untersee-Staat bekommen müßten. Diese Idee war allerdings ziemlich unwillkommen, wenn nicht gar bedenklich; zum Schluß wurde jedoch eine glückliche Lösung gefunden, wonach beim Völkerbund eine besondere *Kommission zum Studium der Molchfrage* eingerichtet wurde, in die auch zwei Molche als Delegierte eingeladen wurden; als erster wurde auf Drängen von Frau Dimineanu Dr. Charles Mercier aus Toulon berufen, der zweite war dann ein gewisser Don Mario, ein fetter und gelehrter Molch aus Kuba, der wissenschaftlich auf dem Gebiet des Plankton und des neritischen Pelagials tätig war. Damit erreichten die Molche die bis dahin höchste internationale Anerkennung ihrer Existenz.[24]

---

*te ich nur einige wenige, mit großer Anstrengung hervorgebrachte Worte erhaschen. Wenn ich mich nicht irre, war dies »sehr geehrt«, »kulturelle Beziehungen« und »Victor Hugo«. Daraufhin verbarg er sich wieder, ganz offensichtlich völlig aus dem Gleichgewicht gebracht, im Bottich.*

*Das Wort ergreift Paul Mallory; was er vorträgt, ist keine Rede, sondern ein hymnisches Gedicht, von tiefster Philosophie durchdrungen. Ich danke meinem Schicksal, sagt er, daß ich die Erfüllung und Bestätigung einer der schönsten Legenden der gesamten Menschheit erleben durfte. Es ist eine wunderbare Erfüllung und Bestätigung: Anstelle des verschwundenen mythischen Atlantis erblicken wir staunend ein neues Atlantis, das aus den Wellen aufsteigt. Teurer Kollege Mercier, Sie, der Sie ein Dichter der räumlichen Geometrie sind, und Ihre gelehrten Freunde, Sie sind die ersten Botschafter dieser neuen Welt, die sich aus dem Meere erhebt, keine schaumgeborene Aphrodite, sondern Pallas Anadyomene. Jedoch weitaus wunderbarer und unvergleichlich geheimnisvoller ist, daß dieses ...*

(Schluß fehlt)

[24] In den Papieren des Herrn Povondra ist ein etwas undeutliches Zeitungsbild erhalten geblieben, auf dem die beiden Molchdelegierten über eine Treppe auf dem Quai du Mont Blanc dem Genfer See entsteigen, um sich in die Sitzung der Kommission zu begeben. Es scheint also, daß sie offiziell direkt im Lac Léman untergebracht worden waren.
Was die Genfer Kommission zum Studium der Molchfrage betrifft, so vollbrachte sie ein großes und verdienstvolles Werk, insbeson-

Wir erleben die Salamander also bei einem mächtigen und steten Aufschwung. Ihre Zahl wird bereits auf sieben Milliarden geschätzt; obwohl ihre Geburtenrate mit zunehmender Zivilisierung deutlich zurückgeht (bis auf zwanzig bis dreißig Kaulquappen von jedem Weibchen jährlich). Sie haben bereits über sechzig Prozent aller Küsten der Welt besiedelt; nur noch die polaren Küsten sind unbewohnt, doch die kanadischen Molche beginnen die Küsten Grönlands zu kolonisieren, wo sie sogar die Eskimos ins Hinterland zurückdrängen und den Fischfang und den Handel mit Fischtran übernehmen. Hand in Hand mit ihrem materiellen Aufschwung geht auch ihr zivilisatorischer Fortschritt; sie treten der Reihe der gebildeten Völker mit Schulpflicht bei und können sich mit vielen Hunderten Untersee-Zeitungen brüsten, die in Millionenauflagen erscheinen, mit mustergültig aufgebauten wissenschaftlichen Instituten und so weiter. Daß dieser kulturelle Aufschwung nicht immer und überall reibungslos und ohne inneren Widerstand vor sich ging, versteht sich von selbst; wir wissen zwar außerordentlich wenig über die inneren Angelegenheiten der Molche, aber aus einigen Anzeichen (zum Beispiel fand man Molchleichen mit abgebissenen Nasen und Köpfen) kann man schließen, daß unter dem Meeres-

---

dere indem sie alle brenzlichen politischen und wirtschaftlichen Fragen sorgfältig ausklammerte. Sie tagte permanent über eine Reihe von Jahren und hielt mehr als dreizehnhundert Sitzungen ab, in denen man fleißig über die internationale Vereinheitlichung der die Molche betreffenden Terminologie verhandelte. Auf diesem Gebiet herrschte nämlich ein hoffnungsloses Chaos; neben den wissenschaftlichen Bezeichnungen Salamandra, Molche, Batrachus u. ä. (die man als ziemlich unhöflich zu empfinden begann) wurde eine ganze Reihe anderer Namen vorgeschlagen: Tritone, Neptuniden, Tethyden, Nereide, Atlanten, Ozeaniker, Poseidone, Lemuren, Pelagen, Litorale, Pontiker, Bathyden, Abyssier, Hydrione, Schandemeren (Gens de Mer), Sumarini und so weiter; die Kommission zum Studium der Molchfrage sollte aus all diesen Bezeichnungen den geeignetsten Namen auswählen, und sie befaßte sich damit eifrig und gewissenhaft bis ans Ende des Molchzeitalters; eine endgültige und einmütige Einigung erzielte sie allerdings nicht.

spiegel über längere Zeit ein anhaltender und leidenschaftlicher Streit zwischen Altmolchen und Jungmolchen tobte. Die Jungmolche sprachen sich offenbar für einen Fortschritt ohne Abstriche und Einschränkungen aus und verlangten, daß man auch unter Wasser alle festländische Bildung mit allem nachhole, was dazugehört, einschließlich Fußball, Flirt, Faschismus und sexuelle Inversion; demgegenüber scheint es, daß die Altmolche konservativ am natürlichen Molchtum festhielten und die alten guten tierischen Bräuche und Instinkte nicht aufgeben wollten; zweifellos verurteilten sie die fieberhafte Gier nach Neuheiten und erblickten darin eine dekadente Erscheinung und den Verrat an den ererbten molchischen Idealen; sicher eiferten sie auch gegen fremde Einflüsse, denen die heutige verführte Jugend blindlings unterliegt, und fragten, ob diese Nachäffung der Menschen eines stolzen und selbstbewußten Molches würdig sei.[25] Wir können uns vorstellen, daß Losungen geprägt wurden, wie ›Zurück zum Miozän!‹, ›Fort mit allem, was uns vermenschlichen möchte!‹, ›Auf zum Kampf für das unberührte Molchtum!‹, und so weiter. Zweifellos herrschten alle Voraussetzungen für einen lebhaften Generationenkonflikt und tiefgreifende geistige Revolutionen in der Entwicklung der Salamander; bedauerlicherweise können wir keine näheren Einzelheiten bringen, wir hoffen aber, daß die Molche ihr Bestmögliches aus diesen Konflikten gemacht haben.

Wir finden die Salamander also jetzt auf dem Weg zur höchsten Blüte; aber auch die Menschenwelt erfreut sich einer ungeahnten Prosperität. Eifrig baut man neue Küsten, auf den alten Untiefen erstehen neue Festländer, mitten im Ozean erheben sich künstliche Luftverkehrsinseln, aber all das ist nichts im Vergleich zu den gewaltigen technischen Projekten des totalen Umbaus unserer Erdkugel, die nur darauf warten, von jemandem finanziert zu werden. Die Molche arbeiten ohne Unterlaß in allen Meeren und an den Rändern aller

---

[25] Herr Povondra hat seiner Sammlung auch zwei oder drei Artikel aus der Národní politika (Nationalpolitik) einverleibt, die die heutige Jugend betrafen; er ordnete sie offensichtlich nur durch ein Versehen diesem Zeitabschnitt der molchischen Zivilisation zu.

Festländer, solange es Nacht ist; es scheint, daß sie zufrieden sind und nichts für sich verlangen, außer zu tun zu haben und die Küsten mit Löchern und Gängen für ihre dunklen Ubikationen anbohren zu dürfen. Sie besitzen unterseeische und unterirdische Städte, ihre Tiefenmetropolen, ihre Essens und Birminghams auf dem Meeresgrund in Tiefen von zwanzig bis fünfzig Metern; sie haben ihre überfüllten Fabrikviertel, Häfen, Verkehrsadern und Millionenagglomerationen; kurz, sie haben ihre mehr oder minder unbekannte, aber technisch, wie es scheint, fortgeschrittene Welt.[26] Sie besitzen zwar keine Hochöfen und Hüttenwerke, aber die Menschen liefern ihnen Metalle im Austausch gegen ihre Arbeit. Sie besitzen zwar keine Sprengstoffe, aber die Menschen verkaufen sie ihnen. Ihr Treibstoff ist das Meer mit seinen Gezeiten, mit seinen Unterwasserströmungen und Temperaturunterschieden; die Turbinen werden ihnen zwar von den Menschen geliefert, aber sie verstehen sie zu gebrauchen; und was sonst ist denn Zivilisation als die Fähigkeit, Dinge zu gebrauchen, die ein anderer erfunden hat? Auch wenn die Molche keine eigenen, sagen wir, Ideen haben, können sie ganz gut eine eigene Wissenschaft haben. Sie haben zwar keine Musik oder Literatur, aber sie kommen ohne sie vorzüglich aus; und die Menschen beginnen zu erkennen, daß dies von den Salamandern wundervoll modern ist. Siehe da, schon kann der Mensch bei den Molchen so manches lernen — kein Wun-

---

[26] Ein Herr aus dem Prager Stadtteil Dejvice erzählte Herrn Povondra, daß er am Strand von Katwijk aan Zee gebadet habe. Er schwamm weit ins Meer hinaus, als ihm der Bademeister nachrief, er solle umkehren. Der erwähnte Herr (ein gewisser Herr Příhoda, Kommissionär) achtete nicht darauf und schwamm weiter; da sprang der Bademeister ins Boot und ruderte ihm nach. »He, mein Herr«, sagte er, »hier dürfen Sie nicht baden!«
»Warum nicht?« fragte Herr Příhoda.
»Da sind Molche.«
»Ich habe keine Angst vor ihnen«, wandte Herr Příhoda ein.
»Sie haben da ihre Fabriken oder so etwas unten im Wasser«, brummte der Bademeister. »Hier badet kein Mensch, mein Herr.«
»Und warum nicht?«
»Die Molche sehen das nicht gern.«

der; sind denn die Molche nicht ungemein erfolgreich, und woran sonst sollen sich die Menschen ein Beispiel nehmen, wenn nicht am Erfolg? Noch nie in der Geschichte der Menschheit wurde soviel produziert, gebaut und verdient, wie in dieser großen Zeit. Es hilft nichts, mit den Molchen kam ein gewaltiger Fortschritt in die Welt; und ein Ideal, das Quantität heißt. »Wir, die Menschen des Molchzeitalters«, sagt man mit berechtigtem Stolz; wie will das veraltete Menschliche Zeitalter mit seinem saumseligen, läppischen und nutzlosen Kleinkram, genannt Kultur, Kunst, reine Wissenschaft oder sonstwie, dagegen anstinken! Echte, bewußte Menschen des Molchzeitalters vertrödeln ihre Zeit nicht mehr mit tiefsinnigem Sinnieren über das Wesen aller Dinge; sie werden sich nur um ihre Zahl und die Massenproduktion kümmern. Die Zukunft der Welt beruht darin, daß Produktion und Konsum ständig steigen; weswegen es immer mehr Molche geben muß, damit sie noch mehr herstellen und fressen können. Die Molche sind schlicht die Menge-an-sich; ihre epochemachende Tat beruht darin, daß es so viele davon gibt. Erst jetzt kann der menschliche Scharfsinn voll wirksam werden, denn er kann mit höchsten Produktionskapazitäten und Umsatzrekorden arbeiten; kurz und gut, es ist eine große Zeit. Was fehlt also noch, damit bei allgemeiner Zufriedenheit und Prosperität das Glückliche Neue Zeitalter verwirklicht werde? Was steht dem ersehnten Utopia im Wege, in dem alle jene technischen Triumphe und wunderbaren Errungenschaften geerntet werden, die sich dem menschlichen Wohlstand und dem molchischen Fleiß eröffnen, immer weiter, bis ins Unabsehbare?

Wahrlich, nichts; denn nun wird der Molchhandel auch von staatsmännischer Weitsicht gekrönt werden, die darauf achtet, daß es einmal im Räderwerk der Neuen Zeit nicht knirscht. In London tritt eine Konferenz der Seemächte zusammen, bei der die Internationale Konvention über die Salamander ausgearbeitet und gebilligt wird. Die hohen Vertragsparteien verpflichten sich gegenseitig, daß sie ihre Molche nicht in die souveränen Gewässer anderer Staaten entsenden werden; daß sie nicht zulassen werden, daß ihre Molche auf irgendeine Art die territoriale Integrität oder die anerkannte Interessensphäre irgendeines anderen Staates verletzen; daß sie sich auf keinerlei Art und Weise in die Molchangelegenheiten anderer Seemächte einmischen werden; daß sie sich im Falle eines Zusammenstoßes zwischen den eigenen und fremden Salamandern dem Haager Schiedsgericht unterwerfen; daß sie die eigenen Molche mit keiner Waffe ausrüsten werden, die über das Kaliber der üblichen Unterwasserpistole gegen Haie (die sog. Šafránek gun oder shark gun) hinausgeht; daß sie nicht zulassen werden, daß ihre Molche engere Beziehungen irgendwelcher Art zu Salamandern anknüpfen, die einer anderen staatlichen Souveränität unterstehen; daß sie mit Hilfe der Molche keine neuen Festländer bauen und ihre Territorien ohne vorherige Zustimmung durch die Ständige Seerechtskommission in Genf nicht erweitern werden und so weiter. (Es waren insgesamt siebenunddreißig Paragraphen.) Demgegenüber wurde der britische Vorschlag abgelehnt, wonach sich die Seemächte verpflichten sollten, ihre Molche keiner militärischen Ausbildungspflicht zu unterwerfen; der französische Vorschlag, die Salamander zu internationalisieren und einem Internationalen Molchamt zur Regelung der Weltgewässer zu unterstellen; der deutsche Vorschlag, jeden Molch mit dem Brandzeichen jenes Staates zu versehen, dessen Untertan er ist; ein weiterer deutscher Vorschlag, jeder Seemacht nur eine bestimmte Anzahl von Molchen in einem zahlenmäßig festgelegten Verhältnis zu bewilligen; der italienische Vorschlag, Staaten mit einem Salamanderüberschuß neue Kolonisierungsküsten oder Grundstücke auf dem Meeresboden zuzuweisen; der japanische Vorschlag, die Molche (die von Natur aus schwarz sind) einem vom japanischen Volk, als dem Repräsentanten der farbigen Rassen, ausgeübten internationalen Mandat zu unterstellen.[27] Die meisten dieser Vorschläge wurden der nächsten Konferenz der Seemächte zugewiesen, die jedoch aus verschiedenen Gründen nicht stattfand.

---

[27] Dieser Vorschlag hing offenbar mit einer großangelegten politischen Propaganda zusammen, deren höchst bedeutsames Doku-

»Mit diesem internationalen Akt«, schrieb M. Jules Sauerstoff in *Le Temps*, »ist die Zukunft der Molche und die friedliche Entwicklung der Menschheit für Jahrzehnte sichergestellt. Wir gratulieren der Londoner Konferenz zur erfolgreichen Beendigung ihrer schwierigen Beratungen; wir gratulieren auch den Molchen dazu, daß sie durch den gegebenen Status unter dem Schutz des Haager Gerichtshofes stehen; jetzt können sie in Ruhe und Vertrauen ihrer Arbeit und ihrem unterseeischen Fortschritt nachgehen. Es sei hier besonders hervorgehoben, daß die Entpolitisierung des Molchproblems,

---

ment dank Herrn Povondras Sammlertätigkeit wir in Händen haben. Es heißt darin wörtlich:

die in der Londoner Konvention Ausdruck findet, eine der wichtigsten Garantien für den Weltfrieden ist; insbesondere die Entwaffnung der Salamander verringert die Wahrscheinlichkeit unterseeischer Konflikte zwischen einzelnen Staaten. Tatsache ist, daß — wenn es auch so zahlreiche Grenz- und Machtstreitigkeiten auf fast allen Kontinenten gibt — dem Weltfrieden wenigstens von der See her keine aktuelle Gefahr droht. Aber auch auf dem Festland scheint jetzt der Friede besser als je zuvor gesichert zu sein; die Seestaaten sind voll mit der Errichtung neuer Küsten beschäftigt und können ihre Gebiete ins Weltmeer ausdehnen, statt ihre Grenzen auf dem Festland zu verschieben. Es wird nicht mehr nötig sein, mit Eisen und Gas um jeden Zollbreit Boden zu kämpfen; die schlichten Spitzhacken und Schaufeln der Molche genügen, damit sich jeder Staat soviel Territorium bauen kann, wieviel er braucht; und diese friedliche Arbeit der Molche für Frieden und Wohlstand aller Völker wird eben von der Londoner Konvention garantiert. Noch nie war die Welt dem dauernden Frieden und friedlichen zwar, aber ruhmvollen Aufschwung so nahe wie gerade jetzt. Statt vom Molchproblem, über das schon soviel geredet und geschrieben worden ist, wird man nun wohl mit Recht vom Goldenen Zeitalter der Molche sprechen.«

## 3

## *Herr Povondra liest wieder Zeitung*

Nichts zeigt einem so deutlich, wie die Zeit vergeht, wie die Kinder. Wo ist der kleine Franzl geblieben, den wir (es ist doch noch gar nicht so lange her!) über den linken Donauzuflüssen verlassen haben?

»Wo steckt denn der Franzl wieder?« brummt Herr Povondra und schlägt seine Abendzeitung auf.

»Wo denn schon, wie immer«, bemerkt Frau Povondra, über ihr Nähzeug gebeugt.

»Da ist er wieder hinter einem Weibsstück her«, sagt Herr Povondra streng. »Verflixter Junge! Er ist kaum dreißig, und keinen Abend daheim!«

»Wieviel Socken er dabei zerreißt«, seufzt Frau Povondra und stülpt eine weitere hoffnungslose Socke über den hölzernen Stopfpilz. »Was soll ich damit nur anfangen«, überlegt sie laut über dem ausgedehnten Loch an der Ferse, das mit seiner Form an die Insel Ceylon erinnert. »Am besten wegschmeißen«, meint sie kritisch, setzt aber nach einer längeren strategischen Überlegung die Nadel doch entschlossen an der Südspitze Ceylons an.

Dann herrschte jene würdevolle Stille vor dem häuslichen Herd, die Vater Povondra so teuer war; nur die Zeitung raschelt ab und zu, worauf stets der rasch durchgezogene Faden antwortet.

»Haben sie ihn schon?« fragt Frau Povondra.

»Wen denn?«

»Den Mörder, der das Frauenzimmer umgebracht hat?«

»Was kümmert mich dein Mörder«, knurrt Herr Povondra etwas angewidert. »Hier lese ich gerade, daß es zwischen Japan und China zu Spannungen gekommen ist. Das ist eine ernste Angelegenheit. Dort ist es immer eine ernste Angelegenheit.«

»Ich glaube, daß sie ihn nicht bekommen werden«, meint Frau Povondra.

»Wen denn?«

»Den Mörder. Wenn jemand ein Frauenzimmer umbringt, dann kriegen sie ihn selten.«

»Der Japaner sieht es nicht gern, wenn China den Gelben Fluß reguliert. Das ist Politik. Solange dort der Gelbe Fluß Unheil anrichten kann, gibt es in China jeden Augenblick Überschwemmungen und Hungersnot, und das schwächt den Chinesen, weißt du? Gib mir die Schere, Mutter, ich schneide mir das aus.«

»Warum?«

»Aber ich lese da, daß zwei Millionen Molche am Gelben Fluß arbeiten.«

»Das ist viel nicht wahr?«

»Das will ich meinen. Bestimmt werden sie von Amerika bezahlt. Deswegen möchte der Mikado dort seine eigenen Molche einsetzen. — Sieh mal einer an!«

»Was denn?«

»Da schreibt der *Petit Parisien*, daß sich das Frankreich nicht gefallen lassen kann. Und das stimmt. Ich würde mir das auch nicht gefallen lassen.«

»Und was würdest du dir nicht gefallen lassen?«

»Wenn Italien die Insel Lampedusa erweitert. Das ist ein schrecklich wichtiger strategischer Punkt, weißt du? Der Italiener könnte von Lampedusa aus Tunesien bedrohen. Der *Petit Parisien* schreibt da, daß der Italiener also aus diesem Lampedusa eine Seefestung ersten Ranges bauen möchte. Angeblich soll er dort sechzigtausend bewaffnete Molche halten. — Das ist bedenklich, sechzigtausend, das sind drei Divisionen, Mutter. Ich sage schon immer, im Mittelmeer, da gibt es noch einmal was. Gib her, ich schneide mir das aus!«

Unterdessen war Ceylon unter der fleißigen Hand Frau Povondras auf die Ausmaße der Insel Rhodos zusammengeschrumpft.

»Und England«, sinniert Vater Povondra, »wird auch Schwierigkeiten bekommen. Im Unterhaus wurde erklärt, daß Großbritannien bei diesen Wasserbauten angeblich hinter den anderen Staaten zurückbleibe. Daß angeblich andere Kolonialmächte um jeden Preis neue Küsten und Festländer bauen, während die britische Regierung in ihrem konservativen Mißtrauen zu den Molchen — das stimmt Mutter, die Engländer sind furchtbar konservativ. Ich kannte einen Lakai von der britischen Botschaft, und der hätte um nichts in der Welt einen Bissen von unserer tschechischen Preßwurst in den Mund genommen. Bei ihnen gibt es das angeblich nicht, und so wird er es auch nicht essen, sagte er. Wundert mich gar nicht, daß sie von anderen Staaten überholt werden.« Herr Povondra nickt ernst. »Und Frankreich erweitert seine Küsten bei Calais. Jetzt schlagen die Zeitungen in England Alarm, daß Frankreich über den Kanal schießen wird, wenn der Kanal enger wird. Das haben sie jetzt davon. Hätten sie doch selber ihre Küsten bei Dover erweitert, dann könnten sie auf Frankreich schießen.«

»Und warum sollten sie schießen?«

»Das verstehst du nicht. Das hat militärische Gründe. Ich würde mich überhaupt nicht wundern, wenn es da einmal losgehen sollte. Da oder irgendwo anders. Das ist doch klar, jetzt, wegen der Molche, da ist die Weltlage ganz anders, Mutter. Ganz anders.«

»Du meinst, daß es Krieg geben könnte?« fragte Frau Povondra besorgt. »Ich meine, wegen unserem Franzl, daß er da gehen müßte.«

»Krieg?« meinte Vater Povondra. »Es wird einen Weltkrieg geben müssen, damit sich die Staaten das Meer aufteilen können. Aber wir bleiben neutral. Jemand muß doch neutral bleiben, damit er den andern Waffen und alles liefern kann. So ist es«, beschloß Herr Povondra. »Aber das versteht ihr Weiber nicht.«

Frau Povondra kniff die Lippen zusammen und vollendete mit raschen Stichen die Tilgung der Insel Ceylon aus Franzls Socke.

»Und wenn ich bedenke«, ließ sich Vater Povondra mit kaum unterdrücktem Stolz vernehmen, »daß es diese drohende Situation ohne mich nicht geben würde! Hätte ich damals diesen Kapitän nicht bei Herrn Bondy vorgelassen, würde die ganze Geschichte anders aussehen. Ein anderer Portier hätte ihn gar nicht erst reingelassen, aber ich habe mir gesagt, ich nehme das auf meine Kappe. Und jetzt, siehst du, was für Schwierigkeiten damit solche Staaten wie England oder Frankreich haben! Und da wissen wir noch gar nicht, was daraus einmal werden kann...« Herr Povondra zog erregt an seiner Pfeife. »So ist es, meine Liebe. Die Zeitungen sind voll von den Molchen. Da schon wieder...« Vater Povondra legte die Pfeife weg. »Da steht, daß bei der Stadt Kankesanturai auf Ceylon die Molche ein Dorf überfallen haben; angeblich haben die Eingeborenen dort zuvor ein paar Molche umgebracht. Es wurden Polizei und eine Abteilung eingeborener Soldaten eingesetzt«, las Herr Povondra laut vor, »worauf es zu einem regelrechten Schußwechsel zwischen den Molchen und den Menschen kam. Auf seiten der Soldaten gab es mehrere Verletzte...« Vater Povondra legte die Zeitung weg. »Das gefällt mir nicht, Mutter.«

»Warum?« wunderte sich Frau Povondra und klopfte mit der umgekehrten Schere sorgfältig und befriedigt auf die Stelle, wo sich einst die Insel Ceylon befunden hatte. »Ist doch nichts dabei.«

»Ich weiß nicht«, stieß Vater Povondra hervor und begann erregt im Zimmer auf und ab zu gehen. »Aber das gefällt mir nicht. Nein, das sehe ich nicht gern. Schießereien zwischen Menschen und Molchen, das sollte es nicht geben.«

»Vielleicht haben sich die Molche nur gewehrt«, beschwichtigte Frau Povondra und legte die Socken weg.

»Das ist es ja«, brummte Herr Povondra beunruhigt. »Sobald die Biester einmal anfangen, sich zu wehren, wird es schlimm! Das ist das erste Mal, daß sie so etwas... Teufel, das sehe ich nicht gern!« Herr Povondra blieb stehen. »Ich weiß nicht, aber... vielleicht hätte ich damals den Kapitän doch nicht bei Herrn Bondy vorlassen sollen!«

DRITTES BUCH

# Der Krieg
# mit den Molchen

# 1

## *Das Massaker auf den Kokos-Inseln*

In einer Sache hatte sich Herr Povondra geirrt: Die Schießerei bei der Stadt Kankesanturai war nicht der erste Zusammenstoß zwischen Menschen und Molchen. Der erste historisch bekannte Konflikt fand einige Jahre zuvor auf den Kokos-Inseln statt, noch in den goldenen Zeiten der Piratenjagden auf Salamander; aber nicht einmal das war der älteste Zwischenfall dieser Art, in den pazifischen Häfen konnte man so manches über gewisse bedauerliche Fälle hören, wo die Molche sogar dem regulären S-Trade eine Art Widerstand entgegensetzten. Solche Lappalien werden allerdings von der Geschichtsschreibung nicht verzeichnet.

Bei jenen Kokos- oder Keeling-Inseln kam das so: Das Prisenschiff *Montrose* der bekannten Harriman Pacific Trade Company unter Kapitän James Lindley hielt hier zur üblichen Jagd auf Molche vom Typ Maccaroni an. Auf den Kokos-Inseln gab es eine bekannte und reiche Molchbucht, die noch von Kapiän van Toch bestückt, wegen ihrer Abgeschiedenheit jedoch, wie man sagt, dem lieben Gott überlassen worden war. Kapitän Lindley war keinerlei Unvorsichtigkeit vorzuwerfen, auch der Umstand nicht, daß die Besatzung unbewaffnet an Land ging. (Damals hatte nämlich der räuberische Molchhandel bereits seine Regeln; es stimmt allerdings, daß die Korsarenschiffe und Besatzungen zuvor mit Maschinengewehren, ja auch mit leichten Kanonen ausgerüstet gewesen waren, allerdings nicht gegen die Salamander, sondern gegen die unlautere Konkurrenz anderer Piraten. Auf der Insel Karakelong stieß jedoch einmal die Besatzung eines Harriman-Schiffes mit der Mannschaft eines Dänen zusammen, dessen Kapitän Karakelong als sein Jagdgebiet betrachtete; damals beglichen beide Besatzungen alte Rechnungen, namentlich aber Prestige- und Handelsdifferenzen, indem sie den Molchfang beiseite ließen und mit Gewehren und Hotchkiss-

Kanonen aufeinander losgingen; die Dänen siegten zwar auf dem Festland im Nahkampf mit dem Messer, aber Harrimans Dampfer beschoß dann erfolgreich das dänische Schiff mit seinen Kanonen und versenkte es mit Mann und Maus, einschließlich Kapitän Niels — das war der sogenannte Zwischenfall von Karakelong. Damals mußten sich sogar die Behörden und Regierungen der zuständigen Staaten mit der Sache befassen; den Banditenschiffen wurde verboten, weiterhin Kanonen, Maschinengewehre und Handgranaten zu benutzen; außerdem teilten sich die Piratengesellschaften die sog. freien Jagdgebiete untereinander auf, so daß jede Molchlokalität nur von einem bestimmten Räuberschiff angelaufen werden durfte; dieses gentlemen's agreement der großen Piraten wurde in der Tat eingehalten und auch von den kleinen Raubunternehmern respektiert.) Um jedoch auf Kapitän Lindley zurückzukommen. Er handelte voll im Einklang mit den damals üblichen Handels- und Seefahrergepflogenheiten, als er seine Leute nur mit Knüppeln und Rudern bewaffnet zum Molchfang auf die Kokos-Inseln schickte, und die amtliche Untersuchung gewährte dem toten Kapitän hinterher auch volle Satisfaktion.

Die Mannschaft, die in jener Mondnacht die Kokos-Insel betrat, wurde von Schiffsleutnant Eddie McCarth befehligt, der in dieser Art Jagd bereits Erfahrung besaß. Es stimmt, daß die Molchherde, die er am Ufer vorfand, außergewöhnlich zahlreich war, schätzungsweise sechs- bis siebenhundert erwachsene, starke Männchen, während Leutnant McCarth nur sechzehn Mann unter seinem Kommando hatte; man kann ihm jedoch nicht zum Vorwurf machen, daß er das Unternehmen nicht abblasen ließ, schon deshalb nicht, weil Offiziere und Mannschaften der Piratenschiffe üblicherweise Prämien nach der Stückzahl der erbeuteten Molche bekamen. Bei der späteren Untersuchung stellte das Seegericht fest, daß »Leutnant McCarth zwar für den verhängnisvollen Vorfall verantwortlich« sei, daß jedoch »unter den gegebenen Umständen offenbar niemand anders gehandelt« hätte. Im Gegenteil, der unglückliche junge Offizier zeigte beträchtliche Umsicht, indem er statt einer langsamen Umzingelung der Molche, die unter dem gegebenen zahlenmäßigen Verhältnis ohnehin nicht lückenlos sein konnte, einen Überraschungsangriff befahl, durch den die Molche vom Meer abgeschnitten, in das Innere der Insel abgedrängt und einer nach dem andern mit Knüppeln und Rudern bewußtlos geschlagen werden sollten. Unglücklicherweise riß beim Angriff die Sturmkette der Matrosen auseinander, so daß nahezu zweihundert Salamander ins Wasser flüchten konnten. Während die angreifenden Männer die vom Meer abgeschnittenen Molche bearbeiteten, begannen hinter ihrem Rücken Schüsse aus Unterwasserpistolen (shark guns) zu krachen; niemand hatte auch nur die geringste Ahnung, daß diese naturbelassenen wilden Molche auf den Keeling-Inseln mit Pistolen gegen Haie ausgerüstet waren, und es wurde niemals festgestellt, wer sie mit den Waffen versorgt hatte.

Der Schiffsjunge Michael Kelly, der die Katastrophe überlebt hat, erzählt: »Als die Schüsse krachten, dachten wir, daß irgendeine andere Mannschaft, die auch auf Molchjagd war, auf uns schießt. Leutnant McCarth drehte sich gleich um und rief: ›Was macht ihr denn, ihr Trottel, hier ist die *Montrose*!‹ Da wurde er an der Hüfte verletzt, zog aber noch seinen Revolver und begann zu feuern. Dann bekam er eine zweite in den Hals und fiel. Jetzt erst sahen wir, daß da Molche schossen und daß sie uns vom Meer abschneiden wollten. Da hob Long Steve das Ruder und stürzte sich auf die Molche mit dem Ruf: ›*Montrose! Montrose!*‹ Auch wir andern schrien ›*Montrose!*‹ und schlugen mit den Rudern auf die Biester ein, wie es nur ging. Ungefähr fünf von uns blieben dort liegen, aber wir kämpften uns bis zum Meer durch. Long Steve sprang ins Wasser und watete zum Boot; aber dort stürzten sich ein paar Molche auf ihn und zogen ihn unter Wasser. Auch Charlie ertränkten sie; er schrie uns zu: ›Jungs, um Christi willen, Jungs, überlaßt mich den Biestern nicht!‹, aber wir konnten ihm nicht helfen. Die Schweine schossen uns in den Rücken; Bodkin drehte sich um und bekam sie in den Bauch, er sagte nur noch ›Aber nicht doch‹ und fiel. So sahen wir zu, daß wir wieder ins Innere der Insel kamen; unsere Ruder und Knüppel hatten wir an den Biestern schon zerbrochen, und so liefen wir wie die Hasen. Da waren wir nur noch vier. Wir hatten Angst, zu weit vom Ufer wegzulaufen, weil wir dann nicht mehr aufs Schiff zurück könnten; wir versteckten uns hinter Felsen und Sträuchern und mußten zusehen, wie die Molche unsere Kameraden fertigmachten. Sie ertränkten sie im Wasser wie die Katzen, und wenn einer noch schwimmen konnte, bekam er eins über den Kopf. Ich fühlte jetzt erst, daß ich mir den Fuß verstaucht hatte und nicht mehr weiter konnte.«

Es scheint, daß unterdessen Kapitän James Lindley, der auf der *Montrose* geblieben war, die Schüsse von der Insel gehört haben mußte; ob er dachte, daß es dort etwas mit Eingeborenen gegeben hätte oder daß andere Molchhändler aufgetaucht wären, er rief einfach den Koch und zwei Maschinisten, die noch an Bord waren, ließ das restliche Boot der *Montrose* mit einem Maschinengewehr bestücken, das er vorausschauend, wenn auch streng vorschriftswidrig, auf dem Schiff versteckt hielt, und fuhr seiner Mannschaft zu Hilfe. Er war vorsichtig genug, nicht an Land zu gehen; er stieß nur mit dem Boot, auf dessen Bug das Maschinengewehr montiert war, ans Ufer und blieb mit »verschränkten Armen« stehen. Lassen wir den Schiffsjungen Kelly das weitere Geschehen schildern.

»Wir wollten den Kapitän nicht rufen, damit uns die Molche nicht fänden. Herr Lindley stand mit verschränkten Armen im Boot und rief: ›Was ist da los?‹ Da drehten sich die Molche zu ihm um. Es waren ein paar hundert am Ufer, und aus dem Meer kamen immer mehr herbeigeschwommen und umzingelten das Boot. ›Was geht hier vor?‹ fragte der Kapitän, und da kommt ein großer Molch auf ihn zu und sagt: ›Gehen Sie zurück!‹

Der Kapitän sah ihn an, sagte eine Weile nichts und fragte dann: ›Sie sind ein Molch?‹

›Wir sind Molche‹, sagte der Molch. ›Gehen Sie zurück, Herr!‹

›Ich will wissen, was ihr mit meinen Leuten gemacht habt‹, sagte der Alte.

›Sie hätten uns nicht überfallen sollen‹, sagte der Molch. ›Gehen Sie auf Ihr Schiff zurück, Herr!‹

Der Kapitän sagte wieder eine Weile nichts, und dann meinte er ganz ruhig: ›Also gut. Feuer, Jenkins!‹

Und der Maschinist Jenkins begann mit dem Maschinengewehr auf die Molche zu feuern.«

(Bei der späteren Untersuchung der ganzen Angelegenheit erklärte das Seegericht wörtlich: »In dieser Hinsicht verhielt sich Cpt. James Lindley, wie man es von einem britischen Seemann erwarten mußte.«)

»Die Molche standen auf einem Haufen zusammen«, hieß es in Kellys Zeugenaussage weiter, »und so fielen sie wie das Korn auf dem Feld. Manche schossen aus ihren Pistolen nach Herrn Lindley, aber der stand nur mit verschränkten Armen da und rührte sich nicht. In dem Moment tauchte hinter dem Boot ein schwarzer Molch aus dem Wasser, der etwas wie eine Blechkonserve in der Pfote hielt, mit der anderen Hand riß er etwas davon ab, und warf sie dann unter das Boot ins Wasser. Man hätte so bis fünf zählen können, dann schoß an der Stelle eine Wassersäule in die Höhe, und man konnte eine gedämpfte, aber doch so starke Explosion hören, daß auch der Boden unter unseren Füßen dröhnte.«

(Nach Kellys Schilderung kam die Untersuchungsbehörde zu dem Schluß, daß es sich um den Sprengstoff W 3 gehandelt haben mußte, der den bei der Befestigung von Singapur eingesetzten Molchen zu Unterwassersprengungen von Felsen geliefert worden war. Wie er allerdings aus den Händen der dortigen Molche auf die Kokos-Inseln gelangt war, blieb ein Rätsel; manche meinten, er sei von Menschen hingebracht worden, andere waren der Ansicht, daß die Molche schon damals eine Fernverbindung untereinander gehabt haben mußten. Die öffentliche Meinung rief damals nach einem Verbot dieses gefährlichen Sprengstoffs für die Molche; die zuständige Behörde erklärte jedoch, daß der »höchst wirksame und verhältnismäßig sichere« Sprengstoff W 3 zur Zeit durch keinen anderen ersetzt werden könne; und dabei blieb es.)

»Das Boot flog in die Luft«, heißt es in Kellys Aussage weiter, »und wurde in Stücke gerissen. Die Molche, die am Leben geblieben waren, liefen zu der Stelle hin. Wir konnten nicht ausmachen, ob Herr Lindley noch am Leben war; aber alle drei Kameraden — Donovan, Burke und Kennedy — sprangen auf und eilten ihm zu Hilfe, damit er den Molchen nicht in die Hände fiele. Ich wollte auch hinlaufen, aber ich hatte mir den Knöchel verstaucht, und so setzte ich mich hin und zerrte mit beiden Händen am Fuß, damit sich der Knöchel wieder einrenkte. So weiß ich nicht, was inzwischen passiert war, aber als ich wieder hinsah, lag Kennedy mit dem Gesicht im Sand, und von Donovan und Burke war nichts zu sehen; nur im Wasser brodelte es noch.«

Der Schiffsjunge Kelly flüchtete daraufhin tiefer ins Inselinnere, bis er ein Eingeborenendorf fand; die Eingeborenen verhielten sich aber recht merkwürdig und wollten ihm nicht einmal Obdach gewähren; vielleicht fürchteten sie die Molche. Erst sieben Wochen später fand ein Fischereifahrzeug die vor den Kokos-Inseln verankerte und völlig ausgeraubte und verlassene *Montrose* und rettete auch Kelly.

Einige Wochen später ging das Kanonenboot Seiner britischen Majestät *Fireball* vor den Kokos-Inseln vor Anker und wartete die Nacht ab. Es war wieder eine strahlend weiße Vollmondnacht; aus dem Meer kamen Molche, kauerten sich in einem großen Kreis auf dem Strand nieder und begannen feierlich zu tanzen. Da feuerte das Boot Seiner Majestät das erste Schrapnell in ihre Mitte ab. Die Molche, sofern sie nicht gleich in Stücke gerissen wurden, erstarrten für einen Augenblick und liefen dann zum Wasser; in diesem Moment donnerte eine Salve aus sechs Rohren, und nur wenige schwerverletzte Molche konnten sich noch bis zum Wasser schleppen. Dann erdröhnte eine zweite und dritte Salve.

Daraufhin zog sich das Kanonenboot Seiner Majestät *Fireball* eine halbe Meile zurück und begann, langsam die Küste entlangfahrend, in das Wasser zu feuern. Das dauerte sechs Stunden, und es wurden etwa achthundert Schuß abgegeben. Sodann nahm die *Fireball* Kurs auf die hohe See. Noch zwei Tage lang war das Meer vor den Keeling-Inseln von Tausenden und Abertausenden zerrissener Molche bedeckt.

In derselben Nacht feuerte das holländische Schlachtschiff *Van Dijck* drei Schüsse in eine Molchansammlung auf der Insel Goenong Api ab; der japanische Kreuzer *Hakodate* schickte drei Granaten auf die Molchinsel Ailinglaplap; das französische Kanonenboot *Dechamel* löste mit drei Schüssen den Molchtanz auf der Insel Rawaiwai auf. Es war eine Warnung an die Molche. Sie war nicht erfolglos: Der Fall (man nannte ihn Keeling-Killing) wiederholte sich nicht, und der ordentliche und der wilde Molchhandel konnten ungestört und gesegnet weiterblühen.

## 2

## *Der Zusammenstoß in der Normandie*

Von anderer Art war der Zwischenfall in der Normandie, der etwas später stattfand. Dort hatten die Molche, die vor allem in Cherbourg arbeiteten und an den angrenzenden Küsten siedelten, eine besondere Vorliebe für Äpfel entwickelt; weil sich jedoch die Arbeitgeber weigerten, das Obst zusätzlich zur üblichen Molchnahrung zu liefern (mit der Begründung, daß dadurch die Baukosten den festgesetzten Etat übersteigen würden), unternahmen die Molche Raubzüge durch die nahen Obstgärten. Die Landwirte beschweren sich bei der Präfektur, und den Molchen wurde verboten, sich außerhalb der sog. Molchzone am Ufer herumzutreiben. Das half jedoch nichts, das Obst in den Gärten verschwand auch weiterhin, es verschwanden angeblich auch Eier aus den Hühnerställen, und immer häufiger wurden morgens auch erschlagene Hunde gefunden. Da übernahmen die Bauern, mit alten Gewehren bewaffnet, den Schutz ihrer Gärten selbst und schossen die wildernden Molche ab. Es hätte schließlich und endlich eine lokale Angelegenheit bleiben können; doch die normannischen Bauern, die schon durch Steuererhöhungen und Verteuerung der Munition erbost waren, bekamen einen tödlichen Haß auf die Molche und überfielen sie nun regelrecht in bewaffneten Trupps. Als die Molche scharenweise auch auf ihren Arbeitsplätzen abgeschossen wurden, beschwerten sich wiederum die Wasserbauunternehmer beim Präfekten, woraufhin dieser den Befehl gab, die rostigen Schießprügel der Bauern zu beschlagnahmen. Die Bauern wehrten sich natürlich, und es kam zu unliebsamen Konflikten mit der Gendarmerie; die dickköpfigen Normannen begannen neben den Molchen auch Gendarmen abzuschießen. Die Gendarmerie zog Verstärkungen in die Normandie zusammen, um die Dörfer Haus für Haus durchsuchen zu können.

Gerade zu dieser Zeit gab es einen höchst unangenehmen Zwischenfall; in der Umgebung von Coutance überfielen Dorfburschen einen Molch, der sich angeblich verdächtig um einen Hühnerstall herumgetrieben hatte; sie umzingelten ihn und begannen ihn dann, als er mit dem Rücken zu einer Scheunenwand stand, mit Dachziegeln zu steinigen. Der verletzte Salamander streckte einen Arm aus und warf einen eiförmigen Gegenstand auf den Boden; daraufhin folgte eine Explosion, durch die der Molch, aber auch drei junge Leute zerrissen wurden: der elfjährige Pierre Cajus, der sechzehnjährige Marcel Bérard und der fünfzehnjährige Louis Kermadec; außerdem wurden fünf weitere Kinder mehr oder weniger schwer verletzt. Die Nachricht davon verbreitete sich in Windeseile; etwa siebenhundert Menschen kamen mit Bussen von weit und breit angefahren und überfielen mit Gewehren, Heugabeln und Dreschflegeln die Molchsiedlung in der Bucht Basse Coutance. Ungefähr zwanzig Molche wurden getötet, bevor es den Gendarmen gelang, die erboste Menge zurückzudrängen. Die aus Cherbourg herbeigerufenen Pioniere umgaben die Bucht Basse Coutance mit Stacheldraht; aber nachts kamen die Salamander aus dem Meer, zerstörten die Drahthindernisse mit Handgranaten und schickten sich offenbar an, ins Hinterland vorzustoßen. Militärtransporter brachten eiligst einige Kompanien Infanterie mit Maschinengewehren heran, und die Soldaten versuchten, die Molche von den Menschen zu trennen. Unterdessen plünderten die Bauern die Finanzämter und Gendarmerieposten, und ein unbeliebter Steuerbeamter wurde an einer Laterne aufgehängt, mit einer Tafel auf der Brust. FORT MIT DEN MOLCHEN! Die Zeitungen, vornehmlich die deutschen, schrieben von einer Revolution in der Normandie; die Pariser Regierung trat dem jedoch mit einem energischen Dementi entgegen.

Während sich die blutigen Zusammenstöße zwischen Bauern und Molchen über die Küsten von Calvados, Picardie und Pas de Calais ausbreiteten, lief der alte französische Kreuzer *Jules Flambeau* von Cherbourg in Richtung normannische Westküste aus; es ging dabei ausschließlich darum, wie später versichert wurde, die einheimische Bevölkerung wie auch die Molche durch die bloße Anwesenheit des Kreuzers zu beruhigen. Die *Jules Flambeau* hielt anderthalb Meilen vor der Bucht Basse Coutance; als die Nacht hereinbrach, befahl der Kommandant, zur Steigerung des Effekts farbige Leuchtraketen abzufeuern. Viele Menschen sahen dem schönen Spektakel vom Strand aus zu; plötzlich vernahmen sie ein zischendes Dröhnen, worauf am Bug des Kreuzers eine riesige Wassersäule in die Höhe schoß; das Schiff neigte sich zur Seite, und in diesem Augenblick ertönte eine donnernde Explosion. Der Kreuzer sank offenbar; innerhalb einer Viertelstunde kamen aus den umliegenden Häfen Motorboote zu Hilfe, aber sie wurden nicht gebraucht; bis auf drei Männer, die bei der Explosion selbst ums Leben gekommen waren, konnte sich die gesamte Besatzung retten. Die *Jules Flambeau* sank fünf Minuten nachdem ihr Kommandant als letzter mit den denkwürdigen Worten von Bord gegangen war: »Da kann man nichts mehr machen.«

In der amtlichen Meldung, die noch in derselben Nacht herausgegeben wurde, hieß es, daß »der alte Kreuzer *Jules Flambeau*, der ohnehin in den nächsten Wochen abgewrackt werden sollte, bei einer Nachtfahrt auf ein Riff aufgelaufen und infolge einer Kesselexplosion gesunken ist«, doch die Zeitungen ließen sich nicht beirren; während die offiziöse Presse behauptete, das Schiff sei auf eine deutsche Mine neuesten Ursprungs gefahren, brachte die oppositionelle Presse folgende Balkentitel:

## Französischer Kreuzer von Molchen torpediert!

### Rätselhafter Zwischenfall vor der normannischen Küste!

## *Aufstand der Molche!*

»Wir rufen zur Verantwortung«, schrieb der Abgeordnete Barthélemy in seinem Blatt leidenschaftlich, »jene, die Tiere gegen Menschen bewaffnet haben; jene, die Molchen Bomben in die Hände gaben, um damit französische Landwirte und unschuldige spielende Kinder zu töten; jene, die den Meeresungeheuern die modernsten Torpedos gaben, um damit die französische Flotte versenken zu können, wann immer es ihnen beliebt. Ich rufe sie zur Verantwortung: Mögen sie des Mordes angeklagt werden, mögen sie wegen Landesverrats vors Kriegsgericht gestellt werden, möge untersucht werden, wieviel sie von den Rüstungsmagnaten dafür bekommen haben, daß sie die Canaillen des Meeres mit Waffen gegen die zivilisierte Flotte ausgerüstet haben!« Und so weiter; allgemeines Entsetzen verbreitete sich, die Menschen rotteten sich in den Straßen zusammen und errichteten Barrikaden; auf den Pariser Boulevards nahmen Senegalschützen Aufstellung, die Gewehre in Pyramiden zusammengestellt, und in den Vororten warteten Panzer und Panzerwagen. Da erhob sich der Marineminister M. François Ponceau im Parlament von seinem Platz, bleich, aber entschlossen, und erklärte: Die Regierung übernimmt die Verantwortung dafür, daß sie die Molche an der französischen Küste mit Gewehren, Unterwasser-MGs, Unterwasser-Batterien und Torpedowerfern ausgerüstet hat. Aber während die französischen Molche nur leichte Kanonen kleinen Kalibers besitzen, werden die deutschen Salamander mit Untersee-Mörsern vom Kaliber 32 cm ausgerüstet; während sich entlang der französischen Küste durchschnittlich nur alle vierundzwanzig Kilometer ein Unterwasser-Depot mit Handgranaten, Torpedos und Sprengstoffen befindet, gibt es an der italienischen Küste Tiefen-Depots mit Kriegsmaterial auf jedem zwanzigsten und in deutschen Gewässern auf jedem achtzehnten Kilometer. Frankreich kann und wird seine Küsten nicht ungeschützt lassen. Der Minister läßt jetzt bereits strengstens untersuchen, wer an dem schicksalhaften Mißverständnis vor der normannischen Küste schuld ist; es scheint, daß die Molche die farbigen Leuchtkugeln für ein Signal zum militärischen Eingreifen hielten und sich wehren wollten. Zunächst wurden sowohl der Kommandant der *Jules Flambeau* als auch der Präfekt von Cherbourg ihrer Posten enthoben; eine Sonderkommission untersucht inzwischen, wie die Wasserbauunternehmer mit ihren Molchen umgehen; in Zukunft wird in dieser Hinsicht eine strenge Aufsicht verfügt. Die Regierung bedauert zutiefst die Verluste an Menschenleben; die jungen Nationalhelden Pierre Cajus, Marcel Bérard und Louis Kermadec werden dekoriert und bekommen ein Staatsbegräbnis, ihre Eltern erhalten Ehrenpensionen. Im Oberkommando der französischen Flotte wird es wichtige Veränderungen geben. Die Regierung wird, sobald sie in der Lage ist, nähere Einzelheiten zu unterbreiten, die Vertrauensfrage stellen. Daraufhin trat das Kabinett zur Permanentsitzung zusammen.

Unterdessen verlangten die Zeitungen — je nach politischer Couleur — Straf-, Ausrottungs-, Kolonisierungsexpeditionen oder Kreuzzüge gegen die Molche, ferner den Generalstreik, den Rücktritt der Regierung, die Verhaftung der Molchunternehmer, die Verhaftung kommunistischer Führer und Agitatoren und viele andere solcher Rettungsaktionen. Mit zunehmenden Gerüchten über eine mögliche Schließung der Küsten und Häfen begannen sich die Menschen fieberhaft mit Lebensmitteln einzudecken, und die Preise stiegen mit atemberaubendem Tempo; in den Industriestädten brachen Tumulte gegen die Teuerung aus; die Börse blieb drei Tage lang geschlossen. Kurz, es war die gespannteste und gefährlichste Situation in den letzten drei oder vier Monaten. In diesem Augenblick traf der Ackerbauminister M. Monti eine geschickte Maßnahme. Er ordnete an, daß an der französischen Küste zweimal die Woche soundsoviel hundert Waggon Äpfel für die Molche ins Meer geworfen werden sollen, natürlich auf Staatskosten. Diese Maßnahme befriedigte die Molche ungemein und beruhigte auch die Obstbauern in der Normandie und anderwärts. Aber M. Monti ging noch weiter: Da es bereits längere Zeit in den mit Absatzschwierigkeiten kämpfenden Weingegenden zutiefst und bedenklich gebrodelt hatte, verfügte er, daß der Staat einen Beitrag für die Molche zu leisten habe, indem jeder Salamander täglich einen halben Liter Weißwein zu bekommen habe. Die Molche wußten mit dem Wein zunächst nichts anzufangen, da sie danach von starken Durchfällen heimgesucht wurden, und schütteten ihn ins Meer; im Laufe der Zeit gewöhnten sie sich jedoch offenbar daran, und es wurde beobachtet, daß sich seit der Zeit die französischen Molche eifriger paarten, wenn auch mit geringerer Fruchtbarkeit als zuvor. Auf diese Weise wurden die Agrarfrage und das Molchproblem mit einem Schlag gelöst; die bedrohliche Spannung wurde entschärft, und als kurze Zeit darauf eine neue Regierungskrise ausbrach (wegen des Finanzskandals um Mme Töpfer), wurde der geschickte und bewährte M. Monti Marineminister im neuen Kabinett.

## 3

## *Der Zwischenfall im Ärmelkanal*

Etwas später fuhr das belgische Schiff *Oudenbourgh* von Ostende nach Ramsgate. Als es sich etwa in der Mitte der Straße von Calais befand, bemerkte der diensthabende Offizier, daß sich ungefähr eine halbe Meile südlich vom üblichen Kurs »im Wasser etwas tat«; weil er nicht ausmachen konnte, ob da nicht jemand in Seenot geraten war, befahl er, die stark aufgewirbelte Stelle anzusteuern. An die zweihundert Fahrgäste beobachteten von Luv aus ein merkwürdiges Schauspiel; da und dort schoß ein Wasserstrahl senkrecht in die Höhe, da und dort wurde etwas wie ein schwarzer Körper emporgeschleudert; dabei wogte und brodelte das Meer im Umkreis von etwa dreihundert Metern und aus der Tiefe konnte man tosendes Gedröhn hören. »Als ob ein kleinerer Vulkan unter dem Wasser ausgebrochen wäre.« Während die *Oudenbourgh* sich langsam jener Stelle näherte, erhob sich plötzlich etwa zehn Meter vor dem Bug eine riesige senkrechte Welle, und eine gewaltige Explosion ertönte. Das ganze Schiff bäumte sich auf, und ein Regen fast kochenden Wassers ergoß sich über das Deck; gleichzeitig klatschte am Bug ein dicker schwarzer Körper auf die Planken, der sich vor Schmerzen wand und schrille Schreie von sich gab; es war ein zerrissener und verbrühter Molch. Der Diensthabende befahl volle Kraft zurück, um nicht direkt ins Zentrum dieser explodierenden Hölle zu geraten; unterdessen explodierte es aber schon auf allen Seiten, und das Meer war von zerrissenen Molchleibern bedeckt. Endlich gelang es, das Schiff zu wenden, worauf die *Oudenbourgh* mit Volldampf in nördlicher Richtung floh. Da dröhnte etwa sechshundert Meter hinter ihrem Heck eine gewaltige Detonation und aus dem Meer schoß eine riesige, wohl hundert Meter hohe Wasser- und Dampfsäule empor. Die *Oudenbourgh* nahm Kurs auf Harwich und funkte in alle Richtungen die Warnung: »Achtung, Achtung, Achtung! Auf der Linie Ostende—Ramsgate große Gefahr von Unterwasserexplosionen. Wir wissen nicht, was da los ist. Raten allen Schiffen, auszuweichen!« Unterdessen hielt das Donnern und Grollen an, fast wie bei Seemanövern; aber wegen des schäumenden Wassers und Dampfs konnte man nichts sehen. Da liefen aber von Dover und Calais schon mit Volldampf Torpedoboote und Zerstörer aus, und Geschwader von Militärflugzeugen stürzten sich auf das erwähnte Gebiet; als sie jedoch ankamen, fanden sie nur eine von gelbem Schlamm getrübte und aufgewühlte Wasserfläche vor, die von toten Fischen und zerrissenen Molchen bedeckt war.

Im ersten Moment sprach man von Minenexplosionen im Kanal; als aber die Küsten zu beiden Seiten des Ärmelkanals von Militär abgesperrt wurden und der britische Premier zum vierten Mal in der Geschichte an einem Samstag sein Weekend unterbrach und nach London eilte, begann man zu ahnen, daß es sich um ein Ereignis von größter internationaler Tragweite handelte. Die Zeitungen brachten die alarmierendsten Gerüchte, blieben aber diesmal erstaunlicherweise weit hinter der Wirklichkeit zurück; niemand ahnte, daß sich Europa, und mit ihm die ganze Welt, einige kritische Tage lang am Rande einer ernsten kriegerischen Auseinandersetzung befand. Erst als das damalige Kabinettsmitglied Sir Thomas Mulberry in den Parlamentswahlen durchfiel und demzufolge seine politischen Memoiren veröffentlichte, konnte man erfahren, was damals eigentlich geschehen war; aber zu der Zeit interessierte das eigentlich niemanden mehr so recht.

Die Sache war in aller Kürze so: Sowohl Frankreich als auch England hatten begonnen, jeder von seiner Seite aus, unterseeische Molchfestungen im Ärmelkanal zu errichten, um im Kriegsfall den ganzen Kanal blockieren zu können; dabei beschuldigten sich die beiden Mächte natürlich gegenseitig, als erste damit angefangen zu haben. Es wird aber der Wahrheit sehr nahe kommen, wenn man sagt, daß beide zugleich mit ihren Befestigungsarbeiten begonnen hatten, in der Befürchtung, daß der benachbarte und befreundete Staat früher anfangen könnte. Kurz und gut, im Ärmelkanal wuchsen unter dem Wasser zwei einander gegenüberliegende riesige Betonfestungen heran, ausgerüstet mit schweren Geschützen, Torpedowerfern, weitverzweigten Minenfeldern und überhaupt allen modernsten Errungenschaften, die der menschliche Fortschritt zu jener Zeit auf dem Gebiet der Kriegskunst erzielt hatte; auf britischer Seite war diese schreckliche Meeresfestung mit zwei Divisionen schwerer Molche und ungefähr dreißigtausend Arbeitssalamandern besetzt, auf französischer Seite mit drei Divisionen erstklassiger Kriegsmolche.

Es scheint, daß an jenem kritischen Tag eine Arbeitskolonne britischer Molche in der Mitte des Kanals auf dem Meeresgrund auf französische Salamander gestoßen und es dabei zu einem Mißverständnis gekommen war. Von französischer Seite hieß es, daß ihre friedlich arbeitenden Molche von britischen angegriffen worden seien, die sie zu verjagen versuchten; die bewaffneten britischen Molche sollen versucht haben, mehrere französische Molche zu verschleppen, die sich natürlich dagegen wehrten. Daraufhin hätten die britischen Militärsalamander mit Handgranaten und Minenwerfern auf die französischen Arbeitsmolche gefeuert, so daß die französischen Molche gezwungen waren, die gleichen Waffen einzusetzen. Die französische Regierung sehe sich deshalb veranlaßt, von der Regierung Seiner britischen Majestät volle Genugtuung und die Räumung des strittigen Meeresabschnitts zu verlangen, ferner auch die Versicherung, daß sich ähnliche Fälle in Zukunft nicht mehr wiederholen würden.

Demgegenüber teilte die britische Regierung der Regierung der Französischen Republik in einer besonderen Note mit, daß französische militärisierte Molche in die britische Kanalhälfte vorgedrungen und im Begriff gewesen seien, dort Minen zu legen. Die britischen Molche hätten die französischen Molche darauf aufmerksam gemacht, daß sie sich auf ihrem Territorium befänden; daraufhin hätten die bis an die Zähne bewaffneten französischen Salamander mit Handgranaten geantwortet und mehrere britische Arbeitsmolche getötet. Die Regierung Seiner Majestät sehe sich mit Bedauern gezwungen, von der Regierung der Französischen Republik volle Genugtuung zu fordern sowie die Garantie, daß fürderhin französische Molche die britische Hälfte des Ärmelkanals strikt zu meiden hätten.

Daraufhin verkündete die französische Regierung, sie könne nicht weiter dulden, daß der Nachbarstaat Untersee-Festungen in unmittelbarer Nähe der französischen Küste errichte. Was das Mißverständnis auf dem Grund des Ärmelkanals betreffe, schlägt die Regierung der Republik vor, die Streitfrage im Sinne der Londoner Konvention dem Internationalen Gerichtshof in Den Haag zu unterbreiten.

Die britische Regierung antwortete, sie könne und gedenke auch nicht, die Sicherheit der britischen Küsten irgendeiner äußeren Entscheidung zu unterwerfen. Als angegriffener Staat fordere sie erneut und mit allem Nachdruck eine Entschuldigung, Schadenersatz und Garantie für die Zukunft. Gleichzeitig lief die vor Malta liegende britische Mittelmeerflotte mit voller Kraft in westlicher Richtung aus; die atlantische Flotte erhielt den Befehl, sich vor Portsmouth und Yarmouth zu versammeln.

Die französische Regierung ordnete die Mobilmachung von fünf Marine-Jahrgängen an.

Es schien, als ob keiner der beiden Staaten jetzt noch nachgeben könnte; schließlich und endlich war jedem klar, daß es sich um nichts weniger als die Herrschaft über den gesamten Kanal handelte. In diesem kritischen Augenblick machte Sir Thomas Mulberry die überraschende Feststellung, daß es auf englischer Seite eigentlich weder militärische, noch Arbeitsmolche gebe (wenigstens *de jure*), da auf den britischen Inseln auch weiterhin das einst unter Sir Samuel Mandeville erlassene Verbot gelte, wonach an den Küsten oder in den souveränen Gewässern der britischen Inseln kein einziger Salamander beschäftigt werden dürfe. Demzufolge konnte die britische Regierung offiziell gar nicht dafürhalten, daß französische Molche über britische hergefallen seien; die ganze Angelegenheit schrumpfte also auf die Frage zusammen, ob die französischen Salamander absichtlich oder nur irrtümlicherweise britische souveräne Gewässer betreten hatten. Die Behörden der Republik sicherten eine Untersuchung des Vorfalls zu; die britische Regierung schlug nicht einmal vor, den Streit dem Internationalen Gerichtshof in Den Haag vorzulegen. Daraufhin beschlossen die britische und die französische Admiralität, zwischen den unterseeischen Festungen im Ärmelkanal künftig eine neutrale Zone von fünf Kilometern freizuhalten, wodurch die Freundschaft zwischen den beiden Staaten eine außerordentliche Festigung erfuhr.

# 4
## Der Nordmolch

Wenige Jahre nach der Ansiedlung der ersten Molchkolonien in der Nord- und Ostsee stellte der deutsche Forscher Dr. Hans Thüring fest, daß der baltische Molch — offensichtlich vom Milieu beeinflußt — einige unterschiedliche körperliche Merkmale aufweise; er sei etwas heller, schreite aufrechter, und sein Schädelindex weise auf einen längeren und schmaleren Schädel hin, als es bei den Schädeln anderer Molche der Fall sei. Diese Varietät erhielt den Namen ›Nordmolch‹ oder ›Edelmolch‹ (*Andrias Scheuchzerie var. nobilis erecta Thüring*).

Aufgrund dessen begann sich auch die deutsche Presse eifrig mit dem baltischen Molch zu befassen. Besonderer Nachdruck wurde auf den Umstand gelegt, daß sich dieser Molch gerade durch den Einfluß des deutschen Milieus zu einem unterschiedlichen und rassisch höheren Typus entwickelt habe, der allen anderen Salamandern zweifelsohne überlegen sei. Mit Verachtung schrieb man über die degenerierten mediterranen Molche, die körperlich und moralisch verkümmert seien, über die wilden tropischen Molche und überhaupt über die tieferstehenden, barbarischen und tierischen Salamander anderer Völker. ›Vom Riesenmolch zum deutschen Übermolch‹, so lautete das geflügelte Wort jener Zeit. War denn die Urheimat aller neuzeitlichen Molche nicht auf deutschem Boden? Stand ihre Wiege nicht bei Öhningen, wo der deutsche Gelehrte Dr. Johannes Scheuchzer ihre herrliche Spur bereits im Miozän fand? Es kann demnach nicht den geringsten Zweifel geben, daß der ursprüngliche *Andrias Scheuchzeri* vor geologischen Zeitaltern auf germanischem Boden geboren wurde; wenn er sich dann über andere Meere und Zonen verbreitete, so bezahlte er dafür mit einem Rückschritt in seiner Entwicklung und degenerierte; sobald er sich jedoch wieder in seiner Urheimat niederließ, wurde er wieder zu dem, was er ursprünglich war; der edle nordische Molch Scheuchzers — hell, aufrecht und langschädlig. Nur auf deutschem Boden also können die Molche zu ihrem reinsten und höchststehenden Typus zurückfinden, der auch vom großen Johannes Jakob Scheuchzer im Abdruck in den Steinbrüchen von Öhningen entdeckt wurde. Deshalb braucht Deutschland neue und längere Küsten, es braucht Kolonien, es braucht Weltmeere, damit sich überall neue Generationen reinrassiger, urtümlicher deutscher Salamander in deutschen Gewässern entwickeln können. Wir brauchen neuen Lebensraum für unsere Molche, schrieben die deutschen Zeitungen; und damit das deutsche Volk diese Tatsache auch ständig vor Augen behalte, wurde in Berlin ein großartiges Denkmal für Johann Jakob Scheuchzer errichtet. Der große Doktor ist hier mit einem dicken Buch in der Hand dargestellt; ihm zu Füßen sitzt aufrecht der edle Nordmolch, den Blick in die Ferne, auf die unabsehbaren Küsten des Weltmeeres, gerichtet.

Bei der Enthüllung dieses Nationaldenkmals wurden natürlich Festreden gehalten, die bei der Weltpresse außerordentliche Aufmerksamkeit erregten. *Deutschland droht wieder*, stellten namentlich britische Stimmen fest. Wir sind zwar diesen Ton bereits gewöhnt, wenn jedoch bei einem offiziellen Anlaß die Rede davon ist, daß Deutschland in den nächsten drei Jahren fünftausend Kilometer neuer Meeresküsten braucht, so sehen wir uns gezwungen, so deutlich wie nur möglich zu antworten: Gut, versucht es! An den britischen Küsten werdet ihr euch die Zähne ausbeißen. Wir sind darauf vorbereitet und werden in drei Jahren um so besser vorbereitet sein. England hat und muß so viele Kriegsschiffe besitzen wie die zwei größten Kontinentalmächte zusammengenommen; dieses Kräfteverhältnis ist für alle Zeiten unveränderlich. Wenn ihr einen wahnwitzigen Rüstungswettlauf auf See entfachen wollt, bitte sehr; kein Brite wird zulassen, daß wir auch nur einen winzigen Schritt zurückbleiben.

»Wir nehmen die deutsche Herausforderung an«, erklärte der Erste Lord der Admiralität, Sir Francis Drake, im Namen der Regierung im Parlament. »Wer seine Hand nach irgendeinem Meer ausstreckt, stößt auf die Panzer unserer Schiffe. Großbritannien ist stark genug, um jeden Angriff auf seine Inseln und auf die Küsten seiner Dominions und Kolonien zurückzuschlagen. Ein solcher Angriff ist in unseren Augen auch der Bau neuer Festländer, Inseln, Festungen und Luftstützpunkte in jedem Meer, dessen Wellen auch nur das kleinste Stück einer britischen Küste umspülen. Dies sei die letzte Warnung an jeden, der die Meeresküsten auch nur um einen einzigen Yard verschieben möchte.« Daraufhin bewilligte das Parlament den Bau neuer Kriegsschiffe mit einem veranschlagten Aufwand von einer halben Milliarde Pfund. Es war eine wahrlich imposante Antwort auf die Errichtung des provokanten Johann-Jakob-Scheuchzer-Denkmals in Berlin; das Denkmal kostete allerdings nur zwölftausend Reichsmark.

Diese Äußerungen beantwortete der hervorragende, meist gut informierte französische Publizist Marquis de Sade etwa folgendermaßen: Der britische Lord der Admiralität erklärt, Großbritannien sei für alle Eventualitäten gewappnet. Das ist gut; ist aber dem edlen Lord bekannt, daß Deutschland mit seinen baltischen Molchen über eine stehende und erschreckend gut ausgerüstete Armee verfügt, die heute fünf Millionen Berufskombattanten zählt, die jederzeit zu Wasser und zu Lande eingesetzt werden können? Dazu muß man noch etwa siebzehn Millionen Molche im technischen Dienst und in der Etappe hinzurechnen, die jederzeit als Reserve- oder Besatzungsarmee Verwendung finden können. Heute ist der baltische Salamander der beste Soldat der Welt; er ist psychologisch perfekt konditioniert und sieht im Krieg seine wahre und größte Aufgabe, er geht in jeden Kampf mit der Begeisterung des Fanatikers, mit dem kühlen Scharfsinn des Technikers und der furchtbaren Disziplin eben des preußischen Molches.

Ist ferner dem britischen Lord der Admiralität bekannt, daß Deutschland fieberhaft Transportschiffe baut, die eine ganze Brigade Kriegssalamander auf einmal befördern können? Ist ihm bekannt, daß es Hunderte und Aberhunderte kleiner U-Boote mit einem Aktionsradius von drei bis fünftausend Kilometern baut, deren Besatzungen ausschließlich aus baltischen Molchen bestehen werden? Ist ihm bekannt, daß es an verschiedenen Stellen des Ozeans unterseeische Treibstofflager errichtet? Nun, so fragen wir denn noch einmal: Kann der britische Bürger sicher sein, daß sein großes Land *wirklich* auf alles vorbereitet ist?

Es ist nicht schwer, sich vorzustellen, fuhr Marquis de Sade fort, welche Bedeutung die mit Untersee-Bertas, Minenwerfern und Torpedos ausgerüsteten Molche im nächsten Krieg für die Blockade der Küsten haben werden; in der Tat, zum ersten Mal in der Geschichte braucht niemand England um seine stolze Insellage zu beneiden. Aber wenn wir schon bei Fragen sind; ist der britischen Admiralität auch bekannt, daß die baltischen Molche mit einem ansonsten friedlichen Werkzeug ausgerüstet sind, das sich Preßluftbohrer nennt? Und daß sich dieser modernste Bohrer der Welt in einer Stunde zehn Meter tief in den besten schwedischen Granit hineinfrißt und fünfzig bis sechzig Meter in englische Kreide? (Geheime Probebohrungen, die eine deutsche technische Expedition in den Nächten des 11., 12. und 13. des vergangenen Monats an der Küste zwischen Hythe und Folkestone, also direkt vor der Nase der Dover-Festung, vorgenommen hat, bestätigen dies.) Wir empfehlen unseren Freunden auf der anderen Seite des Kanals nachzurechnen, in wievielen Wochen Kent oder Essex wie ein Schweizer Käse durchlöchert werden kann. Bis heute blickte der britische Inselbewohner sorgenvoll zum Himmel, denn nur von dort konnte seinen blühenden Städten, seiner Bank of England oder seinen friedlichen, mit immergrünem Efeu umrankten Cottages Vernichtung drohen. Jetzt sollte er lieber sein Ohr an die Erde halten, auf der seine Kinder spielen: Möglicherweise hört er heute oder morgen das Knirschen des unermüdlichen und schrecklichen Bohrers der Molche, der sich Schritt für Schritt tiefer einfrißt und den Weg dafür bahnt, daß dort Ladungen von nie dagewesenen Sprengstoffen angebracht werden? Nicht mehr der Krieg in der Luft, sondern der Krieg unter Wasser und unter der Erde wird in unserem Zeitalter das letzte Wort haben. Wir haben selbstbewußte Töne von der Kommandobrücke des stolzen Albion gehört; jawohl, noch ist es ein stolzes Schiff, das die Wellen des Meeres pflügt und sie beherrscht; aber einmal könnten diese Wellen über einem zerstörten und sinkenden Schiff zusammenschlagen. Wäre es nicht besser, diese Gefahr lieber früher zu bannen? In drei Jahren ist es zu spät dazu!

Die Warnung des brillanten französischen Publizisten rief

in England größte Aufregung hervor; trotz aller Dementi hörten die Menschen in den verschiedensten Teilen Englands das unterirdische Knirschen der molchischen Bohrer. Die deutschen amtlichen Kreise lehnten natürlich den erwähnten Artikel forsch ab und behaupteten, daß er vom Anfang bis zum Ende nur wüste Hetze und feindlich gesinnte Propaganda darstelle; gleichzeitig fanden jedoch im baltischen Raum große kombinierte Manöver der deutschen Kriegsmarine, der Landstreitkräfte und der Salamander statt. Dabei sprengten Salamander-Mineure vor den Augen der ausländischen Militärattachés bei Rügenwalde ein Stück untergrabener Sanddüne von etwa sechs Quadratkilometern in die Luft. Es soll ein großartiges Schauspiel gewesen sein, als die Erde mit schrecklichem Gedröhn »wie eine berstende Eisscholle« aufbrach — und erst dann zu einer riesigen Wand aus Rauch, Stand und Gestein zerstob. Es wurde dunkel wie bei Nacht, und der aufgewirbelte Sand fiel im Umkreis von beinahe hundert Kilometern zur Erde zurück, ja sogar noch einige Tage danach regnete es bis in Warschau Sand. In der Erdatmosphäre blieb nach dieser herrlichen Explosion soviel freischwebender Staub und feiner Sand zurück, daß die Sonnenuntergänge in ganz Europa bis zum Ende des Jahres so schön waren wie nie zuvor.

Das Meer, das sich über das hinweggefegte Stück Küste ergoß, erhielt den Namen ›Scheuchzer-See‹ und war Ziel unzähliger Ausflüge deutscher Schulkinder, die die beliebte Molchhymne sangen:

# 5

## *Wolf Meynert schreibt sein Werk*

Möglicherweise waren es gerade die erwähnten tragischgroßartigen Sonnenuntergänge, die den einsamen Königsberger Philosophen Wolf Meynert zu seinem Monumentalwerk »Der Untergang der Menschheit« inspirierten. Wir können ihn uns lebhaft vorstellen, wie er über den Meeresstrand wandert, barhäuptig und mit wehendem Mantel, hingerissen vom Anblick dieses Meeres von Feuer und Blut, das mehr als die Hälfte des Himmels überflutet. »Ja«, flüstert er ergriffen, »ja, es ist Zeit, das Nachwort zur Geschichte des Menschen zu schreiben!« Und er schrieb es.

Das Trauerspiel des Menschengeschlechts neigt sich seinem Ende zu, begann Wolf Meynert. Lassen wir uns von seiner fieberhaften Geschäftigkeit und seinem technischen Wohlstand nicht verwirren; es ist nur das hektische Rot im Gesicht eines bereits vom Tode gezeichneten Organismus. Niemals noch hat die Menschheit eine so hohe Lebenskonjunktur erlebt wie heute; aber zeigen Sie mir eine Klasse, die zufrieden wäre, oder eine Nation, die sich nicht in ihrem Sein bedroht fühlte. Inmitten all der Geschenke der Zivilisation, im krösushaften Reichtum an geistigen und materiellen Gütern bemächtigt sich unser immer mehr ein unabweisbares Gefühl der Unsicherheit, Beklommenheit und des Ungemachs. Und Wolf Meynert analysierte unerbittlich den geistigen Zustand der heutigen Welt, jene Mischung aus Angst und Haß, Mißtrauen und Megalomanie, Zynismus und Kleinmut; mit einem Wort: Desperation, schloß Wolf Meynert kurz. Typische Anzeichen des Endes. Moralische Agonie.

Die Frage lautet: Ist und war der Mensch je fähig zum Glück? Der Mensch gewiß, wie jedes Lebewesen; die Menschheit jedoch nicht. Das ganze Unglück des Menschen beruht darin, daß er gezwungen ist, zur Menschheit zu werden, oder daß er es zu spät geworden ist, als er bereits unwiederbringlich in Nationen, Rassen, Religionen, Stände und

Klassen, in Arme und Reiche, in Gebildete und Ungebildete, in Herrschende und Beherrschte, differenziert war. Treibt Pferde, Wölfe, Schafe und Katzen, Füchse und Rehe, Bären und Ziegen, zu einer Herde zusammen, sperrt sie in eine Koppel ein und zwingt sie, in diesem unsinnigen Haufen, den ihr Gesellschaftsordnung nennt, zu leben und gemeinsame Lebensregeln einzuhalten. Es wird eine unglückliche, unzufriedene, fatal zerrüttete Herde sein, in der sich kein einziges von Gottes Geschöpfen wohl fühlen wird. Das ist ein ziemlich genaues Bild der großen und hoffnungslos heterogenen Herde, die sich Menschheit nennt. Nationen, Stände, Klassen können nicht auf die Dauer zusammen leben, ohne sich gegenseitig bis zur Unerträglichkeit zu behindern und einzuengen. Sie können entweder in alle Ewigkeit nebeneinander leben — was möglich war, solange die Welt für alle groß genug war —, oder gegeneinander, im Kampf auf Leben und Tod. Für biologische menschliche Einheiten, wie Rasse, Volk oder Klasse, gibt es nur einen einzigen natürlichen Weg zur homogenen und ungestörten Glückseligkeit: indem sie Raum nur für sich selbst schaffen und die anderen ausrotten. Und genau das ist es, was das Menschengeschlecht versäumt hat, rechtzeitig zu tun. Heute ist es zu spät dazu. Wir haben uns bereits viel zu viel Doktrinen und Verpflichtungen auferlegt, mit denen wir »die anderen« beschützen, statt uns ihrer zu entledigen; wir haben eine sittliche Ordnung erfunden, Menschenrechte, Verträge, Gesetze, Gleichheit, Humanität und was sonst noch; wir haben eine Fiktion der Menschheit geschaffen, die uns und »die anderen« zu einer imaginären höheren Einheit zusammenschließt. Welch schicksalhafter Irrtum! Wir haben das moralische Gesetz über das biologische erhoben. Wir haben die große naturgegebene Voraussetzung aller Gemeinsamkeit verletzt: daß nämlich nur eine homogene Gesellschaft eine glückliche Gesellschaft sein kann. Und diese erzielbare Glückseligkeit haben wir einem großen, aber unerfüllbaren Traum geopfert: *eine* Menschheit und *eine* Ordnung aus allen Menschen, Völkern, Klassen und Schichten zu schaffen. Es war eine großmütige Dummheit. Es war in seiner Art der einzige achtunggebietende Versuch des Menschen, sich über sich selbst zu erheben. Und für diesen seinen überzogenen Idealismus zahlt nun das Menschengeschlecht mit seinem unaufhaltsamen Verfall.

Der Prozeß, mit dem der Mensch versucht, sich in irgendeiner Art zur Menschheit zu organisieren, ist so alt wie Zivilisation selbst, wie die ersten Gesetze und ersten Gemeinden; wenn man zum Schluß nach sovielen Jahrtausenden nur erreicht hat, daß die Kluft zwischen den Rassen, Nationen, Klassen und Weltanschauungen sich so scharf und so bodenlos vertieft hat, wie wir es heute sehen können, dann können wir die Augen nicht mehr davor verschließen, daß der unglückselige historische Versuch, aus allen Menschen eine Art Menschheit zu bilden, endgültig und tragisch gescheitert ist. Schließlich und endlich beginnen wir schon, uns dessen bewußt zu werden; daher auch die Versuche und Pläne, die menschliche Gesellschaft auf andere Art und Weise zu einigen, indem radikal Platz nur für *eine* Nation, *eine* Klasse oder *einen* Glauben geschaffen werden soll. Aber wer kann sagen, wie tief wir bereits von der unheilbaren Krankheit der Differenzierung infiziert sind? Früher oder später zerfällt jedes vermeintlich homogene Ganze unvermeidlich wieder in eine heterogene Ansammlung unterschiedlicher Interessen, Parteien, Stände und so weiter, die einander entweder bekämpfen oder erneut unter ihrem Zusammenleben leiden werden. Es gibt keinen Ausweg. Wir bewegen uns in einem ewigen Kreis; aber die Entwicklung wird sich nicht ewig im Kreis drehen. Dafür hat die Natur selbst gesorgt, indem sie Platz für die Molche auf der Erde geschaffen hat.

Es ist kein Zufall, sinnierte Wolf Meynert, daß sich die Molche vital erst dann durchsetzen konnten, als die chronische Krankheit der Menschheit, dieses schlecht zusammengewachsenen und immer wieder auseinanderfallenden Riesenorganismus, in Agonie überging. Bis auf unbedeutende Abweichungen stellen sich die Molche als ein riesiges und homogenes Ganzes dar; sie haben sich noch nicht zu unterschiedlichen Geschlechtern, Sprachen, Völkern, Staaten, Religionen, Klassen oder Kasten herausgebildet; es gibt weder Herren noch Sklaven bei ihnen, weder Freie noch Geknechtete, weder Reiche noch Arme; es gibt zwar Unterschiede zwischen ihnen, die ihnen von der Arbeitsteilung auferlegt wurden, aber in sich ist dies eine gleichgeartete, einheitliche Masse, gewissermaßen aus einem Guß, in allen ihren Teilen biologisch gleich primitiv, von der Natur gleich armselig ausgestattet, gleich geknechtet und auf einem gleich niedrigen Niveau lebend. Der letzte Nigger oder Eskimo erfreut sich unvergleichlich besserer Lebensbedingungen und genießt unendlich reichhaltigere materielle und kulturelle Güter als diese Milliarden zivilisierter Molche. Und doch gibt es kein Anzeichen dafür, daß die Molche darunter leiden würden. Im Gegenteil! Wir sehen doch, daß sie fast nichts von dem brauchen, worin die metaphysische Beklemmung und Lebensangst des Menschen Trost und Erleichterung sucht; sie kommen ohne Philosophie aus, ohne ein Leben nach dem Tod und ohne Kunst; sie wissen nicht, was Phantasie ist, Humor, Mystik, Spiel oder Traum; sie sind absolute Lebensrealisten. Sie sind uns Menschen ebenso fern wie Ameisen oder Heringe; von ihnen unterscheiden sie sich nur dadurch, daß sie sich einem anderen Lebensmilieu anzupassen wußten, nämlich der menschlichen Zivilisation. Sie haben sich in ihr etwa so angesiedelt, wie sich die Hunde in den menschlichen Behausungen angesiedelt haben; sie können ohne sie nicht leben, bleiben aber trotzdem, was sie sind: eine primitive und wenig differenzierte Tierart. Leben und sich vermehren genügt ihnen; sie können sogar glücklich sein, denn sie werden durch keinerlei Gefühl der Ungleichheit untereinander gestört. Sie sind einfach homogen. Deshalb können sie eines Tages, jawohl, an *irgendeinem* der nächsten Tage, ohne Schwierigkeiten das verwirklichen, was den Menschen nicht gelungen ist: ihre Arteinheit auf der ganzen Erde, ihre Weltgemeinschaft, mit einem Wort: das Universelle Molchtum. An diesem Tage geht die tausendjährige Agonie des Menschengeschlechts zu Ende. Auf unserem Planeten wird es nicht genügend Platz geben für zwei Tendenzen zur Beherrschung der ganzen Welt. Eine muß weichen. Wir wissen bereits, welche das sein wird.

Heute leben etwa zwanzig Milliarden zivilisierter Molche auf der Erde, etwa zehnmal soviel wie Menschen also; daraus geht mit biologischer Notwendigkeit und geschichtlicher Logik hervor, daß sich die Molche, da sie unterdrückt sind, befreien müssen; daß sie, weil sie homogen sind, sich vereinigen müssen; und daß sie, auf diese Weise zur größten Macht geworden, die es je gab, die Weltherrschaft übernehmen *müssen*. Glauben Sie, daß sie dann so töricht sein werden, den Menschen zu schonen? Glauben Sie, daß sie seinen historischen Fehler wiederholen werden, den er seit jeher dadurch beging, daß er sich besiegte Völker und Klassen untertan machte, statt sie auszurotten? Daß er aus seinem Egoismus heraus ewig neue Unterschiede zwischen den Menschen begründete, um sie dann großmütig und idealistisch wieder zu überwinden trachtete? Nein, *diesen* historischen Unsinn werden die Molche nicht begehen, rief Wolf Meynert, schon deshalb nicht, weil ihnen mein Buch zur Warnung dienen wird! Sie werden die Erben der gesamten menschlichen Zivilisation sein; es wird ihnen alles in den Schoß fallen, was wir gemacht und was wir versucht haben, um die Welt zu beherrschen; aber sie wären gegen sich selbst, wenn sie mit diesem Erbe auch uns übernehmen würden. Sie müssen sich der Menschen entledigen, um ihre Homogenität zu wahren. Andernfalls würden wir früher oder später unsere doppelt destruktive Neigung in sie hineintragen: Unterschiede schaffen und sie dulden. Aber das brauchen wir nicht zu befürchten; heute wird kein Geschöpf mehr, das die Geschichte des Menschen fortsetzen wird, die selbstmörderische Torheit der Menschheit wiederholen.

Es gibt keinen Zweifel darüber, daß die Molchwelt glücklicher sein muß, als es die Welt der Menschen war; sie wird einheitlich, homogen und vom selben Geist beherrscht sein. Kein Molch wird sich von einem anderen durch Sprache, Ansichten, Glauben oder Ansprüche an das Leben unterscheiden. Es wird weder kulturelle, noch Klassenunterschiede zwischen ihnen geben, nur Arbeitsteilung. Keiner wird Herr und keiner Sklave sein, weil alle nur dem Großen Molchischen Ganzen dienen werden, das ihnen Gott, Herrscher, Arbeitgeber und geistiger Führer zugleich sein wird. Es wird nur ein Volk und ein Niveau geben. Es wird eine bessere und vollkommenere Welt sein, als es die unsere ist. Es wird die einzige mögliche Glückliche Neue Welt sein. Nun denn, machen wir ihr also Platz; die untergehende Menschheit kann nichts anderes mehr tun, als ihr Ende zu beschleunigen — in tragischer Schönheit, sofern es auch dazu nicht zu spät sein wird.

Wir haben hier die Ansichten Wolf Meynerts in einer möglichst zugänglichen Form wiedergegeben; wir sind uns dessen bewußt, daß sie damit sehr viel von ihrer Wirksamkeit und Tiefe verlieren, mit denen sie einst ganz Europa und insbesondere die Jugend faszinierten, die den Glauben an den Untergang und das bevorstehende Ende der Menschheit mit Begeisterung übernahm. Die Reichsregierung verbot zwar die Lehre des Großen Pessimisten wegen gewisser politischer Folgerungen, und Wolf Meynert mußte sich in die Schweiz absetzen; nichtsdestotrotz, die gesamte gebildete Menschheit machte sich Meynerts Theorie vom Untergang der Menschheit mit Befriedigung zu eigen. Das Buch (632 Seiten) erschien in allen Sprachen der Welt und wurde in vielen Millionen Exemplaren auch unter den Molchen verbreitet.

# 6

## *X warnt*

Vielleicht ist es auch auf Meynerts prophetisches Buch zurückzuführen, daß die literarische und künstlerische Avantgarde in den Kulturzentren die Devise verkündete: Nach uns die Salamander! Die Zukunft gehört den Molchen! Die Molche, das ist die Kulturrevolution! Sollen sie keine eigene Kunst besitzen; wenigstens sind sie nicht von idiotischen Idealen belastet, von vertrockneten Traditionen mit all dem verdorrten, langweiligen, schulmeisternden Plunder, der sich Poesie, Musik, Architektur, Philosophie und überhaupt Kultur nennt — senile Begriffe, die uns den Magen umstülpen. Um so besser, wenn sie noch nicht dem Wiederkäuen der überlebten menschlichen Kunst verfallen sind: wir bieten ihnen eine neue. Wir Jungen bahnen einem künftigen Weltsalamandrismus den Weg: Wir wollen die ersten Molche sein, wir sind die Salamander des Morgen! Und so wurde die junge Dichterbewegung der Salamandrianer geboren, die tritonische (Dreiton-)Musik entstand und die pelagische Malerei, die sich von der Formwelt der Medusen, der Hohltiere und Korallen des Meeres inspirieren ließ. Außerdem wurde das Regulierungswerk der Molche als Quell neuer Schönheit und Monumentalität entdeckt. Wir haben die Natur schon satt, hieß es; her mit den glatten Betonufern anstelle der alten zerklüfteten Felsriffe! Die Romantik ist tot; die künftigen Festländer werden mit sauberen Geraden umrissen und in sphärische Dreiecke und Rauten umgewandelt; die alte geologische Welt muß durch die neue geometrische ersetzt werden. Kurz, es gab wieder etwas Neues und Zukunftsträchtiges, neue geistige Sensationen und neue kulturelle Manifeste; diejenigen aber, die es versäumt hatten, rechtzeitig den Weg des künftigen Salamandrismus zu beschreiten, spürten verbittert, daß sie ihre Zeit verschlafen hatten, und rächten sich, indem sie reine Menschlichkeit, Rückkehr des Menschen zur Natur und andere reaktionäre Parolen verkündeten. In Wien wurde ein Konzert tritonischer Musik ausgebuht, im Pariser

Salon der Unabhängigen zerschnitt ein unbekannter Täter ein pelagisches Bild, benannt ›Capriccio en bleu‹; kurz, der Salamandrismus war in einem siegreichen und unaufhaltsamen Aufstieg begriffen.

Natürlich fehlten auch reaktionäre Stimmen nicht, die sich gegen die »Molchomanie«, wie man sie nannte, stellten. Am konsequentesten in dieser Hinsicht war ein anonymes englisches Pamphlet, das unter dem Titel »X warnt« erschien. Die Broschüre erlebte eine ziemliche Verbreitung, doch die Identität des Verfassers wurde nie enthüllt; viele meinten, daß sie aus der Feder eines hohen kirchlichen Würdenträgers stammte, da X im Englischen die Abkürzung für Christus ist.

Im ersten Kapitel versuchte der Verfasser, eine Statistik der Molche aufzustellen, und entschuldigte sich gleich für die Ungenauigkeit seiner Zahlen. So schwankt bereits die Schätzung der Gesamtzahl aller Salamander derzeit zwischen dem Sieben- und dem Zwanzigfachen der Gesamtzahl der Menschheit auf der Welt. Ebenso unsicher ist unsere Kenntnis darüber, wieviele Fabriken, Ölbohrlöcher, Algenplantagen, Aalfarmen, genutzte Wasserkraft und andere Ressourcen die Molche unter dem Meer besitzen; wir verfügen nicht einmal über annähernde Daten über die Produktionskapazität der Molchindustrie; am wenigsten wissen wir darüber, wie es um die Rüstung der Molche steht. Wir wissen zwar, daß die Salamander bei ihrem Verbrauch von Metallen, Maschinenteilen, Sprengstoffen und vielen Chemikalien auf die Menschen angewiesen sind; aber einmal üben alle Staaten strengste Geheimhaltung über ihre Lieferungen von Waffen und anderen Erzeugnissen an ihre Molche, zum andern wissen wir auffällig wenig darüber, was eigentlich die Molche in den Tiefen des Meeres aus den Halbfabrikaten und Rohstoffen, die sie von den Menschen beziehen, herstellen. Sicher ist eins: die Salamander wollen gar nicht, daß wir es wissen; in den letzten Jahren sind soviele Taucher auf dem Meeresgrund ertrunken und erstickt, daß dies kein Zufall mehr sein kann. Das ist allerdings eine sowohl aus industrieller als auch militärischer Sicht alarmierende Erscheinung.

Man kann sich natürlich nur schwer vorstellen, fuhr X unter den folgenden Paragraphen fort, worin die Molche den Menschen etwas anhaben könnten oder möchten. Sie können nicht auf dem Trockenen leben, so wie wir sie nicht in ihrem Leben unter Wasser behindern können. Unser und ihr Lebensmilieu sind voneinander genau und für alle Zeiten getrennt. Es stimmt zwar, daß wir von ihnen bestimmte Verrichtungen verlangen; dafür aber ernähren wir sie zum größten Teil und liefern ihnen Rohstoffe und Güter, die sie ohne uns nie hätten, Metalle zum Beispiel. Aber auch wenn es keinen praktischen Grund für einen Antagonismus zwischen uns und den Molchen gibt, besteht hier, ich möchte sagen, ein metaphysischer Gegensatz: Den Geschöpfen der Oberfläche stehen Geschöpfe der Tiefe (abyssal) gegenüber; Geschöpfe der Nacht gegen Geschöpfe des Tages; die dunklen Tiefen des Wassers gegen die helle und trockene Erde. Die Grenze zwischen Wasser und Erde ist irgendwie schärfer geworden, als sie es war: *Ihr* Wasser gegen *unsere* Erde. Wir könnten für alle Zeiten völlig getrennt leben und lediglich bestimmte Dienstleistungen und Erzeugnisse austauschen; aber man wird nur schwer das bedrückende Gefühl los, daß dies wohl nicht möglich sein wird. Warum? Ich kann keine genauen Gründe dafür anführen; aber das Gefühl ist da; es ist eine Art Ahnung, daß sich einmal die Gewässer selbst gegen die Erde stellen werden, um die Frage zu entscheiden, wer stärker ist.

Ich bekenne mich damit zu einer ziemlich irrationalen Bangigkeit, meint X weiter; aber ich wäre sehr erleichtert, wenn die Molche mit irgendwelchen Forderungen an die Menschheit heranträten. Man könnte mit ihnen wenigstens verhandeln, man könnte Konzessionen, Übereinkommen und Kompromisse schließen; aber ihr Schweigen ist schrecklich. Sie könnten beispielsweise bestimmte politische Vorteile für sich fordern, ehrlich gesagt, die Molchgesetzgebung ist in allen Staaten etwas veraltet und so zivilisierter und zahlenmäßig so starker Geschöpfe nicht mehr würdig. Die Rechte und Pflichten der Molche sollten billigerweise neu geregelt werden, und zwar auf eine für sie vorteilhaftere Art; man könnte ein bestimmtes Maß an Autonomie für die Salamander erwägen; es wäre gerecht, ihre Arbeitsbedingungen zu verbessern und ihre Arbeit angemessener zu entlohnen. Ihr Schicksal könnte also in mancher Hinsicht verbessert werden, *wenn sie es wenigstens verlangen würden.* Dann könnten wir ihnen Zugeständnisse machen und sie durch Kompensationsabkommen verpflichten; zumindest würde man damit für eine Reihe von Jahren Zeit gewinnen. *Aber die Molche verlangen nichts!* Sie steigern nur ihre Leistung und ihre Bestellungen; wir müssen uns endlich einmal fragen, wo beides einmal haltmachen wird. Man sprach einst von der gelben, der schwarzen, der roten Gefahr; aber das waren wenigstens Menschen, und bei Menschen können wir uns einigermaßen vorstellen, was sie wollen könnten. Aber auch wenn wir keine Vorstellung haben, wie und wogegen sich die Menschheit eigentlich wehren wird müssen, in einer Sache wenigstens muß Klarheit herrschen: daß nämlich, wenn auf einer Seite die Molche stehen werden, auf der anderen Seite die *ganze* Menschheit stehen wird.

Menschen gegen Molche! Es ist an der Zeit, es endlich einmal so zu formulieren. Denn, ehrlich gesagt, ein normaler Mensch haßt die Salamander instinktiv, er ekelt sich vor ihnen — und fürchtet sich vor ihnen. Über die gesamte Menschheit zieht etwas wie ein frostiger Schatten des Grauens herauf. Was sonst ist jene frenetische Genußsucht, jene unstillbare Gier nach Unterhaltung und Lust, jene orgiastische Entfesselung, die sich der heutigen Menschen bemächtigt hat? Es gab keinen solchen Sittenverfall seit jener Zeit, als die Barbaren sich anschickten, über das Römische Reich herzufallen. Das sind nicht nur die Früchte eines ungeahnten materiellen Wohlstands, sondern die verzweifelt übertönte Angst vor Zerfall und Untergang. Her mit dem letzten Glas, bevor unser Ende kommt! Welche Schande, welcher Wahnsinn! Es scheint, als ob Gott die Völker und Klassen, die in den Abgrund stürzen, in furchtbarer Barmherzigkeit verkommen ließe. Wollt ihr das flammende Menetekel lesen, das über dem Festgelage der Menschheit lodert? Blickt auf die Leuchtschriften, die nächtelang von den Mauern der prassenden Städte strahlen! In dieser Hinsicht gleichen wir Menschen uns den Molchen an: Wir leben mehr des Nachts als am Tage.

Wenn die Salamander wenigstens nicht so furchtbar durchschnittlich wären, stieß X irgendwie beklemmt hervor. Gewiß, sie sind leidlich gebildet; aber damit sind sie um so beschränkter, weil sie sich von der menschlichen Zivilisation nur das angeeignet haben, was in ihr durchschnittlich und nur-nützlich, mechanistisch und wiederholbar ist. Sie stehen neben der Menschheit wie Famulus Wagner neben Faust; sie lernen aus denselben Büchern wie der menschliche Faust, mit dem Unterschied, daß ihnen das genügt und sie nicht von Zweifeln geplagt werden. Das schlimmste ist, daß sie jenen gelehrigen, dümmlichen und süffisanten Typ des zivilisierten Durchschnitts en masse vermehrt haben, in Millionen und Milliarden gleicher Stücke; oder nein, ich irre mich: Das schlimmste ist, daß sie so erfolgreich sind. Sie haben gelernt, Maschinen und Zahlen zu verwenden, und es zeigt sich, daß das ausreicht, sie zu den Herren ihrer Welt zu machen. Sie haben von der menschlichen Zivilisation alles weggelassen, was an ihr spielerisch, phantastisch oder altehrwürdig war; damit haben sie ausgeschieden, was menschlich daran war, und nur den nackten praktischen, technischen und utilitaristischen Aspekt übernommen. Und diese jämmerliche Karikatur der menschlichen Zivilisation gedeiht prächtig; sie vollbringt technische Wunder, renoviert unseren alten Planeten und beginnt, die Menschheit selbst zu faszinieren. Von seinem Schüler und Diener wird Faust das Geheimnis des Erfolgs und der Durchschnittlichkeit lernen. Entweder prallt die Menschheit mit den Molchen in einem historischen Konflikt auf Leben und Tod zusammen, oder sie vermolcht unwiederbringlich. Was mich angeht, schloß X melancholisch, so sähe ich das erstere lieber.

Nun, X warnt euch, fuhr der unbekannte Verfasser fort. Noch ist es Zeit, den kalten und glitschigen Ring abzustreifen, der uns alle umschließt. Wir müssen die Salamander loswerden. Es gibt einfach zu viele von ihnen; sie sind bewaffnet und können ein Kriegsmaterial gegen uns ins Feld führen, über dessen gesamte Macht wir fast gar nichts wissen; aber eine schrecklichere Gefahr als ihre Zahl und Macht bedroht uns Menschen in ihrer erfolgreichen, ja geradezu triumphalen Minderwertigkeit. Ich weiß nicht, was wir mehr fürchten sollen: ihre menschliche Zivilisation oder ihre tückische, kalte und tierische Grausamkeit; aber beides zusammen ergibt etwas unvorstellbar Schreckliches und fast Teuflisches. Im Namen der Kultur, im Namen des Christentums und der Menschheit, wir müssen uns von den Molchen befreien! Und da rief der anonyme Apostel aus:

## IHR NARREN, HÖRT ENDLICH AUF, DIE MOLCHE ZU FÜTTERN!

Hört auf, sie zu beschäftigen, verzichtet auf ihre Dienste, laßt sie irgendwohin fortziehen, wo sie sich selbst ernähren können, wie jede andere Art von Wassertieren auch! Die Natur selbst wird schon für Ordnung in ihrem Überfluß sorgen; aber nur, wenn die Menschen, die menschliche Zivilisation und die menschliche Geschichte nicht mehr **für die Salamander arbeiten werden!**

## UND HÖRT AUF, DEN MOLCHEN WAFFEN ZU LIEFERN!

Stellt die Metall- und Sprengstofflieferungen ein, schickt ihnen keine Maschinen und menschlichen Erzeugnisse mehr! Ihr sollt nicht den Tigern Zähne und den Schlangen Gift liefern; ihr sollt nicht Feuer legen unter dem Vulkan und Dämme einreißen für Überschwemmungen! Möge ein Lieferstopp für alle Meere verkündet werden, mögen die Molche zu Gesetzlosen erklärt, mögen sie verflucht und aus unserer Welt verbannt werden!

## BILDET EINE LIGA DER VÖLKER GEGEN DIE MOLCHE!

Die ganze Menschheit muß bereit sein, ihre Existenz mit der Waffe in der Hand zu verteidigen; möge auf Anregung des Völkerbundes, des schwedischen Königs oder des römischen Papstes eine Weltkonferenz aller zivilisierten Staaten zusammentreten, um eine Weltunion oder zumindest ein Bündnis aller christlichen Völker gegen die Salamander zu bilden! Heute ist der schicksalhafte Augenblick gekommen, da unter dem schrecklichen Druck der Molchgefahr gelingen kann, wozu der Weltkrieg mit all seinen unendlichen Verlusten nicht ausgereicht hat: die Gründung der Vereinigten Staaten der Welt. Gott gebe es! Sollte **das** glücken, dann sind die Molche nicht vergeblich über uns gekommen und wären ein Werkzeug Gottes gewesen.

Dieses pathetische Pamphlet rief bei der breitesten Öffentlichkeit ein lebhaftes Echo hervor. Ältere Damen pflichteten ihm vor allem darin bei, daß ein ungeahnter Sittenverfall eingetreten sei.

Demgegenüber wies man im Wirtschaftsteil der Zeitungen mit Recht darauf hin, daß man die Lieferungen an die Molche nicht einschränken könne, weil dies einen immensen Produktionsrückgang und eine schwere Krise in vielen menschlichen Industriezweigen hervorrufen würde. Auch die Landwirtschaft muß heute auf den gewaltigen Absatz an Mais, Kartoffeln und anderer Feldfrüchte für Molchfutter bauen können; eine Herabsetzung der Zahl der Salamander würde zu einem starken Preisverfall auf dem Nahrungsmittelsektor führen, wodurch die Landwirtschaft an den Rand des Abgrunds geriete.

Die Gewerkschaftsverbände verdächtigten X, ein Reaktionär zu sein, und erklärten, sie würden nicht zulassen, daß der Warenexport an die Molche in irgendeiner Weise gebremst werde; kaum hätte das werktätige Volk Vollbeschäftigung und Leistungsprämien bekommen, wolle ihm Herr X das Brot aus der Hand reißen; die Arbeiterschaft fühle mit den Molchen und lehne jeden Versuch ab, ihr Lebensniveau herabzusetzen und sie, verelendet und wehrlos, dem Kapitalismus auszuliefern.

Was eine Liga der Völker gegen die Molche angeht, so wandten alle ernstzunehmenden politischen Instanzen ein, sie sei überflüssig; man habe doch einmal bereits den Völkerbund, zum andern die Londoner Konvention, in der sich die Seemächte verpflichtet hätten, ihre Salamander nicht mit schweren Waffen auszurüsten. Und es sei natürlich nicht leicht, eine solche Abrüstung von einem Staat zu verlangen, der keine Sicherheit besitzt, daß eine andere Seemacht ihre Molche nicht aufrüstet und damit ihr Kriegspotential auf Kosten ihrer Nachbarn erhöht. Auch könne kein Staat oder Kontinent seine Molche zu einer Übersiedlung in ein anderes Gebiet zwingen, einfach deshalb, weil damit einmal der industrielle und landwirtschaftliche Absatz, zum andern die Wehrkraft anderer Staaten oder Kontinente auf unerwünschte Weise erhöht werde.

Solcher Einwände, die jeder vernünftige Mensch akzeptieren mußte, gab es eine ganze Reihe.

**Trotzdem** verfehlte das Pamphlet **X warnt** seine tiefe Wirkung nicht. Nahezu in allen Ländern breitete sich eine volkstümliche Bewegung Gegen die Molche aus, und es wurden Vereine zur Bekämpfung der Molche, Antisalamandrianer-Klubs, Komitees zum Schutze der Menschheit und viele andere Organisationen dieser Art gegründet. Die Molch-Delegierten in Genf wurden insultiert, als sie sich in die eintausendzweihundertdreizehnte Sitzung der Kommission zum Studium der Molchfrage begaben. Die Bretterzäune entlang der Meeresküsten wurden mit Drohungen bemalt, wie ›Tod den Molchen!‹, ›Fort mit den Salamandern!‹ u. ä. Viele Molche wurden gesteinigt; kein Salamander wagte es mehr, am Tage den Kopf aus dem Wasser zu stecken. Trotzdem kam es von **ihrer** Seite zu keinen Protestkundgebungen oder Vergeltungsakten. Sie blieben einfach unsichtbar, zumindest tagsüber; und die Menschen, die über die Molchzäune lugten, erblickten nur das unendliche und gleichgültig schäumende Meer. »Da sieht man sie wieder, die Biester«, sagten die Menschen haßerfüllt, »sie zeigen sich nicht einmal!«

Und in dieser beklemmenden Stille erdröhnte das sogenannte

# ERDBEBEN IN LOUISIANA

## 7

## *Das Erdbeben in Louisiana*

An jenem Tag — es war am 11. November um ein Uhr nachts — verzeichnete man in New Orleans einen heftigen Erdstoß; einige Baracken in den Negervierteln stürzten ein; die Menschen liefen panikerfüllt auf die Straßen, aber die Erdstöße wiederholten sich nicht; nur ein brausender, kurzer Zyklon fegte in einer wilden Bö über die Stadt hinweg, drückte Fenster ein und trug die Dächer in den Niggergassen ab; einige Dutzend Menschen wurden getötet; dann ging ein heftiger Schlammregenguß hernieder.

Während die Feuerwehr von New Orleans bereits in die am schlimmsten betroffenen Straßen unterwegs war, tickten die Telegraphen aus Morgan City, Plaquemine, Baton Rouge und Lafayette: SOS! SCHICKT RETTUNGSMANNSCHAFTEN! WIR SIND VOM ERDBEBEN UND VOM ZYKLON HALB HINWEGGEFEGT; SCHICKT SOFORT PIONIERE, AMBULANZEN UND ALLE ARBEITSFÄHIGEN MÄNNER! — Aus Fort Livingston kam nur eine lakonische Anfrage: HALLO, HABT IHR DORT AUCH DIE BESCHERUNG? — Dann kam eine Depesche aus Lafayette: ACHTUNG! ACHTUNG! AM MEISTEN BETROFFEN IST NEW IBERIA. ES SCHEINT, DASS DIE VERBINDUNG ZWISCHEN IBERIA UND MORGAN CITY UNTERBROCHEN IST. SCHICKT HILFE HIN! — Gleich darauf telegrafierte Morgan City: WIR HABEN KEINE VERBINDUNG MIT NEW IBERIA. STRASSE UND BAHNSTRECKE OFFENBAR UNTERBROCHEN! SCHICKT SCHIFFE UND FLUGZEUGE IN DIE VERMILLION BAY! WIR BRAUCHEN NICHTS! WIR HABEN ETWA DREISSIG TOTE UND HUNDERT VERLETZTE. — Dann ein Telegramm aus Baton Rouge: SOVIEL UNS BEKANNT, AM SCHLIMMSTEN NEW IBERIA BETROFFEN. KÜMMERT EUCH VOR ALLEM UM NEW IBERIA! ZU UNS NUR ARBEITER, ABER SCHNELL, SONST BERSTEN DIE DÄMME! — Dann: HALLO! HALLO! SHREVEPORT, NATCHITOCHES, ALEXANDRIA SCHICKEN HILFSZÜGE NACH NEW IBERIA. HALLO, HALLO, MEMPHIS, WINANA, JACKSON

SCHICKEN ZÜGE VIA ORLEANS. ALLE AUTOS BRINGEN LEUTE RICHTUNG BATON-ROUGE-DÄMME. — HALLO, HIER PASCAGOULA. WIR HABEN MEHRERE TOTE. BRAUCHT IHR HILFE?

Unterdessen waren bereits Feuerlöschzüge, Krankenwagen und Hilfszüge in Richtung Morgan City—Patterson—Franklin unterwegs. Kurz nach vier Uhr früh kam die erste genauere Meldung: Die Strecke zwischen Franklin und New Iberia, sieben Kilometer westlich von Franklin, unter Wasser; offensichtlich ist dort durch das Erdbeben ein tiefer Riß entstanden, der mit der Vermillion Bay verbunden ist und vom Meer überschwemmt wurde. Sofern bisher feststellbar, setzt sich der Riß von der Vermillion Bay in ostnordöstlicher Richtung fort, knickt bei Franklin nach Norden ab, mündet in den Grand Lake und zieht sich weiter nach Norden bis auf die Linie Plaquemine—Lafayette, wo er in einem alten See endet; ein zweiter Arm des Risses verbindet den Grand Lake in westlicher Richtung mit dem Napoleonville-See. Die Gesamtlänge der Senke beträgt etwa achtzig Kilometer, Breite zwei bis elf Kilometer. Hier befand sich wohl das Zentrum des Erdbebens. Man kann von einem unglaublichen Zufall sprechen, daß dieser Riß allen größeren Gemeinden ausgewichen ist. Trotzdem werden die Verluste an Menschenleben beträchtlich sein. In Franklin regnete es 60 cm Schlamm, in Patterson 45 cm. Die Leute aus Atchafalaya-Bay berichten, daß das Meer beim Erdstoß etwa drei Kilometer zurückwich und sich dann mit einer dreißig Meter hohen Welle wieder auf die Küste stürzte. Es ist zu befürchten, daß an der Küste viele Menschen umgekommen sind. Mit New Iberia ist immer noch keine Verbindung zustande gekommen.

Unterdessen näherte sich New Iberia von Westen her der Zug der Natchitoches-Expedition; die ersten Berichte, die auf dem Umweg über Lafayette und Baton Rouge eintrafen, waren schrecklich. Bereits mehrere Kilometer vor New Iberia blieb der Zug stecken, weil die Strecke im Schlamm versank. Flüchtlinge berichten über einen Schlammvulkan etwa zwei Kilometer östlich der Stadt, der urplötzlich Riesenmengen dünnflüssigen, kalten Schlamms ausgespien hätte, unter dem New Iberia verschwunden sei. Weiteres Vordringen ist in der Dunkelheit und bei dem anhaltenden Regen äußerst schwierig. Keine Verbindung mit New Iberia.

Gleichzeitig kamen Meldungen aus Baton Rouge: AN DEN MISSISSIPPI-DÄMMEN ARBEITEN BEREITS MEHRERE TAUSEND MÄNNER STOP WENN WENIGSTENS DER REGEN AUFHÖREN WÜRDE STOP WIR BRAUCHEN HACKEN SCHAUFELN WAGEN MENSCHEN STOP WIR SCHICKEN HILFE NACH PLAQUEMINE DEN HOSENSCHEISSERN DORT STEHT DAS WASSER BIS ZUM HALS.

Ein Kabel aus Fort Jackson:

UM HALB ZWEI MORGENS HAT EINE MEERESWELLE DREISSIG HÄUSER WEGGERISSEN WIR WISSEN NICHT WAS DAS WAR UNGEFÄHR SIEBZIG MENSCHEN HAT ES WEGGESPÜLT JETZT ERST KONNTE ICH DEN APPARAT REPARIEREN DAS POSTAMT HAT ES AUCH SCHON WEGGESPÜLT HALLO KABELT SCHNELL WAS DAS EIGENTLICH WAR TELEGRAFIST FRED DALTON HALLO RICHTET MINNIE LACOSTE AUS DASS MIR NICHTS PASSIERT IST HABE NUR DIE HAND GEBROCHEN UND DIE KLEIDER SIND WEG ABER HAUPTSACHE DER APPARAT IST WIEDER OKAY FRED

Aus Port Eads kam die kürzeste Meldung:

WIR HABEN TOTE GANZ BURYWOOD IST VOM MEER VERSCHLUNGEN

Unterdessen — das war gegen acht Uhr früh — kamen die ersten Flugzeuge zurück, die über das betroffene Gebiet entsandt worden waren. Die ganze Küste von Port Arthur (Texas) bis Mobile (Alabama) sei in der Nacht von einer Flutwelle überschwemmt worden; überall könne man fortgespülte oder beschädigte Häuser sehen. Das südöstliche Louisiana (ab der Straße Lake Charles—Alexandria—Natchez) und Süd-Mississippi (bis zur Linie Jackson—Hattiesburg—Pascagoula) sind vom Schlamm bedeckt. In der Vermillion Bay schneidet sich eine neue Bucht ins Hinterland ein, die etwa drei bis zehn Kilometer breit ist und sich wie ein langer Fjord bis fast nach Plaquemine ins Binnenland schlängelt. New Iberia scheint schwer beschädigt, aber man kann viele Menschen sehen, die Häuser und Straßen vom Schlamm befreien. Eine Landung war nicht möglich. Die größten Verluste an Menschenleben wird es wohl an der Küste selbst geben. Vor Point au Fer sinkt ein Dampfer, wohl ein Mexikaner. Bei den Chandeleur Islands ist das Meer von Trümmern bedeckt. Der Regen läßt in der ganzen Region nach. Die Sicht ist gut.

Die erste Ausgabe der Zeitungen in New Orleans erschien natürlich erst nach vier Uhr früh; wie der Tag fortschritt, kamen neue Ausgaben und Einzelheiten dazu; gegen acht brachten die Zeitungen bereits Bilder aus dem betroffenen Gebiet und Kartenzeichnungen der neuen Meeresbucht. Um halb neun druckten sie ein Interview mit dem namhaften Seismologen Dr. Wilbur R. Brownell von der Universität Memphis über die Ursachen des Erdbebens in Louisiana ab. Wir können noch keine endgültigen Schlüsse ziehen, erklärte der berühmte Gelehrte, aber es scheint, daß diese Erdstöße nichts mit der immer noch intensiv lebhaften vulkanischen Tätigkeit der mittelmexikanischen Vulkanzone zu tun haben, die dem betroffenen Gebiet gegenüberliegt. Der heutige Erdstoß scheint eher tektonischen Ursprungs zu sein, das heißt, daß er durch den Druck der Bergmassen verursacht ist; von der einen Seite drücken die Rocky Mountains und die Sierra Madre, von der anderen Seite die Appalachen auf die umfangreiche Senke im Golf von Mexiko, deren Fortsetzung die breite Ebene am Unterlauf des Mississippi bildet. Der Riß, der jetzt aus der Vermillion Bay kommt, ist nur ein neuer, verhältnismäßig geringfügiger Einbruch, eine kleine Episode im Prozeß der geologischen Absenkung, durch die der Golf von Mexiko sowie das Karibische Meer samt dem Ring der Großen und Kleinen Antillen, diesem Überrest einer einstigen zusammenhängenden Gebirgskette, entstanden sind. Es kann keinen Zweifel geben, daß sich die mittelamerikanische Absenkung mit neuen Erdstößen, Brüchen und Rissen fortsetzen wird; wir können nicht ausschließen, daß der Riß von

Vermillion nur der Auftakt zu einem wiederbelebten tektonischen Prozeß ist, dessen Mittelpunkt eben im Golf von Mexiko liegt; in diesem Fall können wir Zeugen gewaltiger geologischer Katastrophen werden, in deren Zuge nahezu ein Fünftel der Vereinigten Staaten im Meer verschwinden könnte. Jedoch, sollte dies eintreten, könnten wir mit einer gewissen Wahrscheinlichkeit erwarten, daß sich der Meeresgrund etwa bei den Antillen oder noch weiter östlich zu heben beginnt, etwa dort, wo ein alter Mythos das versunkene Atlantis vermutet.

Demgegenüber, fuhr der große Gelehrte etwas beschwichtigend fort, braucht man nicht ernstlich zu befürchten, daß es im betreffenden Gebiet zu vulkanischer Tätigkeit kommen könnte; die vermeintlichen schlammspeienden Vulkane seien nichts anderes als Eruptionen von Moorgasen, die wohl im Vermillion-Riß stattgefunden haben. Es wäre kein Wunder, wenn sich in den Ablagerungen des Mississippi riesige unterirdische Gasblasen gebildet hätten, die bei Berührung mit der Luft explodieren und Hunderttausende Tonnen Wasser und Schlamm emporschleudern könnten. Allerdings, wiederholte Dr. W. R. Brownell, für eine endgültige Erklärung brauchen wir noch mehr Erfahrungen.

Während Brownells Prophezeiungen über die Zeitungsrotationen liefen, erhielt der Gouverneur des Staates Louisiana aus Fort Jackson folgendes Telegramm:

BEDAUERN DIE VERLUSTE AN MENSCHENLEBEN STOP VERSUCHTEN EUREN STÄDTEN AUSZUWEICHEN RECHNETEN JEDOCH NICHT MIT DEM ZURÜCKWEICHEN DES MEERES UND DER RÜCKKEHR DER FLUTWELLE BEI DER EXPLOSION STOP HABEN DREIHUNDERTSECHSUNDVIERZIG MENSCHENOPFER ENTLANG DER GANZEN KÜSTE FESTGESTELLT STOP SPRECHEN BEDAUERN AUS STOP CHIEF SALAMANDER STOP HALLO HALLO HIER FRED DALTON POSTAMT FORT JACKSON GERADE SIND DREI MOLCHE VON HIER WEG SIE KAMEN VOR ZEHN MINUTEN INS POSTAMT GABEN EIN TELEGRAMM AUF BEDROHTEN MICH MIT PISTOLEN SIND ABER SCHON FORT

WIDERLICHE BIESTER ZAHLTEN UND RANNTEN INS WASSER NUR DER HUND DES APOTHEKERS JAGTE IHNEN NACH SIE SOLLTEN NICHT EINFACH SO DURCH DIE STADT LAUFEN DÜRFEN SONST NICHTS NEUES GRÜSST MINNIE LACOSTE UND GEBT IHR EINEN KUSS VON MIR TELEGRAFIST FRED DALTON

Der Gouverneur des Staates Louisiana schüttelte lange den Kopf über das Telegramm. Ein Spaßvogel, dieser Fred Dalton, dachte er schließlich. Den Zeitungen geben wir das lieber gar nicht erst.

# 8

## *Der Chief Salamander stellt Forderungen*

Drei Tage nach dem Erdbeben in Louisiana wurde eine neue geologische Katastrophe gemeldet, diesmal aus China. Unter gewaltigem Dröhnen riß bei einem Erdstoß in der Provinz Kiangsu die Meeresküste nördlich von Nanking, etwa in der Mitte zwischen der Mündung des Jangtse und dem alten Flußbett des Hwangho, auf; in diesen Riß drang das Meer ein und verband sich mit den großen Seen Pan-jün und Hung-tsu zwischen den Städten Hwainan und Fujang. Es scheint, daß der Jangtse aufgrund dessen unterhalb Nankings sein Flußbett verläßt und sich auf den Tai-See und weiter auf Hangtschou zuwälzt. Die Verluste an Menschenleben kann man noch nicht einmal abschätzen. Hunderttausende fliehen in die nördlichen und südlichen Provinzen. Die japanischen Kriegsschiffe erhielten den Befehl, in Richtung der betroffenen Küste auszulaufen.

Obwohl das Erdbeben in Kiangsu vom Umfang her die Katastrophe in Louisiana weit übertraf, widmete man ihm im großen und ganzen wenig Aufmerksamkeit, denn Katastrophen in China ist die Welt schon gewöhnt, und offensichtlich kommt es dort auf eine Million Menschenleben nicht an; außerdem war es wissenschaftlich einwandfrei erwiesen, daß es sich um bloße tektonische Beben handelte, die mit dem Meeresgraben zwischen der Riukiu-Inselgruppe und den Philippinen zusammenhingen. Drei Tage später verzeichneten jedoch die europäischen Seismographen neue Erdstöße, deren Epizentrum irgendwo bei den Kapverdischen Inseln zu suchen war. Genauere Berichte meldeten, daß die Küste Senegambiens südlich von St. Louis von einem schweren Erdbeben heimgesucht worden sei. Zwischen den Orten Lampul und Mboro entstand eine tiefe Senke, die vom Meer überschwemmt wurde und sich über Meringhen bis zum Wadi

Dimar erstreckt. Augenzeugenberichten zufolge sei unter fürchterlichem Getöse die Erde aufgebrochen, und aus einer Säule aus Feuer und Dampf seien im weiten Umkreis Sand und Steine herausgeschleudert worden; daraufhin habe man nur noch das Gebrüll des Meeres gehört, das sich in die entstandene Senke gestürzt habe. Die Verluste an Menschenleben seien nicht groß.

Dieser dritte Erdstoß rief schon etwas wie Panik hervor.

## Lebt die vulkanische Tätigkeit der Erde wieder auf?

fragten die Zeitungen.

## Die Erdkruste birst!

verkündeten die Abendzeitungen. Fachleute äußerten die Vermutung, daß die »senegambische Senke« wohl nur durch die Eruption einer vulkanischen Ader entstanden sei, die mit dem Vulkan Pico auf der kapverdischen Insel Fogo zusammenhänge; dieser Vulkan sei noch im Jahre 1847 tätig gewesen, seither jedoch für erloschen gehalten worden. Das westafrikanische Erdbeben habe also mit den seismischen Erscheinungen in Louisiana und Kiangsu, die offenbar tektonischen Ursprungs waren, nichts zu tun. Aber den Menschen war es offensichtlich ziemlich egal, ob die Erde aus tektonischen oder vulkanischen Gründen platzte. Tatsache ist, daß an jenem Tag alle Kirchen von betenden Gläubigen überfüllt waren. In einigen Gegenden mußten die Gotteshäuser auch nachts geöffnet bleiben.

Gegen ein Uhr früh (das war am zwanzigsten November) verzeichneten die Radioamateure in großen Teilen Europas starke Störungen in ihren Geräten, als ob ein neuer, außergewöhnlich starker Sender in Betrieb genommen worden wäre. Sie fanden ihn auf der Wellenlänge zwo-null-drei; man konnte eine Art Gedröhn von Maschinen oder Meereswellen hören; in dieses langgezogene, unendliche Brausen ertönte plötzlich eine schreckliche, krächzende Stimme (alle beschrieben sie ähnlich: hohl, quäkend, wie künstlich, und dabei durch einen Lautsprecher ungemein verstärkt); und diese Froschstimme rief aufgeregt: »Hallo, hallo, hallo! Chief Salamander speaking. Hallo, Chief Salamander speaking. Stop all broadcasting, you men! Stop your broadcasting! Hallo, Chief Salamander speaking!« Dann fragte eine andere, sonderbar hohle Stimme: »Ready?« — »Ready.« Daraufhin knackte es, wie bei einer Umschaltung; und wieder eine andere, unnatürlich gepreßte Stimme rief: »Attention! Attention! Attention!« — »Hallo.« — »Now!«

Und nun ertönte eine heisere, müde, aber doch befehlsgewohnte Stimme in die Stille der Nacht: »Hallo, ihr Menschen! Hier Louisiana. Hier Kiangsu. Hier Senegambia. Wir bedauern die Menschenleben. Wir wollen euch keine unnützen Verluste zufügen. Wir wollen nur, daß ihr die Meeresküsten an Stellen räumt, die wir euch vorher bekannt geben. Wenn ihr das tut, verhindert ihr bedauernswerte Unfälle. Das nächste Mal geben wir mindestens vierzehn Tage vorher bekannt, an welcher Stelle wir unser Meer erweitern wollen. Bis jetzt waren es nur technische Tests. Eure Sprengstoffe haben sich bewährt. Wir danken euch.

Hallo, ihr Menschen! Bewahrt Ruhe! Wir haben keine feindlichen Absichten. Wir brauchen nur mehr Wasser, mehr Küsten, mehr Untiefen zum Leben. Wir sind zu zahlreich. An euren Ufern haben wir keinen Platz mehr. Deshalb müssen wir euer Festland abbauen. Wir werden lauter Buchten und Inseln daraus machen. Damit kann man die Länge der Weltküsten verfünffachen. Wir werden neue Untiefen bauen. Wir können nicht im tiefen Meer leben. Wir werden euer Festland zur Auffüllung der Meerestiefen brauchen. Wir haben nichts gegen euch, aber wir sind zu zahlreich. Ihr könnt unterdessen ins Hinterland ziehen. Ihr könnt euch in die Berge zurückziehen. Die Gebirge werden erst zum Schluß abgetragen.

Ihr habt uns gewollt. Ihr habt uns über die ganze Welt verbreitet. Jetzt habt ihr uns. Wir wollen mit euch im Guten auskommen. Ihr werdet uns Sprengstoffe liefern. Ihr werdet uns Torpedos liefern. Ihr werdet für uns arbeiten. Ohne euch könnten wir das alte Festland nicht abtragen. Hallo, ihr Menschen, Chief Salamander bietet euch im Namen der Molche der Welt Zusammenarbeit an. Ihr werdet mit uns bei der Abtragung eurer Welt zusammenarbeiten. Wir danken euch.«

Die müde, heisere Stimme verstummte, man hörte nur das langgezogene Dröhnen, wie von Maschinen oder vom Meer. »Hallo, hallo, ihr Menschen«, kam die krächzende Stimme wieder, »jetzt bringen wir für euch Unterhaltungsmusik von euren Schallplatten. Auf dem Programm steht der ›Triton-Marsch‹ aus dem Ausstattungsfilm ›Poseidon‹.«

Die Zeitungen bezeichneten diese nächtliche Rundfunksendung natürlich als »groben Unfug und plumpen Scherz« eines Piratensenders; trotzdem warteten Millionen Menschen in der nächsten Nacht vor ihren Empfängern, ob sich jene schreckliche, eifrige, krächzende Stimme wieder melden würde. Sie meldete sich genau um ein Uhr, begleitet von einem hallenden, plätschernden Rauschen. »Good evening, you people«, quäkte sie fröhlich. »Zuerst spielen wir euch von einer Schallplatte den ›Salamandertanz‹ aus eurer Operette ›Galathea‹.« Als die schallende und schamlose Musik verklungen war, ertönte wieder jenes gespenstische und irgendwie fröhliche Krächzen. »Hallo, ihr Menschen! Gerade wurde das britische Kanonenboot *Erebus*, das unseren Sender im Atlantik zerstören wollte, mit einem Torpedo versenkt. Die Besatzung ist ertrunken. Hallo, wir rufen die britische Regierung an den Empfänger. Das Schiff *Amenhotep*, Heimathafen Port Said, weigerte sich, die bestellten Sprengstoffe in unserem Hafen Makallah auszuliefern. Angeblich hat es den Befehl bekommen, den weiteren Transport von Sprengstoffen einzustellen. Das Schiff wurde natürlich versenkt. Wir empfehlen der britischen Regierung, diesen Befehl bis morgen mittag über den Rundfunk zurückzunehmen, sonst werden die Schiffe *Winnipeg, Manitoba, Ontario* und *Quebec*, die mit Getreide von Kanada nach Liverpool unterwegs sind, versenkt. Hallo, wir rufen die französische Regierung an den Empfänger. Ruft die Kreuzer zurück, die nach Senegambien unterwegs sind! Wir müssen die dort entstandene neue Bucht noch erweitern. Chief Salamander hat befohlen, ich soll beiden Regierungen seinen unerschütterlichen Willen versichern, bestmögliche freundschaftliche Beziehungen zu ihnen anknüpfen zu wollen. Das waren die Nachrichten. Jetzt senden wir von einer Schallplatte euer Lied ›Salamandria, valse érotique‹.«

Am nächsten Tag wurden nachmittags südwestlich von Mizen Head die Schiffe *Winnipeg, Manitoba, Ontario* und *Quebec* versenkt. Die Welt wurde von einer Welle des Entsetzens erschüttert. Abends gab die BBC bekannt, daß die Regierung Seiner Majestät das Verbot proklamiert habe, die Molche mit Nahrungsmitteln, chemischen Produkten, Werkzeugen, Waffen und Metallen jeglicher Art zu beliefern. Nachts um ein Uhr krächzte die aufgeregte Stimme im Rundfunk: »Hallo, hallo, hallo, Chief Salamander speaking! Hallo, Chief Salamander is going to speak!« Und dann ertönte jene müde, heisere, erzürnte Stimme: »Hallo, ihr Menschen! Hallo, ihr Menschen! Hallo, ihr Menschen! Glaubt ihr, wir werden uns aushungern lassen? Also laßt den Unsinn! Alles, was ihr tut, wird sich gegen euch richten! Im Namen aller Molche der Welt rufe ich Großbritannien. Wir verkünden von dieser Stunde an die unbeschränkte Blockade der britischen Inseln mit Ausnahme des Irischen Freistaates. Ich schließe den Ärmelkanal. Ich schließe den Suezkanal. Ich schließe die Straße von Gibraltar für alle Schiffe. Alle britischen Häfen sind blockiert. Alle britischen Schiffe in allen Meeren werden torpediert. Hallo, Ich rufe Deutschland. Ich erhöhe den Sprengstoffauftrag auf das Zehnfache. Liefert sofort loco Hauptdepot Skagerrak. Hallo, ich rufe Frankreich. Liefert beschleunigt die bestellten Torpedos in die Festungen C 3, BBF und Quest 5. Hallo, ihr Menschen! Ich warne euch! Wenn ihr die Lebensmittellieferungen für uns einschränkt, nehme ich sie mir selbst von euren Schiffen. Ich warne euch noch einmal!« Die müde Stimme erstickte fast in einem heiseren, kaum verständlichen Röcheln. »Hallo, ich rufe Italien. Bereitet euch auf die Räumung der Region Venedig—Padua—Udine vor! Ich warne euch zum letzten Mal, Menschen! Ich habe genug von eurem Unsinn.« Eine lange Pause trat ein, während der scheinbar nur das schwarze und kalte Meer rauschte. Dann kam die fröhliche und quäkende Stimme wieder: »Und jetzt spielen wir für euch euren letzten Schallplatten-Hit ›Triton-Trott‹.«

## 9

### *Die Konferenz in Vaduz*

Es war ein sonderbarer Krieg, sofern man ihn überhaupt als Krieg bezeichnen konnte; denn es gab weder einen Molchstaat, noch eine anerkannte Molchregierung, der man offiziell Feindseligkeiten ankündigen könnte. Der erste Staat, der sich im Kriegszustand mit den Salamandern befand, war Großbritannien. Gleich in den ersten Stunden versenkten die Molche fast alle seine Schiffe, die in den Häfen vor Anker lagen; dagegen konnte man nichts unternehmen. Nur die Schiffe auf hoher See waren im Augenblick verhältnismäßig sicher, vor allem wenn sie über größeren Tiefen kreuzten; dadurch konnte sich ein Teil der britischen Kriegsflotte, der die Molchblockade vor Malta durchbrach und sich über den ionischen Tiefen versammelte, retten; aber auch diese Verbände wurden bald von den kleinen molchischen U-Booten aufgespürt und einer nach dem andern versenkt. Innerhalb von sechs Wochen büßte Großbritannien fünf Sechstel seiner Gesamttonnage ein.

John Bull konnte wieder einmal in der Geschichte seine berühmte Hartnäckigkeit vorführen. Die Regierung Seiner Majestät verhandelte nicht und widerrief auch das Lieferverbot nicht. »Ein britischer Gentlemen«, erklärte der britische Premier im Namen des ganzen Volkes, »schützt die Tiere, verhandelt aber nicht mit ihnen.« Schon wenige Wochen später herrschte auf den britischen Inseln verzweifelter Lebensmittelmangel. Nur Kinder erhielten eine Scheibe Brot und einige Löffel Tee oder Milch täglich; die britische Nation ertrug dies mit beispielloser Tapferkeit, auch wenn sie so tief sank, daß sie fast alle ihre Rennpferde verspeiste. Der Prinz of Wales zog eigenhändig die erste Furche auf dem Golfplatz des Royal Golf Club, um den Anbau von Mohrrüben für die Londoner Waisenhäuser zu ermöglichen. Auf den Tennisplätzen von Wimbledon wurden Kartoffeln angebaut, auf der Rennbahn von Ascot Weizen gesät. »Wir bringen jedes, auch das größte Opfer«, versicherte der Führer der Konservativen im Parlament, »aber die britische Ehre bleibt unangetastet.«

Weil die Blockade der britischen Küsten von der See aus total war, blieb England nur ein einziger Weg für die Versorgung und die Verbindung mit seinen Kolonien, der Luftweg. »Wir Müssen Hunderttausend Flugzeuge Haben«, verkündete der Minister für den Luftverkehr, und alles, was Hände und Füße hatte, stellte sich in den Dienst dieser Parole; man traf fieberhaft Vorbereitungen, damit täglich tausend Flugzeuge gebaut werden konnten; da griffen jedoch die Regierungen der übrigen europäischen Mächte mit scharfen Protesten gegen die Verletzung des Gleichgewichts in der Luft ein; die britische Regierung mußte von ihrem Luftprogramm ablassen und sich verpflichten, nicht mehr als zwanzigtausend Flugzeuge zu bauen, und das erst im Laufe von fünf Jahren. Es blieb also nichts übrig, als weiter zu hungern oder horrende Preise für Lebensmittel zu zahlen, die mit Flugzeugen anderer Staaten angeliefert wurden; das Pfund Brot kostete zehn Shilling, ein Pärchen Ratten eine Guinee, eine Dose Kaviar fünfundzwanzig Pfund. Kurz, es waren goldene Zeiten für Handel, Industrie und Landwirtschaft des Kontinents. Da die Kriegsmarine von allem Anfang an ausgeschaltet war, ging man gegen die Molche militärisch nur zu Lande und aus der Luft vor. Die Landstreitkräfte feuerten aus Kanonen und Maschinengewehren ins Wasser, ohne den Salamandern, wie es schien, größere Verluste zu verursachen; etwas erfolgreicher waren Fliegerbomben, die über dem Meer abgeworfen wurden. Die Molche antworteten mit dem Feuer aus Untersee-Kanonen auf britische Häfen, die sie damit in Schutt und Asche legten. Von der Themsemündung aus beschossen sie auch London; damals unternahm das Oberkommando der Arme den Versuch, die Salamander zu vergiften, und schüttete Bakterien, Petroleum und Säuren in die Themse und einige Meeresbuchten. Die Antwort der Molche beruhte in einem Nebelschleier aus Kampfgasen über eine Länge von hundertzwanzig Kilometern entlang der englischen Küste. Es war nur eine Kostprobe, aber sie war ausreichend; die britische Regierung sah sich zum ersten Mal in der Geschichte gezwungen, die übrigen Mächte um ein Einschreiten zu bitten, indem sie sich auf das Verbot des Gaskrieges berief.

In der folgenden Nacht ertönte im Rundfunk erneut die

heisere, zornige und schwere Stimme des Chief Salamanders: »Hallo, ihr Menschen! England soll gefälligst keine Dummheiten machen! Wenn ihr unser Wasser vergiftet, vergiften wir eure Luft! Wir benutzen nur eure eigenen Waffen. Wir sind keine Barbaren. Wir wollen keinen Krieg mit den Menschen. Wir wollen nur leben. Wir bieten euch den Frieden an. Ihr werdet uns eure Produkte liefern und euer Festland verkaufen! Wir sind bereit, gut dafür zu bezahlen. Wir bieten euch mehr als den Frieden an: Wir bieten euch ein Geschäft an. Wir bieten euch Gold für eure Länder an. Hallo, ich rufe die Regierung Großbritanniens! Nennt euren Preis für den südlichen Teil von Lincolnshire an der Wash-Bucht! Ich gebe euch drei Tage Bedenkzeit. Für diese Zeitspanne stelle ich alle Feindseligkeiten mit Ausnahme der Blockade ein.«

Im selben Augenblick erstarb entlang der englischen Küste der unterseeische Kanonendonner. Auch die Landgeschütze schwiegen. Eine sonderbare, fast gespenstische Stille herrschte. Die britische Regierung verkündete im Parlament, daß sie mit den Molchen nicht zu verhandeln gedenke. Die Bewohner der Wash-Bucht und von Lynn Deep wurden vor einem drohenden Großangriff der Molche gewarnt; es sei besser, die Küste zu räumen und ins Binnenland zu ziehen; doch die bereitstehenden Züge, Autos und Busse brachten nur die Kinder und einige Frauen weg. Die Männer blieben alle an Ort und Stelle; sie konnten einfach nicht einsehen, daß ein Engländer seinen Grund und Boden verlieren könnte. Eine Minute nach Ablauf des dreitägigen Waffenstillstands fiel der erste Schuß; abgefeuert wurde er von einem englischen Geschütz des Royal North Lancaster Regiment unter den Klängen des Regimentsmarsches ›Red Rose‹. Daraufhin dröhnte eine gewaltige Explosion. Die Mündung des Nen-Flusses bis Wisbeck verschwand unter dem Ansturm des Meeres aus der Wash-Bucht. In den Wellen gingen auch die berühmten Ruinen Wisbeck Abbey, Holland Castle, der Gasthof ›George and the Dragon‹ und andere Gedenkstätten unter.

Tags darauf teilte die britische Regierung auf eine Anfrage im Parlament mit: daß militärisch alles zur Verteidigung der britischen Küsten getan worden sei; daß weitere und weit umfangreichere Angriffe auf britischen Boden nicht ausgeschlossen seien; daß jedoch die Regierung Seiner Majestät nicht mit einem Feind verhandeln könne, der weder die Zivilbevölkerung, noch Frauen verschone. (Beifall.) Heute geht es nicht mehr um die Geschicke Englands, sondern um die ganze zivilisierte Welt. Großbritannien ist bereit, internationale Verpflichtungen zu erwägen, die diese schrecklichen und barbarischen Angriffe, die die Menschheit selbst bedrohen, einschränkten.

Einige Wochen später trat die Weltstaatenkonferenz zusammen.

Sie fand in Vaduz statt, weil es in den Hochalpen keine Molchgefahr gab und weil sich schon zuvor die meisten begüterten und gesellschaftlich wichtigen Leute aus den Küstenländern dorthin zurückgezogen hatten. Die Konferenz trat energisch, wie allgemein anerkannt wurde, an die Lösung aller aktuellen Weltprobleme heran. Zunächst lehnten alle Staaten (bis auf die Schweiz, Abessinien, Afghanistan, Bolivien und andere Binnenstaaten) grundsätzlich die Anerkennung der Molche als selbständige kriegführende Macht ab, vor allem deshalb, weil sich dann auch die eigenen Salamander als Angehörige des Molchstaates betrachten könnten; es ist nicht ausgeschlossen, daß ein auf diese Weise anerkannter Molchstaat seine staatliche Souveränität über alle Gewässer und Küsten ausüben möchte, an denen Molche leben. Aus diesem Grund ist es *de jure* und *de facto* unmöglich, den Salamandern den Krieg zu erklären oder auf sonst eine Art und Weise internationalen Druck auf sie auszuüben; jeder Staat hat das Recht, nur gegen die *eigenen* Molche einzuschreiten; es ist seine eigene innere Angelegenheit. Deshalb kann von einer kollektiven diplomatischen Demarche gegen die Molche keine Rede sein. Staaten, die von den Salamandern überfallen wurden, können mit internationaler Hilfe nur insofern rechnen, als ihnen Auslandsanleihen zur erfolgreichen Verteidigung gewährt werden können.

Daraufhin brachte England den Vorschlag ein, alle Staaten möchten sich wenigstens verpflichten, die Molche nicht mehr mit Waffen und Sprengstoff zu beliefern. Der Vorschlag wurde nach reiflicher Überlegung abgelehnt, vor allem deshalb, weil diese Verpflichtung bereits in der Londoner Konvention enthalten war; zweitens, weil man keinem Staat verwehren kann, seinen Molchen »lediglich für den Eigenbedarf« technische Ausrüstung und Waffen zur Verteidigung der eigenen Küsten zu liefern; drittens sind die Seemächte »natürlich an der Erhaltung der guten Beziehungen zu den Meeresbewohnern interessiert« und halten es deshalb für angebracht, »sich aller Maßnahmen zu enthalten, die die Molche als Repressalien auffassen könnten«; nichtsdestoweniger sind alle Staaten bereit zuzusichern, daß sie Waffen und Sprengstoffe auch an Staaten liefern würden, die von den Salamandern angegriffen werden.

In vertraulichen Verhandlungen wurde der kolumbianische Vorschlag angenommen, mit den Molchen wenigstens inoffizielle Gespräche aufzunehmen. Der Chief Salamander sollte eingeladen werden, seine Bevollmächtigten zur Konferenz zu entsenden. Der Vertreter Großbritanniens erhob schärfsten Einspruch dagegen, da er es ablehnte, sich mit Molchen an einen Tisch zu setzen; schließlich gab er sich jedoch damit zufrieden, in der Zwischenzeit aus gesundheitlichen Gründen ins Engadin zu fahren. In dieser Nacht wurde im Staatscode aller Küstenstaaten der Aufruf gesendet, seine Exzellenz der Herr Cief Salamander möge seine Vertreter benennen und sie nach Vaduz entsenden. Die Antwort war ein heiseres: »Ja; diesmal kommen wir noch zu euch; das nächste Mal werden eure Delegierten zu mir ins Wasser kommen.« Dann noch die offizielle Meldung: »Die bevollmächtigten Vertreter der Molche werden übermorgen abend mit dem Orientexpreß in Buchs eintreffen.«

Mit größter Hast wurden alle Vorbereitungen für den Empfang der Molche getroffen; in Vaduz wurden die luxuriösesten Badezimmer hergerichtet, und ein Sonderzug brachte in Zisternen Meerwasser für die Wannen der Molchdelegation. Auf dem Bahnhof Buchs sollte abends nur ein sogenannter nichtoffizieller Empfang stattfinden; es fanden sich lediglich die Sekretäre der Delegationen ein, Vertreter der Ortsbehörden und etwa zweihundert Journalisten, Fotografen und Kameraleute. Pünktlich um 6 Uhr 25 Minuten lief der Orientexpreß im Bahnhof ein. Dem Salonwagen entstiegen auf den roten Teppich drei hochgewachsene, elegante Herren und hinter ihnen mehrere vollkommene, weltmännische Sekretäre mit schweren Aktenkoffern. »Und wo sind die Molche?« fragte jemand leise. Zwei oder drei offizielle Persönlichkeiten gingen unsicher auf die drei Herren zu; aber da sagte der erste bereits rasch und mit gedämpfter Stimme: »Wir sind die Molchdelegation. Ich bin Professor Doktor Van Dott aus Den Haag, Maître Rosso Castelli, Rechtsanwalt aus Paris, Doktor Manoel Carvalho, Rechtsanwalt aus Lissabon.«

Die Herren verneigten sich und stellten sich vor. »Sie sind also gar keine Molche«, hauchte der französische Sekretär. »Natürlich nicht«, sagte Dr. Rosso Castelli. »Wir sind Rechtsanwälte. Pardon, die Herren hier wollen vielleicht Aufnahmen machen.» Daraufhin wurde die lächelnde Molchdelegation ausgiebig gefilmt und fotografiert. Auch die anwesenden Legationssekretäre zeigten sich befriedigt. Es ist von den Salamandern doch vernünftig und dezent, daß sie Menschen als ihre Vertreter entsandt haben. Mit Menschen kann man eher reden. Und vor allem entfallen gewisse unangenehme gesellschaftliche Schwierigkeiten.

Noch in derselben Nacht fand die erste Beratung mit der Molchdelegation statt. Auf dem Programm stand die Frage, wie der Friede zwischen den Molchen und Großbritannien schnellstens wiederhergestellt werden könnte. Professor Van Dott meldete sich zu Wort. Es kann kein Zweifel darüber bestehen, sagte er, daß die Molche von Großbritannien angegriffen wurden; das britische Kanonenboot *Erebus* überfiel auf hoher See das Sendeschiff der Molche; die britische Admiralität verletzte die friedlichen Handelsbeziehungen mit den Molchen, als sie das Schiff *Amenhotep* daran hinderte, die bestellte Ladung Sprengstoff zu löschen; drittens eröffnete dann die britische Regierung mit ihrem Verbot für jegliche Lieferungen die Blockade der Salamander. Die Molche konnten gegen diese feindseligen Akte keine Beschwerde führen, weder in Den Haag, weil die Londoner Konvention den Molchen kein Klagerecht einräumt, noch in Genf, weil sie nicht Mitglied des Völkerbunds sind; es blieb ihnen also nichts anderes übrig, als zur Selbstverteidigung zu schreiten. Trotzdem ist der Chief Salamander bereit, die Kriegsaktionen einzustellen, allerdings nur unter folgenden Voraussetzungen: 1. Großbritannien entschuldigt sich bei den Molchen für alle genannte Unbill; 2. es widerruft das Lieferverbot für die Molche; 3. als Schadenersatz tritt es unentgeltlich die Pandschab-Ebene an die Salamander ab, damit diese dort neue Ufer und Meeresbuchten errichten können. — Daraufhin erklärte der Präsident der Konferenz, er werde seinem verehrten Freund, dem Vertreter Großbritanniens, der im Augenblick abwesend sei, über diese Bedingungen berichten; er verbarg jedoch seine Befürchtung nicht, daß diese Bedingungen kaum annehmbar sein würden; nichtsdestoweniger könne man hoffen, daß darin eine Ausgangsbasis für weitere Verhandlungen zu erblicken sei.

Auf die Tagesordnung kam dann die Beschwerde Frankreichs in Sachen der Küste Senegambiens, die von den Molchen in die Luft gesprengt worden war, womit sie französische Kolonialinteressen verletzt hätten. Das Wort ergriff der Vertreter der Molche, der berühmte Pariser Rechtsanwalt Dr. Julien Rosso Castelli. Beweisen Sie es, sagte er. Weltberühmte Kapazitäten auf dem Gebiet der Seismographie erklärten, daß das Erdbeben in Senegambien vulkanischen Ursprungs gewesen sei und mit der einstigen vulkanischen Tätigkeit des Vulkans Pico auf der Insel Fogo zusammenhänge. Hier, rief Dr. Rosso Castelli und klopfte auf sein Dossier, sind ihre wissenschaftlichen Gutachten. Wenn Sie Beweise vorlegen können, daß das Erdbeben in Senegambien auf eine Tätigkeit meiner Klienten zurückzuführen ist, bitte schön, wir warten darauf.

*Der belgische Delegierte Creux:* Ihr Chief Salamander hat selbst erklärt, daß dies die Molche getan haben!

*Professor Van Dott:* Seine Erklärung war inoffiziell.

*M. Rosso Castelli:* Wir sind beauftragt, den erwähnten Ausspruch zu dementieren. Ich verlange die Anhörung technischer Gutachter, ob es möglich ist, einen siebenundsechzig Kilometer langen Riß in der Erdkruste künstlich herbeizuführen. Ich schlage vor, daß man uns einen praktischen Versuch in gleichem Ausmaß vorführt. Solange es keine solchen Beweise gibt, meine Herren, wollen wir von vulkanischer Tätigkeit sprechen. Nichtsdestoweniger ist der Chief Salamander bereit, die im Senegambia-Riß entstandene Bucht von der französischen Regierung zu kaufen, da sie sich für die Gründung einer Molchsiedlung eignet. Wir sind ermächtigt, mit der französischen Regierung über den Preis zu verhandeln.

*Der französische Delegierte Minister Deval:* Falls darin eine Entschädigung für den entstandenen Schaden zu sehen ist, können wir darüber sprechen.

*M. Rosso Castelli:* Sehr gut. Die Regierung der Molche verlangt jedoch, daß der entsprechende Kaufvertrag auch die Region Landes, von der Gironde-Mündung bis nach Bayonne, im Ausmaß von sechstausendsiebenhundertzwanzig Quadratkilometern umfaßt. Mit anderen Worten, die Regierung der Molche ist bereit, dieses Stück südfranzösischen Bodens von Frankreich zu kaufen.

*Minister Deval* (in Bayonne geboren und Abgeordneter für Bayonne): Damit Ihre Salamander aus einem Stück Frankreich Meeresboden machen? Niemals! Niemals!

*Dr. Rosso Castelli:* Frankreich wird diese Worte bereuen, mein Herr. Heute war noch von einem Kaufpreis die Rede.

Daraufhin wurde die Sitzung unterbrochen.

In der nächsten Zusammenkunft war ein großzügiges internationales Angebot an die Molche Gegenstand der Verhandlungen: Anstelle der unzulässigen Beschädigung alten, dichtbesiedelten Festlandes sollten sie neue Küsten und Inseln für sich bauen; in diesem Fall würden ihnen ausgiebige Kredite garantiert; die neuen Festländer und Inseln würden dann als ihr selbständiges und souveränes Staatsgebiet anerkannt werden.

*Dr. Manoel Carvalho*, der große Rechtsgelehrte aus Lissabon, sprach seinen Dank für dieses Angebot aus, das er der Regierung der Molche überbringen werde; jedes Kind begreift jedoch, sagte er, daß der Bau neuen Festlandes weitaus langwieriger und aufwendiger ist als der Abbau des alten. Unsere Klienten brauchen die neuen Küsten und Buchten in kürzester Frist; es ist eine Frage des Seins oder Nichtseins für sie. Es wäre besser für die Menschheit, das großzügige Angebot des Chief Salamanders anzunehmen, der heute noch bereit ist, die Welt von den Menschen zu kaufen, statt sich ihrer mit Gewalt zu bemächtigen. Unsere Klienten haben ein Verfahren entdeckt, mit dem man das im Meerwasser enthaltene Gold gewinnen kann; infolgedessen verfügen sie über nahezu unbeschränkte Mittel; sie können Ihnen Ihre Welt gut, ja geradezu glänzend bezahlen. Sie müssen damit rechnen, daß für sie der Preis der Welt im Laufe der Zeit sinken wird, besonders dann, wenn, wie vorauszusehen ist, weitere vulkanische oder tektonische Katastrophen eintreten, die weitaus umfangreicher sein werden als jene, deren Zeugen wir bisher waren, und wenn sich dadurch das Flächenausmaß der Kontinente in beträchtlichem Maße verringern wird. Heute kann man die Welt noch in ihrem ganzen bisherigen Ausmaß verkaufen; wenn davon einmal nur noch die Ruinen der Gebirge über der Meeresoberfläche übrig bleiben, wird man Ihnen keinen Pfennig mehr dafür bezahlen. Ich bin hier zwar als Vertreter und Rechtsberater der Molche, rief Dr. Carvalho, und ich muß *ihre* Interessen wahrnehmen; aber ich bin ein Mensch wie Sie, meine Herren, und der Nutzen der Menschen liegt mir nicht minder am Herzen als Ihnen. Deshalb rate ich Ihnen, nein, ich beschwöre Sie: Verkaufen Sie das Festland, solange es noch nicht zu spät ist! Sie können es im ganzen verkaufen oder länderweise. Der Chief Salamander, dessen großherzige und moderne Gesinnung heute schon allgemein bekannt ist, verpflichtet sich, bei künftigen notwendigen Veränderungen der Erdoberfläche Menschenleben, soweit möglich, zu schonen; die Überschwemmung des Festlandes wird sukzessive vor sich gehen und in einer Weise, daß Panik oder überflüssige Katastrophen vermieden werden können. Wir sind ermächtigt, Verhandlungen sowohl mit der ruhmreichen Weltkonferenz insgesamt als auch mit einzelnen Staaten aufzunehmen. Die Anwesenheit so hervorragender Juristen, wie es Professor Van Dott oder Maître Julien Rosso Castelli sind, kann für Sie die Garantie sein, daß wir neben den gerechtfertigten Interessen unserer Klienten, der Molche, Hand in Hand mit Ihnen das verteidigen werden, was uns allen am teuersten ist: die menschliche Kultur und das Wohl der ganzen Menschheit.

In etwas gedrückter Stimmung wurde ein weiterer Vorschlag auf die Tagesordnung gesetzt: den Salamandern Zentralchina zur Überschwemmung zu überlassen; dafür müßten sich die Molche verpflichten, die Küsten der europäischen Staaten und ihrer Kolonien für alle Zeiten zu garantieren.

*Dr. Rosso Castelli:* Für alle Zeiten, das ist ein bißchen zu lange. Sagen wir, für zwölf Jahre.

*Professor Van Dott:* Zentralchina, das ist ein bißchen zu wenig. Sagen wir, die Provinzen Nganhuei, Honan, Kiangsu, Tschi-li und Föng-tien.

Der japanische Vertreter protestiert gegen das Abtreten der Provinz Föng-tien, die zur japanischen Interessensphäre gehört. Der chinesische Delegierte ergreift das Wort, doch leider versteht man ihn nicht. Im Verhandlungssaal macht sich immer mehr Unruhe bemerkbar; es ist schon ein Uhr nachts.

In diesem Augenblick betritt der Sekretär der italienischen Delegation den Saal und flüstert dem italienischen Vertreter, Graf Tosti, etwas ins Ohr. Graf Tosti ruft heiser: »Herr Präsident, ich bitte ums Wort. Gerade kam die Meldung, daß die Molche einen Teil unserer Provinz Venezien in Richtung auf Portogruaro vom Meer überfluten ließen.«

Schauerliche Stille breitete sich aus, nur der chinesische Delegierte sprach weiter.

»Der Chief Salamander hat Sie doch längst gewarnt«, brummte Dr. Carvalho.

Professor Van Dott bewegte sich ungeduldig und hob die Hand. »Herr Präsident, vielleicht könnten wir wieder zur Sache kommen. Auf dem Programm steht die Provinz Föngtien. Wir sind ermächtigt, der japanischen Regierung dafür eine Entschädigung in Gold anzubieten. Die Frage ist ferner, was die interessierten Staaten unseren Klienten für die Abtragung Chinas anbieten wollen.«

Zur selben Stunde lauschten die nächtlichen Amateure dem Molchrundfunk. »Gerade hörten Sie von einer Schallplatte die ›Barcarole‹ aus ›Hoffmanns Erzählungen‹«, quäkte der Ansager. »Hallo, hallo, wir schalten jetzt auf Italienisch-Venezien um.«

Und dann war nur noch ein dumpfes und unendliches Rauschen wie von heranbrausendem Wasser zu hören.

## 10

### *Herr Povondra nimmt alles auf sich*

Wie doch die Zeit verfliegt! Wieviele Jahre sind ins Land gezogen, wieviel Wasser den Fluß hinabgeflossen! Ist doch auch unser Herr Povondra nicht mehr Portier im Hause G. H. Bondy; er ist jetzt, um es einmal so zu sagen, ein ehrwürdiger Greis, der die Früchte seines langen und strebsamen Lebens in der Gestalt einer kleinen Rente in Ruhe genießen kann; aber wie weit kommt man mit den paar Hundertern bei dieser kriegsmäßigen Teuerung! Ein Glück, daß er ab und zu mal einen Fisch angeln kann; er sitzt mit der Rute in der Hand im Kahn und schaut zu — wieviel Wasser doch so an einem Tag den Fluß hinabfließt! Wo kommt es nur her? Manchmal beißt ein Weißfisch an, manchmal ist es ein Barsch; überhaupt sind die Fische jetzt irgendwie zahlreicher geworden, wahrscheinlich, weil die Flüsse heutzutage soviel kürzer geworden sind. So ein Barsch ist gar nicht so schlecht; lauter Gräten zwar, aber das Fleisch schmeckt nach Mandeln. Und Mutter versteht ihn zuzubereiten. Herr Povondra weiß gar nicht, daß Mutter Povondra unter seinen Barschen meist mit den Zeitungsausschnitten heizt, die er einst sammelte und sortierte. Gewiß, Herr Povondra gab die Sammlerei auf, als er in Rente ging, dafür legte er sich ein Aquarium zu, wo er neben kleinen Goldkarpfen winzige Teichmolche und Salamander hält; stundenlang kann er ihnen zuschauen, wie sie reglos im Wasser liegen oder ans Ufer kriechen, das er ihnen aus Steinen gebaut hat; dann wiegt er bedächtig den Kopf und sagt: »Wer hätte das gedacht, Mutter!« Aber der Mensch kann nicht immer nur zuschauen; deshalb verlegte sich Herr Povondra auf das Angeln. Was kann man machen, Männer müssen immer irgend etwas haben, denkt Mutter Povondra nachsichtig. Immer noch besser, als wenn er in die Wirtschaft gehen und Politik machen würde.

Ja, viel, sehr viel Wasser ist den Fluß hinabgeflossen. Auch der Franzl ist kein Schuljunge mehr, der mit seiner Erdkunde Probleme hat, auch kein Jüngling mehr, der seine Socken auf der Jagd nach weltlichen Eitelkeiten zerreißt. Er ist auch schon ein älterer Herr, der Franzl; Gott sei Dank ist er Unterbeamter bei der Post — es hat doch etwas genützt, daß er so gewissenhaft seine Erdkunde gelernt hat. Er nimmt auch schon langsam Vernunft an, denkt Herr Povondra und läßt seinen Kahn etwas tiefer unter die Legionsbrücke abtreiben. Heute wird er wohl kommen; heute ist Sonntag, da hat er keinen Dienst. Ich nehm' ihn in den Kahn, und wir fahren rauf, zur Spitze der Schützeninsel; dort beißen die Fische am besten; und Franzl wird mir erzählen, was in der Zeitung steht. Und dann gehen wir heim, auf den Vyšehrad, und die Schwiegertochter bringt beide Kinder mit ... Herr Povondra gab sich eine Weile der friedvollen Glückseligkeit des Großvaterlebens hin. Mariechen wird nächstes Jahr schon in die Schule kommen, freut er sich; und der kleine Franzl, der Enkel also, wiegt schon dreißig Kilo — Herr Povondra fühlt sich von einem starken, tiefen Gefühl ergriffen, daß alles doch in bester und größter Ordnung ist.

Da wartet ja der Sohn schon am Ufer und winkt mit der Hand. Herr Povondra rudert den Kahn zum Ufer. »Daß du schon kommst«, meint er tadelnd. »Und paß auf, daß du nicht ins Wasser fällst!«

»Beißen sie?« fragt der Sohn.

»Wenig«, brummelt der alte Herr. »Wir fahren rauf, oder?«

Ein schöner Sonntagnachmittag, noch ist die Stunde nicht da, in der die Narren vom Fußball und solchen Dummheiten kommen. Prag ist leer und ruhig, die paar Leute, die da und dort am Kai oder über die Brücke spazieren, haben es nicht eilig und schreiten manierlich und würdig dahin. Es sind bessere und vernünftige Leute, keine solchen, die da müßig in Grüppchen herumstehen und die Moldaufischer auslachen. Vater Povondra wird wieder von dem guten und tiefen Gefühl der Ordnung ergriffen.

»Also, was steht in der Zeitung?« fragt er väterlich schroff.

»Eigentlich nichts, Vater«, sagt der Sohn. »Nur hier lese ich, daß sich die Molche schon bis nach Dresden vorgearbeitet haben.«

»Da ist also der Deutsche im Eimer«, stellt der alte Herr fest. »Weißt du, Franzl, diese Deutschen, das war ein recht merkwürdiges Volk. Gebildet, aber merkwürdig. Ich kannte einen Deutschen, der war Chauffeur in einer Fabrik; das war so ein grober Mensch, der Deutsche. Aber den Wagen, den hatte er in Ordnung, das muß man sagen! — Sieh also einer an, Deutschland ist auch schon von der Weltkarte verschwunden«, überlegte Herr Povondra. »Und was für einen Wirbel es früher immer gemacht hat! Das war grauenhaft: lauter Militär und lauter Krieg. — Tja, den Molchen ist nicht einmal ein Deutscher gewachsen. Ich kenn' die Molche, weißt du? Erinnerst du dich, wie ich sie dir gezeigt habe, als du noch klein warst?«

»Passen Sie auf, Papa!« sagt der Sohn. »Ein Fisch beißt an.«

»Das ist nur eine Grundel«, brummt der alte Herr und zuckt etwas mit der Rute. Da seht euch das an! Also auch schon Deutschland, dachte er. Nun ja, man darf sich über nichts mehr wundern. Was hat es da früher für Geschrei gegeben, wenn die Molche ein Land versenkt haben! Und wenn es nur Mesopotamien oder China war, die Zeitungen waren voll davon. Heute nimmt man es nicht mehr so, grübelt Herr Povondra melancholisch, und blinzelt über seiner Rute. Man gewöhnt sich eben, was kann man machen? Es passiert nicht hier, also was soll's? Wenn nur nicht alles so teuer wäre! Was die heute nur für den Kaffee verlangen. — Sicher, Brasilien ist auch schon in den Wellen verschwunden. In den Läden spürt man es eben, wenn ein Stück Welt untergeht!

Herrn Povondras Schwimmer tanzt über die kleinen, krausen Wellen. Was haben die Molche schon alles vom Meer überfluten lassen, erinnert sich der alte Herr. Da war Ägypten und Indien und China. — Sogar an Rußland haben sie sich herangetraut; und was für ein großes Land war das nur, dieses Rußland! Wenn man bedenkt, daß das Schwarze Meer jetzt bis zum nördlichen Polarkreis hinaufreicht — wieviel Wasser das nur ist! Man muß schon zugeben, daß sie uns das Festland ganz schön angeknabbert haben! Ein Glück, daß sie doch recht lang dazu brauchen. —

»Die Molche«, hebt der alte Herr an, »sind schon bei Dresden, sagst du?«

»Sechzehn Kilometer vor Dresden. Da steht schon bald ganz Sachsen unter Wasser.«

»Dort war ich einmal mit Herrn Bondy«, meinte Vater Povondra. »Das war einmal ein ungemein reiches Land, Franzl, aber daß man dort gut gegessen hätte, kann man nicht sagen. Sonst war es ein recht braves Volk, besser als die Preußen. Nein, das kann man gar nicht vergleichen.«

»Preußen ist ja auch schon dahin.«

»Wundert mich gar nicht«, knurrte der alte Herr zwischen den Zähnen hervor. »Ich mag die Preußen nicht. Aber der Franzos hat es jetzt gut, wenn der Deutsche im Eimer ist. Der wird aufatmen.«

»Nicht sehr, Vater«, wandte Franzl ein. »Kürzlich stand in der Zeitung, daß auch gut ein Drittel Frankreichs schon unter Wasser steht.«

»Tja«, seufzte der alte Herr. »Bei uns, ich meine, bei Herrn Bondy, war ein Franzose, ein Diener, Jean hieß er. Und der war hinter den Weibern her, daß es eine Schande war. So was rächt sich, weißt du, dieser Leichtsinn.«

»Aber zehn Kilometer vor Paris sollen sie die Molche besiegt haben«, teilte Sohn Franzl mit. »Angeblich hatten sie dort alles unterminiert und es dann in die Luft gesprengt. Zwei Armeekorps der Molche sollen sie dort zerschlagen haben.«

»Ein guter Soldat ist der Franzose schon«, meinte Herr Povondra sachkundig. »Der Jean ließ sich auch nichts gefallen. Ich weiß gar nicht, woher er das hatte. Gerochen hat er wie eine Drogerie, aber wenn er sich geprügelt hat, dann hat er sich geprügelt. Aber zwei Armeekorps Molche, das ist wenig. Wenn ich mir das so überlege«, sinnierte der alte Herr, »so konnten sie mit den Menschen besser kämpfen. Und es dauerte auch nicht so lange. Mit den Molchen schlagen sie sich jetzt schon zwölf Jahre herum, und immer noch nichts, nur lauter Vorbereitungen günstigerer Positionen. — Nein, nein, zu meiner Zeit, das waren noch Schlachten! Da standen hier drei Millionen Menschen und dort drei Millionen Menschen«, zeigte der alte Herr, so daß der Kahn ins Schaukeln geriet, »und jetzt — sakra! — wurde angegriffen. — Das ist gar kein richtiger Krieg«, zürnte Vater Povondra. »Immer nur lauter Betondämme, aber ein richtiger Angriff mit Bajonetten, das ist nicht drin. Nein, das ist nichts!«

»Aber wenn doch die Menschen und die Molche nicht aneinander herankönnen«, verteidigte der junge Povondra die moderne Kriegführung. »Ein Angriff mit Bajonetten aufs Wasser, das geht doch nicht.«

»Eben«, brummte Herr Povondra geringschätzig. »Sie können nicht einmal aufeinander losgehen. Aber laß Menschen auf Menschen losgehen, und du wirst sehen, was sie können! Was wißt ihr schon vom Krieg!«

»Hoffentlich kommt er nicht bis zu uns«, sagte Sohn Franzl etwas unerwartet. »Sie wissen ja, Vater, wenn man Kinder hat ...«

»Wieso, zu uns«, stieß der alte Herr etwas gereizt hervor. »Du meinst, bis nach Prag?«

»Überhaupt zu uns nach Böhmen«, meinte der junge Povondra besorgt. »Ich meine, wenn die Molche schon bei Dresden sind ...«

»Du Neunmalkluger«, tadelte Herr Povondra. »Wie sollen sie herüberkommen? Über unsere Berge?«

»Vielleicht die Elbe entlang — und dann weiter die Moldau herauf.«

Vater Povondra schnaubte ungehalten. »Ich bitte dich, die Elbe entlang! Da kämen sie höchstens bis Podmokly* und nicht weiter. Dort, mein Lieber, gibt es Felsen. Ich war dort. Nein, nein, zu uns kommen die Molche nicht, wir haben es gut. Und der Schweizer ist auch fein heraus. Das ist ein ganz großer Vorteil, daß wir keine Meeresküsten haben, weißt du? Wer heute ein Meer hat, ist ein armer Teufel.«

»Aber wenn das Meer jetzt schon bis nach Dresden reicht ...«

»Dort sind die Deutschen«, erklärte der alte Herr ableh-

---

* dt. Bodenbach, Elbsandsteingebirge, unweit der Landesgrenze zu Deutschland — *Anm. d. Hrsg.*

nend. »Das ist ihre Sache. Aber zu uns können die Molche gar nicht, das ist doch klar. Da müßten sie zuerst die Felsen abtragen; du hast keine Ahnung, wieviel Arbeit das wäre!«

»Arbeit«, wandte der junge Povondra düster ein. »Da sind sie doch ganz groß dabei! Sie wissen doch, daß sie in Guatemala ein ganzes Gebirge versenkt haben.«

»Das ist etwas anderes«, versetzte der alte Herr mit größter Entschiedenheit. »Red nicht so dummes Zeug, Franzl! Das war in Guatemala, aber nicht bei uns. Hier herrschen andere Verhältnisse.«

Der junge Povondra seufzte. »Wie Sie meinen, Vater. Aber wenn man bedenkt, daß die Biester schon ungefähr ein Fünftel des Festlandes unter Wasser gesetzt haben ...«

»Am Meer, du Gipskopf, aber sonst nirgends. Du verstehst nichts von Politik. Die Staaten, die am Meer sind, führen Krieg mit ihnen, wir nicht. Wir sind ein neutraler Staat, und deshalb können sie uns nichts. So ist es. Und red nicht ewig, sonst fang ich nichts!«

Stille herrschte überm Wasser. Die Bäume auf der Schützeninsel warfen bereits lange, feine Schatten über die Moldau. Auf der Brücke klingelte die Straßenbahn, am Kai spazierten Ammen mit Kinderwagen und rechtschaffene, sonntägliche Menschen. —

»Vater«, hauchte der junge Povondra nahezu kindlich.

»Was ist?«

»Ist das ein Wels?«

»Wo?«

Aus der Moldau, direkt vor dem Nationaltheater, lugte ein großer schwarzer Kopf hervor und bewegte sich langsam stromaufwärts.

»Ist das ein Wels?« wiederholte Povondra junior.

Der alte Herr ließ die Rute fallen. »Das?« stieß er hervor und zeigte mit zitterndem Zeigefinger. »Das da?«

Der schwarze Kopf verschwand im Wasser.

»Das war kein Wels, Franzl«, antwortete der alte Herr und seine Stimme klang irgendwie verunsichert. »Gehen wir heim! Das ist das Ende.«

»Was für ein Ende?«

»Ein Molch. Sie sind also auch schon hier. Gehen wir heim!« wiederholte er und legte zerfahren die Angelrute zusammen. »Das ist also das Ende.«

»Sie zittern ja am ganzen Körper«, sagte Franzl erschrocken. »Ist Ihnen nicht gut?«

»Wir gehen heim«, plapperte der alte Herr aufgeregt, und sein Kinn zitterte erbarmungswürdig. »Mich friert. Das hat uns noch gefehlt! Weißt du, das ist das Ende. Sie sind also schon da. Himmel, ist mir kalt! Ich möchte heim.«

Der junge Povondra sah ihn prüfend an und griff nach den Rudern. »Ich bringe Sie heim, Vater«, sagte er auch irgendwie unsicher und trieb den Kahn mit starken Ruderschlägen zur Insel. »Lassen Sie, ich mache ihn schon fest.«

»Daß es so kalt geworden ist«, wunderte sich der alte Herr und klapperte mit den Zähnen.

»Ich helfe Ihnen, Vater. Kommen Sie nur!« redete ihm der junge Povondra zu und faßte ihn unterm Arm. »Ich glaube, Sie haben sich auf dem Wasser erkältet. Das war nur ein Stück Holz.«

Der alte Herr zitterte wie Espenlaub. »Ich weiß, ein Stück Holz. Mir wirst du was erzählen! Ich weiß am besten, was Molche sind. Laß mich los!«

Povondra junior tat etwas, was er noch nie im Leben getan hatte: Er winkte einem Taxi. »Zum Vyšehrad«, sagte er und schob den Vater in den Wagen. »Ich bring Sie heim, Vater. Es ist schon spät.«

»Es ist wirklich schon spät«, bibberte Vater Povondra. »Zu spät. Das ist das Ende, Franzl. Das war kein Stück Holz. Das waren sie.«

Daheim mußte der junge Povondra den Vater die Treppe fast hinauftragen. »Machen Sie das Bett, Mutter!« flüsterte er hastig in der Tür. »Wir müssen Vater ins Bett legen, er ist uns krank geworden.«

So, jetzt liegt Vater Povondra in den Kissen; die Nase ragt irgendwie merkwürdig aus seinem Gesicht heraus, und die Lippen mahlen ständig und plappern etwas Unverständliches; wie alt er aussieht, wie alt er aussieht! Jetzt hat er sich etwas beruhigt. —

»Ist Ihnen schon besser, Vati?«

Am Fußende schnieft und weint Mutter Povondra in die Schürze; die Schwiegertochter macht Feuer im Ofen, und die Kinder, Franzl und Mariechen, starren mit großen, verstörten Augen auf den Großvater, als ob sie ihn nicht erkennen würden.

»Soll ich den Doktor rufen, Vater?«

Herr Povondra blickt die Kinder an und flüstert etwas; auf einmal stürzen Tränen aus seinen Augen.

»Brauchen Sie etwas, Vater?«

»Das war ich, das war ich«, flüstert der alte Herr. »Damit du es weißt, das ist alles meine Schuld. Wenn ich damals den Kapitän nicht bei Herrn Bondy vorgelassen hätte, dann wäre das alles nicht so gekommen.«

»Es ist doch nichts passiert, Vater«, beschwichtigte der junge Povondra.

»Das verstehst du nicht«, keuchte der alte Herr. »Das ist doch das Ende, verstehst du? Das Ende der Welt. Jetzt kommt das Meer auch zu uns her, wenn die Molche schon da sind. Das habe ich gemacht; ich hätte den Kapitän nicht vorlassen sollen. — Damit die Leute einmal wissen, wer an allem schuld ist.«

»Unsinn«, sagte der Sohn rauh. »So dürfen Sie gar nicht erst denken, Vater. Das haben alle Menschen getan. Das haben die Staaten getan, das hat das Kapital getan. — Alle wollten recht viele Molche haben. Alle wollten daran verdienen. Auch wir haben ihnen Waffen und sonstwas geschickt. — Wir alle sind schuld.«

Vater Povondra rührte sich unruhig: »Überall war einmal das Meer, jetzt wird es wieder so sein. Das ist das Ende der Welt. Mir hat einmal ein Herr gesagt, daß auch bei Prag einst das Meer war. — Ich glaube, das haben damals auch die Molche getan. Weißt du, ich hätte den Kapitän nicht anmelden sollen. Irgend etwas sagte mir immer, tu es nicht — aber dann habe ich gedacht, vielleicht gibt mir der Kapitän ein Trinkgeld. — Und siehst du, er hat mir keins gegeben. So kann man wegen nichts und wieder nichts die ganze Welt vernichten.« — Der alte Herr schluckte etwas wie Tränen. »Ich weiß, ich weiß recht gut, daß es mit uns zu Ende geht. Ich weiß, daß ich es war.« —

»Großvater, möchten Sie einen Tee?« fragte die junge Frau Povondra mitfühlend.

»Ich möchte nur«, flüsterte der alte Herr, »ich möchte nur, daß es mir die Kinder einmal verzeihen.«

# 11

## *Der Autor spricht mit sich selbst*

»Du willst das so lassen?« ließ sich an dieser Stelle die innere Stimme des Autors vernehmen.

Was denn? fragte der Verfasser etwas verunsichert.

»Du willst Herrn Povondra so sterben lassen?«

Nun, verteidigte sich der Autor, ich tu das nicht gern, aber... Schließlich hat Herr Povondra auch schon seine Jahre; sagen wir, er ist schon weit über siebzig. —

»Und du läßt ihn sich seelisch so quälen? Du sagst ihm nicht einmal, Großvater, es ist alles nicht so schlimm; die Welt wird an den Molchen nicht eingehen, und die Menschheit wird sich retten, warten Sie noch, und Sie werden es erleben? Ich bitte dich, kannst du nichts für ihn tun?«

Dann schick' ich ihm einen Doktor, schlug der Autor vor. Der alte Herr hat wohl ein Nervenfieber bekommen; in dem Alter kann sich daraus natürlich eine Lungenentzündung entwickeln, aber vielleicht wird er es — gottlob — überleben; vielleicht wird er Mariechen noch auf den Knien schaukeln und sie ausfragen, was sie in der Schule gelernt hat. — Die Freuden des Alters, lieber Himmel; der alte Herr soll die Freuden des Alters noch erleben!

»Schöne Freuden sind das«, höhnte die innere Stimme. »Er wird das Kind mit seinen alten Händen an sich drücken und Angst haben, Mensch, schreckliche Angst, daß auch es einmal vor den tosenden Wassern fliehen wird müssen, die unwiederbringlich die ganze Welt überfluten; seine buschigen Augenbrauen werden vor Grauen zu Berge stehen, und er wird flüstern: Das habe ich getan, Mariechen, ich habe das getan. — Hör mal, willst du *wirklich* die ganze Menschheit umkommen lassen?«

Der Autor verfinsterte sein Gesicht. Frage mich nicht, was ich will. Glaubst du, daß das menschliche Festland *meinetwegen* in Stücke zerfällt, glaubst du, daß *ich* dieses Ende wollte? Das ist einfach die Logik der Ereignisse; wie kann ich da eingreifen? Ich tat, was ich konnte; ich habe die Menschen rechtzeitig gewarnt; dieser X, das war zum Teil ich selbst. Ich habe gepredigt, gebt den Molchen keine Waffen und Sprengstoffe, macht Schluß mit dem widerlichen Geschäft mit den Salamandern und so — du weißt, wie das ausgegangen ist. Alle hatten tausend völlig richtige wirtschaftliche und politische Einwände, warum das nicht ginge. Ich bin kein Politiker. Was kann man machen, die Welt wird wohl versinken und untergehen; aber es wird wenigstens aus allgemein anerkannten politischen und wirtschaftlichen Gründen geschehen, wenigstens wird es mit Hilfe der Wissenschaft, Technik und der öffentlichen Meinung durchgeführt, mit Aufbietung des gesamten menschlichen Erfindungsgeistes! Keine kosmische Katastrophe, sondern reine Staats-, Macht-, Wirtschafts- und andere Interessen. — Dagegen kommt man nicht an.

Die innere Stimme schwieg eine Weile. »Und die Menschheit tut dir nicht leid?«

Warte, nicht so schnell! Es muß doch nicht die ganze Menschheit aussterben. Die Molche brauchen nur mehr Küsten, um irgendwo leben und ihre Eier legen zu können. Vielleicht machen sie aus dem Festland anstelle von zusammenhängenden Kontinenten lauter lange Nudeln, damit es möglichst viele Küsten hergibt. Nehmen wir an, daß sich auf diesen Landstreifen ein paar Menschen halten können, nicht? Und die werden Metalle und solche Dinge für die Molche herstellen. Die Molche können doch selbst nicht mit Feuer arbeiten, weißt du?

»Die Menschen sollen also den Molchen dienen?«

Sollen sie, wenn du es so ausdrücken willst. Sie werden einfach in Fabriken arbeiten wie jetzt auch. Sie werden nur andere Herren haben. Schließlich und endlich wird sich dadurch nicht einmal soviel ändern. —

»Und tut dir die Menschheit nicht leid?«

Himmel, so laß mich doch in Frieden! Was soll ich tun? Die Menschen wollten es doch so; alle wollten Molche haben, der Handel wollte sie, die Industrie und die Technik, die Staatsmänner und die Militärs wollten sie. — Der junge Povondra hat es auch gesagt: Wir alle sind schuld! Ich bitte dich, wie sollte mir die Menschheit nicht leid tun! Aber am meisten tat sie mir leid, als ich sah, wie sie sich selbst mit aller Gewalt in dieses Verderben gestürzt hat. Man könnte schreien, wenn man so zuschaut. Schreien und die Arme heben, wie wenn man sieht, daß ein Zug auf das falsche Gleis fährt. Jetzt kann man das nicht mehr aufhalten. Die Molche werden sich weiter vermehren, sie werden die alten Festländer immer mehr zerstückeln. — Erinnere dich nur, wie Wolf Meynert das bewiesen hat: Die Menschen müssen den Molchen Platz machen; und erst die Salamander werden eine glückliche, einheitliche und homogene Welt schaffen.

»Ich bitte dich, Wolf Meynert! Wolf Meynert ist ein Intellektueller. Hast du je etwas so Schreckliches, Mörderisches und Unsinniges gesehen, daß ein Intellektueller damit nicht eine Wiedergeburt der Welt herbeiführen möchte? Na, laß schon sein! Weißt du, was jetzt Mariechen macht?«

Mariechen? Die spielt, glaube ich, gerade auf dem Vyšehrad. Sie muß aber still sein, hat man ihr gesagt, Großvater schläft. Jetzt weiß sie nicht so recht, was sie tun soll, und langweilt sich fürchterlich. —

»Und was macht sie?«

Ich weiß nicht. Ich nehme an, daß sie versucht, mit der Zungenspitze die eigene Nasenspitze abzuschlecken.

»Na also. Und du möchtest etwas wie eine neue Sintflut über sie kommen lassen.«

Jetzt hör doch schon auf! Kann ich Wunder wirken? Was geschehen muß, soll geschehen! Sollen die Dinge ihren unabwendbaren Lauf nehmen! Auch das ist eine Art Trost: daß nämlich das, was geschieht, seine Notwendigkeit und sein Gesetz erfüllt.

»Könnte man die Molche nicht irgendwie aufhalten?«

Nein. Sie sind zu zahlreich. Es muß Platz für sie geschaffen werden.

»Könnte man sie nicht irgendwie aussterben lassen? Vielleicht könnte eine Krankheit über sie kommen, oder sie könnten degenerieren...«

Zu billig, Brüderchen. Warum soll die Natur immer wieder gutmachen, was sich die Menschen einbrocken? Nicht einmal du glaubst also, daß sie sich selber zu helfen wissen? Siehst du, siehst du; zum Schluß wollt ihr euch wieder darauf verlassen, daß euch jemand oder etwas erlöst! Ich will dir was sagen: Weißt du, wer *jetzt noch*, da schon ein Fünftel Europas unter Wasser steht, den Molchen Sprengstoffe und Torpedos und Bohrer liefert? Weißt du, wer fieberhaft, Tag und Nacht, in den Labors arbeitet, um noch wirksamere Maschinen und Mittel zur Zerstörung der Welt zu erfinden? Weißt du, wer den Molchen Geld leiht, weißt du, wer dieses Ende der Welt, diese neue Sintflut finanziert?

»Ich weiß. Alle Fabriken. Alle Banken. Alle Staaten.«

Na also. Wenn nur Molche gegen Menschen stünden, könnte man vielleicht noch etwas tun; aber Menschen gegen Menschen — Menschenskind, das kann man nicht aufhalten!

... »Warte mal, Menschen gegen Menschen! Da fällt mir etwas ein. Vielleicht könnten zum Schluß Molche gegen Molche stehen?«

Molche gegen Molche? Wie meinst du das?

»Zum Beispiel ... — wenn die Salamander so zahlreich sind, könnten sie sich untereinander um irgendein Stückchen Küste streiten, um irgendeine Bucht oder was; dann würden sie sich schon um immer größere Küsten prügeln; und zum Schluß müßten sie schon um die Weltküsten kämpfen, nicht wahr? Molche gegen Molche! Was meinst du, wäre *das* nicht die Logik der Geschichte?«

... Nein, das geht nicht. Molche können nicht gegen Molche kämpfen. Das wäre wider die Natur. Die Molche sind doch von der gleichen Art.

»Die Menschen sind auch von der gleichen Art, Mensch! Und wie du siehst, stört es sie nicht; die gleiche Art, und worum kämpfen sie nicht! Nicht einmal mehr um den Platz, wo sie leben könnten, sondern um Macht, Prestige, Einfluß, Ruhm, Märkte und was weiß ich, was noch! Warum sollten nicht auch die Salamander untereinander beispielsweise ums Prestige kämpfen?«

Warum sollten sie? Was hätten sie davon?

»Nichts, höchstens, daß die einen zeitweilig mehr Küsten und mehr Macht hätten als die andern. Und nach einiger Zeit wäre es dann umgekehrt.«

Und warum sollten die einen mehr Macht als die andern

haben? Sie sind doch alle gleich, alle sind Molche; alle haben die gleiche Anatomie, alle sind gleich häßlich und gleich durchschnittlich. —

Warum sollten sie sich gegenseitig morden? Ich bitte dich, in wessen oder welchem Namen könnten sie miteinander kämpfen? —

»Laß sie nur! Irgend etwas wird sich schon finden. Schau, die einen leben am westlichen Ufer, die andern am östlichen; sie könnten einander im Namen des Westens gegen den Osten bekämpfen. Hier hast du europäische Salamander, und da unten afrikanische; das müßte doch mit dem Teufel zugehen, wenn die einen zum Schluß nicht mehr sein möchten als die andern! — Na also! Sie werden ihnen das im Namen der Zivilisation, der Expansion oder sonst in irgendeinem Namen beweisen gehen; es werden sich immer irgendwelche ideelle oder politische Gründe finden, weshalb die Molche von der einen Küste den Molchen von der andern die Hälse abschneiden müssen. Die Salamander sind zivilisiert wie wir, Mensch; die werden um machtbedingte, wirtschaftliche, rechtliche, kulturelle oder sonstige Argumente nicht verlegen sein.«

Und sie haben Waffen. Vergiß nicht, wie sagenhaft sie ausgerüstet sind!

»Ja, sie haben massenhaft Waffen. Da siehst du es. Das wäre doch gelacht, wenn sie bei den Menschen nicht lernen würden, wie man Geschichte macht!«

Warte mal, einen Augenblick! (Der Autor sprang auf und begann hastig im Arbeitszimmer auf und ab zu gehen.) Sicher, das müßte doch mit dem Teufel zugehen, wenn sie das nicht könnten! Ich sehe das schon vor mir. Man braucht nur einen Blick auf die Karte zu werfen — sakra, wo ist schnell eine Weltkarte!

»Ich sehe sie vor mir.«

Also gut. Da ist der Atlantische Ozean mit dem Mittelmeer und der Nordsee. Da ist Europa, da Amerika. — Da befindet sich also die Wiege der Kultur und der modernen Zivilisation. Hier irgendwo ist das alte Atlantis untergegangen. —

»Und jetzt versenken hier die Molche das neue Atlantis.«

Eben. Und hier ist — der Stille und der Indische Ozean. Der alte, geheimnisvolle Orient, Mensch. Die Wiege der Menschheit, wie man sagt. Hier irgendwo östlich von Afrika ist das mythische Lemurien versunken. Da ist Sumatra, und ein Stückchen westlich davon ...

»... die kleine Insel Tana Masa. Die Wiege der Molche.«

Ja. Und dort regiert der King Salamander, das geistige Oberhaupt der Salamander. Hier gibt es noch die tapa-boys des Kapitäns van Toch, die urtümlichen, halbwilden pazifischen Molche. Einfach *ihr* Orient, weißt du? Die ganze Region heißt jetzt Lemurien, während das andere Gebiet das zivilisierte, europäisierte und amerikanisierte, das moderne und technisch fortgeschrittene Atlantis ist. Dort ist jetzt der Chief Salamander Diktator, der große Eroberer und Zerstörer des Festlands. Eine kolossale Persönlichkeit, mein Lieber.

(»... Hör mal, ist er *wirklich* ein Molch?«)

(... Nein. Der Chief Salamander ist ein Mensch. Er heißt eigentlich Andreas Schultze und war im Weltkrieg irgendwo Feldwebel.)

(»Darum!«)

(Nun ja. Das ist eben so.) Also hier ist Atlantis und hier Lemurien. Diese Aufteilung hat geographische, administrative und kulturelle Gründe ...

»... und nationale! Vergiß die nationalen Gründe nicht! Die lemurischen Salamander sprechen Pidgin English, während die atlantischen Basic English sprechen.«

Also gut. Im Laufe der Zeit dringen die Atlantier durch den ehemaligen Suezkanal in den Indischen Ozean vor. —

»Natürlich. Der klassische Weg nach dem Osten.«

Richtig. Demgegenüber drängen die lemurischen Molche um das Kap der Guten Hoffnung zur Westküste des ehemaligen Afrika. Sie behaupten nämlich, daß *ganz* Afrika zu Lemurien gehört.

»Natürlich.«

Die Parole lautet: Lemurien den Lemuriern! Fremde raus! Und so. Zwischen den Atlantiern und den Lemuriern beginnt sich eine Kluft des Mißtrauens und der Erzfeindschaft aufzutun, einer Feindschaft auf Leben und Tod.

»Folglich werden sie zu Nationen.«

Ja. Die Atlantier verachten die Lemurier und nennen sie dreckige Wilde; die Lemurier hassen die atlantischen Molche fanatisch und sehen in ihnen Imperialisten, westliche Teufel und Verunglimpfer des alten, reinen Urmolchtums. Der Chief Salamander verlangt Konzessionen an den lemurischen Küsten, angeblich im Interesse des Exports und der Zivilisation. Der ehrwürdige Greis King Salamander muß, wenn auch ungern, nachgeben; er ist nämlich schwächer gerüstet. In der Tigris-Bucht unweit des einstigen Bagdad kracht es dann: Die einheimischen Lemuren überfallen die Atlantische Konzession und töten zwei atlantische Offiziere, vorgeblich wegen einer nationalen Beleidigung. Infolgedessen ...

»... kommt es zum Krieg. Natürlich.«

Ja, es kommt zum Weltkrieg der Molche gegen Molche.

»Im Namen der Kultur und des Rechts.«

Und im Namen des Echten Molchtums. Im Namen des Nationalen Ruhms und der Nationalen Größe. Die Parole lautet Entweder wir oder sie! Die Lemuren, mit malaiischen Krismessern und Yogi-Dolchen bewaffnet, schneiden den atlantischen Eindringlingen erbarmungslos die Hälse ab; die fortgeschritteneren, europäisch gebildeten Atlantier verseuchen dafür die lemurischen Meere mit chemischen Giften und verheerenden Bakterienkulturen, und zwar mit so durchschlagendem Kriegserfolg, daß dann alle Weltmeere verseucht sind. Das Meer ist mit künstlich gezüchteter Kiemenpest infiziert. Und das ist das Ende, Mensch! Die Molche sterben aus!

»Alle?«

Alle, bis auf den letzten. Sie werden zur ausgestorbenen Art. Nur der alte Öhningener Abdruck des *Andrias Scheuchzeri* bleibt übrig.

»Und die Menschen?«

Die Menschen? — Ach ja, die Menschen. Nun, sie werden langsam wieder aus den Bergen zu den Küsten dessen zurückkommen, was vom Festland übriggeblieben ist; aber der Ozean wird noch lange nach verwesenden Molchen stinken. Das Festland wird durch die Flußablagerungen wieder langsam wachsen; das Meer wird Schritt für Schritt zurückweichen, und alles wird wieder fast so sein wie zuvor. Eine neue Legende von der Sintflut wird entstehen, die Gott wegen ihrer Sünden über die Menschen kommen ließ. Es wird auch Sagen über untergegangene mythische Länder geben, die angeblich die Wiege der

menschlichen Kultur waren; man wird vielleicht über ein legendäres England oder Frankreich oder Deutschland erzählen ...
»Und weiter?«
... Weiter weiß ich nicht mehr.

# Karel Čapek und die tschechische wissenschaftliche Phantastik

Ein Nachwort
von Antonín Brousek

Der wissenschaftlichen Phantastik, wie sie sich auch in der tschechischen Literatur zumindest seit Jakub Arbes (1840—1914), d. h. seit in den siebziger Jahren des vorigen Jahrhunderts seine richtungsweisenden, von Poe und Verne gleichermaßen beeinflußten »phantastischen Novellen«[1] erschienen sind, kontinuierlich und in einer beachtlichen Quantität präsentiert, wurde von der tschechischen Literaturkritik und -wissenschaft der Status einer eigenständigen literarischen Gattung bis heute noch nicht zuerkannt, ja die wissenschaftliche Phantastik wird in aller Regel als ein Sondersektor der Trivialliteratur betrachtet, als Unterhaltungslektüre, angesiedelt irgendwo zwischen Abenteuerroman, Krimi und Jugendbüchern für Pubeszenten.

Eine Ausnahme von dieser Regel macht man allein bei denjenigen Schriftstellern, die sich auch auf dem Gebiet der »ernsten« Literatur als Autoren von künstlerischem Rang behauptet haben, die also keine reinen Science Fiction-Spezialisten sind. Dies gilt — im 19. Jahrhundert — für den bereits erwähnten Begründer der modernen tschechischen wissenschaftlichen Phantastik Arbes[2] ebenso wie z. B. für Svatopluk Čech (1846—1908), dessen beide 1888 erschienenen, bis heute noch reizvollen

---

[1] Für Arbes' phantastische Novellen »Svatý Xaverius« (Der hl. Xaver) 1872, »Sivooký démon« (Der grauäugige Dämon) 1873, »Zázračná Madona« (Die wundertätige Madonna) 1875 und »Newtonův mozek« (Newtons Gehirn) 1877 hat deren Herausgeber Jan Neruda die Genre-Bezeichnung »romanetto« geprägt, die sich in der tschechischen Literaturwissenschaft eingebürgert hat.
[2] Vgl. Karel Krejčí, Jakub Arbes, in: Dějiny české literatury, Bd. 3, Praha 1961, S. 341—356, insbesondere S. 345—349.

phantastisch-satirischen Romane[3] man lediglich als minderwertige Nebenprodukte seiner Lyrik bzw. lyrischen Epik betrachtet. Nicht viel anders verhält es sich bei Autoren des 20. Jahrhunderts. Um wenigstens zwei markante Namen zu nennen: der 1922 erschienene phantastisch-satirische Roman »Großproduktion von Tugenden« (Velkovýroba ctností) von Jiří Hausmann (1898—1923) wird stets in den Schatten seiner satirischen und parodistischen Gedichte gestellt, notorisch unterschätzt wird auch das Werk von Jan Weiss (1892—1967), das ja zum großen Teil aus wissenschaftlicher Phantastik besteht.[4] Und so schließlich auch bei Karel Čapek Alle seine bisherigen tschechischen Monographen — Václav Černý (1936)[5], Alexander Matuška (1960)[6], Ivan Klíma (1962)[7] wie auch František Buriánek (1975)[8] neigen dazu, die wissenschaftlich-phantastischen Werke von Čapek geringer einzuschätzen als seine nicht-phantastischen Erzählungen, Romane und Dramen. Eine prononcierte Aufwertung gerade der wissenschaftlich-phantastischen Bestandteile von Čapeks Oeuvre erfolgte erst in den siebziger Jahren, und zwar von zwei nichttschechischen Literaturwissenschaftlern: von dem besten sowjetrussischen Čapek-Kenner Sergej Nikolskij in einer 1973 in Moskau erschienen Monographie[9] und von dem naturalisierten Amerikaner Darko Suvin, einem der führenden zeitgenössi-

---

[3] Gemeint sind die beiden sogenannten »Broučkiáden«, d. h. »První výlet pana Broučka do měsíce« (Der erste Ausflug des Herrn Brouček auf den Mond) und »Nový epochální výlet pana Broučka, tentokráte do XV. století« (Ein neuer epochaler Ausflug des Herrn Brouček, diesmal in das XV. Jahrhundert).

[4] Stellvertretend seien hier zumindest die folgenden Science Fiction-Werke von Weiss genannt: »Zrcadlo, které se opožďuje« (Ein Spiegel, der nachgeht) 1927, »Barák smrti« (Die Todesbaracke) 1927, »Dům o tisíci patrech (Das tausendstöckige Haus) 1929, »Spáč ve zvěrokruhu« (Der Schläfer im Tierkreis) 1937 und »Země vnuků« (Das Land der Enkel) 1960.

[5] Vgl. Václav Černý, Karel Čapek. Praha 1936.

[6] Vgl. Alexander Matuška, Člověk proti zkáze (Pokus o Karla Čapka). Praha 1963.

[7] Ivan Klíma, Karel Čapek. 2. revidierte Auflage. Praha 1965.

[8] František Buriánek, Karel Čapek. Praha 1978.

[9] Sergej Nikol'skij, Karel Čapek — fantast i satirik. Moskva 1973.

schen Theoretiker der Science Fiction-Literatur, der sogar zu dem Schluß kommt, daß »für die SF Čapek — und nicht E. R. Bourroughs oder Hugo Gernsback — das fehlende Glied zwischen Wells und einer Literatur [ist], die sowohl unterhaltend (das heißt volkstümlich) und kognitiv (das heißt auch formal avantgardistisch) ist.«[10]

Die allererste literaturhistorisch angelegte Untersuchung der wissenschaftlichen Phantastik als einer eigenständigen Gattung der tschechischen Literatur ist erst vor kurzem, nämlich 1981, erschienen: »Etwas ist anders« (mit dem Untertitel »Kommentare zur tschechischen literarischen Phantastik«).[11] Ihr Autor Ondřej Neff ist freilich kein Literaturwissenschaftler, sondern ein Kulturpublizist, so daß seine umfangreiche Monographie einen populär-wissenschaftlichen Charakter hat. Allerdings erweist sich Neff als ein vorzüglicher Kenner der Materie. Zu den wertvollsten Teilen seines Buches gehört die im Anhang befindliche, 248 Titel verzeichnende Bibliographie der tschechischen literarischen Phantastik.[12] Schließt man diese historisch weit ausholende, nämlich bereits bei Comenius' (1592—1670) »Das Labyrinth der Welt und das Paradies des Herzens« (Labyrint seveta a ráj srdce) von 1623 ansetzende Bibliographie chronologisch auf, so ergibt sich eine recht informative quantitative Grundlage für die Entwicklungtendenz der tschechischen literarischen Phantastik: den insgesamt 18 im 19. Jahrhundert erschienenen Titeln und den insgesamt 13 Erscheinungen zwischen 1900 und 1920 stehen in den zwanziger Jahren 46 Titel gegenüber, in den dreißiger Jahren dann 34 und in den vierziger Jahren ebenfalls 34; doch sind diese — bis auf eine einzige Ausnahme[13] — alle vor dem Jahre 1948 erschienen. In den Jahren 1948—1956, also in der Zeit des Stalinismus und der Doktrin des Sozialistischen Realis-

---

[10] Vgl. Darko Suvin, Karel Čapek oder die Fremdlinge in unserer Mitte. In: Ders., Poetik der Science Fiction. Frankfurt/M. 1979. S. 318.
[11] Ondřej Neff, Něco je jinak. Komentáře k české lterární fatastice. Praha 1981.
[12] Op. cit. S. 353—361.
[13] Diese Ausnahme heißt: František Běhounek, Lovci paprsků (Die Strahlenjäger). 1949.

mus, ist in der Tschechoslowakei kein einziges Buch aus dem Bereich der wissenschaftlichen Phantastik erschienen. Alle acht für die fünfziger Jahre verzeichneten Titel erschienen erst nach 1957, nach den ersten Sputnik-Flügen, im Zuge der damals auch in der Tschechoslowakei ausgebrochenen Euphorie angesichts einer »neuen Ära« der »wissenschaftlich-technischen Revolution«. In den sechziger Jahren hat sich dann die Anzahl der Titel zur wissenschaftlichen Phantastik mit 37 Positionen wieder auf das Vorkriegsniveau gehoben und ist auch in den siebziger Jahren praktisch konstant geblieben (30 Titel).

Natürlich wäre es verfehlt, die Aussagekraft dieser rein quantitativen Angaben überzubewerten, doch meine ich, sie markieren einen Hintergrund, von dem man auch im Spezialfall Čapek kaum absehen kann: Alle seine wissenschaftlich-phantastischen Werke sind nämlich in den zwanziger und dreißiger Jahren erschienen, als die literarische Phantastik in der tschechischen Literatur einen enormen Aufschwung erfuhr, an dem er selber einen großen Anteil hatte. Sein vor den Metastasen des wissenschaftlich-technologischen Fortschritts warnendes Science Fiction-Drama »R. U. R.« von 1920 (aus dem unser aller Alltagswort »Roboter« — kreiert aus dem tschechischen Ausdruck für »Fronarbeit« — stammt) wurde damals sozusagen rund um die Welt gespielt und begründete in England, Frankreich sowie in Deutschland Čapeks Ruf als Kulturrepräsentant der 1918 gegründeten Tschechoslowakischen Republik.[14] Die darauf folgenden zahlreichen Übersetzungen von Čapeks geistreichen Romanen, Erzählungen und Reisecauserien sind damals an der internationalen Literaturbörse sehr hoch gehandelt worden. Im internationalen PEN-Club wurde Čapek wie der Kronprinz des »Großen Vorsitzenden« John Galsworthy behandelt; 1936 schlugen ihn, den engagierten Antifaschisten, linke französische Intellektuelle, angeführt von Louis Aragon, gar für den Nobelpreis vor. In der Tschechoslowakei wurde Čapek, ein erklärter Gegner auch des kommunistischen Totalitarismus, nach 1948 zum »kleinbürgerlich-humanistischen Volksverführer« abgestempelt und einige Jahre nicht mehr verlegt. Doch heute ist er in allen so-

---

[14] R.U.R. (Rosums Universal Robots), in Buchform: Prag 1921; deutsch: W.U.R. (Werstands Universal Robots), Prag/Leipzig 1922.

zialistischen Ländern (neben Hašek, versteht sich) der meistgelesene moderne tschechische Autor.

Das Drama »R. U. R.« leitete eine zusammenhängende Reihe wissenschaftlich-phantastischer Werke Čapeks ein, deren Schlußpunkt der 1936 erschienene Roman »Der Krieg mit den Molchen«[15] und das 1937 uraufgeführte Drama »Die weiße Krankheit«[16] bilden. Dazwischen liegen die (später von Janáček vertonte) Komödie »Die Sache Makropulos« von 1922[17], der 1922 für die Wochenendbeilage der Prager Zeitung »Lidové noviny« (deren Redaktion Čapek von 1921 bis zu seinem Tod im Jahre 1938 angehörte) geschriebene Fortsetzungsroman »Fabrik des Absoluten«[18], der Roman »Krakatit« von 1924 (von Čapek mit dem Untertitel »Phantastischer Roman« versehen)[19] sowie das 1927 gemeinsam mit seinem Bruder Josef Čapek verfaßte Theaterstück »Adam der Schöpfer«[20]. In allen diesen Werken entwarf Čapek, zu dessen Lehrmeistern H. G. Wells, K. G. Chesterton und G. B. Shaw zählten, ein nuancenreiches Panorama einer übertechnisierten, wildwuchernden Zivilisation, die sich der Kontrolle ihres »Urhebers«, des kreativen Menschen, immer mehr entzieht und somit in eine unabwendbare Weltkatastrophe abgleitet — gleichsam ein Kontrastprogramm zu der auf den »gesunden Menschenverstand des kleinen Mannes« bauenden heilen Welt, wie sie sich in Čapeks nicht-utopischen Erzählungen, Romanen und in seiner Publizistik darstellt.

Nach dem Erscheinen von »Der Krieg mit den Molchen« wehrte sich Čapek allerdings entschieden gegen den Befund der Kritik, dies sei ein »utopischer Roman«:

*»Nein, dies ist keine Utopie, sondern pure Gegenwart. Dies ist kein Spekulieren über die Zukunft, sondern ganz einfach die Widerspiegelung dessen, was es hier und heute gibt, und wo wir*

---

[15] Válka s mloky, Praha 1936; deutsch: Wien 1937, Berlin/Weimar 1965, Hamburg 1964, Zürich 1981.
[16] Bílá nemoc, Praha 1937; deutsch: Wien 1937.
[17] Věc Makropulos, Praha 1922.
[18] Továrna na absolutno, Brno 1922; deutsch: Das Absolutum oder die Gottesfabrik, Berlin 1924 und: Die Fabrik des Absoluten, Wien/Hamburg 1979.
[19] Krakatit, Praha 1924; deutsch o. O. 1924.
[20] Adam Stvořitel, Praha 1927.

*mitten drin stecken. [...] Ich schrieb meine ›Molche‹, da ich intensiv über die Menschen nachdachte, und habe dabei ausgerechnet die Molche als Parabelwesen bemüht, nicht etwa weil ich sie mehr oder weniger mögen würde als andere Kreaturen Gottes, sondern weil der Steinabdruck eines Molches aus der Tertiärzeit lange irrtümlicherweise für den Vorfahren der Menschheit gehalten wurde;[21] so besehen, besitzen also unter all den lieben Tierchen gerade die Molche das ›historische Sonderrecht‹, als unser Ebenbild auf die Szene zu treten.«[22]*

Die Kernstücke dieses bedeutsamen Autorenkommentars — »*Dies ist keine Utopie, sondern pure Gegenwart*« und »*dies ist kein Spekulieren über die Zukunft, sondern ganz einfach die Widerspiegelung dessen, was es hier und heute gibt*« (wobei diese »Widerspiegelung« freilich nicht das geringste mit der »Widerspiegelungstheorie« des Sozialistischen Realismus gemein hat) — waren zwar allein auf den »Krieg mit den Molchen« gemünzt, doch sie lassen sich ohne weiteres zugleich auch auf alle übrigen wissenschaftlich-phantastischen Werke Čapeks beziehen. Denn alle diese Werke bleiben ohne Ausnahme tief in der materiellen wie gesellschaftlichen und geistigen Realität der »puren Gegenwart«, d.h. der zwanziger und dreißiger Jahre, verwurzelt, wenn sie auch in ihrer Aussage weit über den tagesaktuellen Rahmen ihrer Entstehungszeit hinausweisen.

Kühne zeitliche Projektionen — sei es in die Vergangenheit, insbesondere aber in die Zukunft —, wie sie zumindest seit Eward Bellamys epochemachendem »Looking Backward« von 1888 oder von William Morris' »News from Nowhere« (1890) zu den beliebtesten Gestaltungsmitteln der Science Fiction gehören, finden bei Čapek so gut wie keine

---

[21] Der geistige Vater dieses Irrtums war der Züricher Arzt und Alpenforscher Johann Jakub Scheuchzer (1672—1733); erst 1811 hat der französische Zoologe G. L. Cuvier den vermeintlichen Menschen-Abdruck als den eines Molches identifiziert.

[22] Vgl. Karel Čapek, O knihách a mlocích (Rundfunkvortrag, gesendet am 29. 3. 1936). Erstmalig veröffentlicht in: »Host do domu« 1, Brno 1954, Nr. 9, S. 407—409; zitiert nach: Karel Čapek, Poznámky o tvorbě. Praha 1959. S. 110.

Anwendung. Im Gegenteil: die erzählte Zeit seiner Science Fiction-Romane und -Dramen bleibt stets mit deren Entstehungszeit identisch, und dies selbst in den einzigen beiden Fällen, wo Čapek die Romanhandlung — jeweils um etwa dreißig Jahre — in die Zukunft ausdehnt, also in der »Fabrik des Absoluten« und in dem »Krieg mit den Molchen«.

»Die Fabrik des Absoluten« ist zudem das einzige phantastische Werk Čapeks, in welchem der zeitliche Rahmen mit präzisen Zeitangaben abgesteckt wird: Die Handlung hebt am Neujahrstag des Jahres 1943 an, kulminiert in einem verheerenden Weltkrieg, der vom 12. 2. 1944 bis zum Herbst 1953 tobt, und klingt dann in einem Epilog aus, der »einige Jahre nach Kriegsende« (also nach 1953) spielt. Doch hat Čapek diese zeitliche Vorverlegung gleichzeitig praktisch annulliert: Zwar breitet er vor uns einen schillernden Bilderbogen von umwälzenden technischen und gesellschaftspolitischen Ereignissen aus, die das Gesicht unserer Welt von Grund auf verändert haben sollten, doch hat sich dabei offensichtlich an den Denkmustern und Verhaltensweisen der Menschen ebensowenig verändert wie an den materiellen Realien von deren Umwelt. Die Zeit, deren immer stärker akzelerierendes, Turbulenz um Turbulenz verursachendes und schließlich von keiner Menschenhand mehr aufzuhaltendes Davonjagen in diesem Roman doch so anschaulich dargestellt wird, ist de facto von Anfang an in den zwanziger Jahren stehengeblieben. Diese Diskrepanz ist wohl kaum etwa auf das fabulatorische Unvermögen eines doch so phantasiebegabten Autors wie Čapek zurückzuführen, als vielmehr auf seine bewußte Absicht zu zeigen, daß der Mensch, unbeschadet aller Weltumwälzungen und -katastrophen, in seinem Wesen eine unveränderbare »feste Größe«, eine Art »anthropologische Konstante« bleibt.[23]

---

[23] Diese optimistische Zuversicht, die in Čapeks Glauben an die quasi-angeborene Vernunft, Humanität und den Demokratismus des »kleinen Mannes« gründete und die er in den zwanziger Jahren in seiner Belletristik, wie insbesondere in seiner Journalistik vielfach zum Ausdruck brachte, hat sich im Laufe der dreißiger Jahre so gut wie verflüchtigt.

Ähnliches gilt auch für den »Krieg mit den Molchen«, in dem Čapek freilich bei der Absteckung des Zeitrahmens mit dem Leser ein witzvolles Versteckspiel treibt, so daß man die erzählte Zeit nur anhand von beiläufig verstreuten indirekten Indizien bestimmen kann. Es werden zwar laufend die unterschiedlichsten exakten Zeitangaben unterbreitet — Monate, Wochentage, Stunden —, doch nirgendwo ein bestimmtes Jahr genannt — bis auf das Kapitel 12, wo sich im Sitzungsprotokoll des »Salamandersyndikats« die Jahreszahl 1925 verbirgt. Da zu diesem Zeitpunkt das weltweite Geschäft mit den Molchen bereits im vollen Gange ist und weil man für die Anlaufzeit etwa vier Jahre veranschlagen muß, heißt dies, daß die Romanhandlung wohl Anfang der zwanziger Jahre einsetzt. Der pessimistische, vor einem Weltuntergang pathetisch warnende Romanschluß muß dann zeitlich etwa auf das Ende der fünfziger bis Mitte der sechziger Jahre gelegt werden. Warum? Aufgrund einer kleinen Rechenaufgabe, die der Autor stellt: Der Sohn einer der Hauptfiguren, des Portiers Povondra, ist im Jahre 1925 ein achtjähriger Junge und am Romanschluß nunmehr »bereits ein älterer Herr«, der allerdings zwei kleine Kinder von 5 und 9 Jahren hat, so daß er wohl nicht älter als 40 bis 50 Jahre sein dürfte.[24] Seit dem Jahre 1925, als er 8 war, sind also 32 bis 42 Jahre ins Land gegangen, d. h. der Romanschluß muß ungefähr in dem Zeitraum von 1957 bis 1967 spielen. Und es ist wiederum bemerkenswert, wie wenig eigentlich sich in dieser ganzen Epoche 1920—1957/67 an den Prager Kulissen wie auch an der Psychologie und den Verhaltensweisen der darin auftretenden, liebenswerten tschechischen Kleinbürger verändert hat, obgleich die ganze Welt in dieser Zeit höchst dramatische, gewaltige Veränderungen erfahren hatte, von denen der Roman

---

[24] Daß das ältere Kind eigentlich neun Jahre alt sei, ist wiederum das Ergebnis einer vom Autor listig gestellten Rechenaufgabe: Im Text heißt es lediglich, daß der Junge, namens Frantík, bereits 30 kg wiegt. Laut dem Standard-Nachschlagwerk für praktische Ärzte »Repetitorium praktického lékaře«, Praha 1955, entspricht dieses Körpergewicht einem »normalentwickelten Kind« von neun Jahren.

laufend sehr anschaulich berichtet. Im Romanschluß herrscht nach wie vor die »pure Gegenwart« der zwanziger und dreißiger Jahre.

Die Feststellung, daß in Čapeks wissenschaftlicher Phantastik der Zeitfaktor zu keinerlei konstituierender Geltung kommt, hängt eng zusammen mit der Gestaltung der Raumstruktur. Keines von Čapeks mit viel Phantasie und Erfindungsgabe entfalteten Sujets entfernt sich einen Deut von dem festen Boden unserer Erde. Wagehalsige Erkundungsexpeditionen zu fremden Galaxien oder in das Innere der Erdkugel, wie sie in der Science Fiction eine so große Rolle spielen, kommen bei Čapek nie vor. Die Insel, die im »R.U.R.« den Handlungsort abgibt, hat mit dem traditionsreichen Ideal-Eiland »Utopia« nichts gemein, sondern sie ist — als Sitz eines mächtigen Industrie- und Handelskonzerns, der die Roboter en masse produziert und weltweit vertreibt — fest in das reale weltwirtschaftliche Geflecht eingebunden. Im Roman »Krakatit« spielen der erste Teil unverkennbar im Prag der zwanziger Jahre, der zweite — in dem Čapek liebevoll seinen Vater, einen Landarzt, und das idyllische Milieu seines Elternhauses porträtiert — in der nordböhmischen Provinz, der dritte Teil spielt im Deutschland der Weimarer Republik und der vierte dann in Paris und irgendwo in Italien, in Kreisen politischer Extremisten anarchistischer Provenienz. Die Handlungsorte der »Fabrik des Absoluten« und des »Kriegs mit den Molchen« umspannen zwar die ganze Welt, doch die wesentlichen Teile dieser beiden Romane spielen wiederum in Prag und in der böhmischen Provinz. So besehen, erweist sich also Čapeks Erklärung, ihm gehe es lediglich um *»pure Gegenwart«* und um die *»Widerspiegelung dessen, was es hier und heute gibt, und wo wir mittendrin stecken«*, in der Tat als sehr zutreffend. »Widerspiegeln« bedeutet für ihn dabei allerdings nichts anderes, als der vorgefundenen Realität seiner authentischen Umwelt einen — mitunter enthüllend hyperbolisierenden — Spiegel entgegenzuhalten, was seit eh und je doch der Grundgestus eines mahnenden Kritikers der gesellschaftlichen Verhältnisse und der Moral, genannt Satiriker, ist. Gerade in der engen Verknüpfung, ja Verschmelzung des Zeitkritisch-Satirischen mit dem Verspielt-Phantastischen ist wohl das spezifische Kennzeichen der wissenschaftlichen Phantastik von Čapek zu erblicken.

Doch setzt Čapek seine schier unerschöpfliche und intellektuell brillante Phantasie nie ein, um irgendwelche phantastischen Mutmaßungen anzustellen oder um hypothetische Phantasiewelten zu konstruieren, sondern er bedient sich seiner Phantasie stets recht utilitär: sie ist ihm lediglich ein Hilfsmittel, welches es möglich macht, das in der selbsterlebten Realität bereits im Ansatz deutlich Vorhandene zu Ende zu denken, um es dann zu einem anschaulichen Warnbild zu potenzieren. Worauf es ihm dabei vordergründig ankommt, sind wohl kaum die nach Höherem strebenden erzählerischen Ambitionen eines spezialisierten Science Fiction-Epikers, sondern ist vielmehr das Bedürfnis, die assoziativ-sprunghaften Gedankenspiele eines an Marinetti und Apollinaire geschulten »entfesselten Intellekts« einmal auf dem Papier festzuhalten.[25] (Daher auch der durchaus zutreffende Lesereindruck, Čapeks wissenschaftliche Phantastik sei des öfteren einerseits überintellektualisiert, andererseits aber mit allzu leichter Hand improvisiert.)

Wie dem auch sei: mit diesem ausgeprägten intellektuell-spielerischen Charakter von Čapeks wissenschaftlicher Phantastik mag wohl der Befund zusammenhängen, daß er so gut wie ohne das Vehikel spektakulärer wissenschaftlicher Entdeckungen und technischer Erfindungen auskommt, die ja in der Science Fiction oftmals geradezu konstituierend zur Geltung kommen. Die Roboter aus dem »R.U.R.« sind zwar hochentwickelte technische Apparaturen, doch über ihre Entwicklung und Beschaffenheit erhält man lediglich eine sehr vage Information, zumal diese Homunkuli in dem Stück

---

[25] Čapek war nicht nur ein vorzüglicher Kenner, sondern auch ein kongenialer Übersetzer moderner französischer Lyrik. Seine Nachdichtung von Apollinaires »Zône« (1919) und seine bahnbrechende Anthologie »Francouzská poesie nové doby« von 1920, bei der Baudelaire, Verlaine, Rimbaud und Mallarmé anhebt und mit aktuellsten neuen Autoren wie Cendrars, Max Jacob, Reverdy, P. Albert-Birot ausklingt, hat die Entwicklung der modernen tschechischen Lyrik nachhaltig beeinflußt.

doch sowieso — ähnlich wie die Molche in dem »Krieg mit den Molchen« — eine ganz andere Funktion zu erfüllen haben, nämlich die der warnenden Ebenbilder bzw. Karikaturen von Menschen. Auch über jenen Sprengstoff »Krakatit«[26], dessen ungeheures, einer Atom- oder Wasserstoffbombe gleichkommendes Vernichtungspotential zur akuten Bedrohung für die ganze Erdkugel wird, weiß Čapek lediglich eine recht dilettantische Auskunft zu geben — eine bunte Mischung aus gängigen Primaner-Kenntnissen in Physik und Chemie. Und nicht anders verhält es sich bei der Antriebskraft der »Fabrik des Absoluten«, bei jenem »Atomzertrümmerer«, genannt »Karburator«[27], in dem sich jede Art Materie restlos verbrennen läßt und der sich also als eine quasi-unerschöpfliche Energiequelle anbietet. Auch hier weiß der Erfinder, ein kauziger Prager Maschinentüftler, von seiner epochemachenden Entdeckung nur recht Belangloses zu berichten, was ja in diesem Fall allerdings durch eine ausgeklügelte Erzählsituation maskiert wird: Čapek läßt nämlich den Erfinder versuchen, seine Sache gegenüber einem völligen Laien verständlich zu machen, der von Technik, Physik und Chemie keine blasse Ahnung hat.

Alles in allem genommen, weist also Čapeks wissenschaftliche Phantastik einen ausgesprochen *mimetischen* Charakter auf, der zusätzlich dadurch noch betont und untermauert wird, daß es Čapek als hochgebildeter Literat[28] vorzüglich

---

[26] »Krakatit« wurde getauft nach dem Vulkan Krakatoa, bei dessen verheerendem Ausbruch im Jahre 1883 36 000 Menschen den Tod fanden.
[27] Der Pkw-Motorteil »Vergaser«, der ja auf französisch »carbourateur« heißt, hieß auch im Tschechischen ursprünglich »karburátor«, bis er dann als »zplynovač« domestiziert wurde.
[28] Čapek studierte ab 1909 an der Philosophischen Fakultät der Karlsuniversität Philosophie und Kunstgeschichte. Die Studienjahre 1910—11 verbrachte er an der Berliner Universität und an der Pariser Sorbonne. 1915 promovierte er mit der Dissertation »Objektivní methoda v estetice se zřením k výtvarnému umění« (Die objektive Methode in der Ästhetik im Hinblick auf die bildende Kunst). Seine bemerkenswerte philosophische Studie »Pragmatismus čili Filosofie praktického života« (Pragmatismus oder die Philosophie des prakti-

versteht, die unterschiedlichsten überkommenen Erzählstrategien, -konventionen und -klischees — nicht zuletzt die direkte literarische Parodie — zur Geltung zu bringen. So schon in seinem Debut von 1916, in der Sammlung von sieben Erzählungen »Strahlende Tiefen«, die er zusammen mit seinem Bruder Josef schrieb[29], und so auch in seinem allerersten Werk der wissenschaftlichen Phantastik, in dem einstmals so erfolgreichen, heute jedoch kaum spielbaren Theaterstück »R.U.R.« von 1920, in dem das Grundmuster einer modischen Salon-Konversationskomödie à la française äußerst geschickt und publikumswirksam mit Stilelementen eines »Kollektivdramas«, wie es den Futuristen oder den Expressioni-

---

schen Lebens), Prag 1918, legte die relativistische Philosophielehre der amerikanischen »Pragmatiker« W. James, J. Dewey u.a. dar, deren Postulate sich Čapek für einige Jahre zu eigen machte. Was die spezielle literarische Bildung Čapeks betrifft, so war er ein vorzüglicher Kenner nicht nur der französischen, sondern auch — und dies insbesondere — der englischen und amerikanischen Literatur. Neben den in anderem Zusammenhang bereits genannten literarischen Leitbildern Čapeks — Shaw, Wells und Chesterton — zählten zu seinen Lieblingsschriftstellern (von den älteren) Swift, Dickens, Poe, Shelley, Stevenson, Doyle u.a., (von den jüngeren) Twain, Joseph Conrad, Galsworthy, Henry James u.v.a. bis hin zu dem absoluten Zeitgenossen Faulkner. (Vgl. dazu speziell: Otokar Vočadlo, Anglické listy Karla Čapka. Praha 1975).
Und noch ein, für die literarische Bildung Čapeks gewiß nicht unwichtiges Moment: Er beherrschte — in Wort und Schrift — die deutsche, die französische wie auch die englische Sprache und pflegte sein Leben lang die ihm wichtigen Autoren (wie z.B. Thomas Mann) in Originalsprache zu lesen.

[29] Die literarischen Anfänge von Karel Čapek standen im Zeichen einer engen Zusammenarbeit mit seinem älteren Bruder Josef (1887—1945), einem der wichtigsten modernen tschechischen Maler. So sind entstanden: Zářlvé hlubiny. Povídky z let 1910—1912 (Strahlende Tiefen. Erzählungen aus den Jahren 1910—1912), Praha 1916; Krakonošova zahrada. Povídky, fejetony z let 1908—1911 (Rübezahls Garten. Erzählungen, Feuilletons aus den Jahren 1908—1911) 1918; Ze života hmyzu. Komedie (Aus dem Leben der Insekten), Praha 1921; Lásky hra osudná. Komedie z roku 1910 (Der Liebe Schicksalsspiel), Praha 1922; sowie Adam Stvořitel. Komedie (Adam der Schöpfer), Praha 1927.

sten vorschwebte, vermengt wird. So auch in »Krakatit«, dem einzigen »regelrechten« Roman Čapeks in wissenschaftlicher Phantastik, dessen vier Teile jeweils zu einem anderen Prosatypus stilisiert werden: der erste zum »hochmodernen« psychologischen Roman, in dem sich der ins Halluzinatorische ausschlagende Bewußtseins- bzw. Unterbewußtseinsstrom des Haupthelden spontan artikuliert und uferlos ausbreitet; der zweite zu einer nahezu Blut-und-Boden-artigen Idylle, der dritte wiederum zu einem verkitschten, mit Krimi-Elementen durchsetzten Salondrama aus dem Leben der oberen Zehntausend, und der vierte schließlich zu einem journalistisch-sensationellen Kolportageroman. Und so auch — und dies insbesondere — in der von Čapek als ein »Romanfeuilleton« bezeichneten »Fabrik des Absoluten«, die er 1922 für die Wochenendbeilage seines Brötchengebers, der Prager »Volkszeitung« (Lidové noviny) im Akkord verfaßt hatte: Darin gewinnt nämlich nach und nach (ganz deutlich in der zweiten, die Kapitel 12 bis 30 umfassenden Romanhälfte) ein ausgesprochen avantgardistisches Gestaltungsprinzip die Oberhand, und zwar das der Textcollage und Textmontage.

So machen bereits das 12. Kapitel die ausführlichen Zitate eines (pseudo-)wissenschaftlichen Werkes aus, welches »der junge Gelehrte, Dr. phil. Blahouš, erst fünfundfünfzig Jahre alt, Privatdozent für vergleichende Religionswissenschaft an der Karlsuniversität«, soeben als »work in progress« von sich gibt. So werden im 18., in der Nachtredaktion des katholischen Tageblatts »Der Volksfreund« spielenden Kapitel nicht nur reißerische Schlagzeilen im Wortlaut gebracht, sondern auch besonders gelungene Stellen aus den Leitartikeln des Weihbischofs Linda und ein kämpferisches Flugblatt der 7. Kommunistischen Internationale obendrein. Das 20. Kapitel besteht aus dem Protokoll eines Gipfeltreffens führender Staatsmänner unserer Erde; im 22. Kapitel dominiert das Zitat eines urkomisch-altertümelnden Leserbriefes eines »echten böhmischen Patrioten«. Das 24. Kapitel, »Napoleon der Gebirgsbrigade«, ist eine glänzende Parodie aufbauender Kalendergeschichten für Soldaten, wie wir sie auch aus Hašeks »Schweijk« gut kennen. Das Kapitel 28 liefert eigentlich die perfekte Textvorlage für einen marionettenhaften Auftritt eines Laientheaters vom Lande — und so weiter und so fort. Gerade diese mannigfaltigen Elemente literarischer Parodien in der »Fabrik des Absoluten« schlagen eine Brücke zu dem erst vierzehn Jahre später entstandenen Hauptwerk von Čapeks wissenschaftlicher Phantastik, zu dem Roman-Pamphlet »Der Krieg mit den Molchen«, wo zudem auch eine der Hauptfiguren der »Fabrik«, der Industriemagnat G.H. Bondy wieder auftaucht. Auf dieses überragende Werk wollen wir nunmehr abschließend näher eingehen. Zunächst sei der Romaninhalt so kurz wie möglich referiert:

Am Anfang steht der seit dreißig Jahren unter niederländischer Flagge die Weltmeere kreuzende Captain van Toch, geboren als armer Leute Kind namens Vantoch in einer muffigen tschechischen Kleinstadt, ein sentimentaler Haudegen und Lokalpatriot, der auf einem öden Südsee-Atoll ungemein gelehrsame, nahezu menschliche Salamander entdeckte, die sich gern produzieren, indem sie aus den Seetiefen kostbare Perlen fördern und diese in rauhen Mengen dem lieben Onkel zu Füßen legen. Bei einem Heimaturlaub sucht Vantoch seinen einstigen Mitschüler Bondy auf, der »so ein sommersprossiger kleiner Jud'« war (S. 37)[30] (was die deutsche Übersetzung von Eliška Glaserová — warum eigentlich? — unterschlug), der sich inzwischen zum mächtigen Industrieboß gemausert hat, und bietet ihm seine Entdeckung als zukunftsträchtige Investition an.

Damit beginnt ein alsbald weltweit florierendes »Molch-Geschäft«: Man holt sie, kostensparende, völlig anspruchslose »Gastarbeiter«, gleich tonnenweise nach Europa und Amerika, um sie bei Unterwasserarbeiten, bei der Vertiefung von Hafenanlagen ebenso wie bei der Befestigung des Festlandsockels einzusetzen. Nun aber legen diese sich wie die Kaninchen vermehrenden Wesen eine eigengesetzliche, atemberaubende Entwicklungsdynamik an den Tag: Von den Menschen mit technischem Know-how und auch mit Waffen versehen, entziehen sie sich immer mehr der Kontrolle und machen sich daran, Kontinente abzutragen, um somit »mehr Lebensraum« für sich zu schaffen.

---

[30] Es wird nach der vorliegenden Ausgabe zitiert.

Klar, daß diese Horror-Vision Anno 1936 als ziemlich unverblümte Warnung vor den Nazis gelesen wurde, zumal es im Epilog (»Der Autor spricht mit sich selbst«) an einer Stelle heißt: »Der Chief Salamander ist ein Mensch. Er heißt eigentlich Andreas Schultze und war im Weltkrieg irgendwo Feldwebel.« (S. 278) Diese antifaschistische Lesart gilt in der Tschechoslowakei (aber auch in der Sowjetunion und der DDR, wo Čapek ebenfalls viel gelesen wird) bis heute als verbindlich. Doch fragt es sich, ob dieses gehaltvolle Werk nicht auch ganz anders zu deuten wäre, etwa als Antizipation einer »Dritte-Welt-Explosion« oder, nicht minder aktuell, als mahnende Kritik an einer selbstzerstörerischen Menschheit, deren imitative Kräfte sich immer extensiver entwickeln, auf Kosten der geistigen Substanz und der allein dem Menschen wesenseigenen Schöpferkraft.

Was hier interessiert, ist allerdings weder die inhaltliche Auslotung und Deutung des Romans noch die Erörterung seiner Rezeptionsgeschichte, sondern vordergründig die Frage nach der strukturellen Beschaffenheit dieses herausragendsten Werkes von Čapeks wissenschaftlicher Phantastik.

Romanhaft gestaltet, von individuell profilierten »handelnden Personen« getragen, sind darin lediglich der Romananfang (d.h. die Kapitel 1—7 des ersten Teils), im zweiten Teil dann nur die kurzen Kapitel 1 (5 Seiten) und 3 (4 Seiten)[31], die einen knappen epischen Rahmen für das Gros dieses Teiles, das fast 80 Seiten umfassende zweite Kapitel »Auf den Stufen der Zivilisation«, abgegeben, so wie dann schließlich im dritten Teil nur ein einziges seiner 11 Kapitel, nämlich das kaum neunseitige Kapitel 10. Was dazwischen liegt, die eigentliche Romanhandlung, also die turbulente, weltumspannende Entwicklungsgeschichte der »Masse Molch«, wird hingegen nur indirekt und pauschal dargestellt, wie sie sich in der Berichterstattung der Massenmedien (Zeitung, Film, Rundfunk) widerspiegelt oder in diversen literarischen Produkten wie Reportage, Reiseskizzen, Briefen, (pseudo-)wissenschaftlichen Gutachten, Forschungsberichten und Abhandlungen, Tagungsprotokollen von wissenschaftlichen Kon-

---

[31] Die Seitenzählung erfolgte nach der vorliegenden Ausgabe.

gressen und Politiker-Konferenzen, Flugblättern politischer Parteien, einer Papst-Enzyklika »Mirabilia Dei Opera«, Texten in erfundenen Phantasiesprachen u.a.m. Anders gesagt: Gut zwei Drittel des Textkorpus bestehen aus einem schillernden Konglomerat vielfältiger Literaturparodien. Einige davon sind als solche auch direkt bezeichnet, so die à la Egon Erwin Kisch geschriebene Reportage »Bukanier des 20. Jahrhunderts« (im zweiten Teil S. 148 ff.); das Kapitel 5 des dritten Teiles wiederum, »Wolf Meynert schreibt sein Werk« (nämlich: »Untergang der Menschheit«; S. 229 ff.), erweist sich als die satirisch zugespitzte Paraphrasierung der Hauptgedanken aus Oswald Spenglers »Untergang des Abendlandes«.[32] Das anschließende, angeblich aus der Feder eines Pastors der anglikanischen Kirche stammende Pamphlet »X warnt« (im Kapitel 6 des dritten Teiles identisch; S. 235 ff.), welches mit Spengler leidenschaftlich polemisiert, unterbreitet in Wirklichkeit — wie Čapek allerdings viel später, im Kapitel 11 eröffnet — seine eigenen Anschauungen und Meinungen; und es fehlt auch nicht eine Selbstparodie Čapeks: In dem Korrespondentenbericht vom »1er Congrès d'Urodéles« in Paris (S. 154 ff.) nimmt er die charakteristischen stilistischen Klischees seiner eigenen Journalistik auf die Schippe.

Doch auch die romanhaft gestalteten Passagen des Romans unterliegen einer starken literarischen Stilisierung: So spielt Čapek im Romananfang virtuos mit gängigen Erzähltechniken des exotischen Abenteurromans, und selbst bei einer der Hauptfiguren, dem schnorrigen Captain van Toch, handelt es sich um eine direkte literarische Anleihe: In der urkomischen, Dialektelemente mit domestizierten Amerikanismen verbrämenden Diktion dieser Person stützt sich Čapek auf die Sprache der Erlebnisberichte des tschechischen Polarforschers Jan (Eskymo) Welzl (1868—1951), die, Anfang der dreißiger Jahre von zwei Redaktionskollegen Čapeks auf-

---

[32] Spenglers Anfang der zwanziger Jahre zu einem Kultbuch avanciertes zweibändiges Hauptwerk mit dem Untertitel »Umrisse einer Morphologie der Weltgeschichte« ist erstmalig 1918—1922 erschienen.

gezeichnet, zum großen Lesererfolg wurden.[33] Ja, er läßt seinem Roman auch diese beiden Redaktionskollegen unter ihren eigenen Namen Valenta und Golombek auftreten.[34] So wird also bei Čapek mitunter »das literarische Verfahren zum eigentlichen Romanhelden«, wie es seinerzeit einem der Haupttheoretiker der »russischen formalen Schule«, Viktor Schklowskij, vorschwebte.[35] Die Akzentuierung dessen, daß ein literarisches Werk in erster Linie ein bewußt gemachtes Sprachwerk sei, die bei Čapek stets Hand in Hand geht mit der Betonung der zeitkritisch-satirischen Bezüge, begründet — zumal in meinen Augen — die unverwechselbare Spezifik und Originalität seiner wissenschaftlichen Phantastik.

Auf jeden Fall hat Čapek für die tschechische wissenschaftliche Phantastik anspruchsvolle Maßstäbe gesetzt, denen nur sehr wenige unter seinen Nachfolgern gerecht werden konnten. Als die herausragendste Ausnahme sollte hier der 1926 geborene Facharzt für Psychiatrie Josef Nesvadba genannt werden, der sich seit dem Erscheinen seiner ersten Science

---

[33] Jan Welzl, Třicet let na zlatém severu (Dreißig Jahre im goldenen Norden), Praha 1930; ders., Po stopách polárních pokladů (Auf den Spuren von Polarschätzen), Praha 1932; ders., Trampoty eskymáckého náčelníka v Evropě (Probleme eines Eskimo-Häuptlings in Europa), Praha 1932; ders., Ledové povídky (Erzählungen aus Eis), Praha 1934.

[34] Bedřich Golombek (1901—61) war seit 1919 Reporter der »Lidové noviny« in Brünn, 1945—48 schließlich Chefredakteur von deren Prager Redaktion; nach Februar 1948 fristlos entlassen und ohne Publikationsmöglichkeit, schlug er sich als kleiner Angestellter einer Brünner Fabrik durch. — Eduard Valenta (1901—73) hat sich zu einem der bedeutendsten Autoren zeitgenössischer tschechischer Prosa entwickelt. Sein Hauptwerk »Jdi za zeleným světlem« (Folge dem grünen Licht), 1956, wurde zu einem der wichtigsten literarischen Ereignisse der Entstalinisierungsära; nach 1969 war er wiederum — wie schon zur Stalinzeit — ohne Publikationsmöglichkeit.

[35] Dies ist allerdings wohl nur eine völlig zufällige Übereinstimmung. Nicht nur, weil Viktor Šklovskijs »Teorie prosy« auf tschechisch erst 1937 vorlag, sondern vor allem, da sich Čapek nie von der Literaturtheorie und -kritik inspirieren, geschweige denn bevormunden ließ.

Fiction-Werke, der Sammlung von Erzählungen »Tarzans Tod« (1958) und des Romans »Einsteins Gehirn« (1960) zum konkurrenzlos führenden Science Fiction-Spezialisten der tschechischen Gegenwartsliteratur entwickelt hat.[36] Allerdings ist in den siebziger Jahren ein bemerkenswerter Aufschwung dieser Gattung zu verzeichnen, so daß sich eine ganze Reihe von künstlerisch anspruchsvollen Werken der wissenschaftlichen Phantastik hier anführen ließe: vor allem von Ludvík Souček (1926—1978), aber auch von einigen vielversprechenden literarischen Debütanten, wie Ludmila Vaňková, Ludmila Freiová, Karel Blažek, Jaroslav Zýka und — allen voran — Jaroslav Veis.[37] Auch wurde 1978 bei dem Tschechischen Schriftstellerverband eine Sektion für wissenschaftlich-

---

[36] Josef Nesvadba, Tarzanova smrt, Praha 1958; ders., Einsteinův mozek, Praha 1960); weitere Science Fiction-Werke Nesvadbas: der Roman »Výprava opačným směrem« (Expeditionen in die entgegengesetzte Richtung), 1962; der phantastische Reisebericht »Dialog s doktorem Dongem« (Dialog mit Doktor Dong), 1964; die »Anti-Dänikeniade« »Bludy Erika N.« (Die Wahnideen des Erik N.), 1974; sowie »Tajná zpráva z Prahy« (Geheimbericht aus Prag), 1978. Seine Werke wurden in der UdSSR, in Bulgarien, Ungarn, Polen und in der DDR sowie in der Bundesrepublik Deutschland, in Österreich, Großbritannien und in den USA übersetzt. U. a. erschien ein Band mit 7 Erzählungen 1975 im Wilhelm Heyne Verlag, München: Josef Nesvadba, »Einsteins Gehirn« (Heyne-Buch Nr. 06/3430).

[37] Die wohl wichtigsten Werke des an Überproduktion leidenden Souček sind seine Trilogie »Cesta slepých ptáků« (Der Weg der blinden Vögel), 1964—68, und insbesondere — seine Sammlung von vier Erzählungen »Bratři černé planety« (Brüder des Schwarzen Planeten), 1970. — Ludmila Vaňková veröffentlichte 1977 einen umfangreichen Science Fiction-Roman »Mosty přes propasti času« (Brücken über den Klüften der Zeit), Ludmila Freiová die Romane »Letní kurzy« (Sommerkurse), 1977 und »Vyřazený exemplář« (Das ausrangierte Exemplar), 1980, Karel Blažek, den Roman »Přistání« (Die Landung), 1979, der Universitätsprofessor für Chemie Jaroslav Zýka die literarisch sehr ausgeprägten und anspruchsvollen Sammlungen von Erzählungen »Nejistoty« (Unsicherheiten), 1969, »Dusno« (Die Schwüle), 1970, und »Černé můry snů« (Die Alpträume), 1975; der Isaac-Asimov-Übersetzer Jaroslav Veis bewies sein litera-

technische Literatur gegründet, die unter dem Vorsitz von Nesvadba nicht nur Science Fiction-Autoren, sondern auch einige Literaturtheoretiker zu regelmäßigen Diskussionen versammelt.[38]

Es wäre sicherlich lohnend zu untersuchen, inwieweit dieser plötzliche Aufschwung der Science Fiction in den siebziger Jahren möglicherweise damit zusammenhängt, daß sich das Gebiet der wissenschaftlichen Phantastik (ebenso wie das der Kinderliteratur) diesem oder jenem Autor als ein brauchbarer Fluchtweg aus den vorherrschenden Härten der Kulturpolitik wie aus der Beschwerlichkeit und Banalität des »realen sozialistischen« Alltags anbietet. Doch dies wäre schon ein völlig anderes Kapitel.

---

risches Talent in den Erzählungssammlungen »Experiment pro třetí planetu« (Ein Experiment für den dritten Planeten), 1976, und »Pandořinka skříňka« (Das Kästchen der Pandora), 1979.

[38] Die bisher letzte Sitzung dieser Sektion für wissenschaftlich-phantastische Literatur fand — laut Literaturbeilage der Wochenzeitung »Tvorba«, KMEN, Jg. 2. Nr. 5 vom 2. 2. 1983 — am 24. 1. 1983 statt. Unter dem Vorsitz von Nesvadba erörterte man nach einem Referat von Ondřej Neff kritisch die bedeutendsten Science Fiction-Neuerscheinungen des letzten Jahres (1982): »Hříšný Václav« (Der sündige Wenzl) von Bohumil Nohejl, »Modrý prezident« (Der blaue Präsident) von Otakar Chaloupka, »Nepřítel z Atlantidy« (Der Feind von der Atlantis) von Alexej Pludek, »Fantastická transplantace« (Eine phantastische Transplantation) von Ota Dub, »Minehava podruhé« (Minehava zum zweiten Mal) von Josef Nesvadba, »Strach na planetě Kara« (Angst auf dem Planeten Kara) von Ludmila Freiová, »Zemřeš podruhé« (Du wirst zum zweitenmal sterben) von Jaroslav Veis, »Neděle naprodej« (Sonntag zu verkaufen) von Zdeněk Volný und »Nejlepší století« (Das beste Jahrhundert) von Karel Blažek.

# Top Hits der Science Fiction

Man kann nicht alles lesen – deshalb ein paar heiße Tips

Ursula K. Le Guin
**Die Geißel des Himmels**
06/3373

Poul Anderson
**Korridore der Zeit**
06/3115

Wolfgang Jeschke
**Der letzte Tag der Schöpfung**
06/4200

John Brunner
**Die Opfer der Nova**
06/4341

Harry Harrison
**New York 1999**
06/4351

Wilhelm Heyne Verlag
München

# Was wäre gewesen, wenn...

Parallelwelten, die wir Ihnen zugänglich machen

06/4740

Was wäre gewesen, wenn...

...deutsche Panzerspitzen im Zweiten Weltkrieg bis nach Indien vorgestoßen wären und die Wehrmacht sich mit dem passiven Widerstand Gandhis konfrontiert gesehen hätte?

...der amerikanische Bomberpilot über Hiroshima Skrupel gehabt und die Atombombe über dem Meer abgeworfen hätte?

Diese und weitere Möglichkeiten, wie die Geschichte der Welt hätte anders verlaufen können, erfahren Sie aus diesem Buch.

Wilhelm Heyne Verlag
München

# Ein genialer Geheimplan

Die USA hatten einen genialen Geheimplan: mit Zeitmaschinen Spezialisten 5 Millionen Jahre in die Vergangenheit zu schicken, um den Arabern vor ihrer Zeit das Öl abzupumpen und mit Pipelines in andere Lagerstätten zu verfrachten. Das Fatale war nur: Niemand konnte wirklich die Folgen eines solchen Eingriffs kalkulieren. Wie würde unsere Gegenwart aussehen, wenn der Coup gelänge? Hätte es dann die Welt, wie wir sie kennen, überhaupt je gegeben?

Wolfgang Jeschke
**Der letzte Tag der Schöpfung**
06/4200

Wilhelm Heyne Verlag
München

# Top Secret

Die geheimen historischen Aktivitäten des Heiligen Stuhls mittels der von Leonardo da Vinci erfundenen Zeitmaschine

06/4327

Witzig, pfiffig, geistreich und frech:

Carl Amerys Longseller in neuem Gewand als Sonderausgabe

Wilhelm Heyne Verlag
München

# Neuland

Heyne Science Fiction Band 2000
Autoren der Weltliteratur schreiben über die Welt von morgen.

Die Zukunft hat schon seit jeher die besten Autoren der Weltliteratur fasziniert. Gerade in jüngster Zeit hat sich dieses Interesse deutlich verstärkt. Etablierte Schriftsteller wie Doris Lessing, Patricia Highsmith, Fay Weldon, Lars Gustafsson, Friedrich Dürrenmatt oder Italo Calvino haben sich ebenso mit der Welt von morgen auseinandergesetzt wie die führenden Kultautoren der jüngeren Generation, z.B. Ian McEwan, Paul Auster, Martin Amis, Peter Carey oder T. C. Boyle.
Der vorliegende Sammelband bietet erstmals einen repräsentativen Überblick über einen bisher, sehr zu Unrecht, wenig beachteten Bereich der Weltliteratur. Erzähler aus Australien, Brasilien, Deutschland, Großbritannien, Italien, Kanada, Rußland, Schweden, der Schweiz und den USA versammeln sich hier zu einem Gipfeltreffen literarischer Imagination. Neuland – in jeder Beziehung.

Karl Michael Armer/Wolfgang Jeschke
**Neuland**
06/5000

Wilhelm Heyne Verlag
München